辽宁省社会科学规划基金项目 L22BWW005 斯图亚特·霍尔：文化身份批判的维度及"边界化"批判方法的研究

九州文库

斯图亚特·霍尔的文化身份理论研究

徐明玉 著

九州出版社
JIUZHOUPRESS

图书在版编目（CIP）数据

斯图亚特·霍尔的文化身份理论研究／徐明玉著
. --北京：九州出版社，2022.12
　ISBN 978-7-5225-1436-9

　Ⅰ. ①斯… Ⅱ. ①徐… Ⅲ. ①斯图亚特·霍尔—文学
研究 Ⅳ. ①I561.06

中国版本图书馆 CIP 数据核字（2022）第 218934 号

斯图亚特·霍尔的文化身份理论研究

作　　者	徐明玉　著
责任编辑	王　宇
出版发行	九州出版社
地　　址	北京市西城区阜外大街甲 35 号（100037）
发行电话	（010）68992190/3/5/6
网　　址	www.jiuzhoupress.com
印　　刷	唐山才智印刷有限公司
开　　本	710 毫米×1000 毫米　16 开
印　　张	14.5
字　　数	241 千字
版　　次	2023 年 4 月第 1 版
印　　次	2023 年 4 月第 1 次印刷
书　　号	ISBN 978-7-5225-1436-9
定　　价	89.00 元

目 录
CONTENTS

绪　论

第一节　问题的提出

　　文化研究是当下全球研究的热点，在中国也是如此。20 世纪 80 至 90 年代初期，中国开始了对文化的研究，出现了文化热。当时中国社会发生转型，亟须学者对新出现的文化问题进行解释和解答，这是最初引入文化研究的现实语境。文化研究的强大生命力在于它对社会现实的解释、介入和指导能力，因此至今学者对文化研究仍保持着极大的热情。目前我国正处于建设文化强国阶段，全球化背景下如何在西方主导的话语体系中发出文化声音、构建文化身份显得尤为重要。

　　文化身份的研究在国内虽然涌现了大量成果，但还存在界定不清、内涵不明、特征模糊等理论向度上有待深入的问题。20 世纪 80 年代，文化身份问题进入国内研究的视野。在之后的 20 年间，国内学界对文化身份的研究逐步从实践分析上升到理论高度。1986 年林彦群在《南洋问题》上发表《战后新、马华人文化认同问题》，首次探究华人在海外的文化身份问题。这是关于身份问题的实践性研究，并未上升到理论高度。文中明确指出"至于什么是'认同'目前尚未有公认的定义"[1]。较早把"文化认同"理论推介到国内的学者应属陶东风。1998 年他以《全球化、文化认同与后殖民批评》为题，介绍后殖民语境下文化认同的重要性，"多元文化主义、文化认同以及差异政治

---

① 林彦群 . 战后新、马华人 "文化认同" 问题 [J] . 南洋问题，1986 (04)：72-83

等已经成为当今世界人文与社科界的热门话题"①。在这篇文章中，陶东风更多的是在谈及民族身份和民族认同问题。他认为"在新的世界中，文化认同是一个国家结盟或对抗的主要因素"②，该文并未对"文化认同"进行界定。1999年，王宁尝试界定"文化身份"。"文化身份（cultural identity）又可译作身份认同，主要诉诸文学和文化研究中的民族本质特征和带有民族印迹的文化本质特征"③。显而易见，该文把"文化身份"与"身份认同"等同起来，把文化身份和民族身份等同起来。

2000年以后，国内研究文化身份的成果中普遍出现了对文化认同的关注，但此时学界对两者的认知还非常模糊。2004年，陶家俊发表《身份认同导论》和《同一与差异：从现代到后现代身份认同》两篇文章。《身份认同导论》强调了"身份认同"的重要性及其同西方文化研究的关系。文中指出："身份认同（identity）是西方文化研究的一个重要概念，它受到新左派、女权主义、后殖民主义的特别青睐。其基本含义是指个人与特定社会文化的认同。这个词总爱追问：我（现代人）是谁？从何而来、到何处去？"④《同一与差异：从现代到后现代身份认同》强调了"身份认同"理论从现代到后现代的发展历程，从启蒙时代的以同一为主导的西方现代知识话语，到以差异为话语中心的后现代身份理论。这两篇文章都没有在文中明确身份认同的概念。不仅如此，在《同一与差异：从现代到后现代身份认同》中，作者从正文的第一段开始就用"文化身份"代替了标题中出现的"身份认同"，但却并没有对二者的内涵及关系进行论述⑤。2006年，周宪给国内学者勾勒了文化认同研究的概况："从经典的弗洛伊德式的精神分析，到拉康后结构主义精神分析，认同研究有了很大的发展"，"20世纪90年代以来，认同问题作为焦点问题被突显出来"⑥。至此，文化认同才有了一个相对清晰的心理学意义上的发展轨迹。但"身份"和"认同"，"文化身份"和"文化认同"的界定及界

① 陶东风. 全球化、文化认同与后殖民批评［J］. 马克思主义与现实，1998（06）：50-53
② 陶东风. 全球化、文化认同与后殖民批评［J］. 马克思主义与现实，1998（06）：50-53
③ 王宁. 文学研究中的文化身份问题［J］. 外国文学，1999（04）：48-51
④ 陶家俊. 身份认同导论［J］. 外国文学，2004（02）：37-44
⑤ 陶家俊. 同一与差异：从现代到后现代身份认同［J］. 四川外语学院学报，2004（02）：114-118
⑥ 周宪. 文学与认同［J］. 文学评论，2006（06）：7

限仍不清。

通过前期研究的积累，国内学者逐渐意识到身份/认同、文化身份/文化认同等一系列问题的模糊性，并尝试从不同角度厘清、规范这些概念。首次对身份和认同进行区分的学者是阎嘉。继其之后陆续有学者开始关注身份、认同、身份认同和文化身份的区别（陶家俊、邹威华、罗如春、贺玉高等）。2006 年，在《文学研究中的文化身份与文化认同问题》中，阎嘉关注了英文 identity 与中文身份、认同的对应问题。其中提及了"身份""认同""身份认同"的区别，"英文 identity 在汉语语境中译法有多种：'认同''身份''身份认同''同一''同一性'等"，"身份和认同不太一样"①。除去 identity 在哲学、心理学、人类学等学科的用法不谈，阎嘉认为在文化研究中要区分不同语境分别使用"身份"和"认同"这两个概念："其一是某个个体或群体据以确认自己在特定社会里之地位的某些明确的、具有显著特征的依据或尺度，如性别、阶级、种族等等，identity 可作为'身份'"；其二是当某个个体或群体试图追寻、确证自己在文化上的身份时，identity 可作为'认同'"②。贺玉高在其博士论文中也指出国内研究者对于"认同"和"身份"使用混乱的问题。"'认同'确实跟'身份'有很大的关系，并且由于'认同'作为一个动词的名词形式，暗示了身份是一个建构的过程，因而受到一些学者的欢迎"③，而这种不加区分的使用"无异就会造成很大的混乱"④。明确地指出身份和认同具有差异对当时的理论发展来说无疑是一个巨大的推动，但在这篇论文的表述中，我们可以看到认同被认为是比身份更具"优越性"⑤的概念，这一点有待商榷。

通过以上梳理可以看出，国内学界在关注文化身份问题的伊始就开始有意识地借鉴西方文化理论。在西方理论之中，"英国文化研究的代表人物霍尔

---

① 阎嘉. 文学研究中的文化身份与文化认同问题［J］. 江西社会科学，2006（09）：62-66
② 阎嘉. 文学研究中的文化身份与文化认同问题［J］. 江西社会科学，2006（09）：62-66
③ 贺玉高. 霍米·芭芭的杂交性理论与后现代身份观［D］. 博士学位论文，首都师范大学，2006：6-7
④ 贺玉高. 霍米·芭芭的杂交性理论与后现代身份观［D］. 博士学位论文，首都师范大学，2006：6-7
⑤ 贺玉高. 霍米·芭芭的杂交性理论与后现代身份观［D］. 博士学位论文，首都师范大学，2006：7

的理论特别有影响"①。因此，毫不夸张地说，提到文化身份问题，英国后殖民文化研究学者斯图亚特·霍尔（Stuart Hall）不可回避。霍尔是英国文化研究的集大成者，他一个人基本可以同英国文化研究这个领域相等同，所以他的重要性不言而喻。斯图亚特·霍尔被誉为"英国文化研究之父"，学界对霍尔盛赞不断。"斯图亚特·霍尔的名字就是文化研究的同义词"②。"如果有哪一个人与文化研究作为一项特别的研究领域发展最相等同，那么这就是斯图亚特·霍尔"③。"斯图亚特·霍尔在当今文化研究领域享受的盛名无人能及"④。在斯皮瓦克（Gayatri Spivak）为霍尔撰写的讣告中，开篇便把霍尔同萨义德（Edward W. Said）、德里达（Jacques Derrida）和加纳诗人科菲·阿吾诺（Kofi Awoonor）比肩，把他们都称为"知识分子和活动家"，足见霍尔的学术和社会地位。

霍尔一生的学术标签颇多，包括当代马克思主义文化理论家、社会学家、传播学家等。这足见他涉猎之广，也足以说明梳理其理论成果难度之大。但无论霍尔的学术标签多么繁杂，在他的理论阐释中总有一条主线伴随其左右，这就是他的政治诉求。在英国文化主导的霸权统治下，帮助移民群体尤其是非裔黑人群体构建新身份、争取新权力是霍尔一生的学术和政治诉求。霍尔在反抗西方中心主义文化霸权的斗争中起到了非常重要的作用。他通过"学术即政治"的方式帮助处于边缘地位的"非西方"文化进行抗争，重新构建"正确"表征文化身份的路径。身份问题是霍尔也是整个文化研究生成和发展的主线。以霍尔为代表的英国文化研究始于对社会现实的关注，它从批判经济政治决定论开始关注社会文化问题，关注文化政治权力，直到把文化政治的研究重点聚焦到人，关注不同身份的人作为主体在社会中的角色、创造性、实践性和反抗性。霍尔的文化身份阐释和构建路径对中国在西方主导的话语中构建文化身份具有一定的参照和反思意义。

---

① 周宪. 文学与认同 [J]. 文学评论，2006（06）：7
② Davis, H. *Understanding Stuart Hall* [M]. London：Sage，2004
③ Barker, C. *Cultural Studies：Theory and Practice* [M]. London：Sage，2003
④ Rojek, C. *Stuart Hall* [M]. Blackwell：Polity，2003

第二节　研究的现状

一、国外研究现状

国外在 1980 年代末出现了第一波研究霍尔的热潮，1990 年代之后研究热度仍然不减。国外的研究早期以访谈为主，之后论文、专著、文集等成果形式逐渐出现。除访谈和文集之外，这些成果可以分为主题式和专题式两种研究形式。

国外早期推介霍尔及文化研究的成果多以访谈录形式呈现，这与当时的研究状况相匹配。研究初期有限的认知水平决定了访谈是"接近"霍尔最直接、最有效的途径。最早的访谈录是 1986 年格罗斯伯格的《关于后现代主义和接合：斯图亚特·霍尔访谈录》①。之后相继有《访谈斯图亚特·霍尔教授》②（访谈的主要内容为霍尔对新左派和伯明翰当代文化研究中心的阶段性思考）、《反思解码/编码模型：斯图亚特·霍尔访谈录》③、《文化和权力：斯图亚特霍尔访谈录》、《斯图亚特·霍尔访谈录》④（访谈主要涉及霍尔的流散知识分子经历）等。国外访谈多以纵向了解霍尔的思想及其理论演进为主，这是深入了解霍尔的一种尝试。

国外出版的论文集主要有三本，包括 1996 年大卫·莫利等选编的《斯图亚特·霍尔：文化研究的批判对话》，该书收录了多篇霍尔的访谈。1996 年保罗·吉尔罗伊、劳伦斯·罗格斯博格与安吉拉·麦克罗比选编的《不作保证——向霍尔致敬》。该书从不同角度选取文章"切入"霍尔，包括《霍尔与文化危机》《霍尔：大学与骚动》《在南非解读霍尔》《日本天皇制度的文

---

① Grossberg, L. *On Postmodernism and Articulation: an Interview with Stuart Hall* [A] // Morley, D. & Chen, K. H. Stuart Hall: Critical Dialogues in Cultural Studies, London: Routledge, 1996

② Bromley, R. *Interview with Professor Stuart Hall* [A] // Munns, J. & Rajan, G. A Cultural Studies Reader, London: Longman, 1992

③ Hall, S. *Reflections Upon the Encoding/decoding Model: an Interview with Stuart Hall* (1993) [A] // Cruz, J. Lewis, J. (eds), Reading, Listening: Audiences and Cultural Reception, Boulder: Westview Press, 1994: 253-274

④ Philips, C. *Interview with Stuart Hall* [J]. Bomb (58), 1997: 38-42

化政治》《第二次现代化失败：从新韩国到全球化的话语政治》等。2019 年凯瑟琳·霍尔和比尔·斯华兹共同编辑出版了一部（两卷本）论文集《必读文献：文化研究的奠基之作》，其中收录了霍尔撰写的 22 篇文章，是一部不可多得的"霍尔读本"。

　　主题式研究是国外研究的主要形式。所谓主题式研究类似一种"关键词"式的研究，是一种点式或单一线性研究，具体表现为对霍尔某种思想的探讨。霍尔的"种族"和"民族"是国外学者极为关注的两个关键词，其他问题多以此为中心而展开。1987 年吉罗伊的《米字旗下无黑人》① 引用了霍尔关于种族的理论阐释，探讨了战后英国的种族问题，尤其是种族中的文化政治问题。1992 年海瑞思发表的《从阶级斗争到快乐的政治：葛兰西主义对文化研究的影响》②，1992 年麦克奎恩的《在宏大的旧事业与崭新的新时代之间》③都在关注新时代背景下英国的种族问题。至今，种族、民族、族裔散居等相关话题也从未离开研究者的视野。2014 年的《斯图亚特·霍尔种族、阶级和身份的接合》④，2016 年的《斯图亚特·霍尔重读文化身份、族裔散居和电影》⑤ 都是对霍尔种族、民族或族裔问题的重新审视。由此可见，霍尔对不同维度身份问题的阐释力和生命力非同寻常。国外学者从意识形态研究、媒体研究等视角对霍尔理论中的文化政治、种族、身份等主题进行关注。此外，国外研究中还有一些从教育⑥和伦理⑦角度研究霍尔的成果。

　　专题式研究与主题式研究相对，这类研究是一种全景式研究。专题式研究以线面结合的方式，呈现一种相对全面和深入的研究，多以专著形式呈现。截至 2018 年，国外研究霍尔的专著主要有 4 本。2003 年社会学家，诺丁汉特

---

① Gilroy, P. *There Ain't no Black in the Union Jack* ［M］. London：Routledge, 1987
② Harris, D. *From Class Struggle to the Politics of Pleasure：the Effects of Gramscianism on Cultural Studies* ［M］. London, Routledge, 1992
③ Mcguigan, J. *Between the Grand Old Cause and the Brand New Times* ［A］//Cultural Populism, London：Routledge, 1992：33-44
④ Solomos, J. *Stuart Hall：Articulations of Race, Class and Identity* ［J］. Ethnic and Racial Studies, 2014 (37)
⑤ Harman, S. *Stuart Hall：Re-reading Cultural Identity, Diaspora. and Film* ［J］. Howard Journal of Communications, 2016, 27 (2)：112-129
⑥ Giroux, H. A. *Public Pedagogy as Cultural Politics：Stuart Hall and the Crisis of Culture* ［J］. Cultural Studies, 2000, 14 (2)：341-360
⑦ Scott, D. *Stuart Hall's Ethics* ［J］. Small Axe, 2005, 9 (1)：1-16; Zylinska, J. *Cultural Studies and Ethics* ［J］. New Cultural Studies：Adventures in Theory, 2006：71-86

伦特大学教授克里斯·耶罗克的《斯图亚特·霍尔》由 Polity 出版社出版。
这本书为"当代思想家系列丛书",同属这一系列的思想家还包括德赛都、艾
柯、阿尔多诺等。该书包含"完全的文化混血儿""表征与意识形态""国家
与社会""文化与文明"等四部分,对霍尔理论进行了不同寻常的"批评"。
2004 年英国桑德兰大学媒体与文化研究中心的海伦·戴维斯的《理解霍尔》
由 Sage 出版社出版。该书以时间为顺序分八个部分对霍尔的思想脉络进行梳
理,为读者了解霍尔提供了"宽口径"的资料。2004 年斯特灵大学英语研究
中心杰姆斯·普罗克的《斯图亚特·霍尔》由 Routledge 出版社出版。该书分
为"为什么是霍尔""关键思想"和"霍尔之后"三个部分。该书以"读书
笔记"的形式向读者呈现了霍尔主要的文化思想。2014 年丹麦学者拉尔斯·
延森的《不列颠之外:斯图亚特·霍尔和后殖民英语世界中的文化研究》①
虽然不是一部研究霍尔的专著,但也是从霍尔切入,从而将后殖民和文化研
究结合起来。

二、国内研究现状

国内对霍尔的研究晚于国外十五年左右。通过考查我们不难发现,2004
年以后国内研究霍尔的热潮迭起。对霍尔及其相关理论的关注和引入推动了
国内文化研究的发展,但目前的研究还不够系统、有待深入。国内研究以介
绍性访谈和"清单式"研究为主,包含意识形态、阶级、媒体与表征等多种
"思想",横跨传播学、文学、马克思主义哲学、社会学等多个学科领域。国
内以斯图亚特·霍尔为主题的研究始于 2004 年的《斯图亚特·霍尔的传媒理
论研究》(李媛媛)。对霍尔相关理论的引入则更早,早在 1990 年代末陶东风
教授在关注大众文化、民族主义等"文化研究"的议题时就开始引用霍尔的
理论成果。2002 年之后国内学者较为集中地引入文化研究的相关成果。《文化
研究四十年——理查德·霍加特访谈录》是译介文化研究及其领军人物霍尔
的首篇访谈文章。2004 年后,国内对霍尔的研究呈现持续增长的态势。截至
2018 年 7 月,共计 100 余篇期刊文献(其中包括 10 篇译文)、3 篇博士论文
和 5 部专著(大陆 4 部,台湾地区 1 部,其中 3 部由博士或硕士论文改编出
版)。与国外研究形式基本相似,国内这些成果也以访谈录、主题式研究、专

① Jensen, L. *Beyond Britain: Stuart Hall and the Postcolonializing of Anglophone Cultural Studies*
[M]. London: Rowman & Littlefield International, Ltd, 2014

题式研究等形式呈现。此外，还包括译著和译文在内的译介成果。

与霍尔相关的访谈录共 5 篇。早期阶段的访谈多是通过霍尔了解文化研究，所以才有了"听霍尔说"伯明翰学派，听霍尔"界定"和"讨论"文化研究。这个阶段的访谈录主要有 3 篇，分别是：《听霍尔说英国文化研究——斯图亚特·霍尔访谈记》（金慧敏，2006），《伯明翰文化研究学派的界定——斯图亚特·霍尔访谈录》（黄卓越，2007）和《文化研究：追忆与讨论——在伦敦访斯图亚特·霍尔》（黄卓越，2007）。中期阶段访谈的关注点已经从文化研究转向了霍尔，以深入了解霍尔及其思想为访谈的主要目的。这个阶段的访谈录主要是指由台湾学者陈光兴整理，台湾远流出版社出版的《文化研究：霍尔访谈录》。访谈录中共有五篇文章，分别是《流离失所：霍尔的知识形成轨迹》《文化研究的国际化政治》《后现代主义与接合理论》《东京对话：马克思主义、认同形构和文化研究》《新欧洲》。2014 年霍尔去世之后，国内再发表两篇访谈录译文，分别为：《斯图亚特·霍尔：最后的访谈》（苏特·加利等，2017）和《文化研究的过去和现在——斯图亚特·霍尔访谈》（雷纳·温特，2018）。两篇文章一则表达学界痛失文化研究巨匠的遗憾之情，二则展望霍尔之后文化研究的走向。与国外访谈多以纵深探讨某一主题不同，国内访谈涉及内容广杂。

与国外研究形式相同，主题式研究也是国内学界研究霍尔的主要形式。在 100 余篇研究霍尔的相关文献中，这类文献多达 90 余篇，占到研究成果的 90%。通过知网检索与霍尔相关的文献，按照主题热度由高到低进行排序，前 5 名依次为媒体研究（18/84）、文化表征（8/84）、马克思主义（7/84）、意识形态（7/84）、文化认同（6/84）和文化身份（3/84）。其他主题还包括文化政治、族裔散居（流散）、种族等，但相关文献相对较少。国内学者对霍尔的媒体理论给予了极大的关注，这从国内研究始于他的媒体研究便可窥见一斑。迄今为止，学者仍然对编码—解码保持极大的热情。这一方面说明了霍尔的媒体研究确实重要；另一方面也说明了国内研究霍尔的某些主题"产能过剩"、其他主题有待深入的失衡现状。

国内对霍尔的专题式研究正在兴起，目前专题式成果仅占总成果的 10% 左右。截至目前，国内主要有 5 部专著（4 部由大陆出版，1 部由台湾出版）。按照出版的时间顺序，大陆出版的 4 部专著分别为：（一）《霍尔与文化研究》，武桂杰著，2009 年中央编译出版社出版。该书从霍尔的生平入手，描述其学术经历，着重关注霍尔的文化"政治"理论（阅读政治学和差异政治学），全景式地介绍了霍尔从 20 世纪 60 年代开始的文化理论及其发展轨迹。
（二）《斯图亚特·霍尔的文化理论研究》，邹威华著，2014 年中国社会科学
出版社出版。该书通过霍尔的视角对葛兰西文化霸权理论进行了深入研究。
该书共四章，分别是"文化霸权理论启蒙""文化霸权理论的建构与发展研
究""文化霸权实践批评"以及"文化霸权延伸"。（三）《斯图亚特·霍尔的
文化理论研究》，甄红菊著，2018 年人民出版社出版。该书对霍尔文化理论中
的马克思主义历史唯物主义观进行了考查和阐释。（四）《斯图亚特·霍尔文
化政治批判思想研究》，李文艳著，2018 年山西人民出版社出版。该书也从马
克思主义的视角对霍尔文化理论中的"政治性"进行了思考。台湾的一部专
著是由硕士论文改编，对霍尔的理论做了概述性呈现。在以上研究成果中引
用霍尔"文化身份"论述的情况极为普遍，但却没有一项成果系统地对"文
化身份"问题进行阐释。

　　国内研究中的另一类成果为译著或译文。《做文化研究：索尼随身听的故
事》（2003）①、《文化身份的若干问题》（2010）②、《表征：文化表征和意指
实践》（2013）③、《通过仪式抵抗：战后英国的青年亚文化》（2015）④，这四

① 霍炜译，商务印书馆出版。本书的英文名称为 *Doing Cultural Studies：The Story of Sony Walkman*，霍尔与保罗·杜盖等人的合著，于 1997 年霍尔在公开大学任职期间 Sage 出版社出版。本书在国外传播较为广泛，并分别于 1999、2000、2001、2003 年再版。
② 庞璃译，河南大学出版社出版。本书的英文名称为 *Questions of Cultural Identity*，霍尔与保罗·杜盖合编的论文集，1996 年 Sage 出版公司出版。文集中收录了来自霍米·巴巴，保罗·杜盖，劳伦斯·格罗斯伯格等学者发表的关于身份问题的 10 篇论文。霍尔著名的文章《谁需要身份》（*Who Needs Identity*）也收录在这本书集之中。国内的译本于 2010 年出版，将这本书译成《文化身份问题》。这与霍尔在 1996 年发表并收录在《现代性：现代社会的介绍》（*Modernity：An Introduction to Modern Society*）中的文章《文化身份的问题》（*The Question of Cultural Identity*）非常容易混淆。《文化身份的问题》这篇文章较于《谁需要身份》更为系统、层次更为清晰地介绍了身份、现代主体、民族文化和全球化语境对身份的影响问题。从英文的表述来看，笔者认为该论文集译为《文化身份的若干问题》更为合适（因为标题中的"问题"是复数形式，文中也是从各个角度论述身份问题），也更容易与文章《文化身份的问题》（标题中的"问题"为单数形式）进行区分。
③ 徐亮、陆兴华译，商务印书馆出版。本书的英文名称为 *Representation：Cultural Representation and Signifying Practices*，是霍尔一人编著的书目，1997 年 Sage 出版社出版。霍尔在书中作序，描述了文化产品在社会中进行表征并实现循环的路径。
④ 本书的英文名称为 *Resistance Through Rituals：Youth Subculture in Post-war Britain*，霍尔与托尼·杰斐逊合编，1975 年第一次在《文化研究的工作报告》（*Working Papers in Cultural Studies*）中整理出版，2003 年以 *Resistance Through Rituals：Youth Subculture in Post-war Britain* 再版。

本书都是霍尔组织编写的集体成果。霍尔很少出版专著，相关思想多收录在论文集中，也有相当一部分理论文本出现在文化研究、媒体研究等理论读本中。在国内也是如此，霍尔理论文本的译文也多散见于文化研究"读本"之中，主要包括：2000年罗钢、刘象愚主编的《文化研究读本》，2006年陶东风主编的《文化研究精粹读本》，2008年中国人民大学出版社出版的《大众传播理论：范式与流派》，2011年北京大学出版社出版的《亚文化读本》，2013年陶东风主编的《文化研究读本》，2013年复旦大学出版的《传播学经典文本》等。2016年张亮和李媛媛编译的"霍尔读本"《理解斯图亚特·霍尔》，书中收录了来自美国、澳大利亚、新西兰、加拿大、日本等国家十余位学者对霍尔进行研究的学术论文。

通过对以上文献的梳理，笔者发现了以下问题：

第一，国内研究多集中关注霍尔的中期和中晚期成果（1960至1980年代的媒体和社会批判时期），对霍尔早期（1950年代的新左派时期）和晚期理论成果（1980年代末到2000年的身份批判时期）的研究相对不足。目前就霍尔的成果如何进行理论分期在学界还没有明确的说法，安吉拉·麦克罗比和邹威华曾经做过类似尝试。安吉拉·麦克罗比谈到了霍尔三个有代表性的时期："它们分别是20世纪70年代中期的电视，20世纪80年代后期撒切尔主义的'权威民粹主义'以及多元文化主义"①。而邹威华在论述《斯图亚特·霍尔的文化理论谱系学》中，曾围绕霍尔的"文化霸权"将其理论演进分为四个阶段：第一阶段，"文化霸权"理论启蒙阶段，主要发生在1950年代；第二阶段，"文化霸权"与"接合理论"建构阶段，主要发生在1960至70年代；第三阶段，"文化霸权"与"接合理论"发展阶段，主要发生在1980年代前期；第四阶段，"文化霸权"与"接合"理论的延伸阶段，主要发生在1980年代后期。显而易见，这两种分期的方法存在各自的"遗憾"。安吉拉·麦克罗比只摘出霍尔的"代表性时期"，但笔者认为上述"代表"也只是部分代表，霍尔的代表性成果远不止于此，比如意识形态批判、表征理论以及1980年代末集中关注的身份问题并没有被提及。而邹威华也只是以"文化霸权"为主线对霍尔的理论进行阶段式探讨，文化霸权显然不是霍尔文化理论的全部内容。本书尝试从更广的时间跨度和理论跨度上把霍尔的学术生涯进行分期。笔者认为以霍尔的学术关注点为线索，并结合时间跨度可以大

---

① ［英］麦克罗比. 文化研究的用途［M］. 李庆本译. 北京：北京大学出版社，2007：15

体上把霍尔的学术研究分为四个阶段。第一阶段，1950 年代末到 1960 年代初是霍尔学术生涯的早期阶段。以霍尔担任新左派刊物编辑为标志，这是新左派时期的霍尔对以阶级矛盾为特征的社会主义革命级进行回应和质疑的阶段。从成果的角度体现为以 1957 年霍尔在《大学与左派评论》上发表"编辑寄语"为标志性开端事件，以 1963 年的发表在《战争与和平》上的文章《古巴危机》为尾声。第二阶段，1960 年代中期到 1970 年代是霍尔学术生涯的中期阶段——"媒体"批判时期。在这个时期霍尔开始关注大众文化及媒体研究。霍尔在研究大众传媒的过程中关注了广播、电视、新闻等媒体的传播方式，其中电视传播是他研究的重点，安吉拉·麦克罗比将其评价为霍尔研究中"最为精彩"的部分①。这与霍尔在切尔西学院的工作经历密切相关，从成果上来看，1964 年与华耐尔合作出版的《通俗艺术》是开启霍尔媒体研究的标志性成果。直到霍尔来到伯明翰当代文化研究中心之后也一直保持着对媒体研究的热情。实际上霍尔对媒体的研究从未放弃，2000 年左右对博物馆的研究也可以被看作是对媒体传播方式研究的一种延伸。第三阶段，1970 年代末期到 1980 年代的中后期是霍尔理论研究的中晚期阶段——"社会"批判时期。在这个阶段霍尔把关注点转向对马克思和意识形态批判上来，具体表现在对文化霸权的思考和对撒切尔主义的批判上。在这个阶段，霍尔表现出了极大的政治批判热情，他的理论研究日趋成熟，研究成果极为丰富。1977 年霍尔发表《重新思考"基础和上层建筑"的隐喻》，深入思考了传统马克思主义的政治经济化约论。国内对于霍尔在第二和第三阶段的理论文本给予了极大的关注，因此与此相对应国内的成果也多集中在媒体、表征、马克思和意识形态这四个主题。第四阶段，1980 年代末期到 21 世纪初是霍尔理论研究的晚期阶段——"身份"批判时期。1979 年，霍尔离开伯明翰前往公开大学，具有更为宽松的研究环境，在毫无负担的情况下霍尔开始反思自己的身份，思考身份和文化身份问题。霍尔对自我身份的反思和对加勒比非裔移民身份的思考呈现在 1987 年发表的《最小的自我》当中，这是霍尔身份批判的开端。具体地说，他从此开始思考移民身份和其中隐含的民族和种族问题。1994 年，霍尔前往哈佛大学作了关于种族、民族和族裔散居的系列讲座，之后经整理，以《命运的三角：种族、民族和族裔散居》（以下称《命运的三角》）为题在 2017 年出版。在国内虽然对霍尔的族裔散居有所关注，但还远

---

① ［英］麦克罗比. 文化研究的用途［M］. 李庆本译. 北京：北京大学出版社，2007：15

远不够，相关文献还不足 5 篇。2000 年霍尔发表了两篇关于"多元文化问题"的文章。虽然霍尔后期对于种族和民族问题的论述相当集中也比较详实，但在国内推介较少，只散见在一些文献之中，对其发展轨迹更是论述不足。除了上述四个阶段之外，霍尔在 2000 年以后也发表了一些文献，但在这个阶段确切来说没有新的学术关注点出现，这个阶段的成果主要集中在对之前学术生涯的反思上，所以本书并没有这段时期放在霍尔学术生涯的总体分期之中。

第二，国内研究对霍尔理论中的关键概念厘定不清，在使用上还比较混乱甚至存在误读。在对国内文献进行梳理的过程中，笔者发现在霍尔的理论研究中有些关键性概念虽然被引频次较高，但存在的问题也较大。通过知网检索与霍尔相关的文献，在按照主题热度由高到低进行排序，排在四、五位的分别是文化认同（6/84）和文化身份（3/84）。汉语中看似不同的两个表达方式在霍尔的理论研究谱系中却是相同的英文表达，对应中文"文化身份"和"文化认同"的英文都是 cultural identity。这其中的问题显化地表现在对霍尔许多重要概念的中文表述方式不一致，一个英文单词对应多个中文表达。身份/认同是其中一组，其他主要的概念还包括流散/族裔散居（diaspora），族性/族群（ethnicity）等。隐含的深层问题就是对这些概念内涵把握不清，这才是造成众多分歧的根源。在霍尔的理论框架下，identity 是一个重要概念，国内一部分学者将其称为身份，一部分认为它是认同，还有人认为它既是身份又是认同。按照以上逻辑，cultural identity 既可以是文化身份，又可以是文化认同，甚至还可以是文化身份认同。而在上述研究霍尔的文章中并没有系统论述这一概念的内涵，更没有学者在英国语境和霍尔的思想谱系中对 identity/cultural identity 进行考查。作为霍尔学术生涯中后期阶段中的重要概念，对其进行思考不仅是必要而且是重要的。

第三，国内研究多囿于对霍尔某一领域或某一视角的重复性研究，对霍尔研究的主题在广度上还有待拓展。国内大量、重复地从媒体和马克思主义的视角对霍尔进行研究，这两个角度分别占据霍尔研究"热搜榜"的前两名。从 2004 年至今，除去翻译文献总计 80 余篇的文章中有大概 20 篇与霍尔的媒体研究相关，另外还有 10 余篇与霍尔的马克思主义研究相关。但无论是媒体研究还是马克思主义批判都只是霍尔在某一阶段的研究侧重。除此之外，霍尔还有许多颇为重要的理论贡献，比如霍尔从媒体政治转向意识形态研究，从阶级主体转向种族、族性、民族等不同维度主体的文化身份阐释等。"从他早期对媒体的研究，到他对葛兰西的重新阐释以便对 1970 年代的英国进行分析和对撒切尔主义进行批判，直至最近的种族和新族性的研究，霍尔对几代学者来说会是一个启发式的人物"①。因此，我们应该在更宽广的视野下理解霍尔。

第四，国内横向研究的知识点较多，但纵向逻辑梳理明显不足。如果研究者对某一问题发生、发展的语境的了解不够，便会不可避免地在某些问题的理解上产生偏差。虽然国内研究把霍尔的理论按照时间分成若干个阶段，比如新左派时期、伯明翰时期、国家批判时期等，但各个阶段间是如何"接合"的却鲜有人探究。虽然霍尔在研究的过程中是多线并进的情况，但实际上霍尔众多理论主题的发生都是有承接和衔接关系，并不是断裂的。而对霍尔某种思想或立场缺乏语境化的深入"阅读"和"考查"，必定会引发一定问题。国内对霍尔的研究多以时间为线，或追溯霍尔生平、横向论述其理论贡献，或回溯霍尔某个时间段和这个区间内研究成果，比如新左派时期的霍尔和马克思之间的对话，又或伯明翰时期的霍尔对媒体文化的批判等。但具体到霍尔与马克思对话的立场，霍尔媒体批判与国家批判的关系，以及这两种批判之后霍尔文化批判的理论走向都缺乏探究。只有将霍尔的成果置于语境下进行连续阅读，才有助于探究其理论发展的衔接关系和联系，才有助于探究其理论发生轨迹、脉络和谱系。在这里以媒体研究为例，它只是霍尔理论谱系中的一个"环节"，向上连接大众文化，向下连接表征方式。而表征则是霍尔探讨英国移民问题的切入方式，表征是身份建构的手段，身份建构又涉及不同身份位置（种族、民族等）和位置下的权力关系等。只有进行纵向梳理，才能摆脱在某一断裂点上研究霍尔踯躅不前，才能明晰其理论发展和演进的总体逻辑。

第三节　方法与价值

一、研究方法

第一，本书通过文献梳理和文本细读的方式，整理、提炼、阐释霍尔的

---

① ［英］麦克罗比. 文化研究的用途［M］. 李庆本译. 北京：北京大学出版社，2007：15

文化身份理论。本书从 1980 年代到 2000 年左右与霍尔相关的理论文本、访谈和演讲等资料中提取与身份或文化身份相关的文献，探寻霍尔文化身份理论演进的轨迹，挖掘霍尔文化身份理论的理论要点和构成要素。

第二，本书运用了霍尔从葛兰西处借鉴的"情境"分析的方法，探究霍尔文化身份理论之所以能够成为理论的关键所在，即探讨构成文化身份理论的理论要素及各要素之间的支撑关系。此外，本书还通过"情境"分析的方法探究阶级、种族、民族、族裔散居等各个关键意义节点在文化身份框架下的承接关系和位置关系。通过以上两种情境的分析，本书希望能够从横向和纵向两个维度系统、深入地把握霍尔的文化身份理论。

第三，本书通过文化理论和文化批评相结合的研究方法，从不同层次上阐明霍尔文化身份理论的分析力和阐释力。文化理论为文化批评提供方法层面的指导，文化批评在操作层面对文化理论进行印证。二者不仅互为支撑，还能帮助我们更加深刻地理解霍尔的文化身份阐释，认知霍尔文化身份理论的构建路径。

二、研究价值

本书跟随霍尔的脚步绘制文化身份的结构图，具有十分重要的理论价值。

第一，梳理霍尔晚期的理论成果，有助于平衡国内研究多集中于霍尔中期和中晚期，补充晚期研究成果较少的现状。霍尔在英国展开学术研究的五十余年间其理论成果丰厚，具体体现为成果数量众多、研究主题广泛、研究领域多元。笔者按照时间顺序结合霍尔在各个阶段的理论关注点，将霍尔的学术研究分为早期、中期、中晚期和晚期四个时期，分别对应 1950 年代末到 1960 年代初霍尔学术生涯的早期阶段；1960 年代中期到 1970 年代霍尔学术生涯的中期阶段——"媒体"批判时期；1970 年代末期到 1980 年代中后期霍尔理论研究的中晚期阶段——"社会"批判时期；1980 年代末期到 1990 年代末霍尔理论研究的晚期阶段——"身份"批判时期。目前在国内的研究中，对霍尔"媒体"批判（包括以电视传媒为主的大众文化形式，以编码解码为路径的媒体传播方式等）和"社会"批判（包括意识形态统治的具体表现形式、文化霸权、撒切尔主义以及意识形态统治的路径文化表征等）关注较多。在本书的研究中，笔者将关注霍尔对"身份"的批判，思考不同层次主体（种族、民族、族裔等）在文化结构中体现的权力关系问题。

第二，全面考察霍尔的理论成果，对霍尔理论中的关键概念进行内涵梳理，有助于研究者澄清现阶段研究中使用混乱、令人困惑的关键概念及其之间的关系问题。文化身份是文化研究和霍尔"理论"谱系生成和发展的主线之一。目前国内对文化身份的研究有所涉猎，但却缺乏对其扎实、清晰而深入的把握。这一方面表现在对于霍尔"文化身份"的概念还存在不同说法，甚至与霍尔的说法不一致的情况。比如，在对 identity 的界定过程中，有些学者认为它是"身份"，有些学者认为它是"认同"，也有些学者认为在不同的语境中 identity 既可以指涉"身份"又可以指涉"认同"。而在霍尔的理论阐释中，实际情况却与此不同。再如，有些学者认为霍尔将文化身份分为个体身份或集体身份两种类别，但实际上当霍尔提到文化身份时他意指群体性身份即集体身份而非个体身份。此外，梳理霍尔"身份"批判的方法还有助于研究者厘清一些较为模糊、似是而非的概念，比如 ethnicity 到底是"族性"还是"族群"，diaspora 到底是"族裔"还是"流散"等基础性理论问题。同时，对霍尔理论文本的深入梳理也有助于研究者明晰文化身份之中 identity，ethnicity 和 diaspora 等关键概念的内在关联。

本书在厘清霍尔文化身份问题理论向度的基础上，综合考量霍尔的文化身份批判路径，具有一定的现实意义。

第一，梳理霍尔对西方中心主义"文化身份"的阐释，有助于研究者在全球化语境下了解西方话语对弱势文化的身份建构方式和其中隐含的权力运作方式。我国正处于在全球范围内推介中国文化、建设文化强国阶段，全球化背景下如何在西方主导的话语体系下，发出文化声音、构建文化身份显得尤为重要。建构中国文化身份的前提是解构西方中心主义话语体系中刻板的中国形象，因此了解西方话语在构建文化身份过程中的权力运作机制十分重要。霍尔的文化身份理论虽然植根于英国的社会现实，但最终的利益诉求是解构西方中心主义的文化霸权，建构弱势（边缘）文化，并推送弱势（边缘）文化接近直至抵达文化的"中心"。霍尔从历史、话语和差异等层面对西方构建的"文化身份"的合理性进行消解，揭示其中的权力—知识—话语机制，这将为中国文化打破西方话语束缚走出国门、走向世界提供借鉴。

第二，梳理霍尔的理论文本从而了解文化身份及其构建路径，有助于研究者反思当下我国的文化身份建构策略。霍尔对文化身份问题的思考是开放的、非本质化的，他认为文化身份是一种叙事方式，是通过历史和文化的差异而建构，文化表征是构建身份的重要途径。如何在全球化背景下抵抗西方文化的同质化侵蚀，如何在保留自己独特文化样态的前提下建构新的文化表征方式，是霍尔的理论和实践诉求。霍尔致力于在多种复杂的历史文化关系中思考身份问题，这将为我们在全球化背景下思考文化身份问题提供思想资源。

霍尔曾在《文化研究及其遗产》中对文化研究这样定性，"它是一个关于各种关系结构定位的问题。的确，这些关系结构的定位绝不可能终结，也绝不是绝对的……我试图追溯到文化研究中的那个'阐明立场'的时刻，追溯到各种立场开始产生重要意义的那些时刻"①。本书希望能够通过梳理霍尔在1980年代后期至2000年左右的文化身份理论成果，为学界提供一个从更宽广、更全面、更理性的视角来"阅读"霍尔及其文化身份理论"结构定位"的机会。

第四节　创新之处

第一，系统探究、阐释"文化身份"的理论向度是本书的创新之一。在文化研究视角下从"理论"的角度对文化身份的定义、内涵、特征、维度、批判工具、构建路径等方面进行系统、深入地梳理，在学界并不多见，甚至可以说是一个小小的空白。霍尔是英国文化研究的领军人物，身份和文化身份问题一直是其理论研究的关切点。国内学界在2000年左右开始兴起对霍尔研究的热潮，截至2019年相关博士论文3篇，著作5部（大陆4部，台湾1部），却没有一项成果对霍尔在1980年代至二十一世纪初关注的"文化身份"理论及其演进逻辑进行深度梳理（虽然目前成果之中"文化身份"的某一维度，如种族身份、族裔散居身份等问题的研究）。文化身份理论在学界鲜有梳理的原因，主要在于霍尔本人刻意回避"集中""系统""全面"地阐释某一种理论，同时也与霍尔相关理论文本庞杂，阐释语言抽象不无关系。从1980年到2000年间，霍尔针对种族、民族、族裔等问题发表了30余篇相关论文，组织撰写或编辑了多部论文集和文化研究读本，足见霍尔对文化身份问题的重视。虽然提炼"理论要素"与霍尔一直在学术研究中反本质主义的努力看似相左，但为了接近霍尔、解决研究"文化身份"中的理论困惑，这一做法

---

① ［英］斯图亚特·霍尔.文化研究及其理论遗产［J］.孟登迎译.上海文化，2015

无疑至关重要，文化身份的理论廓清势在必行。

　　第二，"文化身份"理论与文化身份批评相结合的综合阐释是本书的创新之二。在文化研究视角下，从理论与批判两个向度对文化身份的构建路径进行分析的成果在学界并不多见。本书在深入阅读霍尔的理论文本，总结、提炼霍尔文化身份理论的构成要素和理论要点的基础上，结合 2017 年哈佛大学新出版的霍尔系列讲座文稿《命运的三角》综合考量霍尔的文化身份批判。《命运的三角》于 2017 年出版后并没有受到国内学界的足够关注。霍尔在该书中从历史形成和话语实践的角度对种族、民族、族性以及族裔散居问题的阐释非常详实，对西方中心主义文化身份的批判论述非常充分，值得关注。本书在前半部分理性地分析了文化身份构建要素和构建路径，深入阐释了解构和建构文化身份的路径，在后半部分从民族身份批判和种族身份批判两个维度细致地考察了文化身份批判的方式，这种综合分析的方法有助于研究者真正地了解霍尔阐释文化身份的立场，真正地把握霍尔构建文化身份理论的动因。

第一章

霍尔"文化身份理论"的缘起

霍尔的文化身份理论之所以呈现出深刻的洞察力和阐释力，一则得益于霍尔复杂的身份经历，二则离不开霍尔丰富的学术经验。因此，想要梳理、探寻霍尔关于文化身份理论的生成和发展轨迹，就要在语境中定位霍尔。霍尔的身份经历和欧陆的思想资源是霍尔能够深度阐释文化身份的力量源泉。本章首先从霍尔的"身份"意识觉醒说起。

第一节　霍尔的"身份"经历

霍尔，牙买加裔，获得罗氏奖学金之后踏上英国的求学之旅。牛津默顿学院开启了霍尔借助不同"身份"为不同群体争取权力而发声的"学术即政治"之旅。霍尔首次直面自己、剖析自己的文章是 1987 年的《最小的自我》（*Minimal Selves*）。这篇文章以自传式的书写方式描述了霍尔作为黑人群体的一员在英国体验到的格格不入之感，这是霍尔思考"身份"的源头。1992年，陈光兴发表了采访霍尔的文稿《流离失所：霍尔的知识形成轨迹》，在这次访谈中霍尔详细追忆了自己的成长经历，介绍了现实语境对他思考问题方式的影响。陈光兴在这本书的"序言"部分这样评价霍尔："他没有沉湎于个人的身世之感，从牙买加的殖民状况，伦敦的新左派时期，伯明翰大学的60、70 年代，到以承认普及教育为目标的开放大学，霍尔未必自负于个人的乡愁过去，反倒是反思性地将个人经验与社会结构及历史构造相联结，来实践其'个人即是政治的'解释。"① 本章将按照上述轨迹，探讨霍尔在牙买加的底层成长经历、伦敦"新左派"经历、伯明翰当代文化研究中心任职前后的媒

---

① 陈光兴．文化研究：霍尔访谈录［M］．台湾：远流出版公司，1998：序言

体研究经历、公开大学担任社会学教授期间"撒切尔主义"批判经历，加上陈光兴并未提及但笔者认为十分重要的"后公开大学"经历，即霍尔在英国朗尼迈德基金会担任委员（Runnymade Trust）撰写"帕瑞克报告"的经历对霍尔思考文化身份的影响。

一、混杂族裔与散居文化的身份焦虑

霍尔的家庭环境和成长经历是霍尔思考文化问题的原点。霍尔以自省的方式，从分析自己家庭的阶级和种族构成出发，分析社会对个体身份的影响。霍尔认为历史和社会起到形塑个体的作用，它像是一种枷锁在相当程度上影响个人主体的命运。因此，从这个角度来说，个人主体的生存空间被社会文化结构所限定，个人主体的政治空间也被社会文化结构所限制。

霍尔看似"多元"的家庭文化却带有十分浓厚的殖民主义色彩，受到殖民文化的形塑。"我父亲和母亲都属于中产阶级家庭……全家的种族组合十分混杂，不管非洲、东印度群岛、葡萄牙、犹太的血统，统统都有。"① 霍尔的父母长期在英国的殖民统治下生活，他们长期被殖民文化同化，虽然身为有色人种却对牙买加黑人的文化和肤色都非常排斥。霍尔整个家庭的政治空间被本质主义、种族主义的肤色意识所封闭。这种封闭的意识造就了霍尔姐姐一生的命运悲剧，她因为选择一个"低等"肤色的配偶而成为"意识"的受害者。姐姐的经历不仅让霍尔清醒地认识到文化在形塑个人主体观念上所起的作用，也让霍尔意识到个体和社会文化之间同质化和异质性并存的复杂关系，即霍尔在文中所讲述的"文化是一件深刻的主观、个体经验，同时也是我们生活的结构。这种结构带给人们的影响是深远的，结构会形塑个体，会淹没个体的主体位置。我的家庭将我带入这个空间，而这些结构经验使我对这个空间产生比较具体的感觉"②。正因为如此，霍尔才对殖民、种族、混杂性从一开始就有着不同寻常的敏锐洞见。

霍尔为了逃离这种形塑的束缚离开牙买加，这是他从西印度群岛黑人的位置出发抵抗殖民文化的第一步。霍尔来到英国之后作为移民者对散居身份有了更为深刻的理解。"我对这两个地方都十分熟悉，但是我也都不全部属于其中某个地方。这正就是一种流离失所的经验，远的能够见到流亡和失去的

---

① 陈光兴. 文化研究：霍尔访谈录［M］. 台湾：远流出版公司，1998：19
② 陈光兴. 文化研究：霍尔访谈录［M］. 台湾：远流出版公司，1998：27

感觉，近的能够了解总是延迟到来的迷。"① 散居的经历赋予霍尔一种既置身文化内部和又位于文化外部的经验，因此霍尔借助自身内外经验的结合看到了后现代和后殖民接合的可能性。后现代打破了固有的、本质的文化身份，文化身份的各种要素在后现代语境下被拆解开来，"这就是'流亡'和'失去'的感觉"②。后殖民打破了文化身份中层级结构的合理性，文化身份中包含的权力关系被剥离显化出来。后现代和后殖民的接合为文化身份提供了打破重组的机会，在这个过程中包含差异的文化要素被赋予平等的身份，从而有了相互吸引和混合的可能性，这就是"延迟到来的迷"③。这就为文化混杂提供了机会，使得两种或者多种文化的接合成为可能。文化的混合在霍尔看来并不是简单的物理性相加，而是多种文化产生的化学反应，不同的文化通过历史条件下的"环扣"构成新的意义链条和逻辑，这种接合作为一种新的文化结构影响着个人主体。从这个意义上来说，文化在社会发展中影响了社会再生产，是一种物质性力量。

霍尔从 1980 年代末开始解构个体身份。他打破身份的本质属性，承认身份的流动性、混杂性、断裂性。霍尔解构历史和文化结构中包含的规定性，意在唤醒人们对于文化形塑的反抗，揭开欧洲民族主义看似权威、合理、真实的面具。霍尔立足于自身被殖民的历史经验，从后殖民更宽广的视域为被殖民、被表征的人群创造新的政治空间。霍尔对殖民、种族、混杂有着无比具体的感受，他对身份问题有着不同寻常的敏锐洞见，所有这些都得益于他复杂的身份经历和丰富的人生经验。

二、伦敦的新左派经历与无阶级之感

霍尔来到英国之后，在牛津结识了一些来自共产党和劳工俱乐部的左派朋友，他们"多半是黑人、反殖民或后殖民的知识分子"④。霍尔虽然是左派但却从来没有加入过共产党。因此，作为一个局外人，霍尔对马克思主义一直保持着清醒的认识。在《文化研究：霍尔访谈录》中，霍尔称自己是一个"独立的自我"，意指他在与马克思的对话关系中保持着独立的位置。霍尔称

① 陈光兴. 文化研究：霍尔访谈录 [M]. 台湾：远流出版公司，1998：31
② 陈光兴. 文化研究：霍尔访谈录 [M]. 台湾：远流出版公司，1998：31
③ 陈光兴. 文化研究：霍尔访谈录 [M]. 台湾：远流出版公司，1998：31
④ 陈光兴. 文化研究：霍尔访谈录 [M]. 台湾：远流出版公司，1998：37

自己对"马克思主义感到有趣",但"不是教条马克思主义者"①。他还指出虽然"我们是反对斯大林主义者",但"不是苏联的捍卫者;因此我们没有成为共产党员"②。霍尔从一开始就反对马克思主义阶级理论的化约论。

"新左派"的出现有其深刻的历史、社会根源。随着苏联进军匈牙利,英国进攻苏伊士运河,"这个世界开始反转,新左派就此形成"③。霍尔在访谈中谈到新左派的组织构成比较复杂,新左派组织内部的成员并不都是知识分子,也不是单纯的工人阶级。新左派内部成员包括工党、工会成员和学生等不同身份的群体。1956 至 1962 年间,新左派与进步和激进的政治力量共同推动了当时社会运动的发展。1958 年诺丁山发生种族暴动。新左派在当地组织租屋联盟、黑人防卫团和之后的反核运动。新左派不再单纯地将斗争局限在种族和阶级的范围之内,而是在更为广泛的社会群体中寻找同盟反抗资本主义统治。这说明新左派开始重新审视英国的政治环境,开始挖掘新的政治空间。他们把关注的焦点从劳工阶级转向新的社会群体,他们既反对资本主义又不拥护社会主义。霍尔把这种新的运动形式称为与资本主义进行斗争的"第三空间"。因此,新左派的"新"表现在反对帝国主义,反对斯大林主义,反对传统的阶级构成和阶级斗争观点。

在新左派时期,霍尔对阶级问题的思考不断深入、更加开放。他认为关注阶级问题并不能机械地延续马克思主义关于阶级的传统观点。有鉴于此,他指出社会中已经不存在一个稳定的可以称之为"阶级"的政治团体,只有新形式的社会运动才能破除阶级斗争的"神话"。霍尔指出虽然阶级问题一直是文化研究尤其是早期伯明翰时期关注的重点,但他们是从"从霍加特和威廉斯的角度切入",即从文化的角度切入阶级,而不是'从古典马克思主义的立场出发'"思考阶级问题④。换言之,他们着重分析文化结构对社会群体位置构成的影响,即打散阶级结构而不是将社会问题聚焦于阶级。霍尔承认"我们都对阶级的问题感到有兴趣,但是那绝对不是唯一的问题"⑤。霍尔指出政治经济对阶级身份已经不具有完全的决定作用。文化在此过程中发挥了重新划分社会阶层的作用。随着资本主义经济的发展,消费文化赋予了无产

---

① 陈光兴. 文化研究:霍尔访谈录 [M]. 台湾:远流出版公司, 1998:37
② 陈光兴. 文化研究:霍尔访谈录 [M]. 台湾:远流出版公司, 1998:37
③ 陈光兴. 文化研究:霍尔访谈录 [M]. 台湾:远流出版公司, 1998:38
④ 陈光兴. 文化研究:霍尔访谈录 [M]. 台湾:远流出版公司, 1998:51
⑤ 陈光兴. 文化研究:霍尔访谈录 [M]. 台湾:远流出版公司, 1998:51

阶级新的感受。他们自我感觉已经从无产阶级转化为中产阶级，因为此时的无产阶级不只生产文化产品而且还成为消费文化产品的主力军。原本属于无产阶级强烈的阶级斗争意识已经消损，这种"无阶级之感"意味着传统以阶级为中心的斗争观念已经过时。霍尔在新左派时期（1950 至 60 年代）对阶级化约论的批评，为他在 1970 年代从阶级政治转向身份政治奠定了坚实的基础。到了 1970 年代中期，身处伯明翰研究时期的霍尔出版了《通过仪式抵抗》，标志着他领导的文化研究与传统阶级观的彻底决裂。

霍尔领导的英国文化研究经历了从对阶级的关注，到对阶级化约论、阶级本质论的舍弃。霍尔对于阶级的关注和阐释意在强调阶级主体的构成十分复杂。在新的历史语境下，阶级之中包含具有不同种族、民族和性别身份的成员。既然阶级的主体已经发生变化，那么阶级政治的观念也必然需要调整。

三、媒体政治批判与意识形态国家机器

霍尔离开《新左派评论》之后，前往切尔西学院讲授媒体、电影和流行文化等课程。在此期间霍尔和华耐尔共同合作，关注电影等媒体的传播方式，并在 1964 年完成合著《通俗文化》（*The Popular Arts*），标志着霍尔媒体批判时代的到来。1964 至 1976 年是霍尔的媒体批判时期，也是霍尔学术生涯中最为精彩、政治性较为突出的时期。在这段时间内，霍尔思考了统治阶级通过媒体对意识形态进行传播的途径。他发表了《阶级和大众传媒》（*Class and the Mass Media*，1966）、《广播的局限》（*The Limitations of Broadcasting*，1972）、《新闻照片的决定性》（*The Determination of News Photograph*，1972）、《嬉皮士：美国的异类》（*The Hippies：Dissent in American*，1972）、《电视中的编码解码》（*Encoding and Decoding in Television Discourse*，1973）、《电视话语》（*The Television Discourse*，1973）、《电视、暴力和犯罪》（*Television，Violence and Crime*，1975）、《电视和文化》（*Television and Culture*，1976）等文章。可见，广播、电视、新闻、音乐、摄影等大众媒介的传播方式都是霍尔的关注点。而且可以肯定的是，霍尔的媒体研究与他在切尔西学院的工作经历密切相关。但即便当霍尔离开切尔西来到伯明翰当代文化研究中心之后，他也一直保持着对媒体研究的热情。

霍尔领导的媒体研究从消解法兰克福学派对大众传媒的彻底否定开始，他消解了英国早期文化研究中的精英残余。霍尔在切尔西期间对传统媒体研

究范式进行挑战，他在更加开放的意义上重新"定义"媒体研究。霍尔在切尔西任教期间撰写《通俗文化》。在这本书中，他消解了精英和大众文化的二元对立，彻底消解了早期文化研究（威廉斯）关注小说、戏剧等"高雅文化"的精英主义残余倾向。他指出了大众文化具有改变现实的物质力量。当霍尔受邀来到伯明翰文化研究中心之后，他成立了中心内部存续时间最长的媒体研究小组，足见霍尔对媒体研究的重视。该小组对意识形态下英国媒体的表征方式进行研究。在霍尔的领导下，媒体批判围绕意识形态分析展开。1980 年，媒体研究小组出版《媒体、文化、语言：文化研究的工作文献1972-79》（*Culture*, *Media*, *Language*：*Working Papers in Culture Studies*，1972-79）。由该文献的标题可见，霍尔把媒体、文化、语言结合起来进行研究，这成为媒体研究的主要思路。霍尔撰写的《文化中心媒体研究的概述》（*Intro-duction to Media Studies at the Center*）也收录其中。在该文中，霍尔介绍了文化中心开展媒体研究的"新"思路①。

文化中心媒体研究思路的"新"体现在以下四个方面。第一，霍尔领导媒体研究与"行动主义"的刺激反应研究范式决裂。"新"媒体研究批评了法兰克福学派将媒介传播视为文化庸俗化和文化暴力的直接原因，不再使用"直接影响"模式思考媒体传播与意识形态传播之间的关系。意识形态对媒体传播不具有完全的决定作用，媒体传播对意识形态具有反作用。研究小组把媒体看作一种"触发器"，认为媒体具有反作用于意识形态的力量，能够转变或再生产大众的意识形态。第二，霍尔领导媒体研究从话语的角度思考媒体文本意义的生产方式。"新"媒体研究质疑"媒体文本是意义'透明的'传递者"的传统观念。媒体远远超出只负责传递信息的功能。媒体小组不再关注传统的媒体内容分析，而是把媒体视为文本，转向其语言结构和意识形态结构的分析。第三，霍尔领导媒体研究把受众从被动、无差别的状态中解放出来，转而从主动、积极、有阅读能力的角度研究受众。媒体如何编码，受众如何解码都成为媒体小组研究的重点。第四，霍尔领导媒体研究关注媒体在主流意识形态的流通和主流意识形态表征方式的延续中所起的作用。霍尔强调了媒体的意义构建是一种表征的方式。媒体不是反映现实，而是表征现

---

① Hall, S. *Introduction to Media Studies at the Center*［A］//Hall, S. Hobson, D. & Lowe, Andrew. et. al. Culture, Media, Language：Working Papers in Cultural Studies. London：Routledge，2003：104-109

实，它是一种意指实践①。一方面，媒体通过意义的生产引导、"询唤"大众，因为媒体特定的言说和表意方式传递的是意识形态的信息。另一方面，媒体通过意义生产来争夺受众，受众或接受或抵抗意识形态信息，相应地受众或被意识形态收编或成为改变现实的力量。在这一过程中，霍尔以阿尔都塞的意识形态国家机器理论为指导，借助符号学和福柯的话语理论，把媒介视为资本主义国家意识形态生产的机器进行批判。

霍尔认为受众具有批判性阅读媒介语言的能力，能够对文化产品的意义进行多重方式的解读。1980年霍尔发表《编码/解码》（Encoding/Decoding），提出受众解码的三种模式，里程碑式地赋予受众主动性和能动性。这也是霍尔站在新左派和有机知识分子的立场上反抗主流意识形态的又一次尝试。他利用编码/解码尝试找到阐释文化生产和文化实践的有效方式。他指出受众在主导意识形态的文化实践中并非一味地接收信息。霍尔利用符号理论说明受众可以进行三种方式的阅读：推介意义阅读、协商性意义阅读和抵抗性意义阅读。虽然文化产品的信息在编码的过程中就已经被决定，但是霍尔认为受众在解码的过程中仍然具有多元解读的可能性。三种阅读模式反映了受众在实际阅读过程中可以接受、可以质疑甚至可以反抗所传递的意义（实际过程可能更为复杂）。霍尔是赋予受众积极阅读方式的第一人。在当时阶级意识形态一边倒的理论背景下，霍尔肯定了大众的力量，发现了大众文化的抵抗意识，挖掘了大众主体与主流意识形态抗争的无限潜力。

霍尔在赋予大众能动性的同时，并没有放弃对意识形态的关注。1982年霍尔撰文《意识形态的再发现——媒体研究中被压抑者的重返》（The Rediscovery of "Ideology"：The Return of the Repressed in Media Studies）。霍尔解释了媒介研究中的"意识形态再发现"是指研究者"通过利用阿尔都塞意识形态国家机器理论中的'结构历史化'将'霸权与接合'相结合用于综合考量意识形态问题"②。他以媒体为手段对意识形态国家机器操控的主流表征形式进行批判。霍尔就通过解码/编码理论把意识形态的生产（编码）、意识形态传播的途径（媒介）和意识形态的意义解读（受众的解码）接合到了一起。不

① Hall, S. Introduction to Media Studies at the Center［A］//Hall, S. Hobson, D. & Lowe, Andrew. et. al. Culture, Media, Language：Working Papers in Cultural Studies. London：Routledge, 2003：109

② Hall, S. The Rediscovery of 'Ideology'：Return of the Repressed in Media Studies［J］. Culture, Society and the Media. Methuen, 1982（vol. 759）：61-95

仅如此，霍尔还把马克思主义生产理论接合到媒体研究中。他在《表征：文化表征与意指实践》（1997）一书中阐释了文化产品"生产、流通、分配和消费"等①环节，深入分析了意识形态对文化产品生产、传播和再生产的影响和操控。

霍尔媒体研究的成果虽然集中出现在 1960 至 1970 年代，但实际上他对媒体的研究一直没有间断。1980 年代，霍尔发表了《他们眼中的白人：种族主义的意识形态和媒体》（*The Whites of Their Eyes：Racist Ideologies and the Media*，1981）、出版了合著《媒体、文化和社会》（*Media，Culture and Society*，1986）持续关注媒体表征在社会实践中的作用。此外，霍尔在 1980年代末开始从媒体表征的视角思考文化身份问题。1989 年，他发表了理论生涯中最具代表性、也最具影响力的《文化身份与电影表征》。该文后经修改以《文化身份与族裔散居》为题重新发表，成为转引率极高的文献之一。1990年代霍尔对种族、民族身份构建方式的阐释也离不开本阶段媒体研究的实践基础和理论积累。不仅如此，2000 年以后他对博物馆的研究也可视为延伸媒体传播研究的新形式。简而言之，霍尔对媒体进行批判是他介入社会现实，唤醒大众在西方主导话语体系中的身份意识和反抗意识的重要手段。

四、撒切尔主义批判与文化霸权的战场

1979 年霍尔离开伯明翰文化研究中心前往开放大学执教，在更加开放的环境中追求学术自由。霍尔在开放大学讲授"国家与社会"（*State and Society*）这门课程并于 1985 年出版了《当代英国的国家与社会》读本（*State and Society in Contemporary Britain：A Critical Introduction*）。霍尔在这本书中指出国家和社会在文化运作中的复杂关系，"政体、经济、社会结构和国家的空间"是一种"复杂关系网络"②。可见，在这个阶段霍尔关注的重点是"基础/上层建筑"和意识形态批判，具体表现在对文化霸权的思考和对撒切尔主义的批判上。

霍尔在这一时期表现出了极大的政治批判热情，他的理论研究日趋成熟，

---

① ［英］斯图亚特·霍尔. 表征：文化表征与意指实践［M］. 徐亮，陆兴华译. 北京：商务印书馆，2013：导言（1）

② Hall, S. *State and Society in Contemporary Britain：A Critical Introduction*［J］. Sociology - The Journal of the British Sociological Association，19（2）：IX

研究成果极为丰富。1977 年霍尔发表《重新思考"基础和上层建筑"的隐喻》（*Rethinking the "Base and Structure" Metaphor*），深入思考传统马克思主义的政治经济理论。1979 年撒切尔领导的保守党在竞选中大败工党获得胜利，1983 年保守党再次赢得大选，开启了长达 11 年的执政生涯。如果说撒切尔政权的第一次胜利揭开了霍尔对"撒切尔主义"研究的序幕，那么撒切尔领导保守党的第二届连任则是激励霍尔进行文化政治批判的动因。"撒切尔主义"这一名词首次出现在《右翼转向大秀》（*The Great Moving Right Show*，1979）一文中，在这篇文章中霍尔不仅预言了撒切尔领导的保守党会击败工党在大选中胜利，还解释了其中的原因。霍尔认为撒切尔主义既是一种政治策略，更是一种"固化了"的、有效的政治政策。霍尔在《艰难的复兴之路：撒切尔主义和左派危机》（*The Hard Road to Renewal：Thatcherism and the Crisis of the Left*，1988）中，进一步分析了撒切尔的领导权计划在维护保守党的政治、经济、文化统治中所起的重要作用。他引入葛兰西的文化霸权理论，分析了保守党如何能够打败长期执政的工党，如何能够与社会各阶层达成共识并通过协商形成新的意识形态领导权，并最终成功构建新的历史集团实施文化霸权的原因。霍尔深入思考了撒切尔通过意识形态国家机器的运作，夺取国家政权、赢得大众权力、获得文化霸权的过程。霍尔指出"撒切尔主义的历史集团恰恰是通过政治、文化、经济等一系列综合手段在将原有的历史主体集团观念打碎的基础上建构起来的；形成一种全新的社会力量和全新的社会运动及思潮，从而重构出服务于撒切尔主义的新的集体观念、新的集团意愿和新的文化秩序"①。霍尔的撒切尔主义批判"不是一般意义上的政治学分析，而是具有明确政治实践指向的政治战略分析"②。霍尔试图解读保守党的政治政策，从而为工党打败保守党提供战略指导。

国内有学者把霍尔在这一时期的理论关注归结为霍尔的"国家批判理论"③。笔者认为霍尔在这段时期对国家关注是肯定的，但也并不意味着他放下了对文化的思考。他只是在特定的国家文化框架下思考社会中的政治权力。正如美国学者亨利·路易斯·盖茨所说："很多人认为霍尔的政治写作和他对

---

① 乔茂林. 斯图亚特·霍尔的撒切尔主义批判［J］. 国外理论动态，2014（10）：58-63
② 张亮. 社会危机，文化霸权与国家形式的转型——斯图亚特·霍尔的现代英国国家批判理论［J］. 河北学刊，2016，36（6）：5-10
③ 张亮在《社会危机，文化霸权与国家形式的转型——斯图亚特·霍尔的现代英国国家批判理论》中把霍尔在这个时期的理论关注定义为"现代英国国家批判理论"。

种族和文化的阐释是平行的话语，但实际上他们是互相交织的，都是为了了解我们生活的环境"①。霍尔在这个时期对国家以及社会进行批判的目的是揭示撒切尔政权利用国家主义和集体主义权威，剥夺民众政治自由，实现统一社会中不同阶级、种族和文化群体的政治手段和意图。从这个时期发表文章——《撒切尔主义——一个新时代?》②、《种族、阶级和意识形态》③、《大众民主与威权平民主义："认真思考民主"的两种方式》④ ——的标题就可以看出，霍尔揭示了撒切尔政府看似民主的统治政策实际上是一种更加隐蔽的新型文化政治统治。正因如此，霍尔在这个阶段才对统治阶级疏导社会矛盾尤其是种族矛盾的方式极为关注。在霍尔看来，统治阶级利用了"学校中的种族教育"⑤ 和"种族在媒体中的表征"⑥ 等手段有效地维护了霸权统治。霍尔在撒切尔主义批判时期对政治政策、阶级和种族问题的思考为霍尔 2000 年左右的"多元文化主义"批判和"多元文化"阐释提供了坚实的实践和理论基础。

五、帕瑞克报告与多元文化的未来

1997 年霍尔结束在公开大学的执教生涯，加入英国朗尼迈德基金会成为委员会委员。他和由帕瑞克领导的许多委员一起撰写《多种族英国的未来》，该报告也被称为帕瑞克报告。虽然报告所倡导的"多种族的英国"项目最终搁置，新工党的多元文化主义政治战略也最终流产，但这个经历却帮助霍尔成功地踏上了批判"文化多元主义"和构建"多元文化"社会的理论探索之路。"多元文化"作为一种具有包容性的文化样态是霍尔一直以来的政治追求，这体现了霍尔尝试打破殖民主义束缚，与西方主流文化抗争的不懈努力。批判"多元文化主义"，鼓励"多元文化"，并在多元文化的框架下思考"混

① Gates, H. *Forward* [A] //Hall, S. The Fateful Triangle：Race, Ethnicity, Nation. Harvard University Press, 2017：xviii
② Hall, S. *Thatcherism：Anew Stage*? [J] . Marxism Today. 1980, 24 (2)：26-28
③ Hall, S. Race, Class and Ideology [J] . Das Argument (Jul.), 1980
④ Hall, S. *Popular-Democratic vs. Authoritarian-Populism：Two Ways of 'Taking Democracy Seriously'* [A] //Hunt, A. (eds.) Marxism and Democracy, London：Lawrence and Wishart, 1980
⑤ Hall, S. *Teaching Race in the School* [J] . The Multicultural Society, London：Harper & Row/Open University Press, 1981
⑥ Hall, S. *Representations of Race in the Media* [J] . Multi-Racial Education, 1981 (2)

杂性"是霍尔在 2000 年以后思考文化身份的着力点。《欧洲视角下的混杂性》①、《多重身份世界中的政治归属》②、《全球化语境中的混合、族裔和混杂》③ 等文章呈现了霍尔在全球化背景下对文化身份走向和文化身份未来进行的思考。

　　霍尔认为"多元文化主义"是统治阶级采取的"成问题的"政治策略，而"多元文化"则是一种理想的、包容差异的文化样态。霍尔对"多元文化"和"多元文化主义"的思考主要呈现在两篇文章之中，一篇是《多元文化问题》④，另一篇是《多元文化市民，单一文化市民身份》⑤。在《多元文化问题》一文中，霍尔论述了"多元文化主义"的性质：多元文化主义"这个术语指的是应对文化差异和现代社会异质性的不同策略。但问题是多元文化主义中的'主义'已经将它转变成为一个单一的政治信条，使之简单化，并把它接合到一个固定的情境中。借此多元文化情境中的异质性特征已被简化为一条枯燥无味的信条"⑥。在这段论述中，我们可以看出霍尔明确指出了"多元文化主义"性质和使用的"情境"。换言之，霍尔认为"多元文化主义"是成问题的政治策略，因为它已经从对异质身份的关注简化为刻板地规范主体行为的政治信条。相反，霍尔认为"多元文化"则是多种异质文化共生的样态。在霍尔看来，多元文化主义和多元文化问题最本质的区别就是其中涉及的权力关系。"如果说多元文化主义主要是向少数种族的人群和社团发言的话，那么多元文化问题，在我看来，则关心社会总体的性质，并由此表达每个人社会地位的变化"⑦。简言之，多元文化主义是一种政治政策，是统

---

① Hall, S. *A European Perspective on Hybridity* [J]. Issue on Latin America: Culture and Communication. Paris: CHRS, 2000 (28)

② Hall, S. *Political Belonging in a World of Multiple Identities* [A] // Steven, V. & Robin, C. (eds.). Conceiving Cosmopolitanism. Oxford University Press, 2002

③ Hall, S. *Creolization, Diaspora and Hybridity* [J]. Documenta 11Platform. 2003 (3): 185–198

④ Hall, S. *Conclusion: The Multicultural Question* [A] //Hesse, B. (eds.), Un/settled Multiculturalisms: Diasporas, Entanglements. Transruption. London: Zed Books, 2000: 209–241

⑤ Hall, S. *Multicultural Citizens, Monocultural Citizenship?* [A] // Pearce, N. & Hallgaten, J. (eds.), Tomorrow's Citzens: Critical Debates in Citizenship and Education. London: Institute for Public Policy Research, 2000: 43–51

⑥ [英] 斯图亚特·霍尔. 多元文化问题的三个层面与内在张力 [J]. 李庆本译. 江西社会科学, 2007

⑦ [英] 斯图亚特·霍尔. 多元文化问题的三个层面与内在张力 [J]. 李庆本译. 江西社会科学, 2007

治集团用来调控和管理社会中的文化问题的政治手段。多元文化是一种允许差异、包容差异，构建多种文化平等共存的文化样态，它是兼容而不是收编。

霍尔把多元文化置于历史、社会和文化的发展中进行阐释，全球化是多元文化的共生语境。换言之，全球化为"多元文化"话语提供了生存空间。霍尔认为全球化具有双重作用，它在加速文化同质化的同时也催生出许多异质的次属文化："全球化绝不能被解读为单纯的文化同质化过程；它一直是本地、（特殊）与全球的接合"①。全球化赋予文化开放性，文化开放性又为不同时代、不同历史和不同轨迹的群体提供了对话的机会。因为不同的历史、不同的文化传统会为"不同声音、不同立场、不同身份"的主体提供发声的条件②。同时，霍尔强调所有的主体都"必须在文化/全球的逻辑内发言，文化间的对话在其他地方都不可能出现"③。全球化之中差异和冲突不可避免，但正是差异和冲突中的对话和协商才能打破固有规则，才能为居于不同位置的主体创造新的文化和政治空间。简而言之，霍尔之所以追求"多元文化"，是为了帮助"具有不同历史、背景、文化、语境、经验和地位的人们"改变既有的等级秩序，切实为更广泛的社会群体争取权力④。

第二节 霍尔"文化身份理论"的思想资源

霍尔对理论一直保持着的开放态度，他涉及的理论非常广泛、庞杂。总体来说，霍尔"文化身份"理论的思想资源包含两个来源：一类来自包括马克思、葛兰西、阿尔都塞、福柯、拉克劳等人在内的欧陆理论家；一类来自包括威廉斯、霍加特、汤普森等人在内的英国本土思想家。鉴于本书会在第二章探讨霍尔对英国文化研究学派的思想传承，因此本章只把重点放在欧陆理论资源上。本章涉及的内容主要来自霍尔在理论文本中着重阐释的理论资源。这些文献包括霍尔对某位思想家进行阐释的相关文章，如论述马克思主义思想的《意识形态问题：不做保证的马克思主义》（1986）、论述葛兰西理

---

① 陈光兴. 文化研究：霍尔访谈录 [M]. 台湾：远流出版公司，1998：99
② 陈光兴. 文化研究：霍尔访谈录 [M]. 台湾：远流出版公司，1998：99
③ 陈光兴. 文化研究：霍尔访谈录 [M]. 台湾：远流出版公司，1998：99
④ 斯图亚特·霍尔. 多元文化问题的三个层面与内在张力 [J]. 李庆本译. 江西社会科学，2007

论的《葛兰西对于民族和族性研究的相关性》（1986）①、论述阿尔都塞理论
的《意指、表征、意识形态：阿尔都塞和后结构主义的争论》（1985）②、论
述福柯话语理论的《福柯：权力、知识和话语》（1997）③、论述拉克劳接合
理论的《支配结构中的种族、接合和社会》（1980）④等。此外，还包括霍尔
进行理论反思的文章，如在《文化研究及理论遗产》（1992）⑤和《文化研究
的两种范式》中涉及的重要欧陆思想。

　　霍尔明确指出他关注的不是"理论"而是"理论化"问题，即如何应用
理论的问题。霍尔"青睐理论，不过他的工作从来不是关于理论。他的工作
是关于尝试理解和改变现实和人们生活在这个世界上的可能性"⑥。"霍尔认
为理论化的目的不在于提高个人的知识或学术声誉，而在于能够使我们捕捉、
了解并解释（以产生一种更适宜的知识）这个历史的世界以及其过程"⑦。因
此霍尔接受、吸收、"接合"不同的理论为自己、为文化研究所用。霍尔的
"理论化"包含两种尝试：一种是他尝试打破西方的思维框架。霍尔指出"文
化研究早期进行时，背负极大的'西方'色彩，虽然研究重点在批判西方，
但却都局限于西方知识分子和思维架构之内"⑧。因此，必须摆脱这种思维框
架才能将文化研究置于更加开放的空间内进行查看。另一种是他尝试重新改
造甚至再造新的理论。霍尔把在新语境下对理论的调试称为对理论的"再度
翻译"。他认为文化研究最大的特点正是"再度翻译"理论。而所谓"翻译"
就是指"再接合""编码转换"和"文化嫁接"⑨。理论的"再度翻译"是要

① Hall, S. *Gramsci's Relevance for the Study of Race and Ethnicity* [J]. Journal of Communication Inquiry. 1986, 10 (2): 5-27
② Hall, S. *Signification, Representation, Ideology: Althusser and the Post-Structuralist Debates* [J]. Critical Studies in Media Communication. 1985, 2 (2): 91-114
③ Hall, S. *Foucault: Power, Knowledge and Discourse* [A] //Hall, S. Representation: Cultural Representation and Signifying Practices. London: Sage, Open University, 1997
④ Hall, S. & Schwarz, B. *Race, Articulation, and Societies Structured in Dominance* (1980) [A] //Hall, S. & Morley, D. Essential Essays (vol. I): Foundations of Cultural Studies & Identity and Diaspora. Duke University Press, 2018: 172-221
⑤ Hall, S. *Cultural Studies and Its Theoretical Legacies* [A] //Morley, D. & Chen, K. H. Stuart Hall: Critical Dialogues in Cultural Studies, London: Routledge, 1996
⑥ Hall, S. *The Fateful Triangle: Race, Ethnicity, Nation* [M]. Harvard University Press, 2017: xxi
⑦ 胡芝莹. 霍尔 [M]. 台湾：生智文化事业有限公司, 2001
⑧ 陈光兴. 文化研究：霍尔访谈录 [M]. 台湾：远流出版公司, 1998: 65
⑨ 陈光兴. 文化研究：霍尔访谈录 [M]. 台湾：远流出版公司, 1998: 65

求研究者要根据历史、文化、社会语境的变化而调整理论。理论的接合和调试是理论永葆生命力的关键所在。

　　本章将对霍尔影响深远的理论资源进行梳理，继而探讨霍尔是如何继承、批判、接合这些理论并最终为我所用的。需要明确的是霍尔在使用理论的过程中并不是在某一阶段使用某一单一理论，他总是将适合的（多种）理论与具体情境下的具体问题相结合。但为了更加清晰地呈现霍尔对不同思想家思想资源的批判与发展，本章将以理论家为单位进行阐释。

一、马克思主义：政治经济理论与意识形态理论

　　马克思对霍尔的理论影响是深远的，在与陈光兴的访谈中霍尔坦言马克思对他的意义重大①。从时间跨度来看，霍尔在大学时代就曾读过马克思的经典著作《共产党宣言》《资本论》和《工资和劳动》等②。1970 年代末，霍尔开始深入思考马克思主义理论。1977 年霍尔发表《重新思考"基础和上层建筑"的隐喻》③，探讨马克思主义理论中经济基础和上层建筑的对应关系。1978 年霍尔在《马克思阶级理论中的政治和经济》④ 中论述了马克思理论中阶级、意识形态和经济生产关系之间的联系。1980 年代末到 1990 年代初，霍尔借助马克思唯物主义历史观消解传统本质主义的身份观，对身份进行"去中心化"的处理。这个时期霍尔对马克思主义的阐释出现在《族性：身份和差异》（1989）⑤、《新旧身份、新旧族性》（1991）⑥、《意识形态的问题：不做保证的马克思主义》（1983）⑦ 和《文化研究及其理论遗产》（1992）⑧ 等

① 陈光兴. 文化研究：霍尔访谈录［M］. 台湾：远流出版公司，1998：25
② 陈光兴. 文化研究：霍尔访谈录［M］. 台湾：远流出版公司，1998：25
③ Hall, S. *Rethinking the Base and Superstructure Metaphor*［J］. Class, Hegemony and Party, London：Lawrence and Wishart, 1977（2）：43-72
④ Hall, S. *The Political and the Economic in Marx's Theory of Classes*［A］//Hunt, A.（eds.）, Class and Class Structure. London：Lawrence and Wishart, 1978：15-60
⑤ Hall, S. *Ethnicity：Identity and Difference*［A］//Eley, G. & Suny, R. G.（eds.）. Becoming National：A Reader, New York：Oxford University Press, 1996：339-351
⑥ Hall, S. *Old and New Identities & Old, New Ethnicities*（1991）［A］//Culture, Globalization and the World-System：Contemporary Conditions for the Representation of Identity, London & New York：Macmillan/Binghamton in State University of NY, 1991：41-68
⑦ Hall, S. *The Problem of Ideology-Marxism Without Guarantees*［A］//Morley, D. & Chen, K. H. Stuart Hall：Critical Dialogues in Cultural Studies, London：Routledge, 1996：26
⑧ Hall, S. *Cultural Studies and Its Theoretical legacies*［A］//Stuart Hall：Critical Dialogues in Cultural Studies, 1996

文章中。

　　总体来说，霍尔认为马克思理论应该被视为一种开放的理论话语，它之所以应该是"不做保证"的是因为一切结构都不是预先设定的，任何因素都不能起到终结性的作用。因此经济没有决定性只有限定性，社会实践和社会关系不能简单地被经济基础和上层建筑的关系所决定、所固化，它们在特定的历史条件下处于开放和漂浮的状态，等待被连接，等待被接合。也只有在开放的状态下，新的社会关系才能被生产，新的文化形态才能被创造。这是霍尔一直秉承对文化研究的开放态度。霍尔在承认经济因素的重要作用的基础上更加关注文化的物质性和重要性。霍尔在承认意识形态重要性的基础上更加关注主体内部"非统一"的矛盾性、复杂性和不稳定性。霍尔借助马克思主义的唯物史观，借助历史的变化，消解本质主义主体的稳定内核。霍尔通过以上谈及的两个"关注"和一个"消解"为他进行非本质的文化身份阐释打开了局面。

　　在《意识形态的问题：不做保证的马克思主义》中，霍尔集中对于马克思主义经济基础/上层建筑二分法进行分析与探讨，这不仅是霍尔文化身份理论也是整个英国文化研究的起点。在霍尔看来意识形态之所以重要是因为"意识形态问题关系到不同的观念如何对大众思想产生影响"继而影响社会生产的问题，从这一角度来说它具有"物质的力量"[1]。意识形态的介入纠正了"某种还原论和经济主义"的倾向以及庸俗的马克思主义试图运用经济基础/上层建筑模式去思考社会、经济和文化关系的单一思路[2]。霍尔指出马克思强调经济基础的决定性作用是由当时的历史语境决定的，也是由当时的社会主义革命需要决定的，因为推翻资本主义生产方式中的剥削关系是当时的首要任务。所以马克思对经济因素的强调在当时的语境下是一种必然，"在我看来

① Hall, S. *The Problem of Ideology-Marxism Without Guarantees* [A] //Morley, D. & Chen, K. H. Stuart Hall: Critical Dialogues in Cultural Studies. London: Routledge, 1996: 26
② Hall, S. *Cultural Studies and Its Theoretical Legacies* [J] . Morley, D. & Chen, K. H. Stuart Hall: Critical Dialogues in Cultural Studies, London: Routledge, 1996: 262-265; Hall, S. *the Problem of Ideology-Marxism Without Guarantees* [A] // Morley, D. & Chen, K. H. Stuart Hall: Critical Dialogues in Cultural Studies, London: Routledge, 1996: 25-36

它们不是马克思主义之外的而是与生俱来的"①。霍尔在这个前提下审视马克思，细致分析了马克思理论中的局限性。这些问题主要包括②：第一，马克思在强调物质第一性时忽略了意识对物质的反作用。马克思认为意识源于物质，反映物质，被物质决定。但霍尔强调意识能够影响物质生产，在特定的社会生产关系中起决定性作用。霍尔认为观念或意识不仅依赖物质，观念和意识也影响主体对物质的生产，因此具有物质性。第二，马克思的经济决定论认为经济是最终的决定因素，意识依赖于经济，经济的变化会带来意识的变化。而霍尔认为马克思忽视了其他因素尤其是文化在社会发展过程中的能动作用。第三，马克思主义理论还把社会、意识形态和阶级主体的关系僵化地对应起来，即马克思认为与统治阶级意识形态对应的主体一定是统治阶级。霍尔认为这是僵化的结构决定论和经济还原论，意识形态和阶级主体一一对应的关系是不可取的。霍尔弱化经济的决定性作用，强化意识形态控制大众思想的作用。在消费文化时代经济状况日渐好转的情况之下，意识形态理论可以帮助我们深入分析文化霸权通过特定的思想体系操纵社会观念、控制大众思想的方式。霍尔在文章中解释了意识形态通过概念和语言来规范大众思维，最终影响实践效果的操作模式。霍尔通过剖析意识形态和实践之间的操作模式提醒人们当下主流表征系统的意识形态功能，以此来鼓励人们反抗主流的表征形式。霍尔通过阐释意识形态问题的复杂性，强调意识形态斗争的复杂性。

关注阶级之外多重复杂因素对主体的影响，拓展了霍尔身份问题研究的视野。国内外很多学者以霍尔对阶级的持续关注为佐证，称霍尔是坚定的马克思主义者。实际上，霍尔对马克思的阶级观一直持审视的态度。以霍尔为首的伯明翰文化研究中心，从一开始进入文化研究时就保持着警醒的姿态，时刻提醒自己不要落入马克思主义阶级简约论的陷阱。霍尔指出："阶级化约论扭曲了经典马克思主义，使得它无法严肃地处理文化层面的问题。"③ 从传统的视角来看，社会的集体性，比如阶级、民族、性别和国家，赋予人们稳

① Hall, S. *Cultural Studies and Its Theoretical Legacies* [J]. Morley, D. & Chen, K. H. Stuart Hall：Critical Dialogues in Cultural Studies, London：Routledge, 1996：262–265；Hall, S. *the Problem of Ideology–Marxism Without Guarantees* [A] // Morley, D. & Chen, K. H. Stuart Hall：Critical Dialogues in Cultural Studies, London：Routledge, 1996：25–36

② Hall, S. *Cultural Studies and Its Theoretical Legacies* [A] //Morley, D. & Chen, K. H. Stuart Hall：Critical Dialogues in Cultural Studies, London：Routledge, 1996：261–275

③ 陈光兴. 文化研究：霍尔访谈录 [M]. 台湾：远流出版公司, 1998：52

定的集体身份，但霍尔认为社会和政治的发展已经打破了旧有的集体身份特征。社会不断发展，旧有的社会结构和经济状态已然发生变化，因此阶级问题也随之改变。阶级问题的变化主要体现在以下三个方面：第一，阶级主体的主观感受在发生改变。"在21世纪里，'人们理解阶级身份和感受阶级身份的方式'在发生变化"①；第二，阶级主体所处的经济状况、物质条件也就是生活条件在发生变化。"'人们曾经总是把自己置于与阶级的关系中'的生活方式在发生变化"②；第三，理解阶级主体身份的政治组织形式在发生变化。"'人们把身份作为一种政治组织形式进行理解的方式'也在发生变化"③。这三种变化互为影响：由于消费文化的发展（物质条件变化），工人阶级的生活方式"大致地向上趋于中产阶级的生产方式。在这个过程中，旧的中产阶级和旧的工业无产阶级正在逐渐消失"④。工人阶级开始具有一种非无产阶级的虚假之感（身份理解方式的变化），无产阶级被资本家塑造成中产阶级（理解身份的政治组织形式的变化）。因此，没有任何一种身份会一成不变，也没有一种分级标准永远合理，阶级身份也是如此。

在霍尔看来把阶级作为分类标准是一种"化约论"。这种阶级化约论是统治阶级通过叙事建构的产物，其目的是通过统一的身份来掩盖"同一性"之下的复杂矛盾，使得某一"阶级"接受现有的生活状态，以便维系统治阶级现阶段的霸权地位。"这种叙事方式使得我们认为过去的阶级问题比较简单"⑤，但事实上阶级之下还存在非常复杂的构成"成分"，这个群体中可能包含不同的民族、种群、性别、年龄等差异。有鉴于此，英国文化研究内部不断调试着阶级研究的视角。虽然在早期阶段英国文化研究将工人阶级及大

---

① 约翰·克拉克，斯图亚特·霍尔，托尼·杰斐逊，布莱恩·罗伯茨.亚文化群、文化群和阶级［A］//孟登迎、胡疆锋、王蕙译.通过仪式抵抗.北京：中国青年出版社，2015

② 约翰·克拉克，斯图亚特·霍尔，托尼·杰斐逊，布莱恩·罗伯茨.亚文化群、文化群和阶级［A］//孟登迎、胡疆锋、王蕙译.通过仪式抵抗.北京：中国青年出版社，2015

③ 约翰·克拉克，斯图亚特·霍尔，托尼·杰斐逊，布莱恩·罗伯茨.亚文化群、文化群和阶级［A］//孟登迎、胡疆锋、王蕙译.通过仪式抵抗.北京：中国青年出版社，2015

④ 斯图亚特·霍尔.无阶级的观念.［A］//张亮、熊婴编.伦理、文化与社会主义.江苏：凤凰出版传媒集团，2013：165-166

⑤ 斯图亚特·霍尔.无阶级的观念.［A］//张亮、熊婴编.伦理、文化与社会主义.江苏：凤凰出版传媒集团，2013：165-166；注：这种叙事指的是阶级的叙事方式。

众文化作为研究的首要任务，但随着英国社会的发展大众的阶级意识已经越来越淡泊，当工人阶级普遍具有"无阶级之感"后，研究者逐渐意识到社会革命力量不应仍以阶级为主。其他社会群体，尤其是亚文化群体逐渐取代阶级主体成为社会斗争的主要力量。文化研究已经无法再用旧有的阶级斗争模式来解释社会中出现的新问题，"仪式的抵抗"成为新的研究主题。而仪式抵抗中来自不同群体的主体同盟很难被圈定为某一特定阶级。因此，从这种社会现实出发，霍尔提醒文化研究者们应该改变以阶级矛盾为中心的旧有论调，转而关注新出现的社会群体所带来的新的斗争的可能性。打破阶级的同质性、释放异质性，探讨不同文化群体身份及其包含的权力关系是霍尔进行"文化身份"研究的开端。

继承马克思的唯物主义历史观是霍尔研究身份问题的理论根基。霍尔赞同马克思的唯物主义历史观，并利用马克思的历史观来说明人类主体是在既定的历史条件下进行着文化实践活动。霍尔利用马克思"历史条件制约主体"的论述"消解稳定主体的中心地位"①。在很多文章中，霍尔都引用马克思阐释人类和历史关系的如下论断："人们自己创造自己的历史，但是他们是在既定的、制约着他们的环境中，在现有的现实关系的基础上进行创造的"②。霍尔之所以在多篇文章中频繁引用马克思关于历史与主体关系的论述，他意在把主体拉下神坛，打破笛卡尔式的主体自足性。主体是历史中的主体，虽然人类创造历史，但也同时受历史条件的束缚。受历史束缚的主体在失去自足性的同时赢得能动性，参与文化实践活动就是主体发挥能动性的体现。霍尔通过文化实践将历史和主体整合起来，强调人是历史中的人，人作为主体受历史影响的同时也影响历史。马克思的历史观不仅把主体还给历史，还用历史破解了主体话语中的权威性，"马克思中断了自主主体的观念"③，从而瓦解了"自主主体张嘴言说的一定是真理"④ 这一传统观念。换言之，一方面，霍尔认为历史中没有真实的主体，主体开口言说的并非"事实"，主体是在被构建的历史中进行言说；另一方面，霍尔认为主体的言说方式和言说内容受

---

① Hall, S. *Ethnicity：Identity and Difference* ［J］. Radical America, 1989, 23 （4）：9

② 译文引自《马克思恩格斯选集》第4卷，人民出版社 1995：732。霍尔使用的英文原文为："Men make their own history, but are born into conditions not of their own making."

③ Hall, S. *Ethnicity：Identity and Difference* ［J］. Radical America, 1989, 23 （4）：9

④ Hall, S. *Ethnicity：Identity and Difference* ［J］. Radical America, 1989, 23 （4）：9

历史语境的影响和规范，即"我们总是在别人的生活结构中栖居"①。通过马克思的历史观，霍尔不仅把主体从本质的束缚中解放出来，而且还赋予主体一定的能动性。这是霍尔身份问题的立足点，因为只有具有能动性的主体才可能具有反抗的潜能。

总体来说，霍尔利用马克思的唯物主义历史观突出历史的限制作用，打破了主体的自足性。霍尔在继承了马克思唯物主义历史观的基础上，进一步强调历史是叙事、是构建的产物，呼吁人们应该摆脱对于历史"身份"的执着信念。当然，以上论述涉及的是霍尔与马克思理论的主要交流和对话。而实际上马克思对霍尔的影响也远不止于此，比如霍尔在阐释文化表征和文化循环的过程中也运用了马克思的生产与再生产等理论。

二、阿尔都塞：意识形态结构与询唤的主体

20世纪60年代末，以卢卡奇和萨特为代表的欧陆马克思主义理论被先后引入英国，但只有"阿尔都塞的结构主义的马克思主义在1973年取得了该领域的'正统'地位"②。虽然霍尔认为"完全正统形式的阿尔都塞主义……根本没有在文化研究中心存在过"③，但至少说明阿尔都塞对英国文化研究的影响不容忽视。格罗斯伯格和斯莱克用"阿尔都塞要素"来说明阿尔都塞对文化研究的影响，"'阿尔都塞要素'在文化研究进入结构主义领域"的过程中起到了重要的作用④。

阿尔都塞帮助英国文化研究摆脱了文化主义研究范式的束缚。当时英国文化研究处于文化主义研究范式之下，虽然关注日常生活实践的文化主义研究范式打破了马克思主义理论宏大的历史叙事模式，但这种基于"经验主义"——注重经验、注重文化、注重主体能动性——的研究方法却忽视了历史条件对主体的制约性，忽视了意识形态对主体的询唤作用，最终导致文化

① Hall, S. *Ethnicity: Identity and Difference* [J]. Radical America, 1989, 23 (4): 9

② 贾尼斯·佩克. 斯图亚特·霍尔. 文化研究以及悬而未决的文化与"非文化"的关系问题 [A] //张亮和李媛媛. 理解斯图亚特·霍尔. 北京：北京师范大学出版社, 2016: 35

③ Hall, S. *Politics and Ideology: Gramsci* [J]. Working Papers in Cultural Studies, No. 10, Birmingham: CCCS, UB, 1977: 45-76

④ Grossberg, L. & Slack, J. D. *An Introduction to Stuart Hall's Essay* [J]. Critical Studies in Mass Communication, 1985 (June): 88

研究失去了学术实践的政治性。在这种情况下，霍尔领导文化研究转向结构主义的马克思主义。霍尔等人注意到了阿尔都塞这个结构主义的马克思主义者对意识形态和主体的阐释方法，借助阿尔都塞帮助文化研究重返政治舞台。霍尔对阿尔都塞的思考始于 1977 年，"1977 年我就马克思 1857 年《〈政治经济学批判〉序言》写了一篇长而散零的文章，试图突出马克思认识论中的结构主义与阿尔都塞的结构主义的差异"①。霍尔阐释阿尔都塞的理论文章还包括《文化研究及其理论遗产》（1980）、《支配结构中的种族、接合和社会》（1980）、《意指、表征、意识形态：阿尔都塞和后结构主义的争论》（1985）等。从霍尔在许多文章中的论述来看，阿尔都塞在他的理论谱系中多用于补充马克思的思想。相较于马克思理论在霍尔理论谱系中的核心地位，霍尔不认可阿尔都塞的正统地位也是合乎情理的。霍尔利用阿尔都塞对马克思思想的"辅助"作用表现在：借助阿尔都塞的"复杂统一体"为马克思的"历史"理论增添活力，借助阿尔都塞的"询唤的主体"找回马克思的历史中缺失的主体。霍尔认为这个时期的"范式转换"具有革命性意义，"这种变革和核心则是意识形态、社会、语言的政治意义、符号和话语政治学的再发现"②。

霍尔思考阿尔都塞的方式从批判开始。他认为阿尔都塞对马克思有着极为深刻的误读，因此 1977 年霍尔与阿尔都塞就马克思理论阐释展开了"较量"。在《文化研究及其理论遗产》一文中，霍尔提及了他同阿尔都塞的这次"较量"："我还记得自己与阿尔都塞较量的情形。我还记得在《读〈资本论〉》中看到的'理论实践'，我认为'我对这本书的理解非常深刻，基本能够理解它想表达的所有内容'。我觉得，我绝不会接受这种对于经典马克思主义的深刻的误读和超级结构主义的误译，除非他能够征服我，能够从思想

---

① 斯图亚特·霍尔. 文化研究及其理论遗产［J］. 孟登迎译. 上海文化，2015：52

② Hall, S. *The Rediscovery of 'Ideology': Return of the Repressed in Media Studies*［A］//Gurevitch, M., et al., (eds.), Culture, Society, and the Media, London：Metheun, 1982：71

上战胜我。"① 霍尔认为阿尔都塞对于经典马克思主义理论存在误读和误译，主要体现在阿尔都塞认为马克思主义理论将统治阶级的意识形态视为控制阶级主体思想的绝对因素，这是一种"超级结构主义"的思维模式。在霍尔看来，马克思在理论中本就暗含着意识形态由多种因素共同决定的意涵，因此阿尔都塞只是在修正了马克思理论的基础之上发展了他的意识形态理论。霍尔认为阿尔都塞的重要性在于他修正了马克思理论强调既定历史条件对主体的限制作用，也就是马克思所说的"总体结构"对人的限定作用。换言之，阿尔都塞只是修正了马克思理论中总体规定性的倾向，变"总体决定"为"多元决定"，从而得出了社会形成过程中真正发挥作用的是一种复杂的"关系的集合体"② 的结论。

霍尔肯定阿尔都塞关注"复杂统一体"的结构主义方法。霍尔在 1985 年的《意指、表征、意识形态：阿尔都塞和后结构主义的争论》中详述了阿尔都塞的理论贡献。第一，阿尔都塞在肯定社会结构的同时，强调了社会结构的复杂性和主体的能动性。"社会型构是一个'处于统治地位的结构'"，这个结构性特征主要表现在"它有明显的趋势，它体现为一定的情势，它有显著的结构化功能"③。政治、经济和意识形态的相互影响是这个集合体的操作形式，其中意识形态发挥了不可忽视的物质性再生产作用。总体来说，意识形态通过思想和实践两个层面的表征体系对主体发生作用。第二，阿尔都塞让我们以"差异"的方式思考问题，同时他强调的"统一"的重要性。阿尔都塞"坚持差异的理论化。他认为不同的社会矛盾根源不同，不同的社会矛盾虽然都驱动历史向前……但产生不同的历史效果"④。换言之，在相同的社

---

① 斯图亚特·霍尔. 文化研究及其理论遗产［J］. 孟登迎译. 上海文化，2015：52；注：本书将译文的前两句："我还记得在《读〈资本论〉》中看到的'理论实践'这个观念，以及'我在这本梳理已经达到了它本身应该达到的程度'这种思想"对照英语原文"I remember looking at the idea of 'theoretical practice' in *Reading Capital and Thinking*, 'I've gone as far in this book as it is proper to go'"修改为："我还记得在《读〈资本论〉》中看到的'理论实践'，我认为'我在对这本书的理解程度已经非常深刻，基本能够理解它想表达的所有内容'"。

② Hall, S. *Signification*, *Representation*, *Ideology*：*Althusser and the Post−Structuralist Debates*［J］. Critical Studies in Mass Communication, 1985（June）：91

③ Hall, S. *Signification*, *Representation*, *Ideology*：*Althusser and the Post−Structuralist Debates*［J］. Critical Studies in Mass Communication, 1985（June）：91

④ Hall, S. *Signification*, *Representation*, *Ideology*：*Althusser and the Post−Structuralist Debates*［J］. Critical Studies in Mass Communication, 1985（June）：92

会框架下，存在不同的矛盾根源和社会矛盾，这些矛盾是"差异的统一体"，即是由多重话语构成的、不平衡的、复杂的统一体。在霍尔看来这些差异的产生归因于具体的历史情势将能指和所指分裂开来，分裂的能指和所指又在不同的历史情势下重新接合，产生了新的意义。这其中包含的是权力关系。霍尔认为对于任何文化实践及其组织形式的研究都应该在其社会总体结构的观照下进行，旨在寻求"对文化形式和文化意义的分析与更广泛的社会关系之间"关联性①。这样既能说明文化实践的性质，又能阐释文化实践形成的原因；既能观照具体的、不同层面的文化实践的意义，又能观照文化的总体形势。霍尔借助阿尔都塞结构主义的方法帮助英国文化研究走出了文化主义和经验主义的双重束缚。霍尔通过阿尔都塞的结构主义把生活的实践和斗争的"场域"结合起来，努力还原文化斗争的真实面貌。

霍尔借助阿尔都塞对于意识形态的关注，尤其是"个体与其真实存在状态的想象关系"和"询唤的主体"的理论②，解释了统治文化对于个人主体的建构作用。阿尔都塞对意识形态和主体关系的阐释出现在《意识形态国家机器》一文中。在这篇文章中，阿尔都塞建构了一个解释性框架：他引入了"询唤"的概念，从物质性和思想性两个方面阐释意识形态对主体的建构作用。意识形态国家机器不同于镇压性国家机器（采用暴力形式获得统治），它通过宗教、教育、家庭、法律、政治、传播、文化等手段来实现对人民的统治和霸权。对于阿尔都塞来说，当市民社会归于意识形态国家机器之后，大众的反霸权性就消解于意识形态之中。通过意识形态国家机器，尤其是最隐性的学校，受教育者不仅得到知识而且接受了道德规范、公民义务等。通过这种方式人们在不知不觉中臣服于占统治地位的意识形态。同时，意识形态国家机器赋予个人一种想象和虚假的关系：个体具有自由的权利和主宰命运的能力。霍尔认识到这种主宰命运的能力并不是真实的，"而是这些个人同自己身处其中的实在关系所建立的想象的关系"③。通过这种想象性关系个人主

① 约翰·克拉克，斯图亚特·霍尔，托尼·杰斐逊，布莱恩·罗伯茨. 亚文化群、文化群和阶级［A］//孟登迎、胡疆锋，王蕙译. 通过仪式抵抗. 北京：中国青年出版社，2015：33
② 约翰·克拉克，斯图亚特·霍尔，托尼·杰斐逊，布莱恩·罗伯茨. 亚文化群、文化群和阶级［A］//孟登迎、胡疆锋，王蕙译. 通过仪式抵抗. 北京：中国青年出版社，2015：32
③ 阿尔都塞. 哲学与政治：阿尔都塞读本［M］. 陈越译. 吉林人民出版社，2003：355-364

体就被主流意识形态所收编与统治。霍尔指出"所有意识形态都通过主体这个范畴发挥功能，把具体的个人呼唤或传唤为具体的主体"①。统治阶级之所以能够维持统治，是因为被统治阶级对他们的霸权统治一直处于一种"特殊的无意识"状态之下。也就是说，被统治阶级在意识形态操控之下却不自知。霍尔指出意识形态在大数情况下与'意识'无关，实际上它们是一个'表征'体系②。这种表征体系将构建的知识结构灌输给大众，大众按照结构的规定调整"他们与世界之间的'活生生的'关系"，在不知不觉中形成了这种"被称为'意识'的特殊的无意识"③。在这个过程中，个人主体的建构通过内化特殊无意识的总体结构得以实现。虽然在这个过程中个人作为主体认为自己是独立自主的，具有掌控现实的能力，但实际上这只是想象的结果，因为他的意识已经被一系列思想体系和表征体系所限定。在这种结构中生存的主体实际上并没有太多的权力和自由，这样的主体就失去了抵抗的能力。

阿尔都塞为文化研究提供了新的思考方式，文化不仅是经验的，更是意识形态作用后的结果。但阿尔都塞的主体成了"愚民"，主体"遇到一种意识形态的叙事的同时，也没有办法察觉这种意识形态的系统规则"④。被剥夺了反抗能力的主体是霍尔质疑和不接受的。文化研究需要更理想的思考主体和文化实践的方式，继而霍尔转向能够把意识形态和主体结合到一起的葛兰西。

三、安东尼奥·葛兰西：意识形态战场与文化霸权

如果说 20 世纪 70 年代，英国文化研究的主要理论特色是阿尔都塞主义，那么到了 80 年代文化研究则进入了葛兰西主义阶段。"当阿尔都塞遭到来自朋友和敌人的理论攻击之时，文化研究开始转向了葛兰西……霍尔也置身于这种铸就了 20 世纪 80 年代转向的洪流之中"⑤。早在 1970 年代末威廉斯就开始关注葛兰西，确切地说是葛兰西的文化霸权理论："'霸权'超越了文

① 阿尔都塞. 哲学与政治：阿尔都塞读本 [M]. 陈越译. 吉林人民出版社，2003：355-364

② Althusser, L. *For Marx* [M]. London：Penguin Books，1966：233

③ Althusser, L. *For Marx* [M]. London：Penguin Books，1966：233

④ Hall, S. *Signification*, *Representation*, *Ideology*：*Althusser and the Post-Structuralist Debates* [A] //Critical Studies in Mass Communication, 1985（2）：94

⑤ 贾尼斯·佩克. 斯图亚特·霍尔. 文化研究以及悬而未决的文化与"非文化"的关系问题 [A] //张亮和李媛媛. 理解斯图亚特·霍尔. 北京：北京师范大学出版社，2016：43

化……表现在他对支配和从属（关系）的关注。"① 葛兰西之前，威廉斯把文化定义为"共享的意义"。葛兰西之后，威廉斯认为文化不仅是"共享的"意义更是"争夺的意义"②。换言之，葛兰西把"争夺"支配和从属的权力关系带入了文化研究的视野。1980 年代霍尔将葛兰西引入文化研究，相继发表了关于葛兰西的多篇文章，包括《政治和意识形态：葛兰西》（1978）③、《文化研究及其理论遗产》（1980）、《支配结构中的种族、接合和社会》（1980）、《葛兰西与种族和族性研究的相关性》（1986）④、《葛兰西和我们》（1987）⑤等。此外，霍尔在《文化研究和文化研究中心：一些问题范式和问题》⑥、《文化研究：两种范式》⑦、《文化研究及其理论遗产》三篇回顾文化研究历史的文章中着重论述了葛兰西在英国文化研究发展过程中的重要作用。《政治和意识形态：葛兰西》是霍尔推介葛兰西的文章，也是篇幅最长的一篇。文章介绍了葛兰西的《狱中札记》中的重要概念和思想，包括结构和上层建筑的关系，霸权的概念，共识、知识分子和政党的关系，意识形态和历史主义的关系，结构主义者对葛兰西的挪用等问题。《支配结构中的种族、接合和社会》是霍尔详细论述葛兰西"接合"理论的文章。《葛兰西和我们》介绍了葛兰西分析社会主义革命失败的原因。霍尔在这篇文章中将葛兰西接合到英国的政治语境中，旨在为英国的社会主义革命提供借鉴。在《葛兰西与种族和族性研究的相关性》中，霍尔通过借鉴葛兰西对"历史的具体性"⑧、"民

---

① Williams, R. *Marxism and Literature* ［M］. Oxford Paperbacks, 1977：32

② Williams, R. *Marxism and Literature* ［M］. Oxford Paperbacks, 1977：32

③ Hall, S. *Politics and Ideology：Gramsci* ［A］//CCCS. On Ideology, 1978：278-305

④ Hall, S. *Gramsci's Relevance for the Study of Race and Ethnicity* (1986) ［A］//Morley, D. & Chen, K. H. Stuart Hall：Critical Dialogues in Cultural Studies. London：Routledge, 1996：411-439

⑤ Hall, S. *Gramsci and Us* ［J］. Marxism Today, 1987 (2)：227-238

⑥ Hall, S. *Cultural Studies and the Center：Some Problematics and Problems* ［A］//Hall, S. et al., (eds.) Culture, Media, Language：Working Papers in Cultural Studies (1972-1979), London：Hutchinson, 1980：35-36

⑦ Hall, S. *Cultural Studies：Two Paradigms* (1980) ［A］//Morley, D. & Chen, K. H. Essential Essays (vol. I)：Foundations of Cultural Studies & Identity and Diaspora. Duke University Press, 2018：172-221

⑧ Hall, S. *Gramsci's Relevance for the Study of Race and Ethnicity* (1986) ［A］//Morley, D. & Chen, K. H. Stuart Hall：Critical Dialogues in Cultural Studies. London：Routledge, 1996：435

族特性"和"地域的不稳定性"① 以及"阶级和民族之间的（复杂）关系"②
的思考方式，阐释和消解种族、民族身份中本质主义的层级规定性。

霍尔在《文化研究及其里理论遗产》一文中毫不隐讳地说明了他"从葛
兰西那里所学到的那些东西：比如大量关于文化本身的性质、形势的规则和
历史特定性的重要价值的讨论，关于有超强再生力的领导权的比喻的讨论，
以及唯有通过运用置换过的整体和集团的概念来思考阶级问题的方法"③。从
总体上看，"文化本身的性质、形势的规则和历史特定性"是关于具体情境下
的意识形态分析，"超强再生力的领导权""整体和集团的概念来思考阶级"
是关于特定历史集团的文化霸权阐释。

首先，霍尔从葛兰西那里学到了"关于文化本身的性质"，即文化和意识
形态的关系问题。霍尔对葛兰西的思考最早出现在《政治和意识形态：葛兰
西》（1978）一文中，这与文化主义和结构主义给英国文化研究带来的理论困
境不无关系。当时英国文化研究面临的困境是：虽然结构主义的马克思主义
重新思考意识形态结构，重新把政治问题引入文化研究，但意识形态带来的
过于总体化的问题却限制了主体的能动性，因此主体的反抗性也随之被抑制。
此时，葛兰西对于霍尔或者说文化研究的重要作用体现在葛兰西的著作以
"各种不同的方式去应对那种我只得称之为理论之谜的事情，马克思主义无法
回答的事情，有关现代世界的事情。葛兰西在他继续坚持的马克思主义宏大
理论的理论框架中所发现的那些未解决的问题"④。美国学者贾尼斯·佩克也
指出"葛兰西是阿尔都塞批判者的一剂良药、通往文化主义的一座桥梁，超
越文化主义和结构主义的局限性，或许能将文化研究带向未来的可能通
路"⑤。葛兰西在发展马克思主义理论的基础上，在肯定经济基础的重要作用
的同时，赋予文化更重要的作用，他"赋予文化这样的意义：思想的操控、

---

① Hall, S. *Gramsci's Relevance for the Study of Race and Ethnicity* (1986) ［A］//Morley, D. & Chen, K. H. Stuart Hall: Critical Dialogues in Cultural Studies. London: Routledge, 1996: 435

② Hall, S. *Gramsci's Relevance for the Study of Race and Ethnicity* (1986) ［A］//Morley, D. & Chen, K. H. Stuart Hall: Critical Dialogues in Cultural Studies. London: Routledge, 1996: 436

③ 斯图亚特·霍尔. 文化研究及其理论遗产［J］. 孟登迎译. 上海文化, 2015: 52

④ 斯图亚特·霍尔. 文化研究及其理论遗产［J］. 孟登迎译. 上海文化, 2015: 52

⑤ 贾尼斯·佩克. 斯图亚特·霍尔. 文化研究以及悬而未决的文化与"非文化"的关系问题［A］//张亮和李媛媛. 理解斯图亚特·霍尔. 北京: 北京师范大学出版社, 2016: 44

普遍观念的获取、把因果联系起来的习性"①。葛兰西与其他的结构主义马克思主义者相比——阿尔都塞、卢卡奇、尼克斯·布兰查斯——在"意识形态"分析上更加灵活。霍尔指出在葛兰西《狱中札记》中灵活地将"意识形态"转成"信念"（philosophies），"世界观"（conceptions of the world），"思想体系"（system of thought），"知觉的形式"（forms of consciousness）以及"常识"（commonsense）② 等多元的意识形态存在方式，这样他就赋予了"意识形态"更为广阔的操作空间。

其次，霍尔从葛兰西那里学到了"形式规则"和"历史具体性"的重要价值。霍尔认为葛兰西理论的优势也是他被许多学者诟病的地方，即葛兰西的理论不关注"普遍性"而关注具体的"情势"。之所以有学者批评葛兰西的理论太过具体是因为他的阐释缺乏"概念的一般性"特征，但霍尔认为这正是葛兰西理论的活力所在③。"葛兰西不是一个'一般意义上的理论家'"④，葛兰西也不能像"《〈圣经〉旧约》中的先知一样"⑤ 从普遍意义上指引我们，"具体历史语境下特定的研究方式是葛兰西著作最具意义的地方"⑥。霍尔认为葛兰西运用了马克思的历史唯物主义理论，在特定历史条件下对政治问题进行阐释是一种'开放的'马克思主义观。葛兰西"在新的问题中，新的条件下对马克思主义理论进行更为深刻的思考"⑦。在霍尔看来，葛兰西最重要的部分就是能够帮助我们解释现代社会中复杂的社会现象。葛兰西的理论"能够帮助我们从更复杂的视角思考社会形态。也就是说，社会

---

① Gramsci, A. *An Gramsci Reader: Selected Writings* (1916-1935) ［A］//Wolfrey, J. (eds.) Critical Key Words in Literary and Cultural Theory, Macmillan International Higher Education, 2004: 82

② Hall, S. *Politics and Ideology: Gramsci* ［A］//CCCS. On Ideology, 1978: 279

③ Hall, S. *Gramsci's Relevance for the Study of Race and Ethnicity* (1986) ［A］//Morley, D. & Chen, K. H. Stuart Hall: Critical Dialogues in Cultural Studies. London: Routledge, 1996: 411-439

④ Hall, S. *Gramsci's Relevance for the Study of Race and Ethnicity* (1986) ［A］//Morley, D. & Chen, K. H. Stuart Hall: Critical Dialogues in Cultural Studies. London: Routledge, 1996: 411-439

⑤ Hall, S. *Gramsci and Us* ［J］. Marxism Today, 1987 (2): 227-238

⑥ Hall, S. *Poliltics and Ideology: Gramsci* ［A］//CCCS. On Ideology, 1978: 278

⑦ Hall, S. *Cultural Studies and the Center, Some Problematic and Problems* ［A］//Hall, S. et al., (eds.) Culture, Media, Language: Working Papers in Cultural Studies (1972-1979), London: Hutchinson, 1980: 36

之中必然存在矛盾。社会之中也必然包含历史的特殊性"①。这些是经典马克思主义理论中所欠缺的部分。

再次，霍尔从葛兰西那里学到了"超强再生领导权"。霍尔借助葛兰西历史集团的概念，关注不同社会群体间的政治权力关系以及反抗的可能性。葛兰西从未忽视马克思理论中经济基础的重要作用，但他会在承认经济基础具有重要的限定性的同时，更加全面地分析具体情况下的具体问题（情势分析）。他通过情势分析发现了"重新再生领导权"的方式。他认为通过分析"政治、意识形态和国家、不同政权类型的特性，文化的重要性，国家和大众的问题，以及市民社会中不同社会力量之间的平衡关系"② 可以打破原有"文化霸权"的组织形式。因此，利用新的利益关切可以联合新的社会群体，组建新的历史集团，获取新的文化领导权。葛兰西认为获取文化霸权需要借助以下几个要素：市民社会、有机知识分子和适当的战略。在葛兰西看来国家是政治社会和市民社会的综合体，政治社会是统治阶级的权力机关，市民社会才是文化霸权的操作空间。市民社会是人们认同或反抗统治阶级的政治空间，在这个空间内统治阶级通过意识形态同化大众；在这个空间内有机知识分子或教育和教化大众达成共识，或组织和发动大众进行反抗；在这个空间内把有机运动（相对持久）、'局势性的'运动和意外运动相区别、相结合，最终构建历史集团实现霸权。同时，我们需要注意的是这个历史集团是个复杂的统一体，它包含不同的社会团体。这个集团内部的群体存在不同的利益诉求，他们互相妥协达成共识。但由于利益的变化"各种文化结构形态，也将不会仅仅服从这种占统治地位的秩序：它们会与它进行斗争，试图修改、谈判、抵抗甚至推翻它的统治——它的领导权"③。这就意味着集团内部存在着矛盾和不稳定性，这也为文化和权力的斗争提供空间。

最后，霍尔从葛兰西那里还学会了通过"置换整体和集团的概念来思考

---

① Hall, S. *Cultural Studies and the Center, Some Problematic and Problems*［A］//Hall, S. et al. , (eds.) Culture, Media, Language: Working Papers in Cultural Studies (1972–1979), London: Hutchinson, 1980: 36

② 安东尼奥·葛兰西. 狱中札记［M］. 曹雷雨等译. 北京：中国社会科学出版社，2000：292

③ 约翰·克拉克，斯图亚特·霍尔，托尼·杰斐逊，布莱恩·罗伯茨. 亚文化群、文化群和阶级［A］//孟登迎、胡疆锋、王蕙译. 通过仪式抵抗. 北京：中国青年出版社，2015：81

阶级问题的方法"①。霍尔借助葛兰西的文化霸权理论打破了固有阶级主体的被动性和同一性，构建个人主体的能动性和复杂性，这为挖掘个人主体的反抗性提供理论支撑。霍尔认为葛兰西的霸权理论赋予主体极大的能动性和复杂性，把"蒙昧"的主体从意识形态的控制下解放出来。一方面，葛兰西强调主体并非只是被动、无意识地被意识形态操纵，因为主体也"具备一种干预常识领域的能力"②。另一方面，葛兰西强调权力构成的复杂性，霸权不是一个群体而是多个社会群体的联盟，"这一模式所预设的意识形态主体'拒绝承认有一个预先给定的统一的意识形态'"③。不仅如此，主体构成的复杂性也会消解意识形态对主体的"操纵"作用。历史集团内部具有身份复杂、多样的主体，看似统一的集团内部包含不同种族、族裔，不同阶级、性别、性等复杂的身份元素和力量。葛兰西指出霸权中包含的各种力量由于利益诉求的变化而不断重新组合，这种思考方式为霍尔阐释动态的、"形成中"的文化身份阐释提供理论依据。葛兰西的文化霸权即文化领导权理论能够取代结构主义理论，在很大程度上源于他在阐释意识形态结构性的同时赋予了主体极大的能动性。葛兰西把意识形态分为两种：一种是具有特定结构的，一种是个人的。在这个结构和个体之间存在一个斗争的空间："意识形态……'组织'人民群众，并创造出这样的领域——人们在其中进行活动并获得对其所处地位的意识，从而进行斗争"④。不仅如此，葛兰西还认为个人的意识形态是随机的，也是可争取的，因此通过争取个体的认同和共识能够赢得斗争的胜利。从这个角度来说，霍尔认为通过有机知识分子对大众的教育就可以帮助大众获得反抗霸权的意识，霸权与反霸权的政治张力就此形成。

此外，霍尔一直在实践着葛兰西所称的"有机知识分子"的职责。霍尔在《政治和意识形态：葛兰西》一文中提到了葛兰西理论中的几个重要概念，"霸权、市民社会、国家、政党和有机分子"⑤。葛兰西把知识分子分为传统

---

① 斯图亚特·霍尔. 文化研究及其理论遗产［J］. 孟登迎译. 上海文化，2015：52

② Hall, S. *Cultural Studies*：*Two Paradigms*（1980）［A］//Morley, D. & Chen, K. H. Essential Essays（vol. I）：Foundations of Cultural Studies & Identity and Diaspora, Duke University Press, 2018：178

③ 塔尼亚·刘易斯. 霍尔与英国文化研究的形成：流散叙事［J］. 冯行，李媛媛译. 国外理论动态，2014（4）：91

④ 安东尼奥·葛兰西. 狱中札记［M］. 曹雷雨等译. 北京：中国社会科学出版社，2000：292

⑤ Hall, S. *Politics and Ideology*：*Gramsci*［A］//CCCS. On Ideology, 1978：278

知识分子和有机知识分子两类。"有机知识分子有助于一个阶级的意识形态和阶级文化的形成"，因为有机知识分子和传统知识分子最大的区别就是"'有机知识分子'隶属于特定的阶级，而'传统知识分子'是没有这种隶属关系的"①。简言之，有机知识分子的责任就是帮助特定的阶级或者组织争取传统知识分子的支持，从而形成历史集团，实践文化霸权，实现政治统治。霍尔在领导英国文化研究半个多世纪的时间里一直践行着学术即政治的有机知识分子的职责。霍尔不是一个一般意义上的理论家。他从头至尾在政治场域里都是一个政治学者和社会主义行动分子，有机地参与他致力于服务的社会②。葛兰西对霍尔的重要性不言而喻，但同时如霍尔所说他对葛兰西理论的传播也功不可没：在英国文化研究的语境之下"不是葛兰西重要，而是我使得葛兰西重要起来"③。

四、米歇尔·福柯：话语中的权力与知识

如果说自葛兰西以降，"权力"进入文化研究的视野，为文化研究者们指明了应该聚焦的方向。那么自福柯以降，"权力/知识"深入文化研究的灵魂，为文化研究者们找到了聚焦的方法。文化研究学者认为"话语是一种思考权力、知识和语言之间关系的方法"④。确切地说，霍尔认为"文化研究是一种福柯意义上的话语型构"⑤。话语中包含权力和知识，"任何知识都是以权力为前提，并建构着权力关系"⑥。福柯是在"历史的特殊性"中通过话语的表征形式和意义关系来探究其中的权力构成关系。霍尔利用福柯的话语理论把社会、文化、知识和权力整合到一起，在这种框架下思考文化身份的建构方式及其中涉及的知识与权力关系。"历史承载并决定着我们，与其说它具有一种语言的形式，不如说它具有一种战争的形式：涉及的是权力而不是意

① Hall, S. *Politics and Ideology*: *Gramsci* ［A］//CCCS. On Ideology, 1978：283
② Hall, S. *Gramsi's Relevance for the Study of Race and Ethnicity* ［A］//Morley, D. & Chen, K. H. Stuart Hall: Critical Dialogues in Cultural Studies, London: Routledge, 1996：411
③ 陈光兴. 文化研究：霍尔访谈录［M］. 台湾：远流出版公司，1998：126
④ 阿雷恩·鲍尔德温等著. 文化与文化研究［M］. 陶东风译. 北京：高等教育出版社，2011：52
⑤ 斯图亚特·霍尔. 文化研究及其理论遗产［J］. 孟登迎译. 上海文化，2015：48-62
⑥ 阿雷恩·鲍尔德温等著. 文化与文化研究［M］. 陶东风译. 北京：高等教育出版社，2011：52

义"①。

霍尔早在《意指实践、表征、意识形态：阿尔都塞和后结构主义的论争》（1985）② 中就开始思考福柯的"表征"与"差异"。1989 年霍尔在论述身份问题的两篇文章《族性：身份和差异》（1989）和《新族性》（1989）中，谈及了"话语"对身份的构建作用。1990 年之后，霍尔在《命运的三角》（2017）③ 和《序言：谁需要'身份'？》（1996）等多篇文章中引用福柯的话语理论阐释文化身份。1990 年代之后，霍尔高频使用福柯话语理论批判西方中心主义的文化身份，最具有代表性的文章包括《西方世界及其他：话语和权力》（1992）④ 和《福柯：权力、知识和话语》（1997）⑤。霍尔对福柯话语理论的思考是以批判福柯话语体系中"过度"的"差异"为开端。之后他将福柯对"表征"的阐释应用于解释文化身份的话语形成路径，将福柯对话语中权力和知识关系的分析方法应用于揭示文化身份中的权力关系。霍尔肯定福柯关注话语实践，关注话语实践中意义的多样性和生成性，肯定福柯关注知识权力关系及其对主体的塑造作用，同时他也批判福柯过度强调差异从而造成文本意义的无限滑动。概括来说，霍尔关注福柯话语理论中的三个主题：话语的概念、知识与权力、主体问题。

霍尔批判福柯的话语理论过于关注"差异"⑥，过于关注话语的多重性、意义的无限滑动以及能指的无限滑动的问题。在霍尔看来过于关注差异不利于研究者们把握"复杂的统一性"⑦。霍尔之所以强调"复杂的统一性"是因

---

① Foucault, M. *Power/Knowledge*［M］. Worcester, The Harvester Press, 1980：114-115
② 文中对福柯关于差异有余而统一性不足进行批判。
③ 1994 年霍尔在哈佛大学发表系列演讲后整理成书于 2017 年发表，所以书中内容是霍尔在 1970 年代的思想成果。其中在不同部分对福柯知识权力框架下民族、种族等能指的话语运作方式进行了剖析。
④ 英文标题为 *The West and The Rest：Discourse and Power* 引自霍尔和布莱姆·吉本（Bram Gieben）合编书籍《现代性的形成》（*Formations of Modernity*），本书是霍尔在公开大学（The Open University）期间和多位教师共同担任社会学课程《理解现代社会》的成果，1992 年第一版印刷，并于 1993、1994、1995 年连续再版。
⑤ 英文标题为 *Foucault：Power, Knowledge and Discourse* 引自霍尔编著的书籍《表征：文化表征和意指实践》（*Representation：Cultural Representation and Signifying Practices*），1997 年 Sage 出版社出版。文中对福柯话语规则下表征方式进行论述。
⑥ Hall, S. *Signification, Representation, Ideology：Althusser and the Post‐Structuralist Debates*［A］//Critical Studies in Mass Communication, 1985（2）：94
⑦ Hall, S. *Signification, Representation, Ideology：Althusser and the Post‐Structuralist Debates*［A］//Critical Studies in Mass Communication, 1985（2）：92

为只有承认"复杂的统一"才能把握特定历史情境中的支配性关系，只有承认"统一"才能揭示意识形态的支配作用，揭示支配意识形态对话语规则的生产方式，揭示话语规则规范主体、生产主体位置及其权力关系的方式。对于话语多重性和意义无限滑动的过度关注不利于把握身份，不利于揭示身份中的"不平衡"、不平等关系①。霍尔指出对文化身份的阐释必须基于一个可供把握的意义，对权力关系的分析必须基于一个可供把握的关系，因此无限滑动的意义对于霍尔来说毫无用处，这也是霍尔反对后现代理论下过度碎片化的后身份的主要原因。

　　霍尔关注福柯理论中"话语的概念"，因为"话语"既生产知识又引导实践。霍尔在《西方世界及其他：话语和权力》和《表征：文化表征和意指实践》的第一章《福柯：权力、知识和话语》两篇文章中明晰了话语的概念和内涵。霍尔认为"福柯用'话语'表示'一组陈述，这组陈述为谈论或表征有关某一历史时刻的特有话题提供一种语言或方法。……话语涉及的是通过语言对知识的生产。但是……由于所有社会实践都包含有意义，而意义塑造和影响我们的所作所为——我们的操作，所以所有的实践都有一个话语的方面'"②。福柯试图通过话语"克服传统的人在所说的和所做的之间的鸿沟"③。这里"所说的"就是语言，"所做的"就是实践。在福柯看来话语是连接语言和实践的桥梁。福柯认为话语在实践中生产知识，并通过知识引导实践。话语"提供了人们谈论特定话题、社会活动及社会中制度层面的方式、知识形式，并关联特定话题、社会活动和制度层面来引导人们。正如人们所共知的那样，这些话语结构规定了我们对特定主题和社会活动层面的述说方式，以及我们与特定主题和社会活动层面有关的实践什么是合适的，什么是不合适的；它规定了在特定语境中什么知识是有用的、相关的和'真实的'；哪些类型的人或'主体'应该体现出哪些特征。'话语的'这个概念已成为一个宽泛的术语，用来指涉意义、表征和文化所构成的任何路径"④。霍尔指

---

① Hall, S. *Signification*, *Representation*, *Ideology*: *Althusser and the Post-Structuralist Debates* [A] //Critical Studies in Mass Communication, 1985 (2): 92
② Hall, S. *The West and the Rest*: *Discourse and Power* [A] //Formations of Modernity, 1992: 291
③ 斯图亚特·霍尔. 表征：文化表征与意指实践 [M]. 徐亮，陆兴华译. 北京：商务印书馆，2013：44
④ 斯图亚特·霍尔. 表征：文化表征与意指实践 [M]. 徐亮，陆兴华译. 北京：商务印书馆，2013：44

出福柯"研究的不是语言，而是作为表征体系的'话语'"①，他"关注的不是意义而是权力关系"②。确切地说，他关注的是话语通过表征而生产的权力关系。话语实践中的权力关系一直是霍尔以及英国文化研究关注的重点。

霍尔关注福柯话语理论中的权力/知识关系。话语的重要性不只是它能够连接语言和实践，更重要的是能够在实践中生产和再生产权力。福柯话语理论的核心是阐释"话语的形成"过程，尤其是话语形成过程中规则的生产，进而揭示规则背后的权力知识共生关系。福柯认为"知识由于总是在实践中被应用于规范社会行为而与权力有着纠缠不清的关系"③。换言之，福柯认为在权力/知识关系中，权力是先在因素，没有权力就不会产生"真理"。因此不是知识生产权力，而是权力生产知识。确切地说，是权力生产关于主体的知识。福柯借助"话语的形成"显化话语规则，以便"搞清话语的对象、陈述、概念与主题选择等是如何进行的，它们的顺序、对应、位置、功能和转换是怎样发生的"④。福柯在法兰西公学就职演讲中就分析了"排斥"和"分类"等话语的形成规则，指出由这些规则所形成了"言语惯例""话语圈"和"信仰群体"。福柯认为没有客观的真理，也不存在科学的知识，这些都是权力之下话语构建的产物。因此福柯的"谱系学反对的就是被认为的科学话语的权力的效应"⑤。所谓"真理"是"通过各种特定技术和应用策略在特殊的境遇、历史语境以及体制化秩序中加以运作"而被接受和传播的⑥。"真理"在权力观照下拥有权威，在权力观照下使其自身更加"真实"⑦。

霍尔关注福柯理论最重要的意图是要揭示主体在"真理—权力—知识"体系中的"位置"，也就是揭示权力/知识如何通过"真理"定位和规范主

---

① 斯图亚特·霍尔. 表征：文化表征与意指实践 [M]. 徐亮，陆兴华译. 北京：商务印书馆，2013：43-44

② 斯图亚特·霍尔. 表征：文化表征与意指实践 [M]. 徐亮，陆兴华译. 北京：商务印书馆，2013：43-44

③ 斯图亚特·霍尔. 表征：文化表征与意指实践 [M]. 徐亮，陆兴华译. 北京：商务印书馆，2013：70

④ 周宪. 福柯话语理论批判 [J]. 文艺理论研究，2013（1）：121-129

⑤ Foucault, M. *Power/Knowledge* [M]. Worcester, The Harvester Press, 1980

⑥ 斯图亚特·霍尔. 表征：文化表征与意指实践 [M]. 徐亮，陆兴华译. 北京：商务印书馆，2013：72

⑦ 斯图亚特·霍尔. 表征：文化表征与意指实践 [M]. 徐亮，陆兴华译. 北京：商务印书馆，2013：72

体。在福柯看来"人是被做成主体的"①，"主体是在话语内被生产出来的"②，所以主体是在意义的生产过程中被定位的。话语生产知识和特定形式的被"知识化"了的人。话语的主体"必须服从于话语的规则和管理，服从于其权力知识的处置"③。这个人在这种知识体系中被安排在特定的位置上。在这个"专门为主体而设的位置上"，不同的主体被分类，而接受这种分类标准的主体就受到了这种知识体系的"宰制"。因此，在《命运的三角》这本书中，霍尔正是利用福柯的话语理论来阐释种族、族群、民族等一系列能指是如何以话语的方式表征主体和构建身份的。霍尔意在揭示这些分类标准背后隐藏的西方中心主义的知识权力关系。霍尔解释了种族等分类标准之所以产生了实际效果是因为人们在"求真意志"的驱使下只追求种族的知识而忽略了知识背后的权力。种族的生物学特征看似是一种科学的知识，但实际上却是一套由"科学"话语所构建的权力结构。人们通过这一套话语来了解世界、解释世界，在这个过程中主体就被话语构建了。"如果说在笛卡尔和康德那里，主体上保持某种自主反思主体的特征的话，那么，到了福柯那里，这种启蒙理性立场上的主体性已经彻底瓦解了。当福柯把主体经由话语而与权力关联起来时，曾经独立自主的反思主体已蜕变为权力——知识规训的奴仆"④。霍尔指出福柯认为主体只是知识的奴仆，但实际上主体并非如此被动。知识只是一种外在因素，只有通过主体的内化才能发挥其规训的作用。因此，霍尔认为："把一个主体或一些民族定位为某一主导话语的他者是一回事；而使其臣服于那种'知识'……则完全是另一回事。"⑤ 这就说明霍尔反对福柯将主体完全置于权力和知识支配之下的思考方式。

以福柯的话语理论为依据，霍尔意在提醒人们：在西方主导的话语体系下有一个有利于西方维护其统治和殖民地位的知识系统，在这个系统内部包含一个西方至上的种族、民族的表征路径。这正是霍尔在 1990 年代进行文化

---

① 斯图亚特·霍尔.表征：文化表征与意指实践［M］.徐亮，陆兴华译.北京：商务印书馆，2013：82

② 斯图亚特·霍尔.表征：文化表征与意指实践［M］.徐亮，陆兴华译.北京：商务印书馆，2013：82

③ 斯图亚特·霍尔.表征：文化表征与意指实践［M］.徐亮，陆兴华译.北京：商务印书馆，2013：82

④ 周宪.福柯话语理论批判［J］.文艺理论研究，2013（1）：121-129

⑤ Hall, S. *The Fateful Triangle：Race，Ethnicity，Nation*［M］. Harvard University Press, 2017：212

身份阐释时试图破解的"本质主义"身份的意义系统。霍尔通过主体和知识权力的关系意在说明人类既可以被"知识化",也有能力挣脱"知识化"。我们应该对西方中心的知识体系保持一种清醒的状态,就如同霍尔在《文化身份和族裔散居》一文中指出的我们要关注的是谁在何种位置上对特定事件进行言说。

五、拉克劳、墨菲:后马克思主义与接合

霍尔与拉克劳和墨菲的对话发生在 1980 年代前后,对话围绕拉克劳和墨菲的"接合"理论和意义的"等式链条"(chain of equivalences)展开。霍尔在 1980 年发表了《支配结构中的种族、接合和社会》①,是一篇思考和阐释"接合"的文章②。霍尔强调社会关系"是一种生产性力量","深深植根于生产并被生产支配的社会关系中不断发展,同时与政治和法律相融合,这些因素'接合'成一种独特的关系。他们决定国家的形态"③。这是霍尔第一次使用"接合"解释意识形态的复杂性。1986 年霍尔对"接合"内涵的详细介绍出现在劳伦斯·格罗斯伯格采访霍尔的访谈录《后现代主义和接合》④ 中。此后,1994 年霍尔在哈佛大学的演讲中(这次演讲经哈佛大学整理结集成书以《命运的三角》为题出版),引入拉克劳的意义的"等式链条",用它来解释种族、民族话语的意义生成过程。

霍尔指出"接合"是一种断裂的力量,它指导研究者们从"非必然性"和"偶发性"的角度思考实践。霍尔在与劳伦斯·格罗斯伯格的访谈中明确提出"接合"是从拉克劳那里借鉴过来的概念。霍尔明确地指出"我使用的接合理论,源自拉克劳的《马克思主义理论中的政治与意识形态》(*Politics*

① Hall, S. & Schwarz, B. *Race, Articulation, and Societies Structured in Dominance*(1980)[A]//Hall, S. & Morley, D. Essential Essays(vol. I):Foundations of Cultural Studies & Identity and Diaspora. Duke University Press, 2018:172-221
② 徐德林和邹威华分别在《接合:作为实践的理论与方法》(《外国文学评论》,2013 年第 3 期)以及《斯图亚特·霍尔的"接合"理论研究》(《当代外国文学》,2012 年第 1 期)都提到过霍尔最早阐释"接合"的文章是《支配结构中的种族、接合和社会》。
③ Hall, S. *The Hinterland of Science*:Ideology and the Sociology of Knowledge(1977)[A]//Hall, S. & Morley, D. Essential Essays(vol. I):Foundations of Cultural Studies & Identity and Diaspora. Duke University Press, 2018:140
④ 斯图亚特·霍尔. 文化身份和族裔散居[A]//罗钢,刘象愚译. 后殖民主义文化理论,北京:中国社会科学出版社,1999:223

and Ideology in Marxist Theory）一书"①。"'接合'是拉克劳的话语理论的先声"②，意在明晰种种意识形态要素的政治意涵并无必然的政治归属，因此我们有必要思考不同实践之间偶发、非必然的连接。那么意识形态和社会力量之间、意识形态内部不同要素之间、社会运动内部不同社会团体之间的关系都需要综合考量。霍尔在理论化过程中经由阿尔都塞、葛兰西之后与拉克劳相遇。阿尔都塞多元决定的意识形态理论在帮助文化研究纠正文化主义对经验过度关注的同时，显示出将所有问题都指向社会结构的还原论倾向。而葛兰西的文化霸权在为文化研究提供一个动态的、具体的、承认主体反抗性的意识形态思考方式的同时，因为过度关注政治而忽视了微观文化。托尼·本内特指出"葛兰西式文化研究很少分析像家庭、媒介、大众教育、艺术与文化教育等这些意识形态国家机器的特征，很少关注特殊的文化机制、文化技术或文化及其特殊性，而是更多地分析他们所传播的意识形态的内容以及其中包含着的大众同意的过程"③。虽然在文化研究过程中，权力和政治问题一直是研究的关切点，但将注意力全部转移到政治上而忽略文化实践又是文化研究学派所不能接受的。这时拉克劳的"接合"理论进入霍尔的视野。拉克劳的"接合"就像"夹杂在马克思主义中的必然论与化约论"逻辑之中的一种断裂的力量④。他们强调经济基础和上层建筑之间没有必然的联系，对上层建筑层面的意识形态起作用的不仅只有经济因素，还包括其他一系列复杂的、偶然的和断裂的因素。拉克劳的话语理论将文化实践作为一种文本进行研究，把"政治、意识形态和经济、阶级关系接合起来"放在话语中进行分析。

　　霍尔用"社会像话语一样运作"修正了拉克劳、墨菲的"社会是话语"的观点⑤。拉克劳和墨菲的理论体系中存在一个缺陷，那就是把社会等同于话语，主体性等同于主体，位置性等同于位置。拉克劳和墨菲"把世界、社会实践看作语言"而不是"像语言那样运行"⑥。这样社会中所有斗争的复杂性就被话语所中和，社会中包含的所有复杂因素，尤其是政治因素，就被话语

①　陈光兴. 文化研究：霍尔访谈录［M］. 台湾：远流出版公司，1998：126
②　黄卓越等著. 英国文化研究：事件与问题［M］. 北京：生活·读书·新知三联书店，2011：297
③　和磊. 伯明翰学派：文化研究的源流与方法［M］. 北京：北京大学出版社，2017：63-64
④　陈光兴. 文化研究：霍尔访谈录［M］. 台湾：远流出版公司，1998：126
⑤　陈光兴. 文化研究：霍尔访谈录［M］. 台湾：远流出版公司，1998：126
⑥　陈光兴. 文化研究：霍尔访谈录［M］. 台湾：远流出版公司，1998：146

排除在外了。虽然拉克劳和墨菲在论述话语斗争的过程中并没有忽视政治，但最终"社会是话语"这一论断将导致拉克劳和墨菲的理论中"向上的还原论"，即"他们的问题不在于政治而在于历史"①。霍尔认为社会像话语一样运作，意味着社会就是意义产生的场域。不同的主体基于自己的经验和经历对意义进行着主体式的解读和再生产，这就体现了主体对意义的操控。"霍尔认为，文化意义或文本意义与解读者之间不应该只是一种一一对应的简单关系，还应该是一种互相影响和改造的能动关系"②。此外，拉克劳和墨菲的理论体系中还存在另一个缺陷，那就是"对一事物与其他事物之间为什么可以接合或者为什么不可以接合的理由在没有详细的说明"③。霍尔认为正是拉克劳和墨菲对还原论的批判导致了他们避免对接合的事物进行分析、并给出结论，这就是他们为什么没有详述"事物间为什么可以接合或者为什么不可以接合的"④ 原因。他们忽略了"促成现状、并仍然对话语接合发挥限制和决定作用的各种历史力量"⑤。也就是说，霍尔认为他们忽略了历史中其他限制因素在文化中发挥的复杂而重要的作用。对于霍尔来说对历史时刻的"情景分析"最为重要，因为只有认识并分析了特定历史时刻的构成性因素，才能有效地介入现实。这是霍尔"学术即政治"的第一要务。对撒切尔主义、多元文化主义的分析都是霍尔站在历史情境之中对现实的认识和介入。"社会是话语"把话语的意义和逻辑链条确定为研究重心的同时把历史排除在外。失去了历史也就失去了基于历史、把握历史与历史互动的机会。这就意味着拉克劳和墨菲间接地把历史中主体的能动性搁置和隐蔽起来，这与霍尔关注提升历史中主体能动性的理论倾向相左。

霍尔借鉴了拉克劳和墨菲话语理论中的"意义链条"，分析了身份作为能指是如何与某一群体相联系的。霍尔在特定的历史情境下，分析了西方中心主义的文化身份（种族和民族身份）作为"滑动的能指"如何与具体的历史条件接合而构建出利于西方的文化分类标准，以及如何在新的历史时期——全球化时代——构建新的身份。霍尔把话语和实践相结合，通过实践把无限

---

① 陈光兴．文化研究：霍尔访谈录［M］．台湾：远流出版公司，1998：146

② 薛稷．试论斯图亚特·霍尔多元文化思想的实质［J］．国外理论动态，2016（8）：24-32

③ 陈光兴．文化研究：霍尔访谈录［M］．台湾：远流出版公司，1998：146

④ 陈光兴．文化研究：霍尔访谈录［M］．台湾：远流出版公司，1998：146

⑤ 陈光兴．文化研究：霍尔访谈录［M］．台湾：远流出版公司，1998：146

滑动的话语意义与特定时空中的具体经验相结合，这样意义就被固定下来。主体在成为实践的主体之后就能够介入现实，并在现实中重新生产位置关系，改变既有的身份关系。通过对具体实践中特定位置的利用而重构身份（这个特定的位置就是可把握的位置），即是霍尔所说的"策略性身份"。"霍尔解决各种各样的话语滑动的方法是策略性地树立一个'约定俗成的终点'，力图使'文化研究从意义、文本性和理论的真空回到污浊的世俗中'"①。拉克劳和墨菲对身份意义构建的分析方式对霍尔产生了深远的影响。拉克劳指出命名是构建身份意义的一个步骤。身份"通过阶级、种族团体等简单名称而被提及，而这些简单的名称至多只命名了转瞬即逝的稳定状态"②，并不是代表集体意志。因此，研究者"真正重要的任务是去认识身份得以构建和消解的逻辑，以及它们在其中相互关联的空间在形式上是如何被确定的"③，即探究稳定的身份意义的形成轨迹。霍尔借鉴了拉克劳和墨菲的后身份理论形成了独特的思考文化身份的方式，即在否定总体性稳定状态的基础上，以分析身份构建的途径为手段，对文化身份进行解构和重构。

与拉克劳、墨菲的话语理论在名称上相似的还有上一节提到的福柯的话语理论。我们在这里需要说明的是：第一，两种话语理论有一定承接关系。拉克劳的话语理论是在批判福柯话语理论的基础上发展而来。第二，霍尔使用两种话语理论解释不同的现实问题。霍尔利用福柯的话语解释知识构建中的权力问题，利用福柯的权力/知识理论阐释文化身份的表征和构建路径。由此可见，没有永恒的"真理"，只有永远的"权力"。霍尔使用拉克劳的接合理论解释特定情境下各种因素的断裂作用，从而消解本质的文化身份中稳定的意义来源，解释西方中心主义话语实践中的权力关系。换言之，霍尔用接合的话语来说明身份形成的复杂性和偶发性。没有稳定的"身份"，只有稳定的"条件"。第三，霍尔用接合的话语升级福柯的话语，因为霍尔也注意到了福柯话语中的一些问题。虽然福柯把话语视为是一种结构消解了阿尔都塞的"科学话语"（转而关注历史、文化、社会、政治、制度和性别），但福柯的话语主体则完全受到话语的宰制。从这个角度来说，主体在话语中的位置已经被擦除，主体的能动性在话语中被完全被消解。而拉克劳和墨菲在批判地

---

① 保罗·鲍曼. 后马克思主义与文化研究 [M]. 南京：江苏人民出版社，2011：78
② 保罗·鲍曼. 后马克思主义与文化研究 [M]. 南京：江苏人民出版社，2011：75
③ 保罗·鲍曼. 后马克思主义与文化研究 [M]. 南京：江苏人民出版社，2011：75

继承了福柯话语理论的同时,兼收了维特根斯坦的语言学理论,将话语重新阐释为"一个来自接合行为的结构性差异总体","这个总体却是永远都无法完满实现的。话语永远都是一个无法完全固定下来的过程,该过程是在一个话语场域内通过接合而发生的"①。拉克劳和墨菲的话语理论让我们从非总体性和非统一的方式重新思考主体,他们在建构政治主体的同时解构了具有统一自我特征的政治阶级的主体性。换言之,接合话语理论中的主体没有稳定的言说立场,他们是由差异而建构,主体内部存在复杂性和矛盾性。在霍尔看来正是主体内部的矛盾性为斗争创造了一个开放的、可争夺的政治空间。

---

① 张道建. 拉克劳的"链接"理论与"后身份" [J]. 南阳师范学院, 2009, 8 (1):
69-75

第二章

霍尔 "文化身份理论" 的 "文化" 与 "身份"

　　"文化研究"作为理论资源诞生于英国。英国在 20 世纪 50 年代经历了一系列戏剧性变革——"匈牙利事件""苏伊士运河事件"以及赫鲁晓夫在苏共二十大所做的秘密报告——促使爱德华·汤普森等知识分子与英国共产党决裂，伴随决裂出现的还有英国牛津大学新左翼俱乐部的创建以及新左翼杂志的创刊。这些历史事件都为英国文化研究提供了温床。1964 年理查德·霍加特（Richard Hoggart）创办伯明翰大学当代文化研究中心（CCCS），这是建制化的文化研究作为专门的学科踏上历史舞台的标志性事件。霍尔在这种情境之下踏上了"学术即政治"的文化研究之旅。

　　霍尔领导的文化研究不同于传统学科，有着开放性的特点。文化研究通过跨学科的方法阐释和批判英国文化中的政治权力结构关系。英国文化研究始于对社会现实的关注，它从批判经济政治决定论开始关注社会文化问题，关注文化政治权力，关注不同身份的群体作为主体在社会中的"位置"（霍尔语）。英国文化研究经历了 50 余年的发展历程，身份问题始终是它的中心议题——从最初为非精英的工人阶级争取权力，发展到持续关注黑人群体、青年亚文化群体、女性群体、同性恋等不同族群和边缘性群体的社会位置。霍尔把身份问题不断深化，不断发展和演进形成了可以抽象和提升的"文化身份理论"谱系（虽然霍尔一直拒绝把自己的研究成果称为"理论"）。身份（identity）问题是霍尔思想演进的主线或称主题。文化身份在霍尔文化研究中的重要性也可以从位于英国伦敦的斯图亚特·霍尔图书馆（Stuart Hall Library）的网页（invia. org）介绍中窥见一斑："霍尔图书馆是视觉艺术中心富有批判精神和创造精神的中心之所……图书馆记录并辅助视觉中心进行现代视觉艺术的研究工作，同时为文化身份问题的研究提供重要的资料"。文化身份在霍尔文化研究理论体系中的重要性不言而喻。

第一节 "最难界定"的"文化"

威廉斯称"文化"是英语中比较复杂的两三个词汇之一。霍尔也将"文化"称为"人文和社会科学中最难的概念之一"①。文化不仅"难"而且"重要"。它既决定英国文化研究的疆域，又是不同文化群体斗争的场域，因此界定"文化"至关重要。

一、"不做保证的"马克思主义和"优先考虑的""文化"

英国文化研究一直以来被称为英国文化马克思主义，顾名思义英国文化研究与马克思主义理论之间有着某种紧密的联系。英国文化研究在欧陆马克思主义理论的基础上发展出全新阐释文化的路径。

霍尔在《文化研究及其理论遗产》（1992）中谈到了文化研究和马克思的相遇并不是一种完美的契合，而是由当时的历史语境决定。苏联将坦克开进布达佩斯，英国内部新左派对共产主义事业陷入了深深的焦虑之中。同时在战后的英国社会中，资本主义不但没有像马克思所预言的一样消亡，反而呈现了欣欣向荣的局面。"后福特主义"带来了资本主义的转型，迎来了消费资本主义的"新时代"。在消费资本主义时代，传统的工人从被剥削阶级"转变为"具有消费文化产品能力的大众阶层。大众文化成为这个时代具有变革意义的重要文化结构和系统，消费文化的主体"大众"当然就成为英国文化研究不能忽视的对象。战后英国社会中工人阶级构成的变化，意味着传统马克思主义理论中社会主义斗争的主体正在消失。马克思对阶级的阐释已经无法解释英国社会中出现的复杂的文化关系。马克思主义面对当前英国社会的问题，既无法解释，又无力解决。这种"无所适从"之感导致马克思主义理论处于瓦解的危机之中。英国新左派在这种情况下重新审视英国的政治环境，既反对资本主义又不拥护社会主义，他们尝试开辟新的斗争场域，霍尔把它称为"第三空间"。"文化"成为这个空间内新左派的关切点和优先思考的对象。

---

① 斯图亚特·霍尔. 表征：文化表征与意指实践［M］. 徐亮，陆兴华译. 北京：商务印书馆，2013：序言（2）

　　文化话语关注权力问题。与此不同，马克思关注资本主义的剥削关系，因此英国知识分子无法从现存的马克思主义理论中找到阐释文化和权力关系的方法。"权力是一个更容易在文化话语而不是在剥削话语中得到确立的术语；关于一种普遍理论的问题，这种理论能够以一种批判性的方式，把对生活、政治与理论、理论与实践、经济、政治、意识形态问题等各种不同领域展开的批判性反思连在一起"①。因此，英国文化研究在继承马克思对阶级、权力问题关注的同时，思考文化在社会形塑中的重要作用。虽然马克思的文化观立足于人类解放，并没有忽视文化，但马克思认为解放人类的首要任务是祛除资本主义的生产关系。因此在批判资本主义生产关系的基本框架下，马克思认为文化形式和文化实践都要以生产方式为基础，是生产方式的反映。按照这个逻辑，以经济基础为社会发展决定性因素的批判模式就成为马克思主义理论的基本框架。"在这个理论范式中，根本缺乏的是对于物质生产与政治和文化制度之间，物质活动与意识之间的不可分割的联系的认识"②。

　　"文化"成为英国知识分子优先考虑的对象。1950年代末，格雷姆·特纳（Graeme Turner）所称的文化研究的三部奠基性作品出现了。它们分别是霍加特的《识字的用途》（1957）、威廉斯的《文化与社会》（1958）和威廉斯的《漫长的革命》（1961）。这批重要论著在继承马克思主义历史唯物史观的基础上，分析了英国社会中的"文化"问题，全新认识了"文化"的本质及其社会功能。"文化"就此成为文化研究的"优先关注点"。文化研究将其研究目标确定为"分析和理解那些'相对独立'但并不互相排斥的关系系统——所谓'文化'和'社会'——之间的关系"③。历史唯物主义和文化的重要性，确切地说是物质性，在这一过程中被确定下来。文化不再是上层建筑的从属产物，它不再是被动的被经济决定的产物，它能够在具体的历史语境中起到物质性作用。英国文化研究关注与文化相关的广泛议题，"文化这一词所浓缩的是由历史巨变直接引发的种种问题，工业、民主和阶级方面的变革都以自身的方式呈现了这些变迁，艺术上发生的变革也是对这些变迁的密

---

①　斯图亚特·霍尔. 文化研究及其理论遗产 ［J］. 孟登迎. 上海文化，2015（IX）：48-62

②　Williams, R. *Marxism and Literature* ［M］. Oxford University Press, 1977：80

③　约翰·克拉克，斯图亚特·霍尔，托尼·杰斐逊，布莱恩·罗伯茨. 亚文化群、文化群和阶级 ［A］//孟登迎、胡疆锋、王蕙译. 通过仪式抵抗. 北京：中国青年出版社，2015：32

切回应"①。英国文化研究以学术的形式介入社会现实,"学术工作的政治"一直是文化研究的重要日程,英国文化研究学者持续关注文化的政治性。种族文化、民族文化、性别文化、亚文化中主体的位置关系成为文化研究的关切点。在与马克思主义理论对话的过程中,英国文化研究继承并发展了马克思的遗产,并最终在诠释文化与社会关系的充分性上超越了马克思主义。

二、早期英国文化研究与威廉斯的"文化"阐释

虽然霍尔称追溯文化研究源头很难,尤其是想找到一个明确的时间点更是难上加难,但为了更好地把握英国文化研究的发生、发展和走向,本章尝试探索英国文化研究发展的脚步。本书把英国文化研究分为三个阶段:第一个阶段是从 1950 年代中期到 1960 年代中期,这是英国文化研究发生的早期阶段。英国新左派在这个时期深入思考马克思主义理论,旨在揭示新型资本主义制度中的剥削实质。1956 年,苏联将坦克开进布达佩斯,这一历史事件开启了英国新左派对于马克思主义理论的再思考。新左派的目标是解释社会中的新现象、解决社会中的新矛盾。英国文化研究正是在对马克思主义的"决定论、还原论、永恒历史规律和元叙述地位"等问题的阐释过程中发展起来的②。第二个阶段是从 1960 年代中期到 1970 年代末,这是英国文化研究进入建制化阶段的黄金发展时期。在这个时期,媒体文化和亚文化的"第三"政治空间被打开。1964 年,伯明翰大学当代文化研究中心成立。1969 至 1979 年间霍尔担任当代文化研究中心主任。在这十年间,霍尔组织、领导多个文化研究小组完成了《通过仪式的抵抗》(1975)、《监控危机》(1978)等多项重要的集体成果。第三个阶段是从 1980 年代初开始至今,这是英国文化研究发展最为成熟,传播最为迅速的时期。在这个时期,英国文化研究开始关注身份问题,种族、民族、族裔等主题成为霍尔、保罗·吉尔盖伊等学者关注的重点。文化研究从最初激进地追求推翻资本主义制度到朝着更温和地追求民主、公正的社会方向前进。在这个时期英国式的文化研究广泛、快速地传播到美国、澳大利亚和中国等地,世界范围内的文化研究空前发展。随之而

---

① 斯图亚特·霍尔. 文化研究的两种范式 [J]. 孟登迎译. 文化研究第 14 辑,2013:306
② Hall, S. *Cultural Studies and Its Theoretical Legacies* [A] //Morley, D. & Chen, K. H. Stuart Hall: Critical Dialogues in Cultural Studies, London: Routledge, 1996:264

来的也有"世界范围内关于文化研究的各种论争"①。

如上文所述，全球范围内的马克思主义危机和英国社会的新问题共同催生了英国文化研究。二战后，大众文化的兴起，工人运动的低潮是英国知识分子亟须解释的问题。具体来说，英国的时代变革和社会发展催生出新的主体身份和社会结构间的关系研究。围绕这个关系展开的文化权力关系研究更是成为文化研究关注的重点。而以上所有问题的研究都要以界定"文化"为开端。因此，在1950至1960年代英国文化研究的早期阶段，界定"文化"成为显化"文化"重要性的关键之举。这关系到重新思考与资本主义的斗争方式、斗争手段和斗争空间等问题。

如果说斯图亚特·霍尔是文化研究的代名词，那么毫不夸张地说这个代名词的基本框架是雷蒙·威廉斯赋予的。霍尔在1988年撰文《威廉斯的生平》② 表达英国文化研究失去威廉斯的巨大损失和悲痛。霍尔在《文化研究及其理论遗产》（1990）一文中十分明确地指出威廉斯对英国文化研究的奠基性作用，称"文化研究难道不是形成于我首次遇到雷蒙·威廉斯的那个时候?"③ 威廉斯的《文化与社会》和《漫长的革命》被霍尔称为文化研究的奠基之作。英国文化研究从未离开过威廉斯，威廉斯"是伯明翰大学当代文化研究中心智识和灵感上的重要来源"④。威廉斯开创了马克思主义批判和媒体批判的新视角，这成为英国文化研究学派继承至今的研究视角。英国文化研究继承了威廉斯关注文化和社会的研究角度，秉持着文化研究"既要具体而深入地考查当代文化的一个'领域'，也要搞清楚这一领域是如何以解释性的、非还原的方式与更大范围的文化社会结构连接起来的"⑤ 研究旨趣。威廉斯对文化研究最大的贡献莫过于他对"文化"的界定和阐释。本章将阐释威廉斯定义"文化"的不同方式，并在此基础上梳理文化的特性。

---

① 麦克罗比.文化研究的用途［M］.李庆本译.北京：北京大学出版社，2007：1

② Hall, S. *Only Connect: the Life of Raymond Williams* ［J］. New Statesman, 1988, 5：20-1

③ Hall, S. *Cultural Studies and Its Theoretical Legacies* ［A］//Morley, D. & Chen, K. H. Stuart Hall: Critical Dialogues in Cultural Studies, London: Routledge, 1996：64

④ 邹赞.试析雷蒙·威廉斯的"文化"定义［J］.新疆大学学报（哲学·人文社会科学版），2014（1）：26

⑤ 斯图亚特·霍尔，托尼·杰斐逊.通过仪式的抵抗：战后英国的青年亚文化［M］.北京：中国青年出版社，2015：31

"文化"是"包含物质、知识与精神构成的整体的生活方式"①。"文化"具有包容性和总体性特征。"文化""在一些学科领域里以及在不同的思想体系里"都"被用来当成重要的概念"②。威廉斯指出"文化"是一种复杂的综合体，是"包含物质、知识与精神构成的整体的生活方式"③，文化涉及社会、经济、政治生活等领域的一切人类活动④。总体的"文化"通过不同的文化样态得以呈现。"文化"可以内在分级，单数的大文化包含复数的文化样态。单数的文化结构指涉人类发展的总体性趋势，"用来强调国家的文化与传统的文化"⑤；复数文化既指不同国家在不同时期呈现出的不同的文化样态，也指在同一个国家内部不同社会团体、不同经济团体呈现的不同文化样态，众多的复数文化构成单数文化的总体性特征⑥。界定"文化"的内涵关系到文化研究的"领地"划分，这是新左派日后斗争的空间，因此是威廉斯首先需要明确的问题。

"文化是对一种特定生活方式的描述，这种描述不仅表达艺术或学术中的某些意义和价值，而且表达制度和日常行为中的意义和价值"⑦。文化具有经验性和日常性特征。威廉斯在构建文化总体性的基础上显化"日常文化"的价值，尝试打破文化高雅、低俗的二元对立，从而提升大众文化在英国文化中的地位。"文化是对一种特定生活方式的描述，这种描述不仅表达艺术或学术中的某些意义和价值，而且表达制度和日常行为中的意义和价值"⑧，这是威廉斯在《漫长的革命》给出的文化的定义。在威廉斯看来文化包含物质、知识和精神三个层面，三个层面共同作用决定了一定历史条件下的社会总体性结构，这一论断不仅从根本上瓦解了马克思的经济决定论，更重要的结论

① 雷蒙德·威廉斯. 关键词：文化与社会的词汇［M］. 北京：生活·读书·新知三联书店，2005：147
② 雷蒙德·威廉斯. 关键词：文化与社会的词汇［M］. 北京：生活·读书·新知三联书店，2005：147
③ 雷蒙德·威廉斯. 文化与社会［J］. 北京：北京大学出版杜，1991：导论，4
④ 雷蒙德·威廉斯. 文化与社会［J］. 北京：北京大学出版杜，1991：导论，4
⑤ 雷蒙德·威廉斯. 文化与社会［J］. 北京：北京大学出版杜，1991：导论，4
⑥ 雷蒙德·威廉斯. 关键词：文化与社会的词汇［M］. 北京：生活·读书·新知三联书店，2005：151
⑦ Williams, R. *The Long Revolution* (1961)［M］. Reprinted Harmondsworth：Penguin, 1965：57
⑧ Williams, R. *The Long Revolution* (1961)［M］. Reprinted Harmondsworth：Penguin, 1965：57

是这一社会总体性结构是人们共享的，没有高低优劣之分，威廉斯把这种共享结构称之为"情感结构"。1958年威廉斯发表著作《文化与社会》，他通过关注文化和社会的关系来打破利维斯的精英主义文化观。利维斯主义利用文学文本细读的方式挖掘经典文学作品的价值，宣称只有少数精英人群才具备鉴赏能力。这是"一种有害的高傲和怀疑主义"①。利维斯的精英文化思维源自他对"大众文化"的拒绝与排斥②。为了反击利维斯高雅、低俗二分的文化划分标准，威廉斯在《文化与社会》中首次提出了"情感结构"的概念，"情感结构"是一定的历史环境下作家及其他群体共享一些社会总体的结构性特征，这样一来文化就不只是人的主观"理念"的反映，而是"一个时代的文化"③。文化没有标准，没有高与低、精英与大众之分。艺术源自实践，源自日常，"我们不能将文学和艺术与其他类型的社会实践分离开来，不能将文艺划属于十分独特的规律之中"④。换言之，威廉斯认为一个社会的"整体生活方式"是"情感结构"的来源。既然文化是整体的"生活"方式，那么它就是日常的反映。"文化是日常的这是首要的事实"⑤，这就意味着无论是"大众"还是"精英"都是总体文化样态的组成部分，不分高低优劣。大众文化随之现身。

"文化"包含"理想型""文献的"和"社会的"三类⑥。文化具有在历史中互相转化的动态性发展特征。威廉斯强调我们不能只看到文化的不同指涉，还应该看到它们之间的内在联系，这样不是为了通过比较确立高低标准而是为了研究他们的动态发展模式，从而发现其中的规律和趋势，更好地理解社会和文化的整体发展趋势。威廉斯把文化分为三类："第一种是'理想型'的，这种意义上的文化是根据某种绝对的或者普遍的价值追求自我完善的一种状态和过程"⑦；"第二种是'文献的'，这种意义上的文化就是思想性作品和想象性作品的实体，其中，人类的思想和经验以各种方式被详细记载

---

① 雷蒙德·威廉斯. 漫长的革命［M］. 上海：上海人民出版社，2013：65
② 雷蒙德·威廉斯. 文化与社会［M］. 北京：北京大学出版社，1991：336
③ 雷蒙德·威廉斯. 漫长的革命［M］. 上海：上海人民出版社，2013：65
④ Williams, R. *Marxism and Literature*［M］. Oxford Paperbacks, 1977：30-31
⑤ Williams, R. *Literature and Sociology*［J］. Problems in Materialism and Culture：Selected Essays, London：Verso, 1980：11-30
⑥ 雷蒙德·威廉斯. 漫长的革命［M］. 上海：上海人民出版社，2013：57
⑦ 雷蒙德·威廉斯. 漫长的革命［M］. 上海：上海人民出版社，2013：57

下来"①;"第三种是文化的'社会的'定义,这种意义上的文化是对一种特殊生活方式的描述,它表现了不仅包含在艺术和学识中而且也包含在各种制度和日常行为中的某些意义和价值"②。值得一提的是威廉斯在这本书中不仅关注了三类文化,还论述了三种文化之间的互动关系及三种"文化分析"的方法。分析"理想型"的文化应着眼于发现和描述生活和作品中总体和永恒的价值。分析"文献型"的文化应着眼于描述和评价"思想和经验的性质,语言的各种细节以及它们活动的形式和惯例"。威廉斯认为这既是文化批评也是历史批评。分析"社会的"文化应着眼于"文化的各种因素","包括生产组织、家庭结构、表现了或支配着社会关系的各种制度结构,以及社会成员赖以相互沟通的各种特有的形式"③。文化在关系中呈现自己的样态,"是普遍变化模式中包含的种种关系"④。文化是个体和世界互动的结果,文化在"连续"中接受"改造",不断变化。社会中的新主体在他们继承的、既定的世界中生活,继承的过程保证了世界的连续性发展。同时主体也用自己的方式与世界互动,在生活中创造新的情感结构。威廉斯强调文化和世界的互动关系不仅修正了马克思的历史决定论,也为他之后阐释文化唯物主义历史观提供了理论支撑。

威廉斯指出文化具有物质性,阐释了其中包含的权力关系。他认为"文化不只是对新生产方式、新'工业的'反映","它同时也是对新的政治和社会发展、对'民主'的反映",个体化的文化"对艺术的含义与实践产生显著影响"⑤。威廉斯在这里强调了文化的物质性和能动性。威廉斯认为文化的物质生产功能借助政治文化得以实现。"文化活动是物质生产形式",政治制度作为文化活动必然具有物质生产功能,"从城堡、宫殿、教室到监狱,从战争武器到被控制的报业"都体现了政治的文化的物质性生产能力⑥。这就说明了文化不只是生产关系的衍生物,它反过来能够影响生产关系,从而影响社会实践,即影响社会的物质性生产过程。文化之所以能够影响社会实践是

① 雷蒙德·威廉斯.漫长的革命 [M].上海:上海人民出版社,2013:57
② 雷蒙德·威廉斯.漫长的革命 [M].上海:上海人民出版社,2013:57
③ 雷蒙德·威廉斯.漫长的革命 [M].上海:上海人民出版社,2013:51
④ 雷蒙德·威廉斯.文化与社会 [M].北京:北京大学出版社,1991:6
⑤ 雷蒙德·威廉斯.文化与社会 [M].北京:北京大学出版社,1991:导论,6
⑥ 雷蒙德·威廉斯.政治和信件:新左派评论访谈(1981) [A] //李丹凤.英国文化马克思主义研究.南昌:江西人民出版社,2010:163

因为其中包含着权力关系。文化中包含霸权统治是威廉斯从葛兰西处继承的思想。威廉斯认为霸权通过文化权力的建构得以实现。统治阶级通过文化的意义体系构建价值体系。价值体系之中隐含的是我们与世界间的关系，具体体现在我们对价值的感知与认可。主体对文化的认可与否决定了文化在社会中统治的范围。按照势力范围的大小，文化可分为三种形式：统治性文化、残余文化和新兴文化。统治性文化是一种主导的文化形式，统治性文化是文化霸权的具体实践形式。统治性文化与残余文化是在批判继承的同时进行着对抗，而与新兴文化则是完全对抗的关系。正是因为文化中的权力关系，文化在社会体系中的作用才更加重要。

威廉斯在阐释文化的过程中一直试图描绘文化地图的疆界，避免将文化固定于某种特定的形式之上。以威廉斯为代表的新左派成员立足于批判高雅低俗文化的二元对立来界定文化，突出大众文化及其主体的重要性和能动性，从而挖掘大众文化中蕴含的反抗潜力。威廉斯最大的贡献在于他通过重新界定文化和社会的关系，打破了固有的精英文化思维。在此基础上，他关注了文化的物质性、能动性和建构性，思考了文化中的权力关系，挖掘了文化主体的反抗性，他为英国的社会主义革命指明了方向，为文化研究奠定了历史性、开放性、关系性的研究基调和研究模式。

当然，在当时的历史语境中威廉斯也存在自身的局限性：第一，他对日常文化的关注具有残余的精英主义色彩，他对意义的探索大多来自利维斯式的文本细读和意义解读——在对小说、戏剧、报刊等文化艺术形式的文化意义进行挖掘而非真正关注工人阶级的日常生活实践。第二，他过于关注文化的经验性特征，从而忽视了文化的结构性特征。他过于关注"特定的生活方式"和"日常文化"，也就是说，他过于关注复数的文化而忽视了大写的文化的总体趋势。第三，威廉斯对总体性特征的忽视也意味着他在阐释文化和社会关系的过程中忽视了意识形态的重要作用。

因此，在英国文化研究的历史发展进程中出现了批判威廉斯的声音，以结构主义学派对威廉斯过度关注经验而忽视意识形态的批评为最。结构主义在批判威廉斯为代表的文化主义范式过于强调经验的基础上，将"意识形态"意义的参考框架重新引入文化研究，这给文化研究重新注入了巨大的活力。"结构主义的巨大活力在于对'各种决定性条件'的强调"，即多重决定①；

---

① 斯图亚特·霍尔．文化研究的两种范式［J］．孟登迎译．文化研究第 14 辑，2013：322

结构主义的第二种活力就是"结构主义不仅重视抽象的必要性，将其看作移用'各种真实关系'的思想工具，而且认为在马克思的著作中就存在一种运转于不同抽象层面之间的连续而复杂的思维运动"，强调概念的重要作用①；第三种活力"存在于'整体'这一概念之中"，"它提出了结构统一必然具有复杂性这一观念"②；结构主义的另外一种活力"源于它对'经验'的去中心化，源于它对意识形态这一忽视范畴的原创性阐释"③。当然，结构主义也有其自身的缺陷，那就是结构主义的"主体"是被剥夺了能动性的主体，个人被意识形态询唤成主体后已经失去了发言的能力，他们被具有主体性的"空间话语"所言说，他们的经验和意识都是由历史、文化和意识形态规定。

　　霍尔认为文化与意识形态密切相关。正是意识形态在表征过程中起到结构性作用才决定了符号不同的组合方式和意义框架，从而实现了表征的意识形态功能。这一方面能够揭示统治阶级是通过意识形态手段进行意义的建构和生产，另一方面也能够揭示文化的总体性和同一性是一种"想象性关系"。文化通过语言实现表征，而"意识形态在实践上就是一套表征体系，在绝大多数情况下它们与'意识'毫无关系：……它首先作为结构而强加于绝大多数人，不是通过人们的'意识'……人们正是在这种意识形态的无意识中成功地改变着他们与世界之间的'体验'关系，寻求着那种被称为'意识'的特殊的无意识形式"④。霍尔在这些阐释中接合了阿尔都塞把表征、图像、符号等内容都看作是意识形态的观念——他们都是对主体的"询唤"。文化主义和结构主义的争斗吸引了众多文化研究先驱参与其中，这说明英国文化研究在平衡文化结构性与主体能动性问题上的纠结与努力。

三、霍尔对早期"文化"阐释的批判、继承与发展

　　霍尔认为"文化"是一个"核心"概念，是"人文和社会科学中最困难的概念之一"⑤。霍尔坦言"找不到一种对于'文化'单一的、没有问题的定义"，他认为这不是知识或逻辑问题，而是因为这"是一个会聚了各种（利

———————————

①　斯图亚特·霍尔. 文化研究的两种范式［J］. 孟登迎译. 文化研究第 14 辑，2013：322
②　斯图亚特·霍尔. 文化研究的两种范式［J］. 孟登迎译. 文化研究第 14 辑，2013：322
③　斯图亚特·霍尔. 文化研究的两种范式［J］. 孟登迎译. 文化研究第 14 辑，2013：322
④　斯图亚特·霍尔. 文化研究的两种范式［J］. 孟登迎译. 文化研究第 14 辑，2013：317
⑤　斯图亚特·霍尔. 表征：文化表征与意指实践［M］. 徐亮，陆兴华译. 北京：商务印书馆，2013：序言（2）

益）关切的场所"①。这就说明在文化实践的内部存在不同的利益群体，他们之间存在利益之争。分析、阐释斗争及其中包含的政治性是文化研究的核心问题，也是英国文化研究的动力所在。在霍尔看来，文化虽然不是"问题的全部"，"但文化非常重要，不仅重要而且具有绝对的建构性"②。

霍尔对英国早期"文化"阐释的继承、批判和发展主要体现在三篇文章中。按照发表时间的先后分别是：《亚文化群体、文化群和阶级》（1975），《文化研究：两种范式》（1980）和《表征：文化表征和意指实践》（1997）的《序言》。1975年霍尔与约翰·克拉克等人共同撰写了《亚文化群体、文化群和阶级》一文。该文是《通过仪式的抵抗：战后英国的亚文化》一书的第一章，是较早涉及"文化"定义的文章。《通过仪式的抵抗：战后英国的亚文化》着重梳理英国当时新生的文化样态，旨在说明作为一种新形式的社会运动，战后英国亚文化群体的反抗已经取代了传统的阶级斗争。在《亚文化群体、文化群和阶级》的开篇，霍尔同其他几位作者对"文化"的"若干定义"③进行了论述。文中的"若干定义"以威廉斯的"情感结构"和"日常经验"为出发点阐释了不同群体的文化样态和特定的文化活动方式。可见，此时霍尔更多的是在继承。1980年发表的《文化研究：两种范式》是霍尔较为系统地梳理"文化"概念的文章。霍尔回顾了英国文化研究对"文化"概念化的过程，体现了霍尔对"文化"概念的批判。在这篇文章中，霍尔比较和分析了文化主义与结构主义的理论范式，并通过对这两种范式的理性批判为文化研究开辟了思路、指明了方向。1997年《表征：文化表征和意指实践》一书出版，霍尔撰写了该书的《序言》。在这篇文章中霍尔进一步丰富了"文化"。他把"文化"视为意指实践，接合福柯的话语理论分析了文化在社会实践中的运作方式及运作效果，体现了霍尔对"文化"概念的发展。霍尔在后期研究中采用的"文化"定义与该文中的表述基本一致，这说明此时霍尔的"文化"阐释已经相对成熟。至此，霍尔的"文化"面貌已经呈现出来。简言之，霍尔从继承威廉斯的"总体的"和"日常的"文化入手，批判了文化主义和结构主义的活力和局限。之后，他接合了葛兰西和福柯的理论，

---

① 斯图亚特·霍尔. 文化研究的两种范式 [J]. 孟登迎译. 文化研究第14辑，2013：306
② Hall, S. *Living With Difference* [J]. Soundings, 2007（37）：153
③ 约翰·克拉克，斯图亚特·霍尔，托尼·杰斐逊，布莱恩·罗伯茨. 亚文化群、文化群和阶级 [A] //孟登迎、胡疆锋、王蕙译. 通过仪式抵抗. 北京：中国青年出版社，2015：78-87

在意识形态框架下思考文化权力问题。总之，霍尔试图构建一种"正确的唯物主义文化理论"指引文化研究走向未来①。

霍尔批判了文化主义和结构主义的文化研究范式，他认为"文化"既不完全是"经验"的，也不完全是"意识形态"的。霍尔指出文化、实践与人是思考文化问题的三重要素，三者互为条件。这种思考方式来自霍尔对英国文化研究传统批判式的继承。霍尔指出文化与社会实践相互交织、相互影响，经由人类主体的实践活动创造历史，这是文化研究"具有重大意义的思想线索"②。"文化"为人类活动提供条件和场所、受人类活动影响并最终由人类活动改造。在《文化研究的两种范式》中，霍尔肯定了汤普森和威廉斯都是"倾向于从关系结构是如何被'亲历'和'体验'的方面来解读文化"，但同时他们又存在自身的局限③。以威廉斯为代表的"文化主义强调人的主体性，注重人类的经验，在人的生活层面展现文化的本质意义"④。但同时，威廉斯认为文化完全是经验的思维方式放大了主体的能动性。威廉斯围绕"文化"，努力消除文化与非文化的区别。在这个过程中，他把"所有的经验"都等同于"生活方式"，进而把所有"生活方式"都等同于"一般的物质实践"，这就意味着进行生活实践的主体对生活具有绝对的主导作用，这样主体的能动性就被无限放大。这种思维模式显然具有人本主义的倾向。与此相反，以汤普森为代表的"结构主义则强调社会结构的决定作用，着重于文化结构的科学解读，突出了文化的政治意义和意识形态功能的重要性"⑤。汤普森认为文化完全是意识形态的思维方式夸大了历史的规定性。汤普森认为人们会在实践中"必然或不知不觉地进入各种关系和条件的'既定性'或'建构性'中"⑥。这种既定性显然是意识形态赋予的结构性特征，而建构性则是意识形态对主体观念的训唤。解构主义的局限性体现在虽然将历史条件纳入思考的框架之内，但却存在一种寻找"共通的、同源的'形式'"的倾向（虽然汤普森也重视具体的、具有历史确定性的和不均衡的总体性）⑦。这样一来主体不仅被同质化，还被条件决定。他们被圈在条件中无法脱身，主体的能动性

① 斯图亚特·霍尔．文化研究的两种范式［J］．孟登迎译．文化研究第14辑，2013：306
② 斯图亚特·霍尔．文化研究的两种范式［J］．孟登迎译．文化研究第14辑，2013：312
③ 斯图亚特·霍尔．文化研究的两种范式［J］．孟登迎译．文化研究第14辑，2013：306
④ 斯图亚特·霍尔．文化研究的两种范式［J］．孟登迎译．文化研究第14辑，2013：313
⑤ 斯图亚特·霍尔．文化研究的两种范式［J］．孟登迎译．文化研究第14辑，2013：313
⑥ 斯图亚特·霍尔．文化研究的两种范式［J］．孟登迎译．文化研究第14辑，2013：313
⑦ 斯图亚特·霍尔．文化研究的两种范式［J］．孟登迎译．文化研究第14辑，2013：313

就完全被剥夺了①。这是一种结构化的本质主义倾向。因此，文化主义和结构主义都存在还原论的倾向。文化主义将文化还原成经验，"片面强调文化的经验基础"②。结构主义"则抬高文化的意识形态功能"，"试图将文化还原为意识形态结构"③。这两种还原倾向都是霍尔不赞同的。从对文化主义和结构主义的批判中可以看出，霍尔始终带着问题意识，始终警惕理论中的本质主义倾向。

霍尔在肯定威廉斯和汤普森打破文化"二分"标准的基础上，给出了界定文化的四种方式。他肯定威廉斯和汤普森抛弃高级文化/低级文化的两极区分模式，认为打破文化的"二分"是文化研究真正的、彻底的开端④。他认为"文化"不仅是"艺术的"更是"生活的"，不仅体现人类的"价值"更是人类"实践"的过程⑤。以此为出发点，霍尔在《表征：文化表征与意指实践》中给出了四种界定文化的方式，分别是传统意义上的文化、现代意义上的文化、人类学意义上的文化和文化研究中的文化。第一种是"传统"的文化定义。"在较传统的定义中，文化据说体现的是一个社会中'被思考和谈论过的最好的东西'"⑥。霍尔所说的传统的文化定义，从本质上来说是一种狭义的精英主义文化观。英国文化研究始于新左派对利维斯精英主义文化观的超越。传统的精英主义文化观认为文化是"被思考和谈论过的最好的东西"⑦，包括文学、绘画、音乐及哲学在内的"高雅文化"是少数人掌握得更高等级的文化形式。与之对应的就是霍尔提出的第二种文化形式。第二种文化的界定是一种"更'现代'的引申用法，是用'文化'指称那些通俗音乐、出版、艺术、设计及文学的广泛流传形式，或指称那些构成大多数'普通人'日常生活的休闲娱乐活动，即被称为一个时代的'大众文化'或'通

---

① 斯图亚特·霍尔. 文化研究的两种范式 [J]. 孟登迎译. 文化研究第 14 辑, 2013: 313
② 斯图亚特·霍尔. 文化研究的两种范式 [J]. 孟登迎译. 文化研究第 14 辑, 2013: 313
③ 斯图亚特·霍尔. 文化研究的两种范式 [J]. 孟登迎译. 文化研究第 14 辑, 2013: 313
④ 斯图亚特·霍尔. 文化研究的两种范式 [J]. 孟登迎译. 文化研究第 14 辑, 2013: 304
⑤ 斯图亚特·霍尔. 表征：文化表征与意指实践 [M]. 徐亮，陆兴华译. 北京：商务印书馆, 2013: 2
⑥ 斯图亚特·霍尔. 表征：文化表征与意指实践 [M]. 徐亮，陆兴华译. 北京：商务印书馆, 2013: 2
⑦ 斯图亚特·霍尔. 文化研究的两种范式 [J]. 孟登迎译. 文化研究第 14 辑, 2013: 313

俗文化'的东西"①。这种现代的文化观与传统的精英主义的文化观是针锋相对的两种观点。消解精英/大众，文化/文明的二元对立也是英国文化研究的出发点。第三种是带有"社会科学色彩"的文化。"近年来，在更带'社会科学'色彩的语境中，'文化'以此被用来指称某一民族、社区、国家或社会集团的"生活方式"的与众不同之处。这已成为一个'人类学意义上的'定义。这个用语另外也可被用来描述或是一个集团，或是社会的'共享价值'——就像那个人类学意义上的定义，只不过更多地做了社会学意义上的强调"②。这种带引号的社会科学色彩的文化是霍尔1990年代后期理论批判的、隐含在"西方中心主义文化身份"中的知识/权力结构。这种文化"真实"的科学性和抽象的价值感是西方用来分级和分类不同人群的依据。不同种族、不同民族的文化在这种科学和价值的规范下具有不同的优先地位，比如西方优于东方，白人优于非白人等。第四种是文化研究中的"文化"，强调"意义在给文化下定义时的重要性"③。"这种观点认为，文化与其说是一组事物（小说与会话或电视节目与漫画），不如说是一个过程，一组实践。文化首先涉及一个社会或集团的成员间的意义生产和交换，即'意义的给予和获得'"④。可见，霍尔在谈论前两种"文化"时借鉴了威廉斯对文化的思考方式。威廉斯在《漫长的革命》中指出"文化"不仅是"艺术"而且还是"人类的共通经验"。艺术对应霍尔所说的传统的精英文化，共同经验对应的则是大众文化。霍尔所说的社会学意义上的"文化"与威廉斯所提出的"文化是一种整体的生活方式"的论述也有相似之处。霍尔提出的社会学意义上的身份只不过是对身份做了更多社会学意义上的强调，因为生活即是社会的生活。在四种文化的定义中，文化研究意义上的"文化"才是霍尔所要重点阐释的"文化"。简言之，霍尔将文化研究意义上的文化视为"意指实践"，包含意义和实践两个层面。简言之，霍尔将文化的意义生成方式和过程置于话语实践中进行考查。

① 斯图亚特·霍尔. 表征：文化表征与意指实践［M］. 徐亮，陆兴华译. 北京：商务印书馆，2013：2

② 斯图亚特·霍尔. 表征：文化表征与意指实践［M］. 徐亮，陆兴华译. 北京：商务印书馆，2013：2-3

③ 斯图亚特·霍尔. 表征：文化表征与意指实践［M］. 徐亮，陆兴华译. 北京：商务印书馆，2013：3

④ 斯图亚特·霍尔. 表征：文化表征与意指实践［M］. 徐亮，陆兴华译. 北京：商务印书馆，2013：3

　　霍尔强调"文化"是意指实践，文化在一组实践之中获得意义。文化是一组实践意味着文化不是单一的事件，而是一个过程。文化是意指实践意味着作为意义的文化不仅存在于我们的头脑之中，还存在于社会实践之中。文化"以有意味的形式和形态让群体生活得以实现或具体化呈现"①。换言之，文化通过生产意义支配、规范人们的具体行为，从而影响社会组织、社会关系，影响社会实践。强调文化是一组实践对于霍尔来说非常重要。只有承认文化是一组实践，文化分析才有必要。文化"分析的目的就是要理解，所有这些实践和展现形态之间的相互作用，在一个特定时代是如何被人们当作一个整体来经历和体验的。这就是它要分析的'情感结构'"②。文化分析的重要性正是要揭示不同文化实践之所以呈现为某种独特的形态，之所以以特定方式组织起来的本质。霍尔将威廉斯"文化—社会"的文化分析模式发展成为"意义—实践"的文化分析模式。霍尔通过意义和实践的双重维度一方面说明文化以意义和概念的方式呈现人类的整体经验和文化的连续性，另一方面也说明文化在实践中不断变化呈现差异性特征。这也是霍尔所强调文化应该是"两条轴线或者双向维度所构筑的：其一是相似性与连续性；其二则是差异性与断裂性"③的原因所在。

　　霍尔构建了"文化"研究的话语范式。他认为"文化"像话语一样运作，通过表征赋予事物和事件意义。文化话语构建意义的系统。霍尔称文化是"意义的地图"，即文化通过生产"共享的意义"来影响人们理解世界的方式④。文化以"共享意义"的方式形成人类头脑中的"概念和观念"。概念和观念通过抽象化现实体验和感受在人们头脑中生产象征意义，生产"理念"。"理念"反过来又赋予人们意义框架，这样共享文化的参与者"用大致相似的方法对他们周围所发生的事作出富有意义的解释"⑤。同一话语体系中的文化参与者处于同一个意义系统之中，同一个系统中的主体展开话题的方

---

① 约翰·克拉克，斯图亚特·霍尔，托尼·杰斐逊，布莱恩·罗伯茨．亚文化群、文化群和阶级［A］//孟登迎、胡疆锋、王蕙译．通过仪式抵抗．北京：中国青年出版社，2015：79
② 斯图亚特·霍尔．文化研究的两种范式［J］．孟登迎译．文化研究第14辑，2013：308
③ 斯图亚特·霍尔．文化研究的两种范式［J］．孟登迎译．文化研究第14辑，2013：309
④ 斯图亚特·霍尔．表征：文化表征与意指实践［M］．徐亮，陆兴华译．北京：商务印书馆，2013：3
⑤ 斯图亚特·霍尔．表征：文化表征与意指实践［M］．徐亮，陆兴华译．北京：商务印书馆，2013：3

式基本相似。虽然每个话题在意义上都具有多样性，但处于同一系统中的话题在意义的选择、加工和传递过程中都是按照该系统的特定方式进行。特定的意义构建方式由特定的表征规则决定，特定表征规则下生成的意义被固化下来成为常识。这就是霍尔在之后的《编码/解码》中所指出的"话语并不是对现实的'透明'呈现，而是通过'符码操作'来对知识进行构建"①。文化的知识通过话语而生成，文化的意义通过话语而被建构，文化需要依赖意义才能有效运作②。只有把文化当作话语中的意义进行思考，才能理解事物如何在特定解释框架下被赋予特定的解读方式，才能理解文化是如何能够发挥形塑作用的。

综上，霍尔继承了英国文化研究传统中打破文化高低二分的文化平等思想。霍尔突破了将文化视为一种"整体的生活方式"的思考方法。他在强调文化实践总体性特征的基础上，借鉴了阿尔都塞的多元决定理论，发展了结构主义对意识形态理论的关注，说明文化与某一阶级、民族、社区、国家或社会集团不是简单的一一对应的关系而是多种因素多元决定的结果。霍尔借鉴葛兰西的文化霸权理论显化不同文化实践的特殊性与独立性。霍尔借鉴福柯的话语理论把文化看作是从意义生产到意指实践的话语过程。霍尔密切关注"社会和符号的关系，权力和文化的'游戏'"③。霍尔领导的文化研究超越了马克思的政治经济学，开始关注经济、社会、文化之间的复杂关系，通过对文化形式和文化意义的分析探究文化实践与更广泛的社会关系之间有何种关联。霍尔关注社会文化关系的落脚点是为了明晰文化的组织形式，探究处于从属关系的文化可以用何种形式为自己争取利益，如何能够同支配文化进行争斗。霍尔领导的文化研究通过反复回归文化和权力这一主题来挖掘文化斗争的空间，夺取文化领导权的可能性。

第二节　与传统"身份"的决裂

霍尔早在20世纪50年代就以"左翼"的身份在英国语境下批判西方世

---

① 斯图亚特·霍尔. 编码，解码 [A] //罗钢，刘象愚译. 文化研究读本. 北京：中国社会科学出版社，2000
② 斯图亚特·霍尔. 文化研究的两种范式 [J]. 孟登迎译. 文化研究第14辑，2013：307
③ Hall, S. *For Allon White* [J]. Stuart Hall, 1996：303

界的殖民统治。霍尔以对马克思主义思想的深入思考为切入点，经由媒体批判、撒切尔主义批判于20世纪80年代开始致力于消解传统的本质"身份"，从而解构西方中心主义文化霸权和话语模式下的本质的"文化身份"。20世纪90年代，身份问题成为全球关注的普遍问题。"身份、认同、身份政治、身份危机，这一系列的高频词在人文科学研究者的视野中占据着一个不可或缺的位置，同时也引发了诸多理论领域的激烈争论"①。从这一表述中，我们不仅看到了身份问题——包括身份（个体身份和文化身份）、认同（即身份认同）、身份政治等议题——在现代社会中的重要性，也能看出身份和认同是文化研究中两个既相互联系又不完全相同的概念。

一、概念的澄清：身份？认同？

从国内研究的现状可以看出，学界对于身份/认同概念的使用和界定还比较模糊。很多学者认为导致这一问题的直接原因是英文词汇 identity 一词多义②。具体说来，一些学者认为 identity 对应的汉语有"同一性""身份""认同"和"身份认同"等不同意义，因此身份、认同、同一性等概念在同一学科内部使用混乱。但实际上，英文 identity 的多重意义只是表象，这种多义的表象从根本上来说源自 identity 在西方各学科中不同的研究指涉。

identity 在哲学中用作"同一性"。哲学范式下，"同一性"是指事物内部具有连续、稳定、区别于其他事物的本质属性。"同一性"的概念源自西方哲学形而上的思考方式，黑格尔将其推向极致。黑格尔的"同一性"摒弃差异，秉承绝对理性和普遍性。随着西方哲学的发展，"同一性"理论的发展沿着两条道路前行：一是以费尔巴哈和马克思为代表的现代哲学家对同一性的继承和发展，二是以尼采和阿多诺为代表的后现代哲学家对同一性的完全否定③。无论同一性理论的发展方向如何，"同一性"中包含的将相同的事物圈定在内，又将不同的事物排除在外的"规定性"一直是学者们使用最为普遍的意义指涉。

---

① 刘惠明. "被叙述的自身"——利科叙事身份/认同概念浅析 ［J］. 现代哲学，2010
（06）：81-88
② 阎嘉. 文学研究中的文化身份与文化认同问题 ［J］. 江西社会科学，2006（09）：62-66
③ 孙承叔. 否定的辩证法与非同一性的哲学地位——阿多诺《否定的辩证法》研究
［J］. 河北学刊，2012，32（06）：6-12

identity 在社会学领域用作"身份"。社会学的"身份"指涉"个人在社会中的位置"①，特定的身份引导主体在社会实践中采取特定的行为方式。社会身份的形成是身份的主体按照既定社会结构将自己范畴化和组织化的过程。在这一过程中，身份的主体将自己"视为社会某一特定组织的成员"②。也就是说，社会身份的形成过程是以"分组"为前提，通过"组内成员"或者"组外成员"的鉴别来进行身份的归类和判定。显而易见，identity 源自哲学层面的"区分属性"在"社会身份"界定中发挥着至关重要的作用。社会主体进行"自我分类"的最终目的就是将自己定位，即在社会中找到自己的位置，并按照特定的位置规范和规则来指导自身的社会行为以便区别于他人。从这个意义上来说，具有同一社会身份的主体一方面被认为具有相似的"认知、态度、行为"水平和能力③；另一方面被认为具有相对固定的社会位置，借此匹配相应的社会角色及责任和权力关系④。也就是说，社会学意义上的身份是一种社会"结构"，在这个结构中主体按照身份赋予的既定的组织规则和行为规范进行社会实践。

identity 在心理学领域用作"认同"或"身份认同"。认同是一个心理过程，是自我（self）进行分类和确认身份的过程。"韦氏"词典对 identity 这层含义的词源释义为"源自心理学对身份（identity）关系的认同（identification）"⑤。这一方面说明，在西方的语境下通常身份和认同是两个不同的词汇；另一方面也说明身份和认同之间既有区别有互相联系。"对认同进行专门而系统的论述出现在西方 20 世纪中叶，主要是心理学的研究"成果⑥，代表人物是美国著名的精神病学家埃里克森（Erik H. Erikson）。他在 20 世纪 50 年代对青少年的"认同危机"（identity crisis）进行详细阐释，用于分析和治疗青少年的心理问题。从字面的意义上来讲，"认同"就是"认定同一"。认

① 阿兰·德波顿.身份的焦虑［M］.上海：上海译文出版社，2012：8-12
② Stets, J. E., & Burke, P. J. *Identity Theory And Social Identity Theory*［J］. Social Psychology Quarterly, 2000：224
③ Stets, J. E., & Burke, P. J. *Identity Theory And Social Identity Theory*［J］. Social Psychology Quarterly, 2000：225
④ Stets, J. E., & Burke, P. J. *Identity Theory And Social Identity Theory*［J］. Social Psychology Quarterly, 2000：226
⑤ 引自韦氏在线词典，相关链接为：https：//www. merriam-webster. com/dictionary/identity
⑥ 胡敏中.论认同的涵义及基本方式［J］.江海学刊，2018（03）：64-71

定的对象是身份，认定的主语是人，即一个人对自我身份与其他群体身份是否同一的认定。从学理的角度上来说，认同就是"自我通过反思，参照现有社会范畴和社会分类方式将自我进行范畴化、归类或命名的过程"①。主体在确认身份关系的过程中会形成包括个体身份认同（个体自我的确认与确证②）和集体身份认同（以个体自我为基点寻求个体自我与他者的相同和一致③）不同层面的认同形式。认同的过程是身份意识和归属感建立的过程，是个体在社会中建立"安全感"的方式。从这个意义上来说，认同就是身份的认同，认同只是主体对身份的"心理期待"。

简言之，身份和认同最大的区别体现在：身份是一种特征或者说特质的外在显现，这种外显的作用就是将人进行分类、分层、定位，从而规范人的行为、体现人的价值，这样身份就与社会角色和社会地位相联系。从传统的意义上来说，对于身份的研究就要明晰这些外在标准的构成要素和构成方法。这种规定着权力的社会结构（身份）正是文化研究学者关注和批判的对象。而认同是一种心理机制，是主体进行自我判定的主观行为。对于认同的研究一般要借助心理学的研究成果对个体内心活动进行关注。因此，认同一般是心理学或者是精神学家所关注的对象，探究影响主体产生某种身份意识的动因及引导主体心理活动的方法。因此，我们可以肯定地说，身份和认同的研究对象和研究重心不同。以此为原则，纵观霍尔的理论文本，我们可以看出霍尔理论研究的侧重是文化的"身份"（主体在文化结构中的位置构成及其中的权力关系问题），而不是文化的"认同"（主体的心理行为）。

二、霍尔"去中心化"的身份观

在英国文化研究内部，霍尔是从宏观的文化研究转向微观身份研究的第一人。英国文化研究的奠基人威廉斯、霍加特和汤普森在研究过程中把关注的焦点集中于文化、社会和阶级。从威廉斯《关键词：文化与社会的关键词》（1976）一书的标题可以看出，文化和社会是他思考"关键词"的大语境。这种思考方式是以文化和社会为研究对象的宏观文化研究模式。在这种思维

① Stets, J. E., & Burke, P. J. *Identity Theory And Social Identity Theory* [J]. Social Psychology Quarterly, 2000: 224
② 胡敏中. 论认同的涵义及基本方式 [J]. 江海学刊, 2018 (03): 65
③ 胡敏中. 论认同的涵义及基本方式 [J]. 江海学刊, 2018 (03): 65

框架下，威廉斯在书中没有涉及微观的"身份"，只是提及了构成社会集体的"个体"①（individual）。在"个体"的词条下，威廉斯论述了"个体"一词的语义演进，强调了"个体性"（individuality）和"个人主义"（individualism）的不同之处。威廉斯指出"个体与群体"之间具有"不可分割的身份"关系②，可见威廉斯还是倾向于将个人主体融入集体主体的内部思考问题。同时，他也指出个体具有"个人利益"③，从某种程度上来说这也是威廉斯思考"主体"和"身份"意识的萌芽。

霍尔是文化研究内部系统阐释身份问题的第一人。在对身份阐释的过程中，霍尔秉承了消解身份的"中心"——身份的本质内核和稳定意义——的非本质主义思维方式。在这种思考问题方式的指导下，霍尔不再把身份与角色对应，而是把身份的组织方式和其中的权力关系视为研究文化问题的"中心"。霍尔通过这种非本质主义思考身份问题的方式构建了一种"去中心化"的身份观。霍尔第一篇以"身份"为题的文章是《族性：身份和差异》（1989），但最早对身份问题有所察觉的文章是 1987 年的《最小的自我》。之后他在《族性：身份和差异》（1989）、《新旧身份与新旧族性》（1991）、《文化身份问题》（1992）、《序言：谁需要身份》（1996）等多篇文章中进一步完善、丰富他对身份问题的论述。霍尔在阐释"身份"的过程中时刻保持开放的态度，避免本质主义的倾向。霍尔总是小心翼翼地使用身份这个词，也总是在使用这个词的时候加上引号，以区别传统的本质的身份概念，表示"正在擦除的'身份'"④。

霍尔对"去中心化"身份观的思考是在两种语境中同时进行的。批判撒切尔政府重构英国的本质身份——"英国性"（Englishness）——这一政治工程是霍尔阐释新身份的最直接的现实语境。20 世纪 70 年代撒切尔推行的寻找"英国性"是一种"狭隘、排他"的政治工程，统治者试图借此重建具有

---

① ［英］雷蒙德·威廉斯. 关键词：文化与社会的词汇［M］. 北京：生活·读书·新知三联书店，2005：277

② ［英］雷蒙德·威廉斯. 关键词：文化与社会的词汇［M］. 北京：生活·读书·新知三联书店，2005：282

③ ［英］雷蒙德·威廉斯. 关键词：文化与社会的词汇［M］. 北京：生活·读书·新知三联书店，2005：282

④ 陈光兴. 文化研究：霍尔访谈录［M］. 台湾：远流出版公司，1998：67

"英格兰身份"的英国人在英国社会体系中的掌控和支配地位①。英国性的"寻找"是撒切尔政府构建本质主义民族身份观的具体措施，其中体现了西方"中心主义"的身份观。全球化是霍尔思考身份问题的第二重语境。为了打破这种中心、边缘的二元对立，解构传统、本质的身份观，霍尔将身份问题置于全球化的语境下进行思考。在《最小的自我》中，霍尔从"寻根"开始，反思自己从"棕色人种"变成"黑色人种"的过程。他认为自己的肤色与种族之间的联系是传统身份话语构建的。传统的"身份"话语逻辑承认一个本质的、稳定、连续的主体。也就是说，无论我身在何处，我的内核（即身份）都是稳定的、持续的。我们能从身份中能找到最真实的自我，身份是急剧变化世界中唯一稳定的落脚点。身份就是从过去的经验中寻找最真实的部分，我们能从中找到"我们来自何处"的答案。身份具有可供反思的本质，身份虽然在实践过程中经历变化，但其变化相当缓慢，"如同冰山的融化"速度②。这种身份被霍尔称为日渐衰落的"旧身份"，虽然它在过去起到保持社会稳定的作用③，但它应该被"新身份"取代。从霍尔的表述中我们可以看到"断裂"是"新身份"的显著特征④。霍尔认为现代性身份发生断裂的主要原因是现代社会已经发生了"结构性变化"⑤。"一种独特的结构性变化正在改变着二十世纪末的现代社会。这种情况使得文化景观中的阶级、性别、性、族群、种族和国别都在碎片化"⑥。虽然在文章中霍尔并没有明确这种结构性变化是什么，但按照文章的逻辑推断"结构性变化"应该意指"全球化"这一社会巨变。

---

① Hall, S. *Ethnicity: Identity and Difference* [A] //Eley, G. & Suny R. G. (eds.). Becoming National: A Reader, New York: Oxford University Press, 1996: 346-347

② Hall, S. *Ethnicity: Identity and Difference* [A] //Eley, G. & Suny, R. G. (eds.). Becoming National: A Reader, New York: Oxford University Press, 1996: 339-351; Hall, S. *Old and New Identities &Old, New Ethnicities* (1991) [A] //Culture, Globalization and the World-System: Contemporary Conditions for the Representation of Identity, London & New York: Macmillan/Binghamton in State University of NY, 1991: 41-68

③ Hall, S. *The Question of Cultural Identity* [A] //Hall, S., Held, D. & McGrew, T. Modernity and Its Future, London: Polity Press, 1992: 586

④ Hall, S. *Minimal Selves* [A] // Bhabha, H., Forrester, J. & Gregory, R. L., et al. Identity: The Real Me. London: Institute of Contemporary Arts, 1988: 44-46

⑤ Hall, S. *The Question of Cultural Identity* [A] //Hall, S., Held, D. & McGrew, T. Modernity and Its Future, London: Polity Press, 1992: 586

⑥ Hall, S. *The Question of Cultural Identity* [A] //Hall, S., Held, D. & McGrew, T. Modernity and Its Future, London: Polity Press, 1992: 586

　　霍尔提出了四种概念化身份的方式。这四种身份之中的三种在《文化身份的问题》这篇文章中提及，分别是哲学的身份、社会学的身份和后现代的身份。因此很多学者在论述霍尔的身份观时多提到以上三种概念，但是除了以上三种身份之外，霍尔在《新旧身份和新旧族性》这篇文章中又增加了心理学领域的身份观。因此，本书将在这部分呈现霍尔概念化身份的"四种"方式。这四种方式是霍尔分别对哲学、社会学和心理学传统身份观念的回应和对后现代"新"身份观的推介。第一种是哲学意义上的自足身份，它源自启蒙时代的自足主体。"一个人的身份是自我的本质中心"①。霍尔认为这种传统的身份观以西方哲学为依据，笛卡尔式的理性主体是它的逻辑起点。传统观念认为"身份是行动的依据"②。笛卡尔的"我思故我在"给人类的行动提供"依据"；启蒙主体是这个身份寄居的场所，"启蒙主体把人看作是一个完全中心的、统一的个体。这个个体天生具有理性、意识和行动能力。这个个体的'中心'包含一个内核。这个内核在主体出生之时出现，并逐渐显现……在个体的存在过程中从未改变"③。这里的"本质中心"指的是"我思"所具有的理性能力，这种能力与生俱来，是体验、理解这个世界的能力。"本质中心"是启蒙主体的稳定内核，这种本质不会发生改变。在"身份是本质中心"的逻辑下，本质不变，一个人的身份终其一生也不会变化。这个身份是个恒定的内核，是自治的、与社会相割裂的、本质的身份观。

　　第二种是社会学意义上的"互动的身份"，"身份是在自我和社会的互动中形成"④。社会学身份与哲学意义上身份的不同之处在于它从单一的身份结构分化成内外的双重结构。外部世界和内部"自我"通过"重要他者"的沟通进行对话，共同塑造了身份。内部"自我"、外部社会和"重要他者"是社会学身份的三要素。在这里社会学意义上的主体仍然具有内核和本质，他

---

① Hall, S. *Old and New Identities & Old, New Ethnicities* (1991) [A] //Culture, Globalization and the World-System: Contemporary Conditions for the Representation of Identity, London & New York: Macmillan/Binghamton in State University of NY, 1991: 42

② Hall, S. *Old and New Identities & Old, New Ethnicities* (1991) [A] //Culture, Globalization and the World-System: Contemporary Conditions for the Representation of Identity, London & New York: Macmillan/Binghamton in State University of NY, 1991: 42

③ Hall, S. *The Question of Cultural Identity* [A] //Hall, S., Held, D. & McGrew, T. Modernity and Its Future, London: Polity Press, 1992: 597

④ Hall, S. *The Question of Cultural Identity* [A] //Hall, S., Held, D. & McGrew, T. Modernity and Its Future, London: Polity Press, 1992: 597

们反映"真实的自我"，但是这个内核已经被"软化"，已经失去了"笛卡尔式"主体身份的绝对性，也就失去了绝对的"自治"（self-autonomous）和"自足"（self-sufficient）的能力。"自我"同外部的文化世界进行交互，身份在自我与世界的对话中形成。"他者"是中介，他者"把价值观、意义和象征传递给主体"①。这就意味着，社会学意义上的身份比哲学意义上的身份更加"进步"，因为它把社会这个外部因素融合进自身的内部之中。内外因素的作用模式"是我们把'我们自己'投射到文化身份之中，同时内化文化身份的意义和价值，使文化身份成为'我们的一部分'。这有助于我们把主观情绪同我们占有的社会文化世界这个客观场所进行协调。"②。这就是主体和社会通过身份这个媒介进行互动的过程。作为媒介，"身份把主体和结构缝合起来"③，主体的内在与社会的外在通过身份相互作用。主体内化社会价值以文化身份的形式反映出来，同时按照社会价值调节自己的身份以适应社会结构。社会学消解了启蒙主体的自治能力，强调个体是社会中的个体，社会学强调个体和社会的互动作用，在此前提下承认个人具有"稳定"的、用以区分不同群体的身份标准。

第三种是心理学意义上的"自省（reflective）身份"。霍尔在《新旧身份、新旧族性》中阐释了心理学意义上的身份观。霍尔认为以启蒙主体为起点的本质的身份观，不仅存在于社会学也存在于心理学的话语体系中。如果说社会学的身份形成于互动之中，心理学的身份则形成于自我认知之中。心理学话语中的"自我""是一个连续、自足、发展并逐渐显现的内在自我对话的概念"④，主体通过镜像不断认识自己。笛卡尔的主体给哲学提供了一种形而上的身份观，"思"是这个身份的起点，在"我思"的统领下，身份具有完整性、原初性，统一于"我"的内部。心理学意义上的身份在自我认知的过程中不断挖掘那个真实的自我，一个隐藏于"多重"自我之中的本质内核。

---

① Hall, S. *The Question of Cultural Identity* [A] //Hall, S., Held, D. & McGrew, T. Modernity and Its Future, London: Polity Press, 1992: 597

② Hall, S. *The Question of Cultural Identity* [A] //Hall, S., Held, D. & McGrew, T. Modernity and Its Future, London: Polity Press, 1992: 598.

③ Hall, S. *The Question of Cultural Identity* [A] //Hall, S., Held, D. & McGrew, T. Modernity and Its Future, London: Polity Press, 1992: 598.

④ Hall, S. *Old and New Identities & Old*, *New Ethnicities* (1991) [A] //Culture, Globalization and the World-System: Contemporary Conditions for the Representation of Identity, London & New York: Macmillan/Binghamton in State University of NY, 1991: 42

从这个意义上来说身份是稳定的，它造就了一个脱离于社会和实践的自我。心理学意义上的身份，虽然经历认知的过程，但它具有一个封闭的终点，那就是那个"最真实的自我"。可见心理学意义上的身份脱离于社会经验而存在，具有封闭的连续性。这三种传统身份观中都存在连续、稳定、同一、封闭的身份倾向，这些都是霍尔想要解构的对象。

第四种是后现代语境下断裂的、矛盾的多重身份。后现代的主体不具有稳定、本质或永恒的身份，"主体在不同的时间会产生不同的身份，身份并不是围绕着一个连贯的'自我'统一起来的"①。我们可能会同时具有多重互相矛盾的身份，从不同的"方向"进入主体，使我们的身份一致处于变动不居的状态之下。如果我们认为我们从出生到死亡只拥有一种身份，那是因为我们编造了一个令人欣慰的故事"②。因此，身份并非本质的而是建构的，身份并非稳定的而是断裂的，身份并非同一的而是多元的。这些非本质的后现代身份特性是文化身份能够得以解构和重构的根本原因。同时，我们需要注意的是后现代语境下的身份并不是无限碎片化的身份，它必须存在一个可供把握的点。断裂的、矛盾的身份并不等于无身份，所以后现代语境下的身份并不是无法提供思考资源的"后身份"。

霍尔不仅用重新概念化的方法拆解传统的本质主义身份，他还从历史因素（马克思）、观念因素（弗洛伊德）、理论因素（索绪尔）以及现实因素（全球化）等层面论述了现代社会后期出现的破坏身份总体性、同一性的若干因素。霍尔从理念和理论两个方面瓦解了传统的、稳定的身份，这就意味着现实中根本没有一个本质的身份等待我们去发现，我们发现的只是被建构了的身份。这样霍尔就破除了身份的中心地位，也破除了身份内在的合理性和权威性。

三、霍尔的"身份"与"认同"

霍尔在力图消解传统、"中心化"、本质的身份观的尝试之中到底赋予身份和认同什么样的文化内涵和文化逻辑，这一问题值得我们探究。

---

① Hall, S. *The Question of Cultural Identity* ［A］//Hall, S. , Held, D. & McGrew, T. Modernity and Its Future, London：Polity Press, 1992：598

② Hall, S. *The Question of Cultural Identity* ［A］//Hall, S. , Held, D. & McGrew, T. Modernity and Its Future, London：Polity Press, 1992：598

霍尔阐释身份的目的是消解本质的旧身份，构建非本质的新身份。如上文所述，霍尔是在批判撒切尔主义重构"英国性"的政治工程的语境下，提出消解本质的、稳定的、同一的身份概念，这是一种旧的身份观念。哲学视角下身份所具有的原初性、同一性，心理学视角下身份所暗含的连续性、完整性，社会学视角下身份所包含的结构性都是霍尔批判的对象。传统的哲学、心理学和社会学会导致人们在思考身份问题时出现不同程度上的本质主义倾向，因此后现代的身份观才是霍尔所提倡的。后现代视角下的身份是非本质主义的，"是一个策略的身份，是一个位置性的身份"①。这说明身份的背后隐藏着"策略"（构建身份的目的性）和"位置"（身份中构建的权力关系）。当霍尔单独使用"身份"时，他指的是"个体身份"（individual identity）。当霍尔强调集体身份或群体身份的概念时，他会使用复数形式的身份（identities），或者当霍尔强调集体身份时他会用文化来界定身份，这样就出现了文化身份的概念。因为文化呈现的是不同社会群体的"独特生活模式"，因此在霍尔的文化研究中文化身份可以按照利益关切将人群细分为：民族身份、种族身份、阶级身份等。只不过霍尔认为这些集体身份的区分标准是西方中心主义的、本质主义的，是应该被消解并被重新构建的。

霍尔认为身份不是本质的、统一的，而是复杂的、多元的甚至是互相矛盾的。霍尔借此消解了哲学身份的同一性。霍尔这样描述身份："'身份'这个词源自本质论、目的论的论述。可是当我使用'身份'这个词时，我并不是采用这个意思"②。霍尔认为没有一种稳定的特质能够将某一人群统一在一种身份之下，没有一种特质能够"保证一种不变的'一致性'"，即便是"共享的历史和共同的祖先"也不可能消除人群之中的各种差异③。在后现代社会中，随着全球化的进程，不同民族和文化之间的交往日益频繁，人口间的流动给身份的稳定和连续性带来了威胁，身份不断地断裂和碎片化。曾经具有共享历史和共同祖先的人群，在自由流动的过程中，与不同的文化进行交互。他们在改变他者文化的过程中，自身随携带的"文化属性"也随之改变。来自"相同文化"的群体经过流动而散居在不同的文化之中，形成了具

---

① Hall, S. *Who Needs Identity* [A] //Hall, S. & Du Gay, P. (eds.). Questions Of Cultural Identity, Sage Publications Ltd, 1996：3
② 陈光兴. 文化研究：霍尔访谈录 [M]. 台湾：远流出版公司，1998：67
③ Hall, S. *Who Needs Identity* [A] //Hall, S. & Du Gay, P. (eds.). Questions Of Cultural Identity, Sage Publications Ltd, 1996：4

有共同母体的不同子身份。这些不同的子身份在各自文化环境中进行着自身的演化和演进，它们形成了一个复杂、多元的"身份系统"。不仅如此，即便在同一个文化结构之中，"共同的历史和祖先"也不是人群具有统一身份的"保障"，因为"特定的历史事件和文化实践会干扰这些'稳定'的特质"①。这些群体受到具体文化实践的影响必然形成具有差异的、复杂的多重身份。看似能够将身份统一于内部的同一主体，受不同的时间和空间下利益关切的影响，主体内部必然产生不同的身份，而这些内在的多重身份也很可能会出现相互对抗、相互排斥的矛盾状况。"身份不是单一的而是多重的，通常在相互交叉、对抗的话语、实践和位置"中存在②。这样身份的同一性就被打破，因此按照同一性将人群分类的方法显然是本质主义的。

霍尔认为身份不是自足的，而是处在形成的过程之中。霍尔借此消解了心理学身份的连续性、完整性。身份不是自足的意味着身份不是一个完整的、封闭的意义系统，那个等待着去被发掘的"'真实的自我根本就不存在"③。霍尔一生都在殖民与被殖民、移民与非移民、黑与白这个充满冲突的复杂空间中挣扎。这样复杂的身份经历导致霍尔很难找到那个"真实的自我"，相反他感受到的只是身份的断裂和错位。霍尔身份的断裂和错位具体表现为：霍尔出生在被殖民的牙买加，却成长于牙买加的宗主国英国；霍尔在 20 世纪 50 年代移居到英国，却被妈妈时刻提醒"不要把自己当成移民"④；霍尔在牙买加从未关注过自己较深的肤色，却在英国接受了的"长期、重要的政治教育发现自己是'黑人'"⑤。这些殖民与被殖民的身份，移民与非移民的身份，黑与非黑的身份，哪一个才是霍尔身体内部真实的自我？这些所有的身份在霍尔看来都不"真实"，却又都"真实"存在。在不同的成长阶段，霍尔对

① Hall, S. *Who Needs Identity* ［A］//Hall, S. & Du Gay, P. （eds.）. Questions Of Cultural Identity, Sage Publications Ltd, 1996：4

② Hall, S. *Who Needs Identity* ［A］//Hall, S. & Du Gay, P. （eds.）. Questions Of Cultural Identity, Sage Publications Ltd, 1996：4

③ Hall, S. *Minimal Selves* ［A］//Bhabha, H., Forrester, J. & Gregory, R.L., et al. Identity：The Real Me. London：Institute of Contemporary Arts, 1988：44

④ Hall, S. *Minimal Selves* ［A］//Bhabha, H., Forrester, J. & Gregory, R.L., et al. Identity：The Real Me. London：Institute of Contemporary Arts, 1988：45

⑤ Hall, S. *Minimal Selves* ［A］//Bhabha, H., Forrester, J. & Gregory, R.L., et al. Identity：The Real Me. London：Institute of Contemporary Arts, 1988：45

这些身份的认识是不同的。这些身份都是曾经，但它"一直处于变化和转化之中"①。这就意味着，"无论是从心理上、文化上还是政治上来说，身份都是不稳定的"②。也就是说，身份不是连续的，而是断裂的；不是完成的，而是一直处于形成之中。

霍尔认为身份是位置关系，是建构的产物。霍尔借此消解了社会学身份中的层级标准。霍尔称"我在使用'身份'这个词时，强调其位置的意思"③。"身份是一种叙事、一个故事、一种历史。它是被建构、被言说、被讲述而不是被发现的"④。换言之，身份是被言说的位置。身份在特定的历史情境、组织结构、话语实践中通过特定言说策略而构建起来。这种言说策略和叙事方式是通过差异的构建而实现，差异体现的正是一种位置关系。霍尔所说的位置关系主要有三种。第一种位置是历史位置，即身份的主体在"过去"的历史中的位置。它是身份的主体在过去的"根基"，它"决定"了他现在的"位置"，决定了他在未来的走向。然而"过去的历史"并不是"真正的历史"，而是叙述者有选择的"引用某段历史……利用某些历史、语言和文化的资源"而重新构建的历史⑤。第二种位置是关系位置，即身份的主体与"他者"的关系。身份的主体在与他者的比较中确定自己的位置而获得身份意识。第三种位置是话语位置，即主体在话语中是如何被表征的。话语位置是身份的主体是在一种话语结构中被具有主导话语的一方通过表征而定位的过程。被表征的一方在表征的意义系统中不断被定位并不断确认这个定位。因此，传统社会学认为的"身份就是我们如何确定我们是谁的问题"⑥，是叙述者通过文化传统的构建、文化本源的构建、与他者位置的构建定位自我、建立自我意识的过程。在自我意识构建的过程中，现代西方社会试图确立一

---

① Hall, S. *Who Needs Identity* [A] //Hall, S. & Du Gay, P. (eds.). Questions Of Cultural Identity, Sage Publications Ltd, 1996: 4

② Hall, S. *Minimal Selves* [A] //Bhabha, H., Forrester, J. & Gregory, R.L., et al. Identity: The Real Me. London: Institute of Contemporary Arts, 1988: 45

③ 陈光兴. 文化研究：霍尔访谈录 [M]. 台湾：远流出版公司，1998：67

④ Hall, S. *Minimal Selves* [A] //Bhabha, H., Forrester, J. & Gregory, R.L., et al. Identity: The Real Me. London: Institute of Contemporary Arts, 1988: 45

⑤ Hall, S. *Who Needs Identity* [A] //Hall, S. & Du Gay, P. (eds.). Questions Of Cultural Identity, Sage Publications Ltd, 1996: 4

⑥ 阿雷恩·鲍尔德温，布莱恩·朗赫斯特，斯考特·买克拉肯等. 文化研究导论 [M]. 陶东风译. 北京：高等教育出版社，2011：224

种西方优于东方，白人优于非白人的身份意识。霍尔去中心化的身份阐释试图说明身份不是建立在某种本质特征之上的，而是话语构建的产物，因此任何身份都不是固定的，任何身份都不具有凌驾于其他身份之上的优先地位。身份之中包含的只是隐藏其中的权力关系。

霍尔用非连续、生成中的位置关系构建了一个多元、矛盾的主体，正是这样的主体才具有鲜明的政治特性。因为一方面矛盾为主体提供反抗的可能性，另一方面主体复杂身份中时而一致时而冲突的利益关系正是文化斗争中利用的部分。至于"认同"，霍尔则在文中使用了 identification 这个强调过程的动词化名词，这个词源自身份（identity）。霍尔使用不同的两个词汇来指涉身份和认同，这就说明在他的理论体系中身份和认同是两个不同的论题。

霍尔认为认同是想象性的统一。霍尔指出认同的意义来自话语和精神分析两个领域，与身份一样认同也是一个非常复杂的概念①。霍尔解释说，按照惯常的理解，"认同建立在承认与他人或群体具有共同起源和共享特点的基础之上，以及在此前提之下形成的想象的、具有封闭意义的统一性和或者忠诚性"②。所谓认同的"想象性"，是指认同是观念上的、抽象的、象征的意义体系。所谓"想象性的统一"是指主体对自我身份归属的确认是通过想象的边界构建"共同体"的过程。霍尔指出认同是我们"再次观念化身份的过程"③。这里的观念化就是对象征意义的提取，代表着一种主观的认知，体现了想象性的特征。霍尔在《最小的自我》中讲述自己来到英国之后对黑人、移民身份的"觉醒"和"反思"，这就是霍尔从观念上反复确认身份的过程。显然这是霍尔在"围绕固定的'本我'而建立的是或不是的结构"④，是身份"认同"的过程。换言之，"认同"是一种心理认知过程，是个体判断自己是否与其他个体或群体（主要是群体）具有"共性"和"同一性"的过程。当个体"认同"自己是某一群体一员的同时，也正在按照这个群体的规范形塑

---

① Hall, S. *Who Needs Identity* [A] //Hall, S. & Du Gay, P. (eds.). Questions Of Cultural Identity, Sage Publications Ltd, 1996: 2

② Hall, S. *Who Needs Identity* [A] //Hall, S. & Du Gay, P. (eds.). Questions Of Cultural Identity, Sage Publications Ltd, 1996: 2

③ Hall, S. *Ethnicity: Identity and Difference* [A] //Eley, G. & Suny, R. G. (eds.). Becoming National: A Reader, New York: Oxford University Press, 1996: 334

④ Hall, S. *New Ethnicities* [A] // Stuart Hall: Critical Dialogues in Cultural Studies. 1996: 445

自我，执行这个群体制定的"共同的规划、理想并结成稳定的、统一的同盟"①。这就意味着，认同具有划定象征意义的边界将差异"统一"于内部的功能。

霍尔认为认同是一种过程性、条件性的构建。霍尔曾在《族性：身份和差异》《新族性》等多篇文章中提到认同是"一个过程"②。霍尔之所以强调认同的过程性是为了指出认同的行为不是一次生成，也不是生成之后就稳定不变的。主体对身份的确认会根据他们确认的"身份的点"的不同而不断地变化。显而易见，这些身份的"点"是主体在"特定条件"下、"偶发"地对身份的选择③。认同既可以借助"物质资源"构建身份意识，也可以借助"象征的资源"构建归属感④。物质资源包括民族服饰、遗产或遗迹等，象征资源包括传统、习俗或节日等，这些都是构建认同的手段。特定条件下构建的认同可能通过某种方式获得，也可能通过另一种方式失去。因此，毫不夸张地说，认同是特定条件下的认同，认同具有偶然性。因此，霍尔称认同是叙事和缝合，是多种因素共同作用的结果，而不是一种简单的"加入"⑤。认同看似是一种主体的主动性行为，实则是主体在既有的叙事结构中的被动操作，主体的认同是被引导和构建的。在霍尔论述身份问题的文章中基本都会谈及认同，虽然涉及的篇幅不长，但每每提及都是在提醒读者，这个来自精神分析的概念在大多数情况下是人们对个体、群体身份的一个虚幻的认知。霍尔认为"'认同是一种政治'，认同是一套表征体系引导下的意义构建方式"⑥。

在霍尔的理论体系中，身份和认同具有不同的地位，这是由身份和认同

---

① Hall, S. *Who Needs Identity* [A] //Hall, S. & Du Gay, P. (eds.). Questions of Cultural Identity, Sage Publications Ltd, 1996：2

② Hall, S. *Ethnicity: Identity and Difference* [A] //Eley, G. & Suny, R. G. (eds.). Becoming National: A Reader, New York: Oxford University Press, 1996：334; Hall, S. *New Ethnicities* [A] // Stuart Hall: Critical Dialogues in Cultural Studies. 1996：445

③ Hall, S. *Who Needs Identity* [A] //Hall, S. & Du Gay, P. (eds.). Questions of Cultural Identity, Sage Publications Ltd, 1996：3

④ Hall, S. *Who Needs Identity* [A] //Hall, S. & Du Gay, P. (eds.). Questions of Cultural Identity, Sage Publications Ltd, 1996：3

⑤ Hall, S. *Who Needs Identity* [A] //Hall, S. & Du Gay, P. (eds.). Questions of Cultural Identity, Sage Publications Ltd, 1996：3

⑥ Hall, S. *The Question of Cultural Identity* [A] //Hall, S., Held, D. & McGrew, T. Modernity and Its Future, London: Polity Press, 1992：597

的关系决定的。霍尔认为"身份的作用就是认同的基点和衔接点"①。因为，身份具有实际的边界，认同只是基于这个边界进行再次确认，所以真正的权力关系包含在身份而非认同之中。身份是占主导地位的文化构建和表征的产物，是一个充满斗争的权力空间。在身份构建完成之时，规则和规范已经确立成功。从这个角度来说，认同只是对身份的认同，对规则和规范地遵照与执行。由此可见，"认同"总是"身份"的"认同"，更是基于"身份"的"认同"。只有构建"正确"的"身份"才能形成"正确"的"认同"。只有形成正确的身份观才能打破传统社会学本质主义的身份，重组身份中的权力关系。这就是相较于"认同"霍尔更关注"身份"的原因。

① Hall, S. *Who Needs Identity* ［A］//Hall, S. & Du Gay, P. （eds.）. Questions of Cultural Identity, Sage Publications Ltd, 1996: 5

第三章

霍尔"文化身份理论"的理论要点

诚如英国学者乔治·拉伦（Jorge Larrain）所说"只要不同文化的碰撞中存在着冲突和不对称，文化身份的问题就会出现"①。在世界范围内，"文化身份的问题由来已久，可以追溯到一些欧洲国家在文艺复兴时期对亚洲、美洲和非洲大陆的探索和殖民活动"②。20 世纪 50 年代，世界范围内的全球化导致不同文化间的交流和碰撞日益频繁，这时文化身份问题进一步受到学者关注。1977 年，美国丹佛大学社会学教授彼得·埃德勒（Peter Adler）撰写《文化身份之外：对多元文化主义的反思》（*Beyond Cultural Identity：Reflections on Multiculturalism*），从社会学角度探讨文化与个人（person）之间的互动关系，是较早地思考文化身份问题的学者。20 世纪 90 年代，虽然冷战基本结束，但"文明的冲突"依然存在。在这一时期，全球化给第三世界文化带来同质化的巨大冲击，因此民族文化及民族身份问题受到众多学者的关注。比如，亨廷顿（Samuel P. Huntington）在 1993 年发表文章《文明的冲突》（*The Clashes of Civilization*）开始思考"我们是谁"的问题。萨义德（Edward Said）在 1994 年出版《文化与帝国主义》（*Culture And Imperialism*）思考文化同质化的问题。

文化身份问题在英国日渐凸显可以回溯到 19 世纪。彼时英国以殖民者的姿态在教育中强化本土文化，弱化外来文化，文化冲突由此出现。在全民教育中英国为了培养民族自豪感，"强化一种特殊的民族认同———一种成为一个

---

① Larrain, J. *Cultural Identity*, *Globalization and History* ［A］//Ideology & Cultural Identity. Modernity and the Third World Presence, 1993：150-151

② 刘岩. 多元文化背景下的文化身份焦虑［J］. 后现代语境中的文化身份研究. 南京：凤凰出版社，2008（11）：7

英国人意味着什么的意识"①。通过这种身份意识的构建，英国将内部文化和外部文化进行了区分，或接受在主流文化之中，或排斥在主流文化之外，这是文化身份成为"问题"的开端。与全球范围内关注文化身份的时间一致，20世纪90年代，"文化身份"问题也走进英国文化研究的视野。霍尔在开放大学任社会学系教授期间（1979至1997）组建社会学研究小组，在1993至1994年间围绕"文化身份"的主题定期研讨，并将霍尔、霍米·巴巴、劳伦斯·格罗斯伯格和保罗·杜盖等在内十余名学者的研讨论文集结成《文化身份的若干问题》（*Questions of Cultural Identity*）为题的论文集，于1996年出版。众所周知，霍尔一生中很少出版专著或论文集。有鉴于此，《文化身份的若干问题》的出版很好地说明了霍尔对"文化身份"问题的重视。

霍尔对文化身份的思考可以回溯到他的第一篇自传体文章《最小的自我》。文中他对加勒比海黑人在英国的身份问题进行了反思。霍尔第一篇以"文化身份"为题的文章是发表于1989年的《文化身份和电影表征》。在这篇文章中，他将文化身份问题聚焦于非裔加勒比海黑人的电影表征方式上。国内许多学者认为霍尔是从《文化身份和族裔散居》（1990）一文开始正式提出文化身份的概念，但实际上《文化身份和电影表征》（1989）是真正意义上提出"文化身份"的"第一篇"文章。《文化身份和族裔散居》则是它的"修改稿"。在《文化身份和族裔散居》中，霍尔不仅开创性地思考了"文化身份"问题，还开创性地阐释了族裔散居问题。在此基础上，同样具有双重身份的英国文化研究学者保罗·吉尔盖伊阐发了他的族裔理论。霍尔在1990年之后一直保持着对文化身份问题的关注，相继发表了《文化身份的问题》（*The Question of Cultural Identity*）、《地方和全球：全球化和族性》②、《西方世界及其他：话语和权力》、《新旧身份、新旧族性》、《对族裔散居问题的思考》③、《多元文化的问题》、《全球化语境中的杂糅、族裔散居和混杂》④ 等多篇文章。在这些文章中，霍尔不仅进一步深化了文化身份的"理论"，还拓

---

① 阿雷恩·鲍尔德温，布莱恩·朗赫斯特，斯考特·买克拉肯等．文化研究导论［M］．陶东风译．北京：高等教育出版社，2011：19-20
② Hall, S. *The Local and the Global: Globalization and Ethnicity*［A］//Culture, Globalization and the World-system, 1997：19-39
③ Hall, S. *Thinking the Diaspora: Home-Thoughts from Abroad*［A］// Hall, S. Essential Essays: Identity and Diaspora（vol. 2），2019：206-226
④ Hall, S. *Creolization, Diaspora and Hybridity in the Context of Globalization*［J］. Documenta 11, 2003（Platform 3）：185-198

展了文化身份的"批判"。

需要指出的是，霍尔从未在哪一篇文章中系统阐释过文化身份的理论向度，这足见霍尔一生都致力于避免本质主义的理论诉求。霍尔对文化身份较为详细论述的文章是《文化身份的问题》（*The Question of Cultural Identity*），但囿于主题和篇幅的限制只阐释了文化身份问题的发生语境、发生过程和未来走向。因此，为了深入理解霍尔的理论思想，本章尝试从霍尔众多的理论文本中梳理出包括文化身份的定义和内涵，文化身份的特征，文化身份的建构路径和目的，文化身份的批判"工具"等四个方面在内的理论要点。

第一节　文化身份的定义和内涵

从 20 世纪 90 年代文化身份被引入国内研究至今，"文化身份"在学界中一直没有明确的界定方式。一部分学者用文化身份的某一维度来界定文化身份，比如将民族身份认定为文化身份，认为文化身份是"主要诉诸文学和文化研究中的民族本质特征和带有民族印记的文化本质特征"[①]（文化身份和民族身份的关系详见第四章）；一部分学者用文化身份的研究旨趣来"说明"文化身份，从而将文化身份描述成"人们试图在理论上追问自己在社会和文化上是'谁'"[②]；此外还有一种研究取向，就是将文化身份等同于文化认同[③]，显然这种等同是武断的。随着研究的不断深入，国内学界意识到界定"文化身份"的重要性，并开始从国外借鉴文化身份的相关理论。鉴于霍尔在文化身份阐释上的影响力，国内学者谈文化身份必引霍尔，尤其是他在《文化身份和族裔散居》中谈及的概念化文化身份的两种"立场"。但在深入梳理了霍尔的理论文本之后，笔者发现霍尔从未在真正的意义上"定义"文化身份。文化身份的定义在霍尔的理论文本中之所以缺失，一方面是因为"文化"和"身份"本身的复杂性使得为其下定义实在"为难"，另一方面也与霍尔在理

[①] 王宁. 文学研究中的文化身份问题 [J]. 外国文学，1999（04）：48-51

[②] 阎嘉. 文学研究中的文化身份与文化认同问题 [J]. 江西社会科学，2006（09）：62-66；邹威华. 族裔散居语境中的"文化身份与文化认同"——以斯图亚特·霍尔为研究对象 [J]. 南京社会科学，2007（02）：83-88；

[③] 陶家俊. 身份认同导论 [J]. 外国文学，2004（02）：37-44；周宪. 文学与认同 [J]. 文学评论，2006（06）：7

论体系中规避"本质主义"的理论初衷相符。为了"弥补"这个缺憾，霍尔转而在文章中给出了"概念化"（conceptualize）文化身份的两种"立场"。这两种立场通常被国内学者视为文化身份的"定义"，成为国内引用频次较高的定义文化身份的方式。但确切来说，这两种立场并没有呈现出对文化身份本质特征的高度概括，而是反映了文化身份所包含的具体内容——这应该是文化身份的内涵。因此，为了更好地为理解霍尔文化身份理论，本书在这里尝试对文化身份进行粗浅的界定，算是从非本质主义的视角定义文化身份的一种尝试。

笔者认为文化身份既指身份的文化属性，又指文化实践角度的身份。从这个意义上来说，文化身份不仅是文化和身份的结合，更体现了文化和身份互为限定的关系。所谓身份的文化属性是指身份由文化的结构性特征限定，不同的文化特质"规定了"不同的身份特性。不同群体具有能够反映不同群体身份属性的不同的"情感结构"。因此，传统的文化身份具有结构主义的规定性，身份在文化的限定下指涉某一种群体具有的本质的文化属性，是通过"语言、宗教、节日、传统"等文化形式显现的集体的"身份属性"①。身份的文化属性与文化身份第一种内涵（体现同一、连续的共有文化）相对应。所谓文化实践角度的身份是指身份的组织方式和位置关系一定是在文化实践中形成，也必须从文化实践的角度才能审视。文化实践角度的身份体现身份的实践属性。这与第二种文化身份的立场（包含断裂、非连续的差异点）相对应。文化实践的差异点可以为我们提供窥见身份构建实质的平台。对差异的生产从根本上来说是一种意义构建过程中的赋权行为。身份的文化属性和文化实践角度的身份之间存在必然的联系。身份的文化属性决定了身份主体的文化实践方式，身份主体的文化实践方式反过来又生成了新的文化属性。文化身份就在文化属性、文化实践和主体行为三者的互动过程不断生成，不断重构。主体、文化和实践的关系也就随之建立起来。

霍尔关注文化身份而不是社会、政治、经济的身份不仅是因为文化具有包容性，能够把对生活、政治与理论、理论与实践、经济、政治、意识形态问题等各种不同领域展开的批判性反思连在一起，更是因为文化身份中包含权力关系能够影响其他身份的形成。如果说霍尔界定"文化"最重要的意义

---

①　Hall, S. *The Question of Cultural Identity*［A］//Hall, S., Held, D. & McGrew, T. Modernity and Its Future, London: Polity Press, 1992: 596

在于绘制了文化研究的版图和边界。那么"身份"的重要性则在于它占据了这个版图的中心位置。具体来说，文化身份的重要性体现在：一方面，霍尔把文化的问题聚焦于身份。他通过身份定位文化中的主体（个人或群体），思考主体在文化中的位置构成方式，分析主体在该位置上的权力关系，关注主体在该位置上的能动性，旨在为主体争取权力。另一方面，霍尔把身份的问题归结为文化。文化的结构和文化的实践都是思考身份问题的关键所在，不对文化这两个方面进行深入思考就无法解释身份问题，更无从审视其中包含的权力关系。近年来文化研究持续关注身份，因此学界中也出现了批评文化研究"过度"重视身份的声音。甚至有学者认为文化研究已经等同于身份研究而忽略其他研究主题。这种质疑虽然有失偏颇，但也刚好说明身份在文化研究中的重要地位。

总体来说，霍尔以"去中心化"的身份为立足点，意在解构文化身份的同质性和同一性。霍尔认为文化身份涉及的是"我们的身份"，"我们的身份"来自特定的族群文化、种族文化、语言文化、宗教文化。但无论是种族身份还是民族身份，它们都是特定意识形态下话语霸权构建的结果。西方狭隘地通过肤色、身体等遗传和生物性特征区分人群，目的是构建（宗教）纯粹与（人种）纯洁的"想象的共同体"。种族和民族是霍尔在探讨文化身份时最为关注的两个维度（详见第四章），这与霍尔本身的"双重身份"不无关系。在《文化身份和族裔散居》中，霍尔阐释了概念化文化身份的两种立场。这两种立场在很多涉及文化身份的文章中都被高频引用。但实际上，本书想强调的是霍尔在该文中还构建了一种基于以上两种立场并超越以上两种立场的"第三种立场"——一种综合的、对话的文化身份。

一、文化身份体现同一、连续的共有文化

霍尔指出文化身份的第一种立场"是从具有同一性的、共有文化的角度概念化'文化身份'；它体现的是集体的"同一的真正自我"，藏身于许多其他的、表面的或虚假的'自我'之中；共享一种历史和祖先的人们也共享这种'自我'。按照这个概念，我们的文化身份反映共同的历史经验和共有的文化符码，这种经验和符码给作为'一个民族'的我们提供在实际历史变幻莫

测的分析和沉浮之下一个稳定、不变和连续的指涉和意义框架"①。

霍尔在这个立场中强调了文化身份具有"同一性"和"连续性"的内涵。首先,他强调了文化身份反映的是"同一的"共有文化。文化身份之所以具有"同一性",是因为它源自"共有文化"——同一个集体"共享一种历史和祖先","拥有共同的历史经验和共有的文化符码"②。"同一"是诸多变化表象之下隐藏的,可抽象、可提炼的总体性特征。同一个民族对应"一种"总体性特征,也就是唯一的一个"真正的自我"。霍尔用的"自我"(self)在英文中源自心理学,这个自我在心理学中指涉深层的、同一的和持久的身份。霍尔在这段描述中用"一"(one)来表示能够统一各种表面差异的根本性"特征",指的是一个民族经验中"最真实""最本质"的部分。其次,他强调了文化身份是"连续"的共有文化。文化身份之所以连续是也是因为"共有文化",它赋予我们"共同的历史经验和共有的文化符码",给我们提供了"在实际历史变莫幻测的分析和沉浮之下一个稳定、不变和连续的指涉和意义框架"③。显然,霍尔认为这种文化身份的立场把共有文化视为"稳定、不变和连续的"结构性意义框架,共有文化下的群体按照共享文化的意义指涉来理解这个世界,来进行关于这个世界的沟通和交流。霍尔所说的"稳定的、连续的指涉和意义框架"是指通过"表征的手法发现、挖掘、接受和表达的"文化身份,是通过讲述"过去"而构建的文化身份④。通过反复表征,文化身份被定型、被接受、被认同,"集体意识"得以构建。早在1977 年,美国学者彼得·埃德勒(Peter Adler)就曾谈到"文化身份"是一种"共有文化"的"集体意识"。在埃德勒的《文化身份之外:对多元文化主义的反思》中,文化身份"被用来指涉一个特定群体包含并反映出来的集体自我意识"⑤。这个意义上的文化身份反映的是一个国家或社会浓缩的价值

---

① Hall, S. *Cultural Identity and Diaspora* [A] //Identity: Community, Culture, Difference, London: Lawrence & Wishart, 1990: 223

② Hall, S. *Cultural Identity and Diaspora* [A] //Identity: Community, Culture, Difference, London: Lawrence & Wishart, 1990: 223

③ Hall, S. *Cultural Identity and Diaspora* [A] //Identity: Community, Culture, Difference, London: Lawrence & Wishart, 1990: 223

④ Hall, S. *Cultural Identity and Diaspora* [A] //Identity: Community, Culture, Difference, London: Lawrence & Wishart, 1990: 223

⑤ Adler, P. *Beyond Cultural Identity: Reflections on Multiculturalism* (1977) [A] //Culture Learning, East-West Center Press, 1977: 27

观和世界观，是对文化中占据"大多数"的群体"特点"的反映。第一种文化身份的立场给我们提供一个和过去相连的根基，因为每个人都来自过去。显而易见，这是一种本质主义的文化身份观。这种文化身份潜在地承认了一个身份具有一个稳定的意义来源，是文化"传统"和"价值"在主体身上的投射。

霍尔认为我们要警惕文化身份的稳定意义来源，因为这是西方构建的封闭的文化身份。"我们先不要把身份看作已经完成的、然后由新的文化事件加以再现的事实，而应该把身份视作一种'生产'，它永不完结，永远处于过程之中，而且总是在表征内部而非外部构建"①。文化身份"决不是永恒地固定在某一本质化的过去，而是屈从于历史、文化和权力的不断'嬉戏'"②。霍尔认为通过封闭的意义系统，西方构建了"单一历史对应单一身份"的假象③，这是西方强加给人们的"同一性"和"文化归属感"④。西方通过话语霸权构建了一个有利于"白色"世界的"白色"身份——一个"高级"的、"文明"的、"权威"的"白"色身份。在后殖民和全球化的语境下，霍尔认为我们只有关注"我们会成为谁"而不是"我们是谁"，才能改变本质主义的文化身份的思考方式。这意味着，我们不要一直追问"我们是谁，我们来自什么地方，相反我们应该问问自己我们会成为谁，我们是如何被表征的，这和我们表征自我的方式之间有没有什么联系?"⑤ 也就是说，"文化身份根本就不是固定的本质"，它一方面"置身于历史和文化"之中，另一方面又随历史文化的变化而变化⑥。它既不是"我们可以最终绝对回归的固定源头"，"它也不是纯粹的幻影"⑦。历史赋予不同群体不同的文化样态，虽然这种文

① 斯图亚特·霍尔. 文化身份和族裔散居 [A] //罗钢，刘象愚译. 后殖民主义文化理论，北京：中国社会科学出版社，1999：208
② 斯图亚特·霍尔. 文化身份和族裔散居 [A] //罗钢，刘象愚译. 后殖民主义文化理论，北京：中国社会科学出版社，1999：211
③ Hall, S. *Cultural Identity and Cinematic Representation* [J]. Framework, 1989 (36)：70
④ Hall, S. *Who Needs Identity* [A] //Hall, S. & Du Gay, P. (eds.). Questions of Cultural Identity, Sage Publications Ltd, 1996：4
⑤ Hall, S. *Who Needs Identity* [A] //Hall, S. & Du Gay, P. (eds.). Questions of Cultural Identity, Sage Publications Ltd, 1996：4
⑥ Hall, S. *Who Needs Identity* [A] //Hall, S. & Du Gay, P. (eds.). Questions of Cultural Identity, Sage Publications Ltd, 1996：4
⑦ Hall, S. *Who Needs Identity* [A] //Hall, S. & Du Gay, P. (eds.). Questions of Cultural Identity, Sage Publications Ltd, 1996：4

化样态会在某个阶段呈现出一定的趋势性特征。了解趋势性特征虽然有助于我们把握文化身份的意义，但这种趋势性不是一成不变的。我们需要思考的是什么样的源头塑造了我们，为什么是这个源头而不是其他别的源头规定了"我们的身份"。

霍尔在批判本质主义文化身份的同时，又强调我们可以利用文化身份中本质的部分，即通过文化身份稳定的意义来源构建一种新的文化身份。挖掘和重新发现被遮蔽、被隐藏的文化身份可以用来对抗"西方"主流世界构建的"非西方"的文化身份。这种重新构建文化身份的方法，在"后殖民斗争中起到了关键作用"①，因为新的文化身份的观念可以帮助我们"彻底重构我们所生存的这个世界的一切"②。通过重新发现和挖掘边缘性群体的连续性身份可以重新书写不同于西方话语的文化身份。弗朗茨·法农也把重新挖掘文化身份称为一种"全情投入的研究……驱使我们的内在动力是希望把我们从如今的痛苦中解脱出来，不再自我鄙视，一味顺从和放弃自己。而是找到一个美妙和辉煌的时代，为内心中的自己和他人眼中的我们平反昭雪"③。霍尔认为只有认识到西方是通过"把一种想象的一致性强加给分散和破碎的经验"来构建文化身份的实质，才能让人们了解西方构建的文化身份中一直存在"丧失的意义"，我们可以通过不同于西方的新的表征方式寻找和构建这些丧失的身份④。既然西方能够通过隐匿的方式构建文化身份、定位人群、分配权力，那么非西方也可以把"这些被忘却的联系"置于适当的位置，弥合文化身份中的被隐藏的断裂、重新定位和构建权力。霍尔认为"圆满或丰富"的文本可以抵制和打破过去的规则，重建"主导领域内"的"那些破碎和病态"的方面⑤。后殖民浪潮下的"泛非"（Pan-African）运动就是重新挖掘非裔群体的文化身份的运动，是反抗种族主义霸权的运动。在这次运动中新的

---

① Hall, S. *Who Needs Identity* [A] //Hall, S. & Du Gay, P. (eds.). Questions of Cultural Identity, Sage Publications Ltd, 1996：4

② 斯图亚特·霍尔. 文化身份和族裔散居 [A] //罗钢，刘象愚译. 后殖民主义文化理论，北京：中国社会科学出版社，1999：209

③ Fanon, F. *National Culture* [A] //Hall, S. Identity：Community, Culture. London：Lawrence & Wishart, 1990：223

④ 斯图亚特·霍尔. 文化身份和族裔散居 [A] //罗钢，刘象愚译. 后殖民主义文化理论，北京：中国社会科学出版社，1999：218

⑤ 斯图亚特·霍尔. 文化身份和族裔散居 [A] //罗钢，刘象愚译. 后殖民主义文化理论，北京：中国社会科学出版社，1999：209

"加勒比海性"是黑人电影应该挖掘、呈现和表达的东西①。

二、文化身份包含断裂、非连续的差异点

霍尔指出文化身份的第二种立场承认它"除了许多共同点之外，还有一些深刻和重要的差异点，它们构成了'真正的现在的我们'；或者说——由于历史的介入——构成了'真正过去的我们'。我们不可能精确地、长久地谈论'一种经验，一种身份'，而不承认它的另一面，即恰恰构成了加勒比人之'独特性'的那些断裂和非连续性。在第二种意义上，文化身份既是'存在'又是'变化'的问题。它属于过去同样属于未来。它不是已经存在的、超越时间、地点、历史和文化的东西。文化身份是有源头、有历史的。但是，与一切有历史的事物一样，它们也经历了不断地变化。它们绝不是永恒地固定在某一本质化的过去，而是屈从于历史、文化和权力的不断'嬉戏'"②。

第二种立场凸显文化身份中包含的差异点。只有从差异的视角思考文化身份，才能赋予身份更丰富的意义，才能打破身份文明、野蛮的二元结构，才能使身份"连续不断地包容其他附加的或补充的意义"③。我们谈论文化身份时，"不可能精确地、长久地谈论'一种经验，一种身份'，而不承认它的另一面……的断裂性和非连续性"④。断裂和非连续的空间才是重新构建文化身份的新场域，这才是真正的包容"异质的"文化身份的空间。首先，霍尔强调构成文化身份的差异是"断裂的"。霍尔之所以称这些差异点是"断裂"的，是因为作为"他者"的文化身份是西方通过切割"真实"的历史和"实际"的过去、挑选部分因素进行"缝合"而构建，是通过"历史的介入"而构建的一个看似"真正过去的我们"⑤。霍尔在探寻加勒比海人身份的本源时质疑到："经过400年的置换、肢解和流放而丝毫没有改变的身份，我们能否

---

① 斯图亚特·霍尔. 文化身份和族裔散居［A］//罗钢，刘象愚译. 后殖民主义文化理论，北京：中国社会科学出版社，1999：209
② 斯图亚特·霍尔. 文化身份和族裔散居［A］//罗钢，刘象愚译. 后殖民主义文化理论，北京：中国社会科学出版社，1999：215
③ 斯图亚特·霍尔. 文化身份和族裔散居［A］//罗钢，刘象愚译. 后殖民主义文化理论，北京：中国社会科学出版社，1999：215
④ 斯图亚特·霍尔. 文化身份和族裔散居［A］//罗钢，刘象愚译. 后殖民主义文化理论，北京：中国社会科学出版社，1999：215
⑤ 斯图亚特·霍尔. 文化身份和族裔散居［A］//罗钢，刘象愚译. 后殖民主义文化理论，北京：中国社会科学出版社，1999：215

以终极的或直接的意义回归这个身份，是更值得怀疑的。原来的'非洲'已经不在那里了。它也得到了改造。"① 非洲只是一种通过想象而构建的地理和历史概念。这些观念通过西方反复强化与非洲相关的某些断裂的差异点而构建，至于人类之间连续的共同属性在西方构建的文化身份中则完全被忽略。正如法农和萨义德所说，西方通过陌生化、妖魔化、差异化这些物理特征把其他人群构建成"他者"，凸显自己的高级性，合法化自己的霸权地位。但同时，我们也要知道这些"断裂"正是文化身份能够得以重建的新空间。这些"断裂"为我们提供"挖掘殖民经验所割裂的东西"的可能性，为我们提供"揭示殖民经验所埋葬和覆盖的东西"的可能性，更重要的是为我们提供重新"生产文化身份"的可能性②。其次，霍尔还强调构成文化身份的差异是"非连续的"，而差异的非连续性是"变化"带来的。霍尔认为"在第二种意义上，文化身份既是'是'又是'成为'的问题。它属于过去也同样属于未来。文化身份是有源头、有历史的。但是与一切有历史的事物一样，它们经历了不断地变化"③。身份虽然源于历史，但它不是一次性的，它经历变化。变化意味着连续的中断，变化意味着差异，变化也意味着动态的发展。这种立场下的文化身份既是"已存在"更是"未形成"。这种立场下的文化身份在属于过去的同时更属于将来。"文化身份没有固定的本质，它不存在于不变的历史和文化之外"④，但同时文化身份在历史中经历变化，在文化中不断生成。"未来"与"过去"不同，未来赋予我们变化，赋予我们德里达意义上真正的"延宕"的"差异"。"未来"打破历史的连续性，生成身份的断裂性。这就意味着我们不仅要关注历史赋予的传统，更要关注"未来"这个更加真实的我们。只有从"未来"和"变化"的视角来思考文化身份才能赋予身份动态的特质，才能使身份摆脱固有的标签，才能使身份更加开放，才能赋予身份的主体更广阔的未来。

霍尔认为"只有从这第二种立场出发"，才能正确认识差异，才能正确理

① 斯图亚特·霍尔. 文化身份和族裔散居［A］//罗钢，刘象愚译. 后殖民主义文化理论，北京：中国社会科学出版社，1999：217

② 斯图亚特·霍尔. 文化身份和族裔散居［A］//罗钢，刘象愚译. 后殖民主义文化理论，北京：中国社会科学出版社，1999：218

③ 斯图亚特·霍尔. 文化身份和族裔散居［A］//罗钢，刘象愚译. 后殖民主义文化理论，北京：中国社会科学出版社，1999：215

④ 斯图亚特·霍尔. 文化身份和族裔散居［A］//罗钢，刘象愚译. 后殖民主义文化理论，北京：中国社会科学出版社，1999：215

解"'殖民经验'令人痛苦"而难忘的根源①。在这个立场中，霍尔强调差异对文化身份的构建作用，而这个差异是西方在叙事中给非西方规定的位置，是一种"迫使我们将自身视作和体验为'他者'"的差异②，是西方中心的话语体系构建的身份的层级差异。这些"差异"是后殖民主义学者法农在《黑皮肤，白面具》、萨义德在《东方主义》中不遗余力地批判的西方中心主义的、殖民的、虚假的文化身份之差异。霍尔强调"差异"的真正目的是打破西方中心主义的文化身份观。西方本身不是一个地理概念，而是西方构建的主体。西方通过"想象"的同一性将自己与那些在政治上或者经济上比其他地区、社群、国民显得更为优越的地区、社群、国民联系在一起。在启蒙时代之后，西方宣扬普遍主义，通过构建非西方的"他者"，凸显优越的"我们"。只有认识到文化身份中的断裂和差异才能打破殖民者与殖民地之间固有的高级与低级二分的身份层级关系，认识到西方/非西方、文明/野蛮是西方中心主义的隐含逻辑，认识到过去的文化身份是西方通过他者的差异构建的结果。但实际上，西方构建的文化身份中存在许多断裂的、被隐藏的部分。这正是我们需要识别和挖掘的部分。重新构建文化身份正是要重新挖掘这些与西方表征不同的"差异点"。

三、文化身份是相似性和差异性的综合体

霍尔不仅从相似和差异两方面着手思考文化身份，而且还构建了思考文化身份的第三种立场。第三种立场是前两种立场的融合，是前两种立场的交流与对话。霍尔指出"文化身份总是特定的，它既是相似的标记又是差异的标记，这是我强调的重点"③。换言之，霍尔认为文化身份是在相似与差异两种力量共同作用下而形成的。"我们可以认为加勒比黑人的身份是由两个同时发生作用的轴心和向量'构架'的：一个是相似性和连续性的向量，另一个是差异和断裂的向量。必须依据这两个向量之间的对话关系来理解加勒比人的身份。一个给我们指出过去的根基和连续。另一个提醒我们，我们所共有

---

① 斯图亚特·霍尔. 文化身份和族裔散居［A］//罗钢，刘象愚译. 后殖民主义文化理论，北京：中国社会科学出版社，1999：261
② 斯图亚特·霍尔. 文化身份和族裔散居［A］//罗钢，刘象愚译. 后殖民主义文化理论，北京：中国社会科学出版社，1999：261
③ Hall，S. *The Fateful Triangle：Race，Ethnicity，Nation*［M］. Harvard University Press，2017：xviii

的东西恰恰是严重断裂的经验：被拖入奴隶制、流放、殖民化、迁徙的民族大多来自非洲"①。如何看待相似、连续的向量，如何挖掘差异、断裂的向量事关文化身份中的政治权力问题。

文化身份具有相似性，这既是需要批判又是可以利用的资源。这个相似性是历史赋予的。文化身份之所以相似源于"共同的文化"和"共享的历史"。同一人群通过共享的文化符码进行交流。历史的介入生成了文化身份中"相似"的部分，这也是文化身份中可挖掘、可把握、可重构的部分。相似性一方面赋予不同群体总体特征，合法化不同群体在文化中的位置和权力关系，另一方面赋予不同群体重塑文化身份的资源，这是"边缘群体"抵抗殖民主义和帝国主义统治的途径。从历史的视角重新挖掘文化身份中被遗漏的相似性，是霍尔揭露文化身份中的殖民性，抵抗种族主义、民族主义的文化身份，重构新的文化身份和新的权力关系的路径。

文化身份中意义更加重大的是差异性，这既是构建本质主义文化身份又是拆解本质主义文化身份的资源。差异是话语构建的，"这些差异构成了'我们之所以是我们'的真正的因素"，更确切地说，这些差异构成了'我们之所以成为我们'的因素②。霍尔在这段表述中强调了"是我们"和"成为我们"的区别，"是我们"是一种"事实"，而"成为我们"是一种构建。"集体性身份不是在差异之外而是在差异之内构建的"③。霍尔所称的差异，总体来说，包含两个层面：一个是"他者"的差异，一个是"延异"的差异。它们共同作用对文化身份起构建作用。"他者"的差异构建了一个西方中心主义的僵化的二元对立标准，"延异"的差异才是构建包容、异质的文化样态的根本。霍尔认为差异是政治和权力生存的空间，只有正确地理解差异才能洞悉西方同质、统一的文化身份排他、虚伪的真实面目。文化身份的重要性在霍尔看来并不仅是因为身份在政治上赋予了我们位置，更是因为在西方主导的话语体系中，非西方的文化身份岌岌可危："我们"在文化政治中要么有位置，要么完全丧失位置④。

---

① 斯图亚特·霍尔. 文化身份和族裔散居［A］//罗钢，刘象愚译. 后殖民主义文化理论，北京：中国社会科学出版社，1999：263
② Hall, S. *Cultural Identity and Cinematic Representation*［M］. Framework, 1989（36）：70
③ Hall, S. *Who Needs Identity*［A］//Hall, S. & Du Gay, P.（eds.）. Questions of Cultural Identity, Sage Publications Ltd, 1996：4
④ Hall, S. *Who Needs Identity*［A］//Hall, S. & Du Gay, P.（eds.）. Questions of Cultural Identity, Sage Publications Ltd, 1996：4

文化身份在相似性和差异的"对话"中形成，是一个复杂的统一体。这种"对话"关系具有双重含义：一方面说明文化身份是"不稳定的，永远不会完结，没有一个最终的定论"，另一方面也提醒我们文化身份永远是相似和差异的"双重性"共同起作用的结果①。相似性非常重要，它是我们把握文化身份的手段。差异性也同样重要，因为"差异在连续中、并伴随着连续持续存在"②。这就意味着文化身份是由相似和差异构成的统一体。文化身份之所以复杂是因为我们无法在文化身份之内明确区分相似和差异。换言之，文化身份"的复杂性超出二元的表征结构"，"不能简单地通过过去/现在、他们/我们的二元对立的方式"进行表征③。霍尔认为文化身份的边界"在不同的空间、时间内，在差异的问题关系中，总被重置"④。文化身份是一个滑动的意义范围，文化身份中的相似和差异有时互相排斥，有时互相靠近。这就说明既相似又不同的文化身份不是一个本质身份，也不是一个合理的人群分级标准。

第二节　文化身份的特征

正确把握文化身份的特征是深刻理解霍尔文化身份理论的关键所在。究竟是文化身份的哪种特征在西方世界合理化殖民统治中起到了关键作用，成为霍尔极力批判的对象？又是哪种特征需要被深入阐释才能改变对非西方世界旧有的认知方式，成为霍尔构建理论的动力？

学界对文化身份特征的描述多散见于一些文章中，少有集中论述。近年来，陆续有学者开始关注文化身份的特征。文化身份强调"差异"、关注"断

① Hall, S. *Cultural Identity and Diaspora* [A] //Colonial Discourse and Post-colonial Theory (eds.). New York: Harvester Wheatsheaf, 1993: 228
② 斯图亚特·霍尔. 文化身份和族裔散居 [A] //罗钢，刘象愚译. 后殖民主义文化理论，北京：中国社会科学出版社，1999: 214
③ Hall, S. *Cultural Identity and Diaspora* [A] //Colonial Discourse and Post-colonial Theory (eds.). New York: Harvester Wheat sheaf, 1993: 228
④ Hall, S. *Cultural Identity and Diaspora* [A] //Colonial Discourse and Post-colonial Theory (eds.). New York: Harvester Wheat sheaf, 1993: 228

裂",文化身份具有"不稳定性、片段性、偶发性"① 等表述方式出现在新近发表的文章中。国内较为明确地论述霍尔文化身份特征的文章是刘岩撰写的《多元文化背景下的文化身份焦虑》,作者总结了文化身份的六个特征——"综合来看,文化身份在后现代语境呈现出相对性、否定性、情境性、流动性、破碎性、多重性等特征"②。作者在文章中是这样阐释这几个特征的:(一)相对性:"身份是相对的,某一个个体或群体总是相对于另外的个体或群体存在,其身份特征也是相对于另外的个体或群体定义的,没有相互间的参照就无所谓独特性。"③(二)否定性:"身份的否定性体现在,定义或描述某一身份时往往会基于排除另一个身份的前提,也就是说,定义女性时自然要关注她区别于男性的地方,定义黑人群体的身份要关注她与白人的区别。"④(三)情境性:"身份不是一成不变的,它永远不会最终形成,它的建构永远处于变化之中。"⑤(四)流动性:"身份是流动的、变化的。一个人的身份可以随实践的变化而发生变化。身份的流动性还体现在一个人在某一时刻可能会具有无法明确界定的身份,或同时拥有几种身份特征。"⑥(五)破碎性:"由于身份处于不断被建构的过程,因此它一直在变化,也因此永远不会完整地全面形成,于是某一特定时刻、地点现实的身份表达会呈现破碎、分裂和不完整的特点。"⑦(六)多重性:"身份的多重性首先表现在一个人可以在不同时刻表现出不同的身份,甚至在同一时刻表现出复杂多样的身份,这一点与身份的流动性和破碎性相联系。"⑧

---

① 许雷. 离散经历下的认同书写——斯图亚特·霍尔的文化身份观[J]. 教育文化论坛,2016(6):28-30.

② 刘岩. 多元文化背景下的文化身份焦虑[J]. 后现代语境中的文化身份研究. 南京:凤凰出版社,2008,11:15-18

③ 刘岩. 多元文化背景下的文化身份焦虑[J]. 后现代语境中的文化身份研究. 南京:凤凰出版社,2008,11:15

④ 刘岩. 多元文化背景下的文化身份焦虑[J]. 后现代语境中的文化身份研究. 南京:凤凰出版社,2008,11:16

⑤ 刘岩. 多元文化背景下的文化身份焦虑[J]. 后现代语境中的文化身份研究. 南京:凤凰出版社,2008,11:16-17

⑥ 刘岩. 多元文化背景下的文化身份焦虑[J]. 后现代语境中的文化身份研究. 南京:凤凰出版社,2008,11:17

⑦ 刘岩. 多元文化背景下的文化身份焦虑[J]. 后现代语境中的文化身份研究. 南京:凤凰出版社,2008,11:17

⑧ 刘岩. 多元文化背景下的文化身份焦虑[J]. 后现代语境中的文化身份研究. 南京:凤凰出版社,2008,11:18

　　以上梳理文化身份特征的尝试，有助于研究者深化文化身份的认知，但实际上这六个特征在不同程度上相互"纠缠"。换言之，它们之间的边界不太清晰。比如，文章中提到的"相对性"和"否定性"归根结底都是文化身份的"差异性"在不同层面的反映——"相对"是参照"差异"，"否定"是排除"差异"——这源于索绪尔的语言学贡献。而"差异性"从霍尔对文化身份的阐释来看，不是文化身份的特征而是文化身份的构建方式。文章中还提到"情境性""流动性""破碎性"，而在文章中对这几个特征的"核心"表述就是"变化"。历史的演进和时空的"变化"造成了文化身份的"情境性""流动性"和未完成性也就是"破碎性"。但它们说到底都是源于文化身份非本质的"动态性"特征。再者，文章中提出了文化身份的"多重性"特征，实际上指涉文化身份是"复杂多样的"，属于文化身份内涵的范畴。正是因为文化身份是"相似性和差异性的综合体"才使得文化身份一直处于意义生成之中，这也再次证明了文化身份是动态的。因此，本章重新梳理出"文化身份"的特征，笔者认为集体性、想象性和动态性三个特征是霍尔批判"旧"（文化）身份和构建"新"（文化）身份的关键所在。

一、文化身份具有集体性特征

　　相较于个体身份，霍尔更关注文化身份，因为文化身份是一种特定的集体身份，这种集体身份更能带给"我们"安全感和归属感①。有鉴于此，文化（集体）身份才更具本质化属性。在对文化身份的阐释中，霍尔指出文化身份是"我们的身份"，"我们的身份"来自特定的族群、种族、民族、语言和宗教文化。在霍尔看来正是"社会集体"的边界将人们的身份固定下来，"庞大的社会集体在过去固化了我们的身份，阶级、种族、性别和民族都是巨大的、稳定的集体……"②"传统"的集体将我们分类，这种分类一旦形成就趋于稳定。集体的分类之所以稳定是因为集体在数量上的巨大优势使得集体身份看起来更具合理性，因此也更具欺骗性。欧洲殖民者用西方和非西方这两个超级庞大的集体把文化身份进行了二元对立的区分。这种分类标准中隐

① Hall, S. *Cultural Identity and Diaspora* [A] //Colonial Discourse and Post-colonial Theory (eds.). New York: Harvester Wheatsheaf, 1993: 228

② Hall, S. *Ethnicity*: *Identity and Difference* [A] //Eley, G. & Suny, R. G. (eds.). Becoming National: A Reader, New York: Oxford University Press, 1996: 340

含着主流与非主流、文明与野蛮、进步与落后、高级与低等的身份意义，这正是霍尔试图打破的。霍尔之所以强调文化身份是集体性的原因在于他试图揭示"集体"并不代表"合理"，"集体"也不意味"稳定"。恰恰相反，特定"集体"的组织方式是有目的的，这是霍尔进行文化身份批判的根本原因。

"文化身份"的集体性特征源于"文化"的结构。文化的结构以集体经验的形式世代相传。这种集体经验和智慧的结晶能够跨越历史、跨越时间对我们产生影响，在这个过程中跨越千年的集体记忆也就此形成。特定"文化"中的特定"社会群体会形成自己独特的生活模式，并且给他们的社会和物质生活经验赋予表现形式"①。这说明文化在形塑"我们"。文化身份的集体性特征强调的是"同一性"，指涉"同一类"人群具有共同的历史经验、分享共通的文化符码②。"经验"既是一种文化结构，又是一种知识结构，对集体身份产生固化的作用。文化作为一种知识结构对"身份的固化"表现在"一个群体会把自己的整体性意识建立在这种知识上，并从中获得行事冲动与规范冲动，这种冲动可以使得群体能够再生产出自己的身份认同"③。也就是说，一个群体不仅在集体经验之上建立行为规范、身份认同，而且还不断地再生产这种认同。霍尔在《族性：身份和差异》中也较为详细地论述了文化结构对"我们身份"的固化过程。霍尔指出："当一个人知道自己所属的阶级，他/她就知道了自己在社会中的位置。当一个人知道自己的种族，他/她就知道了自己在世界种族体系中的种族位置以及和其他种族之间的层级关系。当一个人知道自己的性别，他/她就能够在社会的男女分类中定位自己。当一个人知道自己的民族身份，他/她当然就知道了自己的啄食顺序（pecking order)④。"⑤ 显然，霍尔在论述这种集体身份定位主体的同时强调的是集体身份中的权力关系，即主体按照集体的规定性将自己定位从而确定"啄食顺

---

① Hall, S. *Resistance Through Rituals: Youth Subcultures in Post-war Britain* [M]. London, Routledge, 2006: 4

② Hall, S. *Cultural Identity and Diaspora* [A] //Colonial Discourse and Post-colonial Theory. (eds.) New York: Harvester Wheat sheaf, 1993: 223

③ 简·奥斯曼. 集体记忆与文化身份 [J]. 陶东风译. 文化研究, 2011 (09): 5

④ 啄食顺序理论（The Pecking Order）在生物学中是指所有的群居动物中都存在一种等级结构，等级高的动物有优先进食的权力，等级低的动物如果不遵守秩序就会被较高地位的动物啄咬。

⑤ Hall, S. *Ethnicity: Identity and Difference* [A] //Eley, G. & Suny, R. G. (eds.). Becoming National: A Reader, New York: Oxford University Press, 1996: 340

序"。这意味着主体在接受这种定位的同时会不断内化特定的组织关系和组织规范，权力等级关系在这种集体规范的层级结构中便形成了。"我们是谁"，"我们不是谁"，"我们不同于谁"的分类标准就被构建起来。

霍尔认为文化身份既然是集体的身份就不应该也不可能排除所有差异，因为"复数"的集体身份之下必然包含不同群体的不同的文化样态。人们在同一种文化中共享"同一"的、单一的文化身份是霍尔必须消解的传统观念。同一、单一的文化身份中隐含的是西方主要话语建构的利于西方统治的文化身份观。霍尔呼吁弱势文化群体挖掘被西方主导话语"遗忘"的那部分历史和文化，通过反表征来重构文化身份。只有认识到集体的文化身份不是连续的、稳定的，才能建立一种正确的文化身份观。新的文化身份观的建立关系到被殖民者在后殖民斗争中的反抗意识。非西方世界可以利用多种手段摆脱原有的文化形塑框架，进入一个多元的表征空间。在霍尔看来音乐、视觉和电影等媒介都是可利用的反表征黑人群体文化身份的途径。重新挖掘边缘群体文化中被刻意遮蔽和隐藏的部分来抵抗西方中心主义——"把一种想象的一致性强加给分散和破碎的经验"① ——的话语模式，构建异质、多元的文化身份是反抗统治的重要手段。文化身份从外部来说是西方殖民国家构建的产物，是抽象出来的本质特征。文化身份从内部来说是一种复数的身份样态，它包含矛盾和差异，而正是这种矛盾和差异赋予了主体争夺权力和反抗霸权的空间。在霍尔看来这些集体身份并不稳定，正是因为它们是由多元的个体所构成，它们内部必然充满矛盾和断裂。这就意味着文化身份在不同的社会文化结构中必然发生变化。

二、文化身份具有想象性特征

霍尔质疑通过想象而形成的身份意识和归属感，从而批判利于西方殖民统治的同一的文化身份框架。传统的文化身份观认为同一个群体共享同一种经验和文化符码，具有同一的文化身份，形成共享的集体意识和文化认同。霍尔把这种集体意识和认同的形成归结为想象性关系构建的结果，是西方通过话语表征、构建本质文化身份的"工具"。这种想象性关系之所以重要是因为"想象的共同体"通过象征"会产生实际的效果"，这个想象的空间是主

---

① 斯图亚特·霍尔. 文化身份和族裔散居［A］//罗钢，刘象愚译. 后殖民主义文化理论，北京：中国社会科学出版社，1999：218

体和文化通过对话生产和再生产身份的场所①。包括霍尔在内的英国文化研究学者对这种"想象性"框架，尤其是民族国家的"想象性"界限，一直保持着一种质询的态度："国家想象是怎样产生了一个文化支配领域的；这反过来又包括了广泛的制造界限的活动，其后果影响了我们怎样理解和体验民族国家，及其他所有民族的跨民族的格局；比如旧欧洲、南方和北方、第一、第二和所谓的第三世界。"②

　　文化身份是集体意识的体现，这是"想象的"而不是"真实的"。"因为即使是最小的民族的成员也不可能认识他的大部分同胞，遇见他们，或者甚至是听说过他们"③。这就意味着借由一种共同体的意识将所有成员的差异统一于内是不可能的。"然而在每个人的脑海里却活生生地有着一个这样的共同体的意象"④，这是人们在头脑中通过想象构建的共同体。想象的共同身份构建了一种关于集体的"抽象"，构建了归属感和安全感。分享共同历史经验或居住在同一个物理空间中的群体通过想象创造出一种共同的品质和品格用于与他人相区别。爱德华·萨义德曾经说过"'想象的地理和历史'是'通过把附近和遥远地区之间的差异加以戏剧化而强化自我意识'"⑤。"附近"是"我们"的国度，"遥远"是"他者"的空间，"距离"与"差异"相关联，"距离"变成了"戏剧化""他者"的手段。强化自我意识意味着排除异质的因素，这是通过权力构建对立关系的过程。

　　霍尔认为表征是构建想象性身份（即构建"想象共同体"）的有效途径，具体表现为通过叙事来讲述关于一个特定文化的故事。霍尔在文章中多次引用安德森关于"想象的共同体"的论述来说明文化身份的想象性特征。霍尔赞同安德森认为叙事是构建"想象共同体"的重要手段的观点，并在此基础上进一步对叙事的策略进行了说明。霍尔指出在叙事中西方"把一种想

①　Hall, S. *Minimal Selves* [A] //Bhabha, H., Forrester, J. & Gregory, R.L., et al. Identity: The Real Me. London: Institute of Contemporary Arts, 1988: 45

②　麦克罗比. 文化研究的用途 [M]. 李庆本译. 北京: 北京大学出版社, 2007: 2

③　阿雷恩·鲍尔德温，布莱恩·朗赫斯特，斯考特·买克拉肯等. 文化研究导论 [M]. 陶东风译. 北京: 高等教育出版社, 2011: 163

④　阿雷恩·鲍尔德温，布莱恩·朗赫斯特，斯考特·买克拉肯等. 文化研究导论 [M]. 陶东风译. 北京: 高等教育出版社, 2011: 163

⑤　斯图亚特·霍尔. 文化身份和族裔散居 [A] //罗钢，刘象愚译. 后殖民主义文化理论，北京: 中国社会科学出版社, 1999: 218

象的一致性强加给分散和破碎的经验"① 来编造故事,从而构建了利于自身的身份边界。正如西方对非洲的统治"恰恰是通过把非洲僵化为一个原始的亘古不变的过去而占用非洲"②、殖民非洲。他们通过叙事在殖民者的头脑中构建了一个需要被帮助的非洲。西方正是通过赢得叙事的主动权而构建殖民的合理性。但实际上,非洲的文化身份经过 400 年的历史演变,不可能没有发生改变,我们也不可能"以终极的或直接的意义回归这个身份"③。想象性的一致性赋予文化身份稳定的意义框架,实际上隐藏着西方殖民的重要手段。后殖民学者霍米·巴巴也对身份的想象性特征进行过论述,他指出"民族像叙事一样,在时间的迷思中丢失了起源,最终只在想象中充分认识国家的地平线"④。换言之,他认为文化身份(民族身份)是一种叙事,对于文化身份源头的追溯只不过是一种想象出来的一厢情愿。西方通过叙事构建的想象性关系旨在人们的头脑中固化一种层级关系,"黑皮肤、白面具"的想象性关系就此形成。

霍尔之所以强调文化身份的想象性特征,是因为他在努力破除文化身份的本质主义迷思。只有明确文化身份是通过叙事构建的"想象的"同一性,才有助于人们思考这个故事到底是谁的想象,是谁站在何种立场在讲述谁的故事。

三、文化身份具有动态性特征

关注文化身份的动态性特征是霍尔批判本质主义文化身份的主要手段,是霍尔批判西方中心主义文化身份最有力的武器。霍尔在文章中没有明确使用"动态性"来描述文化身份,但是我们可以在霍尔界定文化身份时明确地体会到这层含义。他强调"我们不可能精确地、长久地谈论'一种经验,一

---

① 斯图亚特·霍尔. 文化身份和族裔散居 [A] //罗钢,刘象愚译. 后殖民主义文化理论,北京:中国社会科学出版社,1999:218

② Hall, S. *The Question of Cultural Identity* [A] //Hall, S., Held, D. & McGrew, T. Modernity and Its Future, London: Polity Press, 1992:613

③ 斯图亚特·霍尔. 文化身份和族裔散居 [A] //罗钢,刘象愚译. 后殖民主义文化理论,北京:中国社会科学出版社,1999:217

④ Hall, S. *The Question of Cultural Identity* [A] //Hall, S., Held, D. & McGrew, T. Modernity and Its Future, London: Polity Press, 1992:613

种身份',而不承认它的另一面……断裂性和非连续性"①。文化身份的动态性特征体现在文化身份是变化的。如霍尔所说"文化身份既是'存在'又是'变化'的问题。它属于过去也同样属于未来"②。变化的成因是历史、文化和时空的转化。因为虽然"文化身份是有源头、有历史的,但是与一切有历史的事物一样,它们经历了不断地变化"③。变化的结果就是文化身份稳定的意义框架的断裂和中断。这种变化带来的经验和身份不可能用"一"涵盖,这种动态的变化造成了文化身份在意义上的"延宕"。

文化身份的动态性特征体现在它是"特定时空"下的产物,是"具体历史、文化"中的产物④。霍尔用"特定"和"具体"打破文化身份的稳定性和连续性,用时间、空间、历史、文化四重因素将文化身份平面的结构变成立体的结构。霍尔强调文化身份是历史和文化共同作用、时间和空间共同定位的结果。这四重因素中只要有任何一种因素发生变化,文化身份都会随之改变。因此文化身份在特定的时空中一定是动态发展的。历史和文化是这四重因素中最顽固的力量,也是霍尔着力消解的对象。首先,历史赋予文化身份的连续性被具体的时间所打破。文化身份并没有一个本真的"起源"来保证它的稳定性。历史只给文化身份提供了一个趋势,这只是限定条件,但并不是决定性条件。我们的文化身份与过去相关,但它不仅仅是过去,它更是未来。其次,文化赋予文化身份的同一性被具体的空间所打破。霍尔指出文化身份是集体的身份,因此同一空间中的身份系统一定是多元的。这就意味着即便处于同一空间中的文化身份也是不完整的,因为某一群体之内可能会有不同的身份,很难用一种支配性身份去指涉它。比如同一国家之中的民族身份一定包含不同的种族、性别和年龄群体,他们之间的异质性无法磨灭。同一空间下的多元身份必定在互通有无的状态下生存。而动态的文化身份恰恰与西方构建的完整、稳定的文化身份形象相悖。正是因为文化身份是动态的,西方构建的"奴隶制"和"流放"的"黑人"身份也必然只属于过去,

---

① 斯图亚特·霍尔. 文化身份和族裔散居 [A] //罗钢,刘象愚译. 后殖民主义文化理论,北京:中国社会科学出版社,1999:215

② 斯图亚特·霍尔. 文化身份和族裔散居 [A] //罗钢,刘象愚译. 后殖民主义文化理论,北京:中国社会科学出版社,1999:215

③ 斯图亚特·霍尔. 文化身份和族裔散居 [A] //罗钢,刘象愚译. 后殖民主义文化理论,北京:中国社会科学出版社,1999:215

④ Hall, S. *Cultural Identity and Diaspora* [A] //Colonial Discourse and Post-colonial Theory. (eds.) New York: Harvester Wheat sheaf, 1993:596

黑/白的层级标准也必然过气。正如霍米·巴巴所说想要获得身份的"完整形象是困难重重的",也是不可能的①。换言之,受到时间、空间、历史、文化共同作用的文化身份想要以静态的"完整形象"的面貌出现在人们面前是"困难重重"的。这就意味着,共享同一种历史和文化的群体不能足以说明我们拥有共同的"特性",所以种族、民族、族性这些身份的分类方式都是构建的本质。他们只是政治的表征手段,是福柯所说的权力/知识构建的结果。文化身份在时空中不停"流动",文化身份最重要的特征不是"是"而是"成为"。因此,在文化身份流动的意义之中,身份不能以优劣、高低进行区分,不同身份之间只存在交流与对话。

第三节 文化身份的构建方式

20世纪90年代,对文化身份构建的研究主要出现在社会学领域。1995年艾森斯塔特和吉森在社会学杂志《欧洲社会学刊》上发表《集体身份的构建》②一文。艾森斯塔特和吉森从建构主义的视角分析了"世界主义"和"全球化"背景下德国和日本的"集体身份"问题(在这篇文章中特指"民族身份")。他们指出文化身份已经变得不再纯粹,借此得出结论"集体身份不是自然产生的而是社会构建的"产物③。他们谈到文化身份构建的基本途径是通过"社会的构建边界"来区分哪些人是"群体内部成员",哪些人是"群体外部成员"。宽泛来说,这就是一种"包含"和"排除"的问题④。在他们看来,这种边界的构建可以通过三种方式实现⑤:一是构建文化和历史的"原初性",二是构建"社会规则",三是构建特定的"文化边界"(狭义上的

---

① 霍米·芭芭. [A] //刘岩. 多元文化背景下的文化身份焦虑. 后现代语境中的文化身份研究. 南京:凤凰出版社,2008:18
② Eisenstadt, N & Giesen, B. *The Construction of Collective Identity* [J]. European Journal of Sociology, 1995, 36(1):72-102
③ Eisenstadt, N & Giesen, B. *The Construction of Collective Identity* [J]. European Journal of Sociology, 1995, 36(1):74
④ Eisenstadt, N & Giesen, B. *The Construction of Collective Identity* [J]. European Journal of Sociology, 1995, 36(1):74-81
⑤ Eisenstadt, N & Giesen, B. *The Construction of Collective Identity* [J]. European Journal of Sociology, 1995, 36(1):74-81

文化)。无论如何构建边界,实际上这都是在凸显"我"和"他"的不同。虽然艾森斯塔特和吉森是一种建构主义的视角,但归根究底,他们还是承认一种相对稳定的集体身份。继其之后的 1999 年,塔普曼再次利用艾森斯塔特和吉森关于集体身份构建的框架发表《文化身份构建》① 一文,这篇文章也是在社会学视角下描述文化身份构建的路径。

在文化研究领域鲜有文章以"文化身份构建"为题进行专门论述,究其原因可能是因为虽然文化研究是在文化与社会的框架中思考身份问题,但文化研究的目的是避免"本质"而不是为了抽象"特征"。有鉴于此,文化研究者思考身份的角度多是"解构"而非"建构"。但这并不代表文化研究内部的学者就放弃了对文化身份构建问题的思考。因为只有真正了解身份建构的途径,才能更好地拆解它。霍尔对文化身份"本质主义"的质疑较之艾森斯塔特和吉森更早。1989 年,霍尔就在《文化身份和电影表征》中探讨了文化身份的构建问题,他指出"身份并不像我们所认为的那样透明和毫无问题","应该把身份视作一种'生产',它永远不完结,永远处于过程之中,而且总是发生在表征之内而非在表征之外"②。之后又在《文化身份的问题》(*The Question of Cultural Identity*) 中描述了民族主义身份的话语构建方式。与社会学的文化身份构建思路相比,霍尔更加突出了文化身份的动态性——构建永远不会完结,"永远处于过程之中"③。这就意味着文化身份不是被发现的,而是被生产的。这就对"文化身份"的权威性和真实性提出了质疑④。霍尔认为"没有任何单一的身份可以作为支配一切的组织身份"⑤。文化身份是一种虚假的、想象的也是强加的集体身份,霍尔认为这是西方殖民者构建的,是我们应该打破的模式。

霍尔没有在任何一篇文章中明确提出过文化身份的构建路径,关于身份构建的阐释多散见于霍尔的许多理论文本中。1994 年霍尔在哈佛大学演讲(后以《命运的三角》为题出版) 中的论述可以为我们理解文化身份的构建

---

① Eisenstadt, N & Giesen, B. *The Construction of Collective Identity* [J]. European Journal of Sociology, 1995, 36 (1): 17–31

② Hall, S. *Cultural Identity and Cinematic Representation* [J]. Framework, 1989 (36): 68

③ Hall, S. *Cultural Identity and Cinematic Representation* [J]. Framework, 1989 (36): 68

④ 斯图亚特·霍尔. 文化身份和族裔散居 [A] //罗钢,刘象愚译. 后殖民主义文化理论, 北京:中国社会科学出版社, 1999:218

⑤ 克里斯·巴克. 文化研究理论与实践 [M]. 孔敏译. 北京:北京大学出版社, 2013:224

方式提供借鉴。霍尔指出"没有具体的历史，身份就不会有象征性的资源供我们重新构建身份。没有多样的语言，身份就会不会有言说的能力——不能在这个世界中说话和行动……所有的身份都要明确地标识出自己与其他事物之间的相似之处和差异——因为意义总是关系和位置的关系"①。从这段表述中，我们可以看到霍尔提到了与身份构建密切相关的三个因素："具体的历史"（历史）、"多样的语言"（话语）和"自己与其他事物之间的相似之处和差异"（差异）。因此，本章将从历史、话语和差异三个角度论述文化身份的构建方式。

一、文化身份是历史构建的产物

如上文所述，霍尔对文化身份构建的思考较早地出现在《文化身份和电影表征》（1989）中。霍尔在阐释概念化文化身份的第一种立场时指出文化身份源自"共享的历史和祖先"②。共同的传统、共同的祖先和共同的经验赋予我们构建、阐释、理解和沟通的意义框架。这就意味着共同的历史会让一个群体形成共同的认同，从而想象中的共同身份也就被生产出来③。这种通过历史构建的同一的身份是本质主义文化身份形成的原因之一。

历史是一种叙事，叙事的历史中必然产生叙事的身份，这种身份被人们冠以原初的地位。文化身份总是由历史带给人们的"记忆、幻想、叙事和神话建构的"④。马克思主义学者德里克·詹明信也对历史的叙事性进行了解释，"叙事是一种文化赖以理解自身及过去的形式之一。它们提供了解释后发事件的起源或开端"⑤。这种观点和霍尔批判文化身份具有本质属性和同一性一致，他们都认为历史看似是身份的源头，看似通过追溯历史能够发现身份的真相，但实则历史是一种叙事，呈现的是主流话语体系中的利己主义叙述

---

① Hall, S. *The Fateful Triangle*：*Race*，*Ethnicity*，*Nation* ［M］. Harvard University Press，2017：128

② Hall, S. *Cultural Identity and Diaspora* ［A］//Identity：Community，Culture，Difference，London：Lawrence & Wishart，1990：223

③ 斯图亚特·霍尔. 文化身份和族裔散居 ［A］//罗钢，刘象愚译. 后殖民主义文化理论，北京：中国社会科学出版社，1999：218

④ 斯图亚特·霍尔. 文化身份和族裔散居 ［A］//罗钢，刘象愚译. 后殖民主义文化理论，北京：中国社会科学出版社，1999：212

⑤ Jameson, F. *The Political Unconscious*：*Narrative as Socially Symbolic Act* ［M］. London：Methuen，1981：35

方式。"在现代世界，民族国家已经建构起……突出集体成就的重要时刻的叙事。例如，在欧洲帝国主义的话语中，欧洲的历史叙事更倾向于强调一个欧洲国家给他的殖民地带来看得见摸得着的利益，并且将殖民地独立描述为殖民者对被殖民者的恩赐。与此相反，那些新独立的国家则更加强调他们对帝国势力的抵抗，并将独立描述为一场解放斗争的胜利"①。由此可见，通过历史的叙事构建的文化身份具有很强的利己性。

霍尔指出历史地构建文化身份可以通过挖掘"历史的源头"而实现。强调历史的起源是强调文化身份的延续性和永恒性的前提，固定的历史源头总与特定人群的品格相关，而且无论历史如何变化，品格不会发生变化②。在《文化身份和族裔散居》中，霍尔对西方话语塑造的（加勒比海裔人群）共享的"文明的源头"进行批判。"西方恰恰是通过把欧洲僵化为一个原始的亘古不变的过去而占有非洲，将其规范化"③，具体表现在西方通过流放制、奴隶制塑造非洲人共享的身份。正是因为历史和文化是"特定的"，才使得西方把"特定"历史和文化中的人与"特定"的身份联系起来，"特定"的文化身份与"特定"的层级标准联系起来。西方通过历史起源构建了一种稳定的结构性身份，所有差异被历史统一起来："历史上"的西方是文明的，"历史上"的东方是落后的。萨义德的《东方学》就很好地诠释了西方殖民者借助历史构建对立的文化身份的过程。因此，在构建文化身份的过程中，历史之所以重要是因为历史不仅在人的头脑中生产象征性结果，而且也在实践中产生真实的、物质性结果。

霍尔指出历史地构建文化身份还可以通过再现"传统"实现，这源于传统和历史之间的暧昧关系。"集体身份和传统以及创造的传统密切相关"④。但实际上传统虽然是历史的，但却不是历史的全部；它既源自历史"事实"又被历史叙事"创造"。正如比尔·斯华兹所说，"对传统和遗产的强调，尤其是对延续性的强调是为了让我们当下的政治文化看起来是来自过去，是有

---

① 阿雷恩·鲍尔德温，布莱恩·朗赫斯特，斯考特·买克拉肯等．文化研究导论［M］．陶东风译．北京：高等教育出版社，2011：206

② Hall, S. *The Question of Cultural Identity*［A］//Hall, S., Held, D. & McGrew, T. Modernity and Its Future, London: Polity Press, 1992: 614

③ 斯图亚特·霍尔．文化身份和族裔散居［A］//罗钢，刘象愚译．后殖民主义文化理论，北京：中国社会科学出版社，1999：217

④ Hall, S. *Who Needs Identity*［A］//Hall, S. & Du Gay, P.（eds.）. Questions of Cultural Identity, Sage Publications Ltd, 1996: 4

机发展的成果"①。传统看似和过去相连，但实际上确是现代社会的产物，这种传统的再现实际上是传统的创造，"创造的传统是一系列实践，具有礼节性的和象征性的特征，通过自动按时和过去保持延续性而反复灌输特定的价值观和行为规范"②。"灌输特定的价值观和行为规范"才是创造传统的"真正"意义。实际上传统是变化中的同一。变化是因为历史的语境不断地发生着变化，"过去继续对我们说话。但过去已不再是简单的、实际的'过去'，因为我们与它的关系，就好像孩子与母亲的关系一样，总是已经是'破裂之后的'关系"③。而同一则是叙事赋予的。这就意味着共享"传统"的集体身份并没有稳定的起源和内核，历史叙事创造了传统而传统又再创造了身份。

　　霍尔之所以强调文化身份是历史的叙事化构建，是因为他尝试说明"所有的意义都是在历史和文化之中生产出来的。它们永远不会最终确定，而是受制于变动，既在一个文化语境与另一个文化语境之间变动，又在一个时期与另一个时期之间变动"④。在这种前提下，历史的真实性就应该受到质疑。这就意味着因具有共同历史经验而形成的文化身份的同质性或者"他者"的异质性也应该受到质疑。与此同时，霍尔认为历史是可以利用的。通过共享意义可以重新表征历史，显化被隐匿的历史，从而重构新的文化身份。"文化身份是认同的时刻，是认同或缝合的不稳定点，而这种认同或缝合是在历史和文化的话语之内进行的。文化身份不是本质而是定位。因此，总有一种身份的政治学，位置的政治学，它在没有疑问的、超验的'本原规律'中没有任何绝对保证"⑤。在霍尔看来，如果我们真的要探寻文化身份的"本源"，我们要做的不是寻找历史的"根基"而是探寻身份被"历史化"的"路径"⑥。也就是说，我们应该探究文化身份是如何在历史中被叙述、被构建

---

① Hall, S. *The Question of Cultural Identity* [A] //Hall, S., Held, D. & McGrew, T. Modernity and Its Future, London: Polity Press, 1992: 614

② Hall, S. *The Question of Cultural Identity* [A] //Hall, S., Held, D. & McGrew, T. Modernity and Its Future, London: Polity Press, 1992: 614

③ 斯图亚特·霍尔. 文化身份和族裔散居 [A] //罗钢，刘象愚译. 后殖民主义文化理论，北京: 中国社会科学出版社, 1999: 212

④ 斯图亚特·霍尔. 表征: 文化表征与意指实践 [M]. 徐亮，陆兴华译. 北京: 商务印书馆, 2013: 46

⑤ 斯图亚特·霍尔. 文化身份和族裔散居 [A] //罗钢，刘象愚译. 后殖民主义文化理论，北京: 中国社会科学出版社, 1999: 212

⑥ Hall, S. *Who Needs Identity* [A] //Hall, S. & Du Gay, P. (eds.). Questions of Cultural Identity, Sage Publications Ltd, 1996: 4

的，因为这事关政治权力。

二、文化身份是话语构建的产物

文化研究学者普遍认同身份是由话语构建的观点，"话语、身份和社会实践在时间——空间中形成一个相互构成的集合，与身份的文化政治和人类作为一种生命形式的构成相联系"①。霍尔也认同这样的观点，他指出"文化研究是一种福柯意义上的话语形构"②，因此霍尔在福柯的意义上使用话语这个概念。话语既是消解本质的文化身份的途径又是重构文化身份的途径。"身份在交叉的话语中出现"③，这就意味着不同的话语体系生产的不是本质的身份，而是身份的位置关系。不同的话语体系在表征过程中争夺身份的根本原因是夺取身份中的权力关系。

霍尔从观念和实践两个角度分析了话语对文化身份的构建方式。当霍尔论述文化身份时，他总是把它与话语和表征放在一起旨在揭示西方话语的运作模式。无论是在《文化身份和电影表征》对非裔加勒比海黑人表征方式的探讨，还是在《谁需要身份》中对集体身份构建方式的探讨，抑或在《新族性》中对黑人反表征策略的论述，霍尔都是意在提醒人们文化身份建构背后的政治虚构性，并呼吁人们对此进行抗争。霍尔在《西方及其他：话语和权力》中利用福柯的知识/权力理论解释西方话语通过构建对立关系而赋予文化身份等级关系。之后，他在《表征：文化表征和意指实践》中再次利用福柯的表征理论解释话语生产、固化、再生产权力关系的方式。如果说《西方及其他：话语和权力》是霍尔在理论上拆解西方话语，那么《表征：文化表征和意指实践》就是霍尔从文化实践的角度批判西方话语。

不同于一般意义上的话语，福柯的话语关注规范和权力的问题。一般意义上的话语就是一个"连贯的或者有条理的书写或演讲的段落"④。这显然描述的是符号层面的语言，而不是与实践相联系的话语。如上文所述，霍尔使

---

① 克里斯·巴克. 文化研究理论与实践［M］. 孔敏译. 北京：北京大学出版社，2013：225

② 斯图亚特·霍尔. 文化研究及其理论遗产［J］. 孟登迎. 上海文化，2015（IX）：50

③ Hall, S. *Ethnicity：Identity and Difference*［A］//Eley, G. & Suny, R. G.（eds.）. Becoming National：A Reader, New York：Oxford University Press, 1996：339

④ Hall, S. *The West and the Rest：Discourse and Power*［A］//Formations of Modernity, 1992：291

用的话语概念来自福柯。话语规则是福柯关注的首要问题。福柯认为"话语是由一组符号序列构成的，它们加以陈述，被确定为特定的存在方式"①。这种陈述的"特定的存在方式"就是言说的规则。在霍尔看来"福柯用'话语'表示'一组陈述，这组陈述为谈论或表征有关某一历史时刻的特有话题提供一种语言或方法'"②。也就是说，话语规定了人们在"一组陈述"范围内用特有的表达方式和特定的知识体系谈论某一话题，并在这种思维框架指导下生产和再生产知识的过程。话语以语言符号为工具进行表征，"话语是一种表征体系"③。话语关注的是说话的主体是谁，在什么规则下说话的问题。话语的规则操控了特定社会和文化中的人们可以说什么以及怎么说。话语不只是指称事物的符号，而是涉及谈论对象的复杂的话语实践。福柯关注话语规则的目的不是在意义层面上谈论话语的表征方式，而是以表征为出发点谈论其中包含的权力关系。在特定历史阶段，"真理政权"是对某一种知识型进行"陈述命名"、"划分"、"解释"、"追踪它的发展、指出它的各种联系、制造它，并有可能在它的名义下，通过确切表述被当作是它自身的各种话语，给它一个说法"④ 来实现对现实的操控。这样知识的"真理"被生产出来，从而规范权力的主体和权力的范围。福柯的权力/知识理论有助于我们理解在社会秩序的规范之下主体和身份之间的联系及暗含其中的权力关系。霍尔借助福柯的权力/知识提醒人们种族、民族等文化身份不是普遍的本质性特征，而是西方世界按照其自身利益，通过话语构建的权力/知识体系。换言之，霍尔解释了"西方"通过权力生产"真理"，维护"真理"，从而遮蔽"真相"的文化身份的构建路径。这些被遮蔽的"真相"，才是"非西方"世界应该挖掘和还原的"真相"。

霍尔指出话语通过表征的两种功能在系统内部实现身份的构建和权力的生产。"表征"的两种功能分别是描述功能和象征功能。表征的描述功能是指表征"通过描绘、描述或想象在头脑中唤起某物；在我们头脑和感官中搜寻

---

① Foucault, M. *Archaeology of Knowledge* [M]. Routledge, 2013: 121
② 斯图亚特·霍尔. 表征：文化表征与意指实践 [M]. 徐亮，陆兴华译. 北京：商务印书馆, 2013: 64
③ 斯图亚特·霍尔. 表征：文化表征与意指实践 [M]. 徐亮，陆兴华译. 北京：商务印书馆, 2013: 64
④ 福柯. 知识考古学. 1972 [A] //斯图亚特·霍尔. 表征：文化表征与意指实践 [M]. 徐亮，陆兴华. 北京：商务印书馆, 2013: 64

与事物对应的相似性"① 的功能。在描述中,表征借助语言符号(即霍尔所说的符码)在实物与感官之间建立关联。第二,表征的象征功能是指表征"代表"某物,"是某物的例子"或者"代替"某物②的功能。在象征中,表征借助能指与所指之间的对应关系构建抽象的意指系统。也就是说,表征不仅可以起到语言对现实世界进行描述,即描述"真实的"世界的作用,还可以起到人们在头脑中对现实世界进行虚构,即"象征"的作用。简言之,表征具有呈现和象征物质世界的双重作用。霍尔重点阐释的是表征的象征功能。具体来说,表征具有对现实世界进行意义构建的功能。表征通过物质或抽象的符号建构一个概念系统,人们通过概念系统分享意义并进行意义交流。而概念系统的建立实际上是建构知识体系和真理政权的过程。物质世界与意义的结合会为权力介入创造空间。具有表征权力的一方通过组织话语而传递意义,这既是意义流动的过程,也是权力/知识传递的过程。意识形态和权力关系在这个过程中"指导"表征进行意义构建。表征总是发生在权力的监控之下,权力参与表征生产与再生产的全过程。换言之,表征维护权力也生产权力。霍尔认为表征的权力关系体现在强势文化对弱势文化的话语构建过程中。通过支配性的表征途径西方构建了西方的中心文化和非西方的边缘文化。话语通过表征实现了对文化身份的构建,因此文化身份的话语构建途径是文化研究的关注点。霍尔通过思考文化身份的建构问题再次观照了文化研究的政治性。霍尔明确指出文化身份"不是本质,只是位置"③,是"位置的政治"。"我们所言说的总是处于语境之中,总是被定位"④。这里的位置是话语赋予的位置,是表征在意义构建的层级关系中对某一事物的定位和赋权。

话语通过表征从内外两个层面共同构建文化身份。在霍尔看来,文化身份应该被置于殖民主义的视域下进行思考,因为文化身份是殖民话语构建的产物。殖民话语对知识体系的构建属于外部构建,比如萨义德指出西方殖民主义把东方构建为一个负面的知识体系,从外部塑造了一个消极的、妖魔化

① 斯图亚特·霍尔. 表征:文化表征与意指实践 [M]. 徐亮,陆兴华译. 北京:商务印书馆,2013:16
② 斯图亚特·霍尔. 表征:文化表征与意指实践 [M]. 徐亮,陆兴华译. 北京:商务印书馆,2013:16
③ Hall, S. *Cultural Identity and Diaspora* [A] //Colonial Discourse and Post-colonial Theory. (eds.) New York:Harvester Wheat sheaf, 1993:596
④ Hall, S. *Cultural Identity and Diaspora* [A] //Colonial Discourse and Post-colonial Theory. (eds.) New York:Harvester Wheat sheaf, 1993:596

的客体。霍尔在《新族性》中以英国黑人为例论述了话语构建黑人的过程。霍尔认为从文化上来说，"英国黑人经常被认为是处于英国文化的边缘位置，这并不是因为黑人总是在边缘的位置出现，而是他们被置于边缘的位置，因为一套具体的政治和文化事件规范、主导和常规化英国社会的表征和话语空间"①。霍尔认为在这些空间内，黑人是被表征的客体而不是主动表征的主体，黑人经常被表征为"恋物、客体化和否定的"形象代言人，黑人通过简化和刻板化的方式被表征为他者②。这是一种"表征的政治"。表征把整个世界分为"我们"和"他们"，表征把英国的黑人移民构建成与英国本土人相对的他者，这个他者作为入侵的因素被"我们"所排斥。在殖民的话语体系中，客体被询唤的过程属于内部构建。法农在《黑皮肤，白面具》里面描述的"表皮化"就是被表征的客体从内部接受外部的构建、从而将自己定型化的过程。因此，霍尔认为"事件、关系和结构在话语之外固然存在，也在话语之外产生效果；但只有处于话语之内，主体才会按照特定的条件、限制和框架来生产意义或被意义构建"③。文化身份的生产和再生产是在特定条件下和特定规则下进行。换言之，被建构的客体在特定的话语体系下已经接受了特定的话语规则。在英国社会中，"黑人"已经接受自己的"黑"。即便是在"黑人运动"中，它们也是在"承认"自己是"黑色的"这个"事实"和"接受"不平等的权力的前提下进行抗争的。这种通过话语从内部对文化身份进行构建，从而让被构建的客体从心理上接受自己身份的洗脑方式才是最可怕的。

霍尔系统地批判了殖民主义话语体系对文化身份的构建性。他在《西方及其他：话语和权力》④这篇文章中从"西方"这个词谈起，着重解释了西方中心的文化身份形成的过程。第一，霍尔指出"西方"是话语概念而不是地理和位置的描述。"西方"这个看似是对地理和位置性进行描述的词汇，实际上指涉的是一种社会类型或社会发展的程度。比如美国从地理位置上来说

① Hall, S. *New Ethnicities* [A] //Morley, D. & Chen, K. H. Stuart Hall: Critical Dialogues in Cultural Studies, London: Routledge, 1996: 443

② Hall, S. *New Ethnicities* [A] //Morley, D. & Chen, K. H. Stuart Hall: Critical Dialogues in Cultural Studies, London: Routledge, 1996: 443

③ Hall, S. *New Ethnicities* [A] //Morley, D. & Chen, K. H. Stuart Hall: Critical Dialogues in Cultural Studies, London: Routledge, 1996: 444

④ Hall, S. *The West and the Rest: Discourse and Power* [A] //Formations of Modernity, 1992: 276-330

显然不在欧洲,而却一直被称为西方。与此相反,日本在地理位置上是西方的一部分,但却一致被认为是东方国家。因此,在霍尔看来,"西方"是一种历史性话语构建的产物。第二,"西方"话语中包含知识权力关系①:首先,它是一种分类标准,将我们对问题的思考至于一个"西方"与"非西方"的框架之下;其次,它是一个形象或一组形象,它像语言一样运作,是一套表征体系,涉及我们头脑中的一组概念。比如西方让我想象到的就是城市、发达等概念;而非西方就会让我联想到非工业化、农村、农业和欠发达等概念。再次,它提供了一种比较的标准和模式,即一种相似或不同的比较模式;此外,它还提供了一种评估的标准,针对不同主体生产出不同的知识体系,或积极或消极。西方的话语模式之所以"有害",是因为它只是"粗暴、简单地对西方和非西方进行区别,并且构建一种过于简单化的'二元对立的差异'概念"②。这就是福柯所说的知识权力问题:只有特定主体才有权力利用话语来生产关于知识的"真理"、制定规范并维护这种标准和规范的权威性。

霍尔通过探究文化身份的话语构建方式,在开启了一种新的审视文化身份范式的同时,也为"非西方"文化提供了一种重新构建文化身份,从边缘向中心靠近的方式。

三、文化身份是差异构建的产物

"差异至关重要"③,"语言内的差异的标志对意义生产是基础性的"④。霍尔指出文化身份是由差异构建的观点主要出现在《族性:身份和差异》以及《表征:文化表征和意指实践》(第四章"'他者'的景观")中。霍尔在《族性:身份和差异》中提到了"差异"在构建文化身份过程中的重要性,

---

① Hall, S. *The West and the Rest*: *Discourse and Power*〔A〕//Formations of Modernity, 1992: 277

② Hall, S. *The West and the Rest*: *Discourse and Power*〔A〕//Formations of Modernity, 1992: 280

③ 斯图亚特·霍尔. 文化身份和族裔散居〔A〕//罗钢,刘象愚译. 后殖民主义文化理论,北京:中国社会科学出版社, 1999: 214

④ 斯图亚特·霍尔. 表征:文化表征与意指实践〔M〕. 徐亮,陆兴华译. 北京:商务印书馆, 2013: 45

即"身份的游戏中必须要有差异的参与"①。在"'他者'的景观"中，霍尔明确提出"差异"重要性主要体现在以下四个方面②：（一）语言学"意义"的生成依赖"对比"的"差异"；（二）社会学"意义"的生成依赖于"对立的""他者"差异；（三）人类学"意义"的生成依赖分类系统中的"位置"差异；（四）精神分析"意义"的生成依赖"镜像"效应对"他者"差异的内化。文化研究中的"差异"究竟与以上四种"差异"有何联系，霍尔语焉不详，这可能因为"差异"本就是一个"模棱两可"③的概念。

通过梳理，我们可以看出霍尔思考的"差异"主要包括两种样态：一种是"异化"的差异，是后殖民视角下的"他者化"的意义构建方式。一种是"异质"的差异，就是霍尔所说的德里达意义上的"延异"，与"同质"对应，用于生产意义、区分事物。异化和异质是差异的两种形态，这两种形态分别会产生"消极"和"积极"的差异效果。"积极"的"差异"在构建文化身份过程中具有生产性，它承认文化身份是非本质的、动态的，是一个复杂的统一体；"消极"的"差异"在构建文化身份的过程中具有破坏性，它在承认文化身份是本质的前提下，通过意义的简化将不同的种族、民族分为高低、优劣等僵化的二元对立关系。因此，霍尔指出"'差异'既是需要的又是危险的"④。一方面，需要差异是因为只有通过"对比"的差异意义才能得以生成，只有分析"位置"的差异权力关系才能被揭示。另一方面，差异是危险的是因为在"对立"的差异中始终存在一种权力关系。"他者"的差异不仅构建了消极的、对弱势群体具有破坏性的差异，而且"镜像"也会诱导弱势群体接受、内化这种僵化的对立差异。由此可见，霍尔将语言学"对比"的差异，社会学"他者"的差异，人类学"位置"的差异，精神分析"镜像"的差异全部借为文化研究所用，并将其归结为"异质"和"异化"两种

---

① Hall, S. *Ethnicity*: *Identity and Difference* [A] //Eley, G. & Suny, R. G. (Eds.). Becoming a National: A Reader. New York: Oxford University Press, 1996: 346
② 斯图亚特·霍尔. 表征：文化表征与意指实践 [M]. 徐亮，陆兴华译. 北京：商务印书馆，2013：347-351
③ 注：在《表征：文化表征与意指实践》的商务印书译本 353 页，原文是"'差异'是自相矛盾的"，但笔者认为在英文版的上下文语境中，霍尔是为了突出'差异'包含技能起到消极作用又能起到积极作用的复杂性，而不是两者相互排斥的矛盾性，所以笔者将译文"矛盾性"改译为"模棱两可"，指在不同语境下所起作用不同。
④ 斯图亚特·霍尔. 表征：文化表征与意指实践 [M]. 徐亮，陆兴华译. 北京：商务印书馆，2013：346

差异样态。

"他者化"的差异，即"异化"的差异，对文化身份的构建具有破坏性的生产作用。早在 20 世纪 50 年代，著名反殖民主义思想家法农开始对西方帝国主义的文化殖民话语进行批判，并出版了轰动一时的《黑皮肤，白面具》（1952）。在这本书中，他提出令人警醒的"善恶对立寓言（Manchean Allegory）"，从根本上来说他指出了西方殖民话语构建的差异模式。法农在书中指出殖民与被殖民的文化分别被表征为文明与野蛮、高尚与低贱、强大与弱小、理性与感性、中心与边缘、普遍与个别等，但无论如何，西方永远是善的代表，东方永远是恶的代表。"从表面上看，这种'善恶对立寓言'是一种话语关系，但在话语背后，它体现出来的'西方与东方的关系是一种权力关系，一种支配关系，一种不断变化的复杂的霸权关系'"①。继法农之后，萨义德的《东方主义》（1978）也备受后殖民学者的青睐，萨义德在书中也强调了西方殖民话语中对东方的"他者"构建。西方通过对东方的"他者"表征加深我们对身份差异的"理解"，他指出"从古希腊开始，在欧洲各种历史、哲学、文学和其他著作中呈现出来的东方，就不是作为一种历史存在的真实的东方，而是欧洲人的一种文化构想物，一种人为的话语实践，欧洲人用这种虚构的文化上的'他者'来陪衬和确证自身的优越，来维护自己的利益，为自己的侵略扩张服务"②。

霍尔认为"他者"化的身份构建方式主要是通过"把他者的特征概括为与自己不同的基础之上"实现③。霍尔在《文化身份和族裔散居》中将他者化的文化身份构建方式论述得非常清楚。霍尔认为他者的"不同"主要通过两种方式构建：（一）通过"异化"被表征的客体，比如对东方的妖魔化、低俗化，从外部建立简化的"二元对立"关系；（二）通过"凝视"，主要是源于拉康的"镜像"——"从他者的角度观察自己"，从内部构建客体④。把客体表征为"他者"，通过排除和淹没主体和客体间复杂的异质性来建立一种

---

① 斯图亚特·霍尔. 文化身份和族裔散居［A］//罗钢，刘象愚译. 后殖民主义文化理论，北京：中国社会科学出版社，1999：前言，37
② 斯图亚特·霍尔. 文化身份和族裔散居［A］//罗钢，刘象愚译. 后殖民主义文化理论，北京：中国社会科学出版社，1999：前言，37
③ 阿雷恩·鲍尔德温，布莱恩·朗赫斯特，斯考特·买克拉肯等. 文化研究导论［M］. 陶东风译. 北京：高等教育出版社，2011：168
④ 斯图亚特·霍尔. 文化身份和族裔散居［A］//罗钢，刘象愚译. 后殖民主义文化理论，北京：中国社会科学出版社，1999：前言，352

简化了的"我"和"他"的差异，从而建立一种有利于"我"的二元关系是文化身份"他者化"构建的最终目的。西方通过赋予"非西方""共同的特质"构建"非西方"世界"统一"的身份特征。霍尔指出非西方作为整体被构建成与发达西方对立的边缘文化群体。他们被西方构建成"边缘民族、未发达民族、周边民族、'他者'"①。非西方被置于"外部边缘上"，被置于都市世界的'边缘'"上②。当这种"非西方"的同一的身份在西方的话语中通过反复操演而被非西方接受时，这种等级关系和权力关系就被确定了下来。不管非西方"喜欢与否"，这种发达与落后、中心与边缘的关系"都已经刻写在我们的文化身份之中"了③。对此，麦克罗比也指出"正是殖民者的恐惧和爱好才促成了种族成见/刻板印象的建构……刻板印象就是统治的重要工具，它以这种方式让他者们知道，殖民者的优越是合理的"④。

"他者"的构建归根结底是一种"排斥"。差异的排斥倾向是由西方民族主义和种族主义的身份观决定的。"在最明显的排斥中我们都可见到民族主义与种族主义之间的清晰联系：通过移民政策，通过种族主义暴力，通过种族主义政党的计划……新的种族主义正在形成'黑人性'与'英国性'被理解为是互相排斥的危险局面"⑤。在这种思维模式中，"黑人性"是对"英国性"的一种威胁，一种侵蚀，一种破坏。在这种思维框架之下，"黑人性"正在"稀释或者破坏'传统的'或'主人的'文化"⑥。这种威胁论之所以存在是因为"种族纯粹主义"的身份观。这些纯粹主义者不允许、也不接受外来文化外来族裔的干扰，不允许他们的民族被"黑化"。他们把黑人身份建构为与英国身份得以建立的对立的他者，把英国内部的黑人存在建构成为一种问

---

① 斯图亚特·霍尔. 文化身份和族裔散居 [A] //罗钢，刘象愚译. 后殖民主义文化理论，北京：中国社会科学出版社，1999：214

② 斯图亚特·霍尔. 文化身份和族裔散居 [A] //罗钢，刘象愚译. 后殖民主义文化理论，北京：中国社会科学出版社，1999：214

③ 斯图亚特·霍尔. 文化身份和族裔散居 [A] //罗钢，刘象愚译. 后殖民主义文化理论，北京：中国社会科学出版社，1999：214

④ 麦克罗比. 文化研究的用途 [M]. 李庆本译. 北京：北京大学出版社，2007：135-136

⑤ 阿雷恩·鲍尔德温，布莱恩·朗赫斯特，斯考特·买克拉肯等. 文化研究导论 [M]. 陶东风译. 北京：高等教育出版社，2011：172

⑥ 阿雷恩·鲍尔德温，布莱恩·朗赫斯特，斯考特·买克拉肯等. 文化研究导论 [M]. 陶东风译. 北京：高等教育出版社，2011：172

题①。种族主义者和民族主义者不是把身份看成流动的、不断变化的事物,而是把身份视为固定的、与"他者"绝缘的事物。这样他们便一劳永逸地固定了身份。由此可见,用"他者"作为参照的思想就是一种排斥而非包容的思维模式。

差异的构建方式不断发展,在共性之中构建一种"并非纯粹'他性'的差异感"② 是新时代差异的构建方式,是一种更具迷惑性的权力构建方式。霍尔认为差异的构建是一个复杂的过程,他在文章中强调生产僵化的二元对立知识体系是构建差异的一种方式,在"同一性内描写差异"则是构建差异的另一种方式。所谓同一性内的差异描写是一种相对"包容"的文化策略,是一种隐性的权力构建方式。在这种话语模式中,旧有的过去/现在、他们/我们的二元对立结构被打破重组,取而代之的是重新设定"不同的地点、实践,不同问题的关系"③。这样一来,差异"不只是过去的往往相互排除的范畴,而是一个滑动范围内的许多差异点"④。在英国,多元文化主义政策是在统一性内描写差异的最好例证。看似将不同文化和传统包含在"内"的文化政策,实际上却是在"同一"的内部设置了不同的差异点,并且通过对差异点的不断凸显强化了他者的与众不同之处。比如,英国的某些文化机构组织不同族裔穿着不同的民族服饰或准备不同食物等举行的聚会。这种聚会看似为文化融合提供机会,实则却对不同文化进行了刻意地区分。这种隐性的区分与通过奴隶制、流放、殖民化对中心和边缘文化进行区分的意图是一致的。霍尔将这种行为称为"文化'嬉戏'",这种表征方式的"复杂性超越了简单的二元结构"⑤。霍尔在这里强调异化的差异已经变得更加复杂和隐蔽。

通过"异质"性来构建非本质化的文化身份是霍尔的最终目的。这个异质性在霍尔看来源自意义的生产过程是不可能完结的过程,也就是德里达所

---

① 阿雷恩·鲍尔德温,布莱恩·朗赫斯特,斯考特·买克拉肯等. 文化研究导论 [M]. 陶东风译. 北京:高等教育出版社,2011:172
② 斯图亚特·霍尔. 文化身份和族裔散居 [A] //罗钢,刘象愚译. 后殖民主义文化理论,北京:中国社会科学出版社,1999:214
③ 斯图亚特·霍尔. 文化身份和族裔散居 [A] //罗钢,刘象愚译. 后殖民主义文化理论,北京:中国社会科学出版社,1999:214
④ 斯图亚特·霍尔. 文化身份和族裔散居 [A] //罗钢,刘象愚译. 后殖民主义文化理论,北京:中国社会科学出版社,1999:214
⑤ 斯图亚特·霍尔. 文化身份和族裔散居 [A] //罗钢,刘象愚译. 后殖民主义文化理论,北京:中国社会科学出版社,1999:214

说的"延异"。"这个在德里达那里发现的接近差异的观念是关于差异的新观念"①。"延异"在霍尔理解文化身份的意义形成中起到两方面的作用：（一）文化身份意义的延异说明文化身份不是一个稳定的本质特征，这种身份差异体现在它的意义随特定时空的变化而变化，因此各个时期的文化身份都是有区别的；（二）文化身份意义的延异说明构成文化身份的各要素之间不是稳定的而是互动的关系。这就意味着构成文化身份的各要素，比如种族、民族、性别、年龄等，在不同时空中可能以矛盾、冲突的形式共存。而西方在构建文化身份的过程中刻意回避这种多元的异质，强调单一的"异质"，即强调某种特定历史对文化身份的单一构成性。虽然文化身份受过去（历史）影响，但它却不会受过去控制，因为我们已经和过去脱离了"母子关系"②。文化身份之所以被西方构建成一个具有共同历史起源的特质是因为从历史角度构建文化身份能够最大程度地合理化西方的殖民统治。殖民主义的思维方式试图一劳永逸地固定殖民和被殖民的身份。"如法农所说，在最近的过去，殖民化不纯粹满足于控制某一民族、倒空土著人头脑中的一切形式和内容。借助一种翻唱的逻辑，殖民化转向被压迫民族的过去，并曲解、肢解和毁灭它"③。通过构建历史来定型文化的层级关系是西方生产稳定、同一的文化身份的主要意图。只有打破同质、释放异质才能重构文化身份。

尊重差异、包容差异是霍尔倡导的多元文化的基本样态。霍尔强调文化身份永远处于延异和变化之中。"变化"的文化身份拥有一种更为开放的政治空间，在这个空间中权力关系的形成也充满多种可能性，这正是霍尔进行斗争的场域。同时，霍尔也强调没有一种身份能够在众多身份之中起到组织性作用。同一群体不仅在不同时刻具有不同身份，即便在同一时刻也可能表现出复杂多样的、矛盾的身份。文化身份意义的延异是霍尔尝试打破僵化的二元对立结构的有力武器。尤其是在全球化的背景之下，文化的混杂和融合打破了原有文化身份以民族和种族为分类标准的疆界④。文化的混杂是一种包容

① Hall, S. *Ethnicity: Identity and Difference* ［A］//Eley, G. & Suny, R. G.（eds.）. Becoming a National: A Reader. New York: Oxford University Press, 1996: 346

② 斯图亚特·霍尔. 文化身份和族裔散居 ［A］//罗钢，刘象愚译. 后殖民主义文化理论，北京：中国社会科学出版社，1999：212

③ 斯图亚特·霍尔. 文化身份和族裔散居 ［A］//罗钢，刘象愚译. 后殖民主义文化理论，北京：中国社会科学出版社，1999：212

④ 斯图亚特·霍尔. 文化身份和族裔散居 ［A］//罗钢，刘象愚译. 后殖民主义文化理论，北京：中国社会科学出版社，1999：212

异质性的多元文化样态。

四、文化身份构建中的"差异政治"

"差异政治"走入研究者视野的时间可以回溯到二战后。差异政治是在对身份政治批判的基础上发展起来的。"差异政治"源于"身份政治","差异政治"是修正了的"身份政治"。从时间关系上看,"身份政治"发生在前(20 世纪 60 年代),"差异政治"发生在后(20 世纪 90 年代),当然两种政治也有交叉和并行的情况。从逻辑关系上看,"身份政治"中潜在的殖民思维和本质主义思维推进了多元文化倡导者放弃"身份政治"转向"差异政治"的步伐。不同群体追求政治权力的诉求引发了以"同一"身份为组织标准的政治群体发动的新社会运动,在获取"平等"权利的过程中,边缘性群体发现他们已经被再次边缘化和同质化。一方面,在"他者"的凝视中"黑人运动"把主体的群体身份固化为"黑人"与主流的"白人"对立,"妇女运动"把主体的群体身份固化为"女性"与主流的"男性"相对。另一方面,争取到权利的不同群体被要求和"主流"群体遵循一样的文化规范,庆祝同样的节日。因此,多元文化的倡导者发现"身份政治"中隐含的同质化问题,开始探寻一个真正尊重多样性、异质性而非异化的文化样态。多元文化倡导者指出边缘群体不能以牺牲文化异质性为代价来换取政治上的平等权利。他们指出虽然"普遍主义的政治强调所有公民均享有平等尊严",但在客观上却创造了"无视差别"的新霸权[1]。在这种语境之下,艾利斯·扬(politics of difference)在 1990 年出版了《公正和差异政治》[2] 一书。她是对"差异政治学"的概念进行集中论述的第一人。扬指出近年来被统治的边缘群体已经意识到西方以政治平等为掩护的思想解放运动中的新的霸权形式。这种思想解放实际上是以消除少数族群文化差异为根本目的[3]。扬提出"差异政治"应该"承认群体的差异性并重新思考差异的意义"[4],即族裔间的差异性和文化

---

① 王敏.多元文化主义差异政治思想:内在逻辑、论证与回应 [J].民族问题研究,2011(1):11-23

② Young, M. *Justice and the Politics of Difference* [M]. Princeton University Press, 1990(first edition)

③ Young, M. *Justice and the Politics of Difference* [M]. Princeton University Press, 2011:157

④ Young, M. *Justice and the Politics of Difference* [M]. Princeton University Press, 2011:157-158

多样性应该得到尊重而不是被削弱、被同化。虽然扬在论述中强调了有差别的权利，但她仍是在既定的社会框架内讨论公平和权利的问题。

霍尔与扬基本上是在同一时期（20 世纪 90 年代）关注"差异政治"的问题。霍尔在文化研究内部倡导的"差异政治"与扬是有区别的。扬是想在资本主义的框架之内讨论权利，而霍尔是要在资本主义框架之外夺取霸权。霍尔指出"差异政治"从根本上来说是为了强调"差异即政治"。因为差异既可以是处于主导地位的文化构建本质身份、夺取政治权力的手段，也可以是处于边缘地位的文化重构多元身份、夺取政治权力的手段。霍尔认为任何组成同质性的因素都可以被打破，被赋予新的意义和政治方向。霍尔认为"我们有机会更好，我们需要更加正视自己的弱点，更加接受差异"①。认识差异、尊重差异，从而破除资本主义统一、同化的霸权统治是超越资本主义统治框架实现真正"平等"的必经之路。

霍尔有关"差异政治"的表述最早出现在《最小的自我》（1987）这篇文章中。霍尔称在重新思考身份时也要"重新思考政治的不同形式"，因为政治在不断变化之中起作用。"差异的政治"和"反思的政治"是正在起作用的新的政治形式②。差异政治意味着任何事物都不存在"必要的、本质的对应性"，差异的政治是"一种接合的政治，是一种异质工程的政治"③。国内有学者把《西方世界与其他：话语与权力》《文化身份的问题》《地方和全球：全球化和族性》以及《新旧身份和新旧族性》称为霍尔"差异政治"的"差异文本四部曲"④。但实际上，霍尔对"差异政治"或者说"差异"中包含的"政治权力"的关注不仅在这四部曲中有所体现。从 20 世纪 90 年代开始，"差异政治"的议题就始终贯穿在他的文化身份理论构建和文化身份批判之中。霍尔的"差异政治"以批判西方中心主义文化身份构建的二元对立（20 世纪 90 年代）为起点，以推动多元文化中混杂身份的和谐共存（2000 至 2010 年）为终点，可以分为"批判"和"构建"两个时期。

霍尔在批判时期，着重揭示身份中的权力关系。在这一时期，霍尔的代

---

① Hall, S. *The Fateful Triangle: Race, Ethnicity, Nation* [M]. Harvard University Press, 2017: xxiv

② Hall, S. *Minimal Selves* [A] //Bhabha, H., Forrester, J. & Gregory, R.L., et al. Identity: The Real Me. London: Institute of Contemporary Arts, 1988: 45

③ Hall, S. *Minimal Selves* [A] //Bhabha, H., Forrester, J. & Gregory, R.L., et al. Identity: The Real Me. London: Institute of Contemporary Arts, 1988: 45

④ 武桂杰. 霍尔与文化研究 [M]. 北京: 中央编译出版社, 2009: 149

表作主要有《西方世界与其他：话语与权力》《文化身份的问题》《地方和全球：全球化和族性》和《新旧身份和新旧族性》。它们批判种族身份、民族身份中各种简单和僵化的身份"差异"，比如"生物差异""文化差异""地理差异"与"政治差异"（详见第四章）。西方利用话语的主导权用"异化"的方式对非西方进行言说。"欧洲在无休止地言说我们……殖民话语、冒险与探险文学，异国传奇，人种研究和旅游视野，旅游观光的热带语言，旅游指南、好莱坞和暴力，毒品和城市暴力的色情语言"① 是西方在现实中表征黑人的方式。同时，霍尔也呼吁人们应该对这种构成性进行反抗。"每一个加勒比海电影制片人和作家以一种或另一种方式与西方主导电影和文化"进行对话和抗争②。这说明，霍尔在批判本质主义文化身份的基础之上，强调要对主导文化身份的表征方式进行消解，边缘文化应该用自己的风格重构文化身份。正如本尼迪克特·安德森在《想象的共同体》中指出，"用以区别群体的不是其虚假性/真实性，而是它们借以被想象的风格"③。边缘文化应该重新构建一种被想象的风格，用新的表征形式抵抗西方的文化霸权。这样各个民族可以用不同于西方的表征方式来"创造自身和维持自身生存"④。

霍尔在构建时期，着力在全球化背景之下构建一个混杂的文化身份。霍尔在这个时期的理论成果主要有《多元文化问题》⑤ 和《与差异共存》⑥。霍尔认为全球化具有双重效应：一方面，全球化可能将全球置于被西化的危险之中。另一方面，全球化也为差异的扩散提供了温床。全球化带来的是"一个多元中心的世界，这是差异扩散的前提"⑦，但同时还存在这样一个对峙的局面，"差异的扩散与全球'麦当劳化'之间的对峙"⑧。全球化的双重空间

① 斯图亚特·霍尔. 文化身份和族裔散居 [A] //罗钢，刘象愚译. 后殖民主义文化理论，北京：中国社会科学出版社，1999：219
② 斯图亚特·霍尔. 文化身份和族裔散居 [A] //罗钢，刘象愚译. 后殖民主义文化理论，北京：中国社会科学出版社，1999：220
③ 斯图亚特·霍尔. 文化身份和族裔散居 [A] //罗钢，刘象愚译. 后殖民主义文化理论，北京：中国社会科学出版社，1999：223
④ 斯图亚特·霍尔. 文化身份和族裔散居 [A] //罗钢，刘象愚译. 后殖民主义文化理论，北京：中国社会科学出版社，1999：223
⑤ Hall, S., Morley, D. *The Multicultural Question* (2000) [A] //Hall, S. Essential Essays: Identity and Diaspora. 2009：95-134
⑥ Hall, S. *Living with Difference* [J]. Soundings, 2007 (37)：148-158
⑦ Hall, S. *Living with Difference* [J]. Soundings, 2007 (37)：149
⑧ Hall, S. *Living with Difference* [J]. Soundings, 2007 (37)：149

为不同文化间的对话、协商和交流提供可能。我们生活在"多样化的世界"之中，"真正的、真实的、复杂多样的地球"为不同发展样态的文化和社会提供了互动的空间①。在这种情况下多元文化之间需要"找到协商的基础"②，通过对话而不是对立来解决问题。全球化的大趋势无法避免，同样无法避免的是差异的扩散。霍尔将这种差异扩散的方式称为"差异的副扩散"（the subaltern proliferation of difference）③，也有学者将其称为"差异性的次增值"④。所谓"差异的副扩散"是指虽然全球化造成了不同文化间的同质化趋势，但全球化同化"异质文化"的同时必然会有意识或无意识地关注文化的异质性，这种关注就会造成异质文化在不同程度上的扩散。这种扩散不是全球化"生产"的主要产品，但作为副产品也无法避免。只要全球化存在，"差异"或显或隐的扩散就必然发生。同质化和差异扩散之间是无法割裂的"双生"关系。霍尔的这种差异观具有重要的政治意义，因为它能够"阻止某一体制固化为完全的总体性。差异在裂缝和空隙中出现，这就为（文化）进行反抗、介入和翻译提供可能发生的场域"⑤。不同的文化在全球化的空间中不断地交流和对话必然促成文化的杂糅，生产混杂的身份。这就是霍尔所称的制造真正的差异世界——一个对异质文化包容，对多元的混杂身份认可的世界。

第四节　批判本质主义文化身份的"工具"

批判本质、西方中心主义的文化身份是霍尔批判殖民话语体系、批判话语霸权的重要手段。20世纪70年代，以萨义德为代表的后殖民主义批评学者批判西方主导的叙事方式，揭示西方殖民者压制非西方文化"异质性"、泛化西方文化"同一性"的叙事方式。霍尔认为西方通过"共享文化"的叙事模

---

① Hall, S. *Living with Difference* [J]. Soundings, 2007 (37): 149
② Hall, S. *Living with Difference* [J]. Soundings, 2007 (37): 151
③ Hall, S. & Morley, D. *The Multicultural Question* (2000) [A] //Hall, S. Essential Essays: Identity and Diaspora. 2009: 102.
④ 斯图亚特·霍尔. 多元文化问题的三个层面与内在张力 [J]. 李庆本译. 江西社会科学, 2007 (03): 235-242
⑤ Hall, S. & Morley, D. *The Multicultural Question* (2000) [A] //Hall, S. Essential Essays: Identity and Diaspora. 2009: 102

式，构建了共享同一种价值观的文化主体。换言之，西方通过共享文化塑造了"同一的自我"①，"同一的自我"因共同的文化源头和文化传承的连续性而定型文化身份。这就形成了共同的、区别于他人的文化身份。这就意味着，通过叙事构建的"可辨识的"文化身份之中，一定包含稳定的群体（文化的主体）和稳定的文化品质（历史、传统、宗教等文化价值）。因此，激活主体内部的多元构成、打破旧有文化秩序的封闭性、构建文化中各因素动态的位置关系就成为霍尔批判旧身份、重构新身份的重要手段。

一、反抗的主体：主体革命和现代主体的死亡

早在 1978 年萨义德就开始对西方主导话语进行批判。但学界对萨义德也不乏质疑之声，认为他最大的问题就是"太过轻易地就假定西方殖民者的明确意图与目的通过它的话语产生"②，也就是太过夸大西方话语霸权的主导力量而轻视主体的能动作用。主导话语固然存在，但话语之中的主体也未必就会全盘接受传递的信息，全盘被西方意识形态询唤。

霍尔从批判主体固化的内核开始，阐明主体意义的多重性，挖掘主体的反抗性。在霍尔看来身份总是主体的身份，"身份的转变根据的是主体如何被处理或表征"③，因此霍尔要转变传统的身份观必然要改变人们对主体的看法。文艺复兴和启蒙时代的到来意味着"人"脱离中世纪的宗教而独立，这就是现代主体诞生的时刻。而随着人们对笛卡尔式主体反思能力的质疑，主体的内核和本质开始出现断裂，这是现代性主体走向灭亡的标志。现代主体的灰烬之中重生的是后现代主体。碎片化、多元化的后现代主体之中蕴含着无限的"反抗性"。霍尔指出在新的历史语境之下，现代主体必然经历变化，"主体的革命"已经到来④。

霍尔阐释的第一类主体革命是集体主体的革命，体现在集体主体的多元

---

① Hall, S. *Cultural Identity and Diaspora* ［A］//Rutherord, J（eds.）. Identity：Community, Culture, Difference, London：Lawrence & Wishart, 1990：223
② 贺玉高. 霍米·芭芭的杂交性理论与后现代身份观念 ［D］. 首都师范大学, 2006：34
③ 克里斯·巴克. 文化研究理论与实践 ［M］. 孔敏译. 北京：北京大学出版社, 2013：224-225
④ Hall, S. *The Meaning of New Times*（1989）［A］//Morley, D. & Chen, K. H. Stuart Hall：Critical Dialogues in Cultural Studies：225

化上。"集体社会主体——比如阶级、民族和族群——已经断裂和'多元化'"①。新时代语境下"更加广泛的社会分裂和社会多元必然瓦解旧有集体身份的稳定性和群体身份的连续性,新的多样的身份必然出现"②。传统的文化身份对应的集体性主体是种族、民族。种族和民族是紧密联系的两个概念,"种族从理论上讲是欧洲白人按照生物意义上的等级排列次序将其他种族所做的固定排列"③。民族是由聚集在某一特定区域的种族通过建立政体而形成。英国媒体对加勒比海地区黑人的表征方式表现出了强烈的种族中心主义色彩。英国媒体把黑人表征为"一种异国文化和民族,这个民族的文明、文化程度不如本土民族",他们"在文化秩序中处于较低位置"④。同时霍尔也不无讽刺地指出虽然"这些民族不知何故处在自然秩序中较低的位置"⑤,但实际情况却是如此。霍尔尝试打破种族和民族身份的稳定意义来源和僵化的层级标准。

国内许多学者认为霍尔取代种族和民族身份划分标准的方法是引入另外一种集体的主体身份——族性(ethnicity)。但事实并非如此,霍尔认为种族身份被构建成为族性"是一种新的文化政治"⑥,族性也是西方话语实践构建的产物。族性只是西方用来化解、分散种族矛盾的一种话语符号。族性较之种族身份确实对差异更加关注,但它在本质上仍是一种种族主义,是种族主义在形式上的转变。英国统治阶级通过将种族中包含的文化差异进一步分层、细化,将"同一的"非西方群体变成"更加分裂的,但又有总体性的用于区分的谱系,它是一个或包含或排除差异的族性谱系"⑦。20世纪90年代初期,霍尔在文章中用"新族性"取代"旧族性",升级"族性"。既然种族和民族

---

① Hall, S. *The Meaning of New Times* (1989) [A] //Morley, D. & Chen, K. H. Stuart Hall: Critical Dialogues in Cultural Studies: 225

② Hall, S. *The Meaning of New Times* (1989) [A] //Morley, D. & Chen, K. H. Stuart Hall: Critical Dialogues in Cultural Studies: 224

③ 汪民安. 文化研究关键词 [M]. 南京: 江苏人民出版社, 2007: 520

④ 斯图亚特·霍尔. 种族、文化和传播: 文化研究的回顾和展望 [A] //陶东风译. 文化研究精粹读本, 2013: 400

⑤ 斯图亚特·霍尔. 种族、文化和传播: 文化研究的回顾和展望 [A] //陶东风译. 文化研究精粹读本, 2013: 400

⑥ Hall, S. *New Ethnicities* [A] //Morley, D. & Chen, K. H. Stuart Hall: Critical Dialogues in Cultural Studies, London: Routledge, 1996: 446

⑦ Hall, S. *The Fateful Triangle: Race, Ethnicity, Nation* [M]. Harvard University Press, 2017: 87

在霍尔看来都是话语实践中的文化符码，那么霍尔用来解决种族、民族和族群问题的方法就是重新找到一个符码对身份进行重新编码。霍尔认为新族性具有动态的特征，可以承担重新编码文化身份的任务。"新族性"中包含的差异是"位置性的、条件性的也是语境性的"①。新族性这一概念与民族和种族中包含的帝国主义和殖民主义的意义不同，它是接合的产物，它关注的是多民族、多种族、多文化的接合。霍尔尝试找到在共同的历史、语言和文化的基础上能够显身和发声的集体性主体。但新族性在霍尔对文化身份阐释的演进中只是起到过渡作用。最终霍尔还是把后现代主体的历史使命托付给"族裔散居"群体这个最为开放的主体人群身上。20世纪90年代末，"族裔散居"人群成为霍尔理论阐释的重点，散居人群之中包含的异质的、矛盾的、一直处于建构之中的混杂身份才是最具政治性、能动性和反抗性的部分，是最"多元"的集体身份。

霍尔阐释的第二类主体革命是个人主体的革命，体现在个人主体的去中心化上。霍尔指出"个人作为一个总体的、中心的、稳定的和完整的自我，或者一个自治、理性的自我"的模式已经发生变化②。现代主体在新的语境下已经经历了"生与死"的轮回。新的语境和经验之下，传统的、稳定的身份意义已经断裂。个人主体从完整变为断裂，从单一身份转向多个自我和多重身份。概括来说，霍尔认为"现代主体"已经不复存在的原因主要有两个：一是现实语境对主体身份的解构。20世纪末的全球化语境使得我们身处的文化景观发生了翻天覆地的变化，阶级、性别、民族、种族和国家的分裂与重组已经解构了世界的稳定性。在全球融合的过程中，不同文化不期而遇，不同人群相互接触，不断的碰撞和冲突使得我们失去了作为完整主体的归属感。二是社会理论和人类科学帮助主体脱去了本质内核的限制。

霍尔指出在主体去中心化过程中有五种理论起到了决定性作用。这五种理论及其作用表现在：第一，马克思从历史的角度削弱了人的中心地位。马克思强调了历史对人的塑造作用，也就是说人是历史条件下的"产物"。人生活在不同的时代就意味着人处于不同的历史条件当中，不同的历史条件塑造了不同的人群。具体来说马克思的贡献体现在两个方面：一是打破了人类总

① Hall, S. *The Fateful Triangle*：*Race*，*Ethnicity*，*Nation*［M］. Harvard University Press，2017：87

② Hall, S. *The Meaning of New Times*（1989）［A］//Morley, D. & Chen, K. H. Stuart Hall：Critical Dialogues in Cultural Studies：225

体的、统一的、普遍的本质。遵循马克思指出的历史条件具有决定性作用的逻辑，不同历史阶段中的人群必然具有不同的"本质"；二是打破了不同个体间具有相同本质的可能。马克思认为人作为个体生活在不同的社会关系之中。因为生活经验不同，所以个体间一定存在差异。虽然马克思在强调历史决定性的过程中弱化了人的能动性，但马克思也"历史性"地瓦解了哲学主体"我思"的稳定内核。第二，弗洛伊德从精神层面动摇了个体的中心地位。弗洛伊德发现了"潜意识"，以此对主体的"理性"能力进行质疑。"理性主体的固定的、统一的身份"通过潜意识的阐释成为"想象的""虚幻的"主体①。此后的精神分析学者，比如拉康的镜像理论则进一步利用弗洛伊德的理论论证了"自我"不是先验的存在而是后天的"习得"，解释了他者的"凝视"对主体的构建作用。第三，索绪尔从社会和语言的角度把人拉下神坛。他认为不是人在使用语言，而是语言的规则塑造了人。语言先于人存在，因此人只是生活在由文化决定的语言规则之中进行言说。第四，米歇尔·福柯从话语的角度突出了知识对人的构建作用，发现了知识中隐藏的权力关系。"福柯创造一种'现代主体的考古学'"，在这个过程中他发现了一种能力被他称为"规训的权力"②。"规训的权力涉及对人类、人群或个体和身体的规则、监控和管理"③。福柯规训的权力是通过意识形态国家机器执行的，这个执行的过程不是通过暴力，而是通过知识实现。第五，女性主义对于主体的去中心化产生了重要的影响。女性主义的影响是一种双重力量，既体现在理论上又体现在实践中，即是理论批判的力量又是社会的运动力量"④。霍尔认为女性主义从观念上消解了"笛卡尔和社会学主体的中心地位，主要表现在以下方面：（一）"女性主义质疑了传统的'内''外'，'公''私'的分野"；（二）女性主义把"社会生活的场域引入政治斗争，扩大了政治斗争的范围"；（三）女性主义把"性别形成和生产的问题"作为政治和社会问题揭示出来；（四）女性的社会地位问题被扩展到性和性别身份的形成；（五）

---

① Hall, S. *The Question of Cultural Identity* [A] //Hall, S., Held, D. &McGrew, T. Modernity and Its Future, London: Polity Press, 1992: 607

② Hall, S. *The Question of Cultural Identity* [A] //Hall, S., Held, D. & McGrew, T. Modernity and Its Future, London: Polity Press, 1992: 609

③ Hall, S. *The Question of Cultural Identity* [A] //Hall, S., Held, D. & McGrew, T. Modernity and Its Future, London: Polity Press, 1992: 609

④ Hall, S. *The Question of Cultural Identity* [A] //Hall, S., Held, D. & McGrew, T. Modernity and Its Future, London: Polity Press, 1992: 610

"女性主义挑战了男性和女性具有同样的身份——"（男）人类"的传统观念"①。以上五种力量具有极大的"破坏性"，他们从历史、心理、语言、权力/知识，性别等角度拆解了既有的身份标准。

霍尔之所以关注主体是因为主体是意识形态是否起作用的决定性因素，是政治斗争中的主体，是政治斗争之中最应该动员和争取的对象。主体是处于话语中的主体，但主体也不是完全的被动接受，主体可以具有反抗意识。只有主体具有反抗意识形态话语的自觉，才可能免于被询唤成主体。现代社会自足的主体已经死亡，后现代社会碎片化和多元化的主体已经产生。它们与"语言、话语和表征相关"②，与政治权力相关。

二、位置与接合：中断旧身份、重建新规则

文化身份问题在霍尔看来总是涉及主体和位置，主体的位置由多种因素共同作用接合而成。无论是探究微观的身份，还是研究宏观的文化，霍尔都试图追溯主体在文化中的位置关系，也就是那个"阐明位置的时刻"③。在《文化身份和族裔散居》中霍尔思考了黑人主体在英国文化中的位置问题，他指出主体总是在特定的时间和地点，特定的历史和文化中进行言说，主体是被定位的④。这就意味着主体的位置是由历史和文化共同定位的，是在具体的时空实践中生产出来的。这个位置就是话语规则构建的产物。"过去的叙事以不同的方式规定了我们的位置，我们也以不同方式在过去的叙事中给自身规定位置，身份就是我们给这些不同方式起的名字"⑤。身份就是一个"阐述的位置"⑥。到底是谁具有叙事的主导权力？他们是站在何种立场之上限定身份以及身份中的层级关系？他们是如何阐释不同群体的位置的？想要回答这些

---

① Hall, S. *The Question of Cultural Identity* [A] //Hall, S., Held, D. & McGrew, T. Modernity and Its Future, London: Polity Press, 1992: 611

② Hall, S. *The Meaning of New Times* (1989) [A] //Morley, D. & Chen, K. H. Stuart Hall: Critical Dialogues in Cultural Studies: 225

③ 斯图亚特·霍尔. 文化身份和族裔散居 [A] //罗钢，刘象愚译. 后殖民主义文化理论，北京：中国社会科学出版社，1999：212

④ 斯图亚特·霍尔. 文化身份和族裔散居 [A] //罗钢，刘象愚译. 后殖民主义文化理论，北京：中国社会科学出版社，1999：212

⑤ 斯图亚特·霍尔. 文化身份和族裔散居 [A] //罗钢，刘象愚译. 后殖民主义文化理论，北京：中国社会科学出版社，1999：212

⑥ 斯图亚特·霍尔. 文化身份和族裔散居 [A] //罗钢，刘象愚译. 后殖民主义文化理论，北京：中国社会科学出版社，1999：208

问题必须综合考量历史、文化、社会和实践等因素形成统一体的具体情境。霍尔将这一具体情境的形成过程称为接合。通过探究具体情境下位置的接合方式，霍尔试图中断旧身份的连续性，重构话语的新规则。

霍尔关注主体（尤其是黑人主体）所在的位置及特定位置上的接合方式，即接合的规则。霍尔指出"主体性的讨论已经被位置生产所取代，占据主体位置的个人必须按照预设的规则进行解读。换言之，'个人可以在社会阶级、出身、族裔以及民族等因素上各不相同，但当他们认同话语所建构的这个位置，使自身处于其规则之下，就成为权力/知识主体，从而获取意义'"①。也就是说，位置由话语规则构建，并在话语规则中行使权力。但霍尔认为规则也不能决定一切，规则之下我们也可以挖掘主体的能动性和反抗性。主体在话语之中按照规则行事的同时，也可以在具体的情境之下拒绝、改变和重构规则。这就是特定的接合方式赋予主体的反抗空间。"通过拒绝而接合"是霍尔思想的张力②，也是霍尔"应用""接合"的方式。霍尔通过"拒绝"中断旧身份，通过"接合"重建新规则、生产新身份。国内学界对霍尔接合及接合中的双重含义并不陌生。接合一则表示再现、陈述；二则表示连接的环扣（车的两个部分）。这个环扣可以在一定条件下连接任何两个元素，这种连接并不是本质的、必然的、绝对的。那么"何种情况会产生何种连接"③，即接合的条件和方式是什么？霍尔指出接合是一种可能性，是在特定的、具体的历史条件下不同元素形成统一体的可能性。因此，统一体中的"一致""实际上是不同和相异元素的接合。这些元素可以以不同的方式接合，因为这些元素并无绝对的归属"④。霍尔通过"可能性"凸显各元素接合的随机性和不确定性。在一定的历史条件下，这些元素可以接合，也可以不接合；可以这样接合，也可以那样接合。因此，"接合理论既能够帮助我们理解意识形态

---

① Hall, S (eds.) *Representation*: *Cultural Representations and Signifying Practices* [M]. London: Sage, 1997: 56

② Hall, S. *The Fateful Triangle*: *Race*, *Ethnicity*, *Nation* [M]. Harvard University Press, 2017: xvi

③ Grossberg, L. *On Postmodernism and Articulation*: *an Interview with Stuart Hall* [A] // Morley, D. & Chen, K. H. Stuart Hall: Critical Dialogues in Cultural Studies, London: Routledge, 1996: 141

④ Grossberg, L. *On Postmodernism and Articulation*: *an Interview with Stuart Hall* [A] // Morley, D. & Chen, K. H. Stuart Hall: Critical Dialogues in Cultural Studies, London: Routledge, 1996: 141

元素如何在一定条件以及某个论述内部统合的方式，同时也是质问这些意识形态元素在特定环节上，成为或不成为某个政治主体结合的方式"①。这就意味着，接合理论赋予了人们思考意识形态问题的更为复杂的能力。因为接合一方面有助于人深入思考自己所处社会中的经济结构、阶级立场或者社会地位的构成关系问题，另一方面接合是人们思考不同元素之所以结合的切入点，这就赋予人们解开接合环扣的能力。也只有这样，主体才积累了抵抗意识形态形塑的能量，才有可能通过拒绝给定的位置而重新构建新的位置，才有可能通过解接合和再接合而将自己重塑为新的政治主体。

"接合"既是文化研究的理论和也是文化研究的方法②。《科学的腹地：意识形态和社会学知识》（1977）是霍尔思考接合问题的开端，霍尔在文中只是提及了接合，并把接合作为包容异质因素的意识形态思考方式（或称方法）进行论述。继其之后，霍尔在涉及接合的多篇文章中仍然没有从接合理论的角度提及拉克劳，说明霍尔在这个阶段中还没有将接合提升到"理论"高度。对于霍尔来说，接合还只是一种文化研究的方法，一种反对总体性、接纳差异性、断裂、关注具体问题和层级关系的思考问题的方式。直到《支配结构中的种族、接合和社会》（1980）发表时，霍尔才较为详细、深入地论述了接合。这是他既从方法又从理论的角度探讨接合的首篇文章。

霍尔对接合的认知经历了对马克思的"复杂的统一体"的思考，对阿尔都塞"多重因素"的审视，对葛兰西的"情境"的提升，以及与拉克劳"接合理论"的对话。霍尔最早在《科学的腹地：意识形态和社会学知识》一文中指出马克思主义理论虽然在基础/上层建筑的框架下认为经济基础具有最终的决定性作用，但马克思也并没有完全忽视意识形态理论的重要性。霍尔强调"马克思主义理论试图将社会型构理解为一个'复杂的统一体'，这个复杂的统一体由不同的层面组成。这些层面都展示出现'相对的自治能力'，虽然

---

① Grossberg, L. *On Postmodernism and Articulation：an Interview with Stuart Hall* ［A］// Morley, D. & Chen, K. H. Stuart Hall：Critical Dialogues in Cultural Studies, London：Routledge, 1996：141

② Slack, J. D. *The Theory and Method of Articulation* ［A］//Morley, D. & Chen, K. H. Stuart Hall：Critical Dialogues in Cultural Studies, London：Routledge, 1996：113-30

在这些因素之上存在'最初的决定力量①'"②。也就是说，霍尔认为在马克思的理论框架之下虽然经济是决定性力量，但是意识形态及其包含的复杂因素也不容忽视。意识形态内部不同因素的集合在一定程度上削弱了马克思理论中的"总体性"因素的影响力。霍尔认为在马克思主义基础/上层建筑的理论框架之中，意识形态对马克思并不是无足轻重的。马克思在强调经济因素的同时并没有忽略意识形态内部包含的复杂因素及其对社会型构的影响，"否则意识形态也不会成为马克思主义理论分析的重要组成部分"③。马克思不仅没有将意识形态排除，而且还指出了意识形态的"多元"结构。马克思称社会型构不是由单一的意识形态所控制，意识形态与阶级之间并没有"'特定的'、简单的和直接的联系"④。霍尔认为马克思在把经济和意识形态作为一种支配性结构进行论述的同时，也观照到了总体结构下"不同因素在特定生产方式的结构中的'结合'"⑤。霍尔为马克思的"正名"在《意识形态的问题：不做保证的马克思主义》《支配结构中的种族、接合和社会》中曾反复出现。简言之，霍尔认为有些学者对马克思主义的思想存在"过简"解读的情况。霍尔认为弗兰克对马克思经济决定论的批判就是一种过简解读。霍尔指出马克思并没有否定经济与生产关系之间存在复杂的关系。马克思曾指出"在真正资本主义的生产模式和形式上的资本主义生产模式之间存在一种接合关系。这两种方式通过接合的原则、机制或者一套关系而结合在一起……这个探究的对象（生产关系）⑥ 必须被视为一个复杂的、接合的结构，它本身

---

① 这里的"最初决定力量"是指经济，与普遍认为的"最终决定力量"相对。

② Hall, S. *The Hinterland of Science*: *Ideology and the Sociology of Knowledge* (1977) [A] // Hall, S. & Morley, D. Essential Essays (vol. I): Foundations of Cultural Studies, Identity and Diaspora. Duke University Press, 2018: 120

③ Hall, S. *The Hinterland of Science*: *Ideology and the Sociology of Knowledge* (1977) [A] // Hall, S. & Morley, D. Essential Essays (vol. I): Foundations of Cultural Studies, Identity and Diaspora. Duke University Press, 2018: 120

④ Hall, S. *The Hinterland of Science*: *Ideology and the Sociology of Knowledge* (1977) [A] // Hall, S. & Morley, D. Essential Essays (vol. I): Foundations of Cultural Studies, Identity and Diaspora. Duke University Press, 2018: 120

⑤ Hall, S. *The Hinterland of Science*: *Ideology and the Sociology of Knowledge* (1977) [A] // Hall, S. & Morley, D. Essential Essays (vol. I): Foundations of Cultural Studies, Identity and Diaspora. Duke University Press, 2018: 134

⑥ 笔者注

是一个'支配结构'"①。

霍尔称阿尔都塞和结构主义的马克思主义学派赋予了"接合"不同于传统的断裂和介入能力②。霍尔"正式"论述"接合"缘起和流变的文章是《支配结构中的种族、接合和社会》。在这篇文章中，霍尔谈到了"接合"是一种连接，用来强调"所有事物不同层面之间的连接关系和有效性"③。霍尔指出阿尔都塞用"复杂的统一体，支配性的结构"来解释接合。所谓"复杂的统一体"是用来强调"事物本身是以一种连接的方式存在"，但不同事物之间的连接方式"绝对不是相同的"④。而"支配性结构"是指事物之间的接合并不是随意的，各部分之间有"结构性关系，及支配和从属的关系"⑤。阿尔都塞在阐释接合时强调了复杂性，他用复杂的因素作为一种断裂性力量打破统一的结构。这种力量的断裂性和介入性体现在：第一，条件结合的偶然性，即不同的条件之间没有"必然的联系"⑥。事物之间没有必然的联系，它们只是在具体历史和现实中、在一定的条件下的结合。因此，事物之间实现接合的具体条件是我们应该关注的首要一点。第二，总体结构下不同层级具有"相对自治性"，具体体现为同一的结构之下具有"复杂的组成部分"⑦。霍尔

---

① Hall, S. & Schwarz, B. *Race*, *Articulation*, *and Societies Structured in Dominance* (1980) [A] //Hall, S. & Morley, D. Essential Essays (vol. I)：Foundations of Cultural Studies & Identity and Diaspora. Duke University Press, 2018：191

② Hall, S. & Schwarz, B. *Race*, *Articulation*, *and Societies Structured in Dominance* (1980) [A] //Hall, S. & Morley, D. Essential Essays (vol. I)：Foundations of Cultural Studies & Identity and Diaspora. Duke University Press, 2018：196

③ Hall, S. & Schwarz, B. *Race*, *Articulation*, *and Societies Structured in Dominance* (1980) [A] //Hall, S. & Morley, D. Essential Essays (vol. I)：Foundations of Cultural Studies & Identity and Diaspora. Duke University Press, 2018：196-197

④ Hall, S. & Schwarz, B. *Race*, *Articulation*, *and Societies Structured in Dominance* (1980) [A] //Hall, S. & Morley, D. Essential Essays (vol. I)：Foundations of Cultural Studies & Identity and Diaspora. Duke University Press, 2018：196-197

⑤ Hall, S. & Schwarz, B. *Race*, *Articulation*, *and Societies Structured in Dominance* (1980) [A] //Hall, S. & Morley, D. Essential Essays (vol. I)：Foundations of Cultural Studies & Identity and Diaspora. Duke University Press, 2018：196-197

⑥ Hall, S. & Schwarz, B. *Race*, *Articulation*, *and Societies Structured in Dominance* (1980) [A] //Hall, S. & Morley, D. Essential Essays (vol. I)：Foundations of Cultural Studies & Identity and Diaspora. Duke University Press, 2018：196-197

⑦ Hall, S. & Schwarz, B. *Race*, *Articulation*, *and Societies Structured in Dominance* (1980) [A] //Hall, S. & Morley, D. Essential Essays (vol. I)：Foundations of Cultural Studies & Identity and Diaspora. Duke University Press, 2018：196-197

在文章中引用阿尔都塞和巴利巴尔的论述"他们认为社会由不同事件组合而成——每一个实践都有不同程度的'相对的自治性'——它们接合成为一个(矛盾的)统一体"①,意在指出研究者应该在承认结构性的同时更加关注"自治性"。第三,事物之间的结构性和层级性。霍尔认为在支配结构之下事物的各部分之间具有层级和从属关系,即各种条件的接合并不是随意的。霍尔着重说明"接合"的同时,也肯定了一种"支配性结构"的存在。这就是阿尔都塞晦涩的句子"'复杂的统一体,支配性的结构'的意思所在"②。它是一种限定性条件,在总体趋势上对事件的发展起到一定作用。霍尔在文章中反复把这种结构称为"复杂的统一体"和"矛盾的统一体"。这就意味着研究者应该关注事物之间是以何种方式组织起来,并接合成特定的"层级次序"③的。

霍尔在阿尔都塞的基础上提出了"双重接合"的概念,即共时下的"实践"和历时下的"结构"的接合。霍尔关注接合时已经超越了阿尔都塞本身只将意识形态下抽象、晦涩的统一体和结构作为问题中心的思考方式。霍尔指出"对特定的社会型构进行分析的科学性在于正确把握同一时期不同事件不同时期和时代,尤其是不同周期(比如频率和历史沿革)之间的'匹配'方式"④。霍尔还强调我们要从历时和共时两个角度理解和把握条件的结合。"同一时期"就是共时,"不同周期"就是历时,只有综合考量这两种因素才能从结构和条件上准确把握接合的情境。霍尔在《意指实践、表征、意识形态:阿尔都塞和后结构主义的论争》中提到"双重接合"。霍尔称"我同意

① Hall, S. & Schwarz, B. *Race, Articulation, and Societies Structured in Dominance* (1980) [A] //Hall, S. & Morley, D. Essential Essays (vol. I): Foundations of Cultural Studies & Identity and Diaspora. Duke University Press, 2018: 197

② Hall, S. & Schwarz, B. *Race, Articulation, and Societies Structured in Dominance* (1980) [A] //Hall, S. & Morley, D. Essential Essays (vol. I): Foundations of Cultural Studies & Identity and Diaspora. Duke University Press, 2018: 196-197

③ Hall, S. & Schwarz, B. *Race, Articulation, and Societies Structured in Dominance* (1980) [A] //Hall, S. & Morley, D. Essential Essays (vol. I): Foundations of Cultural Studies & Identity and Diaspora. Duke University Press, 2018: 198

④ Hall, S. & Schwarz, B. *Race, Articulation, and Societies Structured in Dominance* (1980) [A] //Hall, S. & Morley, D. Essential Essays (vol. I): Foundations of Cultural Studies & Identity and Diaspora. Duke University Press, 2018: 198

阿尔都塞所说的'结构'和'实践'之间的双重接合"①。在霍尔看来"双重接合"的"一重"是特定的生存条件,即实践;"另一重"则是历史条件,即既定的结构性因素。通过这两种条件的结合,历时和共时的共同参与,历史和实践接合而为"一"。在霍尔看来,既定的历史条件是新一代主体实践的起点。实践的重要性则体现在再生产(社会)结构,这个结构的作用在于它起到"趋势性"的限定作用,而非固化的"决定性"作用。

在此之后,接合经由葛兰西的发展变得更具阐释力。对于葛兰西而言,接合之所以成为可能是因为社会的"统治和领导不是一个不可更改的事实,不是一个先验的情况,只是一个具体的历史'时刻',一个不同于以往的社会权力"②。葛兰西把社会权力视为动态的结构,社会中的权力关系是一种"不稳定的平衡",这种平衡只是暂时的,是各个阶层斗争的结果。这就意味着,如果某个阶层想要争夺领导权,那么他们就要对具体历史条件下特定的社会规则机制结构(structure)和意识形态上层建筑的超级结构(superstructure)的接合情况进行准确的分析。因此,在霍尔看来提出对历史情境(历史的具体性和差异性)进行分析是葛兰西理论贡献中最具开创性意义的部分。但葛兰西将文化霸权视为一种充满各个阶层矛盾的结合体。在霍尔看来葛兰西仍然保留了一个结构主义学者的痕迹。虽然葛兰西的思考仍然是在"统治阶级意识形态"的框架下进行,但较之阿尔都塞进步的是他能够让历史主体在更加有主体意识的情况下参与斗争,这样的主体才能"阻断"历史连续的进程③。通过斗争"阻断"资本主义的历史进程是霍尔一直追求的政治目标,但"阻断"只是手段,如何"改变"并摆脱资本主义的统治才是霍尔的最终诉求。虽然葛兰西强调了具体情境下意识形态在观念和实践中对主体的改变过程(社会各阶层需要达成共识),阿尔都塞强调了意识形态通过话语对社会主体实现询唤(遵循某一话语规则),但在霍尔看来究其本质两者却还没有说明总体性包含之下各个层面的具体操作模式。只有明确这个模式才能明晰各

---

① Hall, S. *Signification*, *Representation*, *Ideology*:*Althusser and the Post - Structuralist Debates* [A] //Critical Studies in Mass Communication, 1985 (2): 95

② Hall, S. & Schwarz, B. *Race*, *Articulation*, *and Societies Structured in Dominance* (1980) [A] //Hall, S. & Morley, D. Essential Essays (vol. I): Foundations of Cultural Studies & Identity and Diaspora. Duke University Press, 2018: 205

③ Hall, S. & Schwarz, B. *Race*, *Articulation*, *and Societies Structured in Dominance* (1980) [A] //Hall, S. &Morley, D. Essential Essays (vol. I): Foundations of Cultural Studies & Identity and Diaspora. Duke University Press, 2018: 208

个层面如何能够相互结合并在总体趋势下为社会主体发展提供最大的可能性，才能明晰主体利用各种可能性解构旧结构、接合新条件、重构新规则的路径。

拉克劳在构建接合理论的过程中，尤其是阐释意识形态各因素对社会主体如何起作用的问题上，发挥了霍尔称之为"重要的介入性"的作用①。虽然意识形态各要素与阶级之间没有必要地对应和归属关系，但确实存在一个意识形态各要素的统一体。这是拉克劳的理论前提。在《支配结构中的种族、接合和社会》这篇文章中，霍尔谈到拉克劳论述了意识形态通过话语型构来呈现统一性的路径。"统一体通过拉克劳所谓的'凝结'而产生"②。首先，拉克劳指出意识形态各因素起作用的方式。他把意识形态的各因素比作水蒸气，家庭、审美、政治等观念像水蒸气一样通过相互结合而共同作用，从而发挥意识形态的"凝聚"力量。"家庭的询唤"或起到"政治询唤的效果或者起到审美询唤的效果"③，所有这些看似孤立的询唤就以其他询唤代言人的方式共同发挥作用。这样一个相对统一的意识形态话语体系就形成了，"这就是通过意义的凝结所形成的意识形态统一体"④。其次，他分析了意识形态统一体的稳定性形成的原因。统一体之所以能够稳定是因为它就如同是一个中轴，意识形态围绕这个中轴构建规则。虽然各因素相对独立，具有一定的"自治"能力，但它们最终还是依附在意识形态规则周围。再次，拉克劳解释了意识形态询唤超越阶级束缚的过程。占主导地位的意识形态不仅会询唤本阶级成员，还会对非本阶级的所有成员起到询唤作用。这样不同的意识形态因素就被接合和纳入到主流意识形态的统一霸权工程之中。这一无法避免的"混杂化"使得意识形态中的二元对立关系被多重、多元的异质性因素所分解、削弱。这样在新的话语规则下，原有话语中的意义链条断裂、新的话语

① Hall, S. & Schwarz, B. *Race, Articulation, and Societies Structured in Dominance* (1980) [A] //Hall, S. & Morley, D. Essential Essays (vol. I): Foundations of Cultural Studies & Identity and Diaspora. Duke University Press, 2018: 208

② Hall, S. & Schwarz, B. *Race, Articulation, and Societies Structured in Dominance* (1980) [A] //Hall, S. & Morley, D. Essential Essays (vol. I): Foundations of Cultural Studies & Identity and Diaspora. Duke University Press, 2018: 208

③ Hall, S. & Schwarz, B. *Race, Articulation, and Societies Structured in Dominance* (1980) [A] //Hall, S. & Morley, D. Essential Essays (vol. I): Foundations of Cultural Studies & Identity and Diaspora. Duke University Press, 2018: 208

④ Hall, S. & Schwarz, B. *Race, Articulation, and Societies Structured in Dominance* (1980) [A] //Hall, S. & Morley, D. Essential Essays (vol. I): Foundations of Cultural Studies & Identity and Diaspora. Duke University Press, 2018: 208

意义生成。在这个意义链条中，原有的主次关系、分级模式就被重新排序和调整。在这种关系中，新的主体和主体身份就被生产出来。因此，接合不是摒弃旧有因素，而是通过重组旧有因素影响话语规则和权力分配。接合理论区别于接合方法的根本之处在于：拉克劳的接合不是简单的衔接和联合，而是一个解释机制。它从意识形态各因素的构成、各因素的运作、各因素的重组等角度为改变现实提供了思路。

　　霍尔认为接合有助于我们思考社会力量及社会力量的构建问题。"这种意识形态能够转化某一特定人群对自己的历史意识，虽然是文化上併生的，但并不是'直接的'将自身建构为一股社会或政治力量"①。"其作用是利用、吸引那些过去不曾编纳于历史集团之内的群体。"② 霍尔认为这一人群并不是一个阶级，因为他们没有成为一股有着相同历史使命的政治力量。在这一人群内部不存在统一的意识形态，"它是通过把自身建构成某个统一意识形态内的集体主体，而变成一股一致的社会力量。直到我们可以用一个可理解的形式，去解释这个共享的集体处境时"③，这个人群才成为一种阶级，或一股一致的社会力量④。所以社会集团和意识形态的关系并不是特定的人群受到特定经济条件的限制产生特定的意识形态，而是某种特定意识形态收编一些共享集体处境的人群，将他们统一起来形成集体主体，构建统一社会力量。霍尔这一论述有利于研究者思考不同社会群体在何种意识形态下，以何种方式与政治建立连接。霍尔认为意识形态与社会力量的关系是辩证的。"当意识形态的幻想浮现，社会群体的面貌也就出现了"⑤。只有当这一群体被主导的意识形态构建成一个新的政治主体时，他们才变成一股政治力量。

　　在霍尔的理论阐释中有一个与"接合"非常相似的概念，这就是"缝合"。霍尔的接合和缝合在他的理论体系中有一定的区别，或者说霍尔通过"缝合"更加深刻地认识了"接合"。霍尔认为"接合"更能体现主体和社会的双向互动，"缝合"多少有些主体被动接受的意味。换言之，"接合"的主体比"缝合"的主体更具有能动性。在文章中霍尔多次借用了史蒂芬·希思（Stephen Heath）在1981年《电影的问题》中提出的"缝合"的概念。希思

① 陈光兴. 文化研究：霍尔访谈录［M］. 台湾：远流出版公司，1998：130
② 陈光兴. 文化研究：霍尔访谈录［M］. 台湾：远流出版公司，1998：130
③ 陈光兴. 文化研究：霍尔访谈录［M］. 台湾：远流出版公司，1998：130
④ 陈光兴. 文化研究：霍尔访谈录［M］. 台湾：远流出版公司，1998：128
⑤ 陈光兴. 文化研究：霍尔访谈录［M］. 台湾：远流出版公司，1998：128

认为"意识形态的理论一定不能从主体的角度作为出发点思考，而是要把主体思考成描述性的缝合效果，这是把主体和意义结构结合起来的效果"①。他认为缝合是一种交叉。霍尔认为希思的阐释存在不足，因为主体在希思的阐释中处于被动的位置，没有主动性和自由。霍尔认为想要"有效地把一个主体缝合到一个主体位置上"需要两个因素：一是"意识形态对主体的召唤"，二是"主体在这个位置上的主动的投入"②。因此，有效地"缝合"不能只是静态的固定主体，而应该是把主体、意识形态以及社会语境通过互相作用而联系起来。这种动态的互动可以通过"接合"实现。"意识形态如果有效是因为它既在精神身份及其动力的基本层面起作用，也在话语型构和实践构成的社会层面起作用"，是意识形态把这些层面结合起来。按照这个逻辑霍尔就把身份置于中心位置，意识形态需要通过主体的身份位置来作用于社会实践和社会生产。

霍尔对接合的阐释表明了他在其理论体系中一直保持着反本质主义的立场和意识，他从根本上反对本质主义。他反对本质主义并不是消解一切意义，他认为意义在某一时间点、在一定条件下是会固定下来的，但这种固定并非停滞不前，它们会随着历史、社会进程继续发展和变化。所以本质主义的立场就是从一个绝对的意义出发，忽略历史、社会条件，一成不变地考查某一事物。文化实践是在特定的文化环境中以特定的形式出现，与其他的文化实践构成特定的文化关系。它是"必然的限定"而不是"限定的必然"。换言之，一切文化实践因为必然受到历史、社会等条件的限定，所以其发生的轨迹会在不同条件下产生不同的结果；而不是在发生之前就已经知道必然地受到单一限定产生的单一结果。霍尔明确阐释这一观念的目的是给主体的反抗提供可能和空间。"所以如果试图破坏、争夺或干扰这些历史连接的某些部分，就必须知道这是一种对历史形构内部组织的对抗"③。如果想要对抗，就需要了解之前接合的方式，这样才便于日后的抵抗。也就是说，只有了解了接合的方式，才能了解某种型构的构成方式，才能了解这种型构"来自何处，

---

① Heath, S. *Questions of Cinema* [M]. Macmillan International Higher Education, 1981: 76

② Hall, S. *Who Needs Identity* [A] //Hall, S. & Du Gay, P. (eds.). Questions of Cultural Identity, Sage Publications Ltd, 1996: 7

③ Grossberg, L. *On Postmodernism and Articulation: an Interview with Stuart Hall* [A] // Morley, D. & Chen, K. H. Stuart Hall: Critical Dialogues in Cultural Studies, London: Routledge, 1996: 141

现居何处、未来将去往何处以及为何在此……"①

三、策略性身份：把握与重构文化身份的可能

霍尔在反对文化身份的本质主义倾向的过程中，把身份看作是一个意义斗争的场所。霍尔把文化身份视为话语实践的产物。在话语实践中，文化身份的意义通过表征得以生成和传递。霍尔认为身份没有固定的意义，意义永远处于形成的过程之中。与此同时，我们需要清醒地认识到身份处于形成之中并不意味着身份问题因此变得无法捉摸也无法把握。在霍尔看来，我们应该在一个"点"上稍作停顿，从这个点出发理解身份的意义。虽然霍尔"不相信知识是封闭的"，但他却相信"随机的闭合"②。简而言之，这个可停留、可把握的身份就是"策略性"身份，它和主体在具体语境中的"位置"相关。巴克在《文化研究理论与实践》中也提及了相似的看法。他指出"身份的意义不断变化，身份只是一个"展开意义的'剖面'或片段，这是一个战略性的定位，它使得意义成为可能"③。"策略性身份"与"位置"密切相关，是一种关系结构的定位，"这些关系结构的定位绝不可能终结，也绝不是绝对的"④。

霍尔用"策略性身份"指涉身份具有多重意义。霍尔早在《文化身份和族裔散居》（1990）中就明确地提出了"策略性身份"。霍尔在这篇文章中不仅指出文化身份是一种话语实践，而且对文化身份是在话语实践中的表征方式做了较为详细的论述。在霍尔看来，身份的意义在文化实践中处于永恒的滑动之中。滑动的意义的确定"取决于偶然的或任意的停顿——即语言无休止的符号运动中必要和暂时的'断裂'"⑤，这种断裂为意义的重新构建提供了机会。不仅如此，霍尔还认为每一个断裂都会为身份提供一个重新安排"位置"的机会，这就意味着身份的意义和身份的位置之间没有"永久的对

---

① 陈光兴. 文化研究：霍尔访谈录 [M]. 台湾：远流出版公司，1998：128
② 斯图亚特·霍尔. 文化研究及其理论遗产 [J]. 孟登迎. 上海文化，2015（IX）：50
③ 克里斯·巴克. 文化研究理论与实践 [M]. 孔敏译. 北京：北京大学出版社，2013：223
④ 斯图亚特·霍尔. 文化研究及其理论遗产 [J]. 孟登迎. 上海文化，2015（IX）：50
⑤ 斯图亚特·霍尔. 文化身份和族裔散居 [A] //罗钢，刘象愚译. 后殖民主义文化理论，北京：中国社会科学出版社，1999：216

等"关系①。即是说，"意义不断展开，超越了在任何时刻使其成为可能的任意封闭。它总是要么受到充分决定，要么过分，要么增补。总是有一些'剩余'的东西"②。这里隐含的逻辑就是：身份是由意义所构建，意义与"事实"并非一一对应，意义中因为非对应而产生的"剩余"（或"缺失"）是有原因的。霍尔通过阐释"策略性身份"提醒研究者关注身份意义的复杂性和多元性。霍尔认为在众多的意义之中没有任何一种身份意义优于其他，看似"优越"的身份只因构建而产生。

霍尔认为策略性身份"与具有固定语义"的本质身份截然相反。他以策略性身份"滑动的"意义代替本质主义身份"封闭的"意义。在《谁需要身份》（1996）一文中，霍尔进一步明确了策略性身份与本质主义身份的关系、策略性身份的内涵、思考策略性身份的方法以及从策略性身份的视角思考文化身份的意义。在这篇文章中，他首先指出身份问题再次成为文化研究热议的话题，"围绕身份概念的讨论呈现爆炸性的话语形态"③。霍尔对本质性身份提出了批评，他认为身份不应是"完整的、原初的和同一性的"概念④。身份应该是一个"策略性和位置性"的概念⑤。策略性身份与本质主义身份相对。策略性身份不承认"在历史的风云变化中从头至尾存在一个毫无变化的、自我的稳定内核"⑥。霍尔认为在思考策略性身份时，"情境"非常重要。"情境"是霍尔从葛兰西那里借来的方法，是在具体的历史、文化和时空情境下思考身份位置关系的方法。这种方法要求"我们应该把对于身份的争论置于具体的历史和实践中思考，尤其是在全球化的进程中，这样人口和文化的

① 斯图亚特·霍尔. 文化身份和族裔散居 [A] //罗钢，刘象愚译. 后殖民主义文化理论，北京：中国社会科学出版社，1999：216
② 斯图亚特·霍尔. 文化身份和族裔散居 [A] //罗钢，刘象愚译. 后殖民主义文化理论，北京：中国社会科学出版社，1999：216
③ Hall, S. *Who Needs Identity* [A] //Hall, S. & Du Gay, P. (eds.). Questions of Cultural Identity, Sage Publications Ltd, 1996: 1
④ Hall, S. *Who Needs Identity* [A] //Hall, S. & Du Gay, P. (eds.). Questions of Cultural Identity, Sage Publications Ltd, 1996: 2
⑤ Hall, S. *Who Needs Identity* [A] //Hall, S. & Du Gay, P. (eds.). Questions of Cultural Identity, Sage Publications Ltd, 1996: 3
⑥ Hall, S. *Who Needs Identity* [A] //Hall, S. & Du Gay, P. (eds.). Questions of Cultural Identity, Sage Publications Ltd, 1996: 3

稳定性就被打破"①。如果我们从策略性身份的视角去思考文化身份，文化身份就不会因为群体共享历史、具有共同祖先而具有"永恒的同一性"②。策略性的文化身份在现代社会后期的语境中永远不能将所有身份统一成一种僵化的二元对立关系。文化身份只能日益碎片、分裂和异质化。文化身份不可能是单数的形式，一定是以复数的形式存在。文化身份在相互交叉又互相矛盾的话语、实践和位置中形成。这些话语、实践和位置又会经由历史化进程一直处于变化和转化之中。

策略性身份不同于后现代主义的"后身份"，它仍然具有可供把握的点，这正是后现代语境下重新思考、重新构建文化身份的必要条件。虽然身份已经失去了稳定的语义，但是霍尔与后现代理论家不同，他不认为身份的意义无法把握。霍尔在《访谈录》中回应了后现代理论中永恒的碎片化倾向。霍尔指出超级碎片化的后现代理论是另一种形式的"本质主义"。超级碎片化的身份是虚无的，是一种反本质主义的极端化倾向。霍尔通过解放历史、社会束缚下的主体，揭示主体身份的不稳定性及断裂性，最终构建了一个暂时的、策略的身份用于打破西方构建的稳定的、统一的身份。他首先把个人主体从整个历史、社会结构的规定性中解放出来。历史和社会结构不再是闭合的空间，主体也不再是被动的形塑产物，霍尔赋予他们主动性和政治性。这样从逻辑上霍尔把"集体主体"从种族中心主义和民族中心主义的文化身份中解放出来。霍尔通过葛兰西的文化霸权理论说明目前的历史阶段中并不存在强制的统治阶级的意识形态，多种社会力量、不同社会阶层或历史集团通过协商形成了一个暂时的、不稳定的平衡。霍尔把主体置于意识形态的影响之下，打破社会阶层的限制将主体重新组合。在某一特定历史阶段、具有相同利益诉求的社会主体联合在一起，形成集体主体或葛兰西所称的历史集团。但由于利益诉求在不同阶段会发生变化，所以形成的历史集团从根本上来说是暂时的、不稳定的。最终，文化或社会中稳定的意义已经不复存在，文化和社会如同话语操作一样，具有多种意义建构和解读的可能性。霍尔通过"策略性身份"将某种"身份"（利益）诉求暂时相似的主体"统一"起来形成一种干预社会、干预历史的力量。

---

① Hall, S. *Who Needs Identity* [A] //Hall, S. & Du Gay, P. (eds.). Questions of Cultural Identity, Sage Publications Ltd, 1996: 3-4

② Hall, S. *Who Needs Identity* [A] //Hall, S. & Du Gay, P. (eds.). Questions of Cultural Identity, Sage Publications Ltd, 1996: 3-4

第四章

霍尔“文化身份”批判的维度和路径

霍尔被称为“在全球化世界中对身份思考最有预见性的思想家”①。在对霍尔身份和文化身份的概念进行阐释的部分，我们提到了身份和文化身份的关系。在霍尔的理论谱系中，身份是个大概念，在层级上高于文化身份。从主体的数量上区分，身份主要包括个体身份和集体身份两种身份类型。霍尔在英文中用单数的身份表示个体身份，用复数的身份表示集体身份。通常状况下，霍尔使用集体（collective）身份指代文化身份。有时霍尔也会谈及集体性（collectivity）身份，但他并没有对这两种身份进行区分。从霍尔的理论阐释中我们可以看出二者的区别在于他们有着不同的主体。在霍尔的概念里，集体是指按照共同的利益关切暂时结合在一起的社会团体。集体身份是这一团体在这段时期内反映出的独特的生活方式和价值取向，所以集体身份的主体是群体。而集体性身份指的是身处在某一利益集团内部的单一个体在某一时期反映出来的某一集体的主要特征，所以集体性身份的主体是个体。这样，集体性身份就将集体身份和个体身份联系起来。不同集体身份以集体性身份的形式存在于同一个体内部。一个个体内部包含多种集体性身份，它们可能互相冲突。个体在某一时期显化的集体性身份反映的一定是当前时期下个体最为关切的利益。不同于霍尔从利益关切的角度思考个体身份，传统的观点认为文化“是个体身份的主要决定性因素”②。文化又是一种总体样态，它投射到每个人的身上以文化属性的方式呈现，这种属性又将个体身份统一于集体身份之下。因此，文化身份“决定”个体身份，文化身份将不同的个体“统一”于总体的文化属性之中。正因如此，霍尔才将文化身份作为批判的对

---

① Hall, S. *The Fateful Triangle: Race, Ethnicity, Nation* [M]. Harvard University Press, 2017: xxv

② 雷蒙德·威廉斯. 关键词: 文化与社会的词汇 [M]. 北京: 生活·读书·新知三联书店, 2005: 143

象。因为连续的、总体的文化身份框架会隐匿、同化其内部不同群体文化的多样性和异质性。不仅如此,文化身份的总体性也是一种规定性,它是关于个体该做什么、不该做什么的规定。霍尔认为这种规定性是文化霸权者构建的产物。只有意识到文化身份的构建方式才能对此解构、重构,继而反抗殖民话语的霸权统治。如何协调不同个体的利益关切,以适当的形式把他们组织聚集到一起形成社会集团、构建主导文化、赢得文化霸权是霍尔对身份研究的落脚点。

既然文化身份与文化属性密切相关,那么哪些文化属性能够影响文化身份?哪些维度又是霍尔关注的焦点呢?在文化研究范围内,学者们因研究侧重不同,关注的文化属性的关键节点也不相同。巴克在《文化研究:理论与实践》一书中这样描述"文化身份":"文化身份与文化意义的关键点有关,最引人关注的就是阶级、性别、种族、族性、民族和年龄"①。这里的文化意义的关键点就是反映文化归属感的特定群体的特性。可见,按照传统的群体性区分标准,文化身份可以分为阶级身份、种族身份、性别身份、民族身份、年龄身份等多种身份样态。具体到霍尔,他在文化身份的多维空间中主要关注阶级、种族和民族。确切来说,他是在消解了阶级身份的前提下思考种族身份和民族身份。"在探讨种族和民族的问题上,在整个英语世界中影响最大的当属伯明翰大学刚刚停止运行的当代文化研究中心(CCCS),1972至1979年间霍尔在该中心担任主任"②。霍尔对种族和民族的研究是在不同的参照框架下对不同问题的回应。种族问题研究是霍尔对殖民主义思维模式下,从白与黑出发对"自然化"的优与劣、文明与野蛮的生物种族主义和文化种族主义问题的回应。英国文化研究学者斯道雷称"全人类应该属于同一种族"③。可见在文化研究学者眼中,肤色等生物特征根本不能作为白人优于黑人,"西方"统治"非西方"的合理性解释。民族问题研究是霍尔对英国移民与非移民、主流与边缘文化问题做出的回应,即英国的语境之下"谁是英国人"的问题。民族和种族问题在很多情况下很难截然分开,它们相互包含、相互纠

---

① Barker, C. *Cultural Studies: Theory and Practice* [M]. London: Sage Publications, 2005: 436.

② Hall, S. *Ethnicity: Identity and Difference* [A] //Eley, G. & Suny, R. G. (eds.). *Becoming National: A Reader*, New York: Oxford University Press, 1996: 337

③ Storey, J. *Cultural Theory and Poplar Culture: An Introduction* [M]. London: Pearson Longman, 2009: 166

缠。霍尔所说的"民族身份的种族化构建方式"① 就说明了民族和种族身份之间纠缠不清的关系。对种族和民族这两个维度的关注一方面与霍尔的"双重身份"密切相关，另一方面也与霍尔领导的文化研究关注英国社会现实不无关系。霍尔思考民族和种族问题旨在批判英国社会的文化政治政策，最终为构建多元文化社会做出贡献。

第一节　本质主义阶级身份的消解

霍尔对本质的阶级和阶级身份的批判是他整个文化身份批判的立足点。对阶级问题的关注源自霍尔的左翼身份，也能最能体现霍尔身份问题研究的政治关切。霍尔深入阐释文化身份的基础是消解稳定的阶级身份。霍尔认为"在你我生活的社会之中，由阶级概念引发的社会结构和社会不平等的阶级问题已经消失"②。阶级这个19世纪的核心问题在20世纪的情境下已经发生变化，在过去的50年间曾经稳定的社会和阶级身份已经在很大程度上"分裂、断裂、瓦解和错位"③。

一、阶级主体的丧失

1950年代，作为"新左派"成员的霍尔从英国现实语境出发，重新思考与资本主义斗争的方式，他认为以阶级为主体的斗争方式应该转化为以多元的社会阶层为主体的新社会运动。

霍尔的阶级思想形成于战后英国的政治语境和社会现实之中，形成于英国的学术传统之中。从政治语境来看，二战后英国新左派对苏联的社会主义模式极其失望，他们重新思考社会主义道路，试图探寻一条属于英国的社会主义路径。新左派运动是"由一批共产党知识分子，左翼文化人和激进的大学生结合而成的一种政治运动。新左派的目的是在英国重新确立社会主义的

---

① Hall, S. *Ethnicity: Identity and Difference* [A] //Eley, G. & Suny, R. G. (eds.). Becoming National: A Reader, New York: Oxford University Press, 1996: 377
② Hall, S. *Ethnicity: Identity and Difference* [A] //Eley, G. & Suny, R. G. (eds.). Becoming National: A Reader, New York: Oxford University Press, 1996: 342
③ Eley, G. & Suny, R. G. (eds.). *Becoming National: A Reader* [M]. New York: Oxford University Press, 1996: 342

理论与实践,创造一种民主社会主义的政治"①。英国社会发生的变化使新左派知识分子质疑传统左派过于依赖政治和经济的理论框架,过于依赖以阶级为主要革命力量的理论阐释。他们重新思考资本主义社会中的斗争力量和抵抗形式,重新开辟斗争空间。他们强调文化的能动性和介入性,开创了极具特色的文化主义研究范式。从社会现实来看,英国新左派对当选的工党没有贯彻社会主义道路而感到失望。1945 年在选举中获胜的工党没有推动社会改革。1964 年再次执政的工党也没有领导工人阶级推翻资本主义统治。不仅如此,工人阶级在资本主义社会的发展过程中似乎已经被改造成中产阶级。工人的斗争意识越来越淡泊,社会主义事业进入低谷。这种现状促使新左派重新思考阶级和阶级斗争的问题。从英国的学术传统来看,阶级是当时学者们关注的重点。英国具有工人和成人教育的传统,这为英国新左派知识分子细致观察和了解工人阶级提供了可能性。英国文化研究的三驾马车霍加特、威廉斯、汤普森都有着成人教育的经验。霍加特和威廉斯来自工人阶级和共产党的经历也为他们的研究提供了独特视角。《识字的用途》《英国工人阶级的形成》《文化与社会》以及《漫长的革命》都以工人阶级为研究对象,都从文化的角度对工人阶级进行了阐释。霍尔本人也在切尔西学院、伯明翰大学和开放大学多年从事成人教育。这些经历帮助霍尔拓展了思考阶级问题的视野。

霍尔与传统的阶级观念决裂,他认为应该发展地看待阶级问题。与大多出生于英国的工人阶级家庭,大部分也是共产党员的汤普森等英国第一代新左派知识分子不同,霍尔并没有第一代新左派在坚持马克思主义阶级观上的天然亲切感。1950 年代,霍尔重新阐释阶级形式的发展与变化,试图探索一条适合英国的社会主义道路。霍尔集中论述阶级观的文章是他于 1958 年发表的《无阶级之感》。在这篇文章中霍尔表达了他与传统的、同质化的工人阶级构成观的决裂。在当时英国知识分子中比较流行的看法是,英国的福利社会使得工人阶级正在逐渐转化为中产阶级。传统工人阶级的消失使得新左派的斗争丧失了主体。这就要求新左派知识分子重新思考工人阶级的政治和文化身份问题。霍加特在《文化的用途》中,通过比较二十世纪二三十年代和五十年代英国工人阶级生活方式的变化来阐释工人阶级身份既连续又断裂的事

---

① 斯图亚特·霍尔. 文化身份和族裔散居 [A] //罗钢,刘象愚译. 后殖民主义文化理论,北京:中国社会科学出版社,1999:3

实。霍加特带有一种怀旧的情绪，他悼念二三十年代工人阶级的生活方式。以威廉斯为代表的文化主义范式认为阶级以及阶级文化具有稳定性，这种阶级的观念在"情感结构"中被保留下来。汤普逊在《英国工人阶级的形成》中，追溯了工业革命初期英国工人阶级的意识和文化的形成过程。汤普逊强调只有重塑阶级意识社会主义斗争才能够成为可能。总体来说，汤普森、威廉斯和霍加特都把关注点放在工人阶级和阶级文化上，虽然他们中也有人承认工人阶级内部由年龄、性别、种族、地域等构成的复杂性，但这是霍尔所不赞同的。

霍尔认为阶级虽然存在，但由于消费文化的兴起，人们对阶级的认识越来越模糊。霍尔认为工人的阶级身份和阶级斗争之间已经不存在必然的联系①。霍尔认为在工人阶级内部存在着许多差异和个体化特征，这显然不能用总体的阶级身份来衡量和判断。消费文化给大众带来了地位提升的错觉，"个体发展和个体成长在这个时期显现"②。这体现出资产阶级以一种更为隐蔽的方式对工人阶级进行剥削和奴役。消费资本主义的到来使得工人阶级的社会体验发生了变化。"工人阶级通过陷入新的和更加精致的奴役形式而解放了自己"③。工人阶级能够主宰消费的能力，赋予了他们一种"无阶级之感"的虚假意识。正如工党修正主义的代表人物安东尼·克罗斯兰德（Anthony Crosland）所说，资本主义社会的发展使得工人阶级的生活水平显著提高，这就意味着经济的发展必将带来一个无阶级的资本主义社会，社会主义由此幻灭。此时，霍尔回应并驳斥了工党内部成员将经济和阶级关系过于简单化的论断。霍尔指出"目前的英国既不是一个传统意义上的阶级社会也不是一个无阶级的社会：似是而非的是，我们可以更为贴切地说英国社会仍然受到阶级的限制，但却给人们一种阶级即将消失的表象"④。实际上，霍尔在这个时期并不认为工人阶级作为统治性的群体身份已经消解，但他认为这种同质化的身份已经变得复杂，左派应该用更加发展的眼光去思考阶级问题。在这个阶段霍尔最主要的任务就是通过阐明这种"无阶级之感"的形成原因来唤醒人们的社会主义政治意识。

---

① Hall, S. *A Sense of Classlessness* [J]. Universities and Left Review, 1958, 1 (5): 28
② Hall, S. *A Sense of Classlessness* [J]. Universities and Left Review, 1958, 1 (5): 29
③ Hall, S. *A Sense of Classlessness* [J]. Universities and Left Review, 1958, 1 (5): 29
④ Hall, S. *The Formation of Political Consciousness* [A] //Clements, S. & Bright, L. The Committed Church, London: Darton, Longman and Todd, 1966: 22

霍尔用多元的社会阶层取代单一的阶级成为社会反抗的主要力量。霍尔关注阶级之外其他社会主体在社会斗争中更加多样、异质、复杂的斗争潜能。1960 至 70 年代，特别是在伯明翰文化中心成立之后，霍尔对阶级的阐释进一步发展。霍尔曾在访谈录中谈到文化研究中心早期的研究确实是以阶级为中心，但他们是从威廉斯的视角阐释阶级，也就是说霍尔把阶级问题置于文化社会结构的语境下进行研究。但在那个时期文化研究对于阶级和文化之间关系的思考方式也受到了批评：一是批判文化研究认为阶级具有决定性，文化只是阶级的反映；二是批评文化研究"为了提出更有文化色彩的马克思主义而抛弃了正统马克思主义的阶级决定论"①。第一种批评认为文化研究过于关注阶级，第二种批评认为文化研究不够重视阶级。虽然这是两种截然相反的批评令人困惑，但也足以说明"阶级"是当时各方关注的焦点。霍尔指出虽然在当时通过"阶级相联结的文化群体在那个时代显得比较醒目和比较统一"②，但将阶级视为主要的参照点来思考社会、文化问题已然"过时"。阶级已经不再是具有参照意义的标尺，阶级已经不能成为"产生或解释风格化'解决办法'的首要因素"③。阶级与文化之间的关系不是强化了，而是弱化了、复杂化了。我们在思考阶级和文化之间的关系时"绝不能简单地将一方简化为另一方"④。也就是说文化不能由阶级属性决定，阶级不再是文化变革的决定性力量。取而代之的是新形势文化样态的兴起。比如"青年文化的兴起是当代英国文化最独特——确实也是最'引人注目的'一个方面，因此青年亚文化成为战后社会和文化变革优先考虑的对象"⑤。此时霍尔将关注点从

---

① 约翰·克拉克，斯图亚特·霍尔，托尼·杰斐逊，布莱恩·罗伯茨．亚文化群、文化群和阶级［A］//孟登迎、胡疆锋、王蕙译．通过仪式抵抗．北京：中国青年出版社，2015：42

② 约翰·克拉克，斯图亚特·霍尔，托尼·杰斐逊，布莱恩·罗伯茨．亚文化群、文化群和阶级［A］//孟登迎、胡疆锋、王蕙译．通过仪式抵抗．北京：中国青年出版社，2015：43

③ 约翰·克拉克，斯图亚特·霍尔，托尼·杰斐逊，布莱恩·罗伯茨．亚文化群、文化群和阶级［A］//孟登迎、胡疆锋、王蕙译．通过仪式抵抗．北京：中国青年出版社，2015：43

④ 约翰·克拉克，斯图亚特·霍尔，托尼·杰斐逊，布莱恩·罗伯茨．亚文化群、文化群和阶级［A］//孟登迎、胡疆锋、王蕙译．通过仪式抵抗．北京：中国青年出版社，2015：43

⑤ 约翰·克拉克，斯图亚特·霍尔，托尼·杰斐逊，布莱恩·罗伯茨．亚文化群、文化群和阶级［A］//孟登迎、胡疆锋、王蕙译．通过仪式抵抗．北京：中国青年出版社，2015：31

阶级主体转到亚文化群体上来，从阶级斗争转到仪式抵抗上来。在这个过程中，文化研究正式确立了"文化介入政治"的思考主线。在这个时期，霍尔通过消解同质化的阶级主体来探索抵抗的多种路径，为他今后扩充研究视野，将种族、民族等多元主体纳入身份研究中来提供了可能。

二、身份政治的兴起

1960 年代，"积极政治的传统观念分崩离析，被更广泛的身份政治观念所替代"①。在西方新左派的推动下，身份政治取代阶级政治登上历史舞台。传统左派致力于宏大的社会主义事业，因此以阶级斗争为主要方式的阶级政治是他们的主要议题。而新左派为了争取更广泛的政治联盟，他们打破阶级转向多样的身份群体。新左派关注多元身份，"积极回应资本主义全球化时代文化多元社会的各种身份认同诉求"，这是他们在社会主义革命"被无限期延宕条件下维持抵抗、表达立场的一块阵地"②。随着全球化时代到来，大量移民涌入欧洲。在主流文化的政治统治框架下，如何平衡不同群体的文化异质性和权力诉求使得人们开始有意识地思考身份和权力问题，这是身份政治兴起的政治诱因。

霍尔作为左翼知识分子在此时敏锐地发现了新式政治运动的必要性。以多元群体的政治抗争取代宏大的资产阶级革命已成为必然趋势。"1968 年身份政治出现，各种不同的社会运动围绕同一种身份在政治上联合起来"③，这是英国"身份政治"的"现实"发端。这种新的政治运动首先围绕不同种族群体展开，之后迅速波及性别和性等其他群体。身份政治经历了种族批判、民族批判、族性批判、"仪式抵抗"等不同阶段，具体表现为种族主义运动（黑人运动）、女权运动、同性恋运动、青年亚文化抵抗等多种运动形式。1970 年代"左派人士沉浸于身份政治"④，他们极力争取这些少数群体。霍尔将这些

---

① 塔尼亚·刘易斯. 霍尔与英国文化研究的形成：流散叙事 [J]. 冯行，李媛媛译. 国外理论动态，2014（4）：84
② 郑薇，张亮. 身份的迷思——当代西方身份政治学的兴衰 [J]. 探索与争鸣，2018（11）：42-49+59+116
③ Hall, S. *Ethnicity*: *Identity and Difference* [A] //Eley, G. & Suny, R. G. (eds.). Becoming National: A Reader, New York: Oxford University Press, 1996: 346
④ 刘擎. 身份政治与公民政治 [J]. 中国图书评论，2019（8）：4

亚文化群体的抗争称为"身份政治"的新形式①。然而不难看出，左派虽然在新的斗争形式中争取到了"广泛"的政治同盟，但这个同盟却是由社会中的少数群体所组成。这样左派潜意识地就将自己归为少数群体的代表，从而失去了社会大多数的支持。左派逐渐意识到参与"身份政治"运动的群体对他们的政治前途影响不大，因为这些少数群体无法在选举中使左派成为压倒性的大多数。在这种情况下，左派逐渐放弃了这些少数群体，也放弃了"身份政治"。但是霍尔作为新左派的代表，从来没有对"身份政治"无法为左派的政治前途助力这一情况感到"失望"。归根结底是因为他将打破固有身份中包含的规定性、层级性和不平等关系从而为不同群体争取权力视为最终意旨。在霍尔看来，夺取文化霸权固然重要，但它只是为这些边缘化的少数群体争取权力的手段而已。因此，以牺牲少数群体为代价的政治前途在霍尔看来是不可取的。

经过深入思考，霍尔主张一种反本质主义的身份政治。传统的身份政治在霍尔看来有着先天的"本质主义"倾向，因为它总是在承认某种稳定的身份的基础上进行。比如黑人运动"承认"以肤色为区分标准的黑色身份，女性运动"承认"以性别为区分标准的女性身份等。他认为"位置政治"应该取代身份政治。这样不仅可以利用位置弥合不同群体间无法逾越的身份鸿沟，还可以借用位置政治解释位置中的"起源规则"和现实中的权力关系②。后期霍尔又将"位置政治"不断升级，发展成为"差异的政治""接合的政治"等新的政治形式。虽然霍尔最终在理论话语中放弃了"身份政治"，但"身份政治"却帮助霍尔在理论演进中开启了更为广阔的阐释空间。霍尔致力于摆脱西方勾勒的身份框架，他在打破阶级的基础上，批判种族主义、民族主义的本质身份，重新阐释族性和族裔散居。霍尔终其一生都是在为了帮助非西方群体摆脱身份束缚、重构权力关系而努力。

---

① Hall, S. *Minimal Selves* ［A］//Bhabha, H., Forrester, J. & Gregory, R.L., et al. Identity: The Real Me. London: Institute of Contemporary Arts, 1988: 44-46

② Hall, S. *Cultural Identity and Diaspora* ［A］//Rutherord, J. (eds.) Identity: Community, Culture, Difference. London: Lawrence & Wishart, 1990: 226

第二节　本质主义种族身份的批判

在英国文化研究内部，较早关注种族问题并对其进行详细阐释的学者当属霍尔。霍尔对肤色的意识和种族问题的洞察力远胜于威廉斯、汤普森和霍加特等英国文化研究的其他领军人物，这从根本上源于霍尔生在牙买加裔长在英国的双重身份。霍尔之所以对种族问题如此关注也与当时的政治、社会和学术环境相关。从政治环境来看，20世纪中期大批移民涌入英国，此时英国内部的种族歧视引发了国内大规模的民权运动。从社会环境来看，1958年发生在英国的"诺丁山骚乱"使得霍尔意识到黑人在整个文化体系中的"错位"。从学术环境来看，伯明翰研究中心于1978年成立种族与政治研究小组回应当时英国社会出现的问题。

确切来说，霍尔是从1970年代开始关注种族问题。关于霍尔关注种族问题的时间节点，国内有部分学者认为是在1980年代末，其标志性事件是1987年发表的短篇自传体小说《最小的自我》。可以肯定的是在这篇文章中霍尔确实以自己的黑人身份为出发点对英国的种族政策进行了质疑，但它并不是霍尔关注种族问题的开端。本书之所以认为霍尔对种族问题的关注早在1970年代就已经开始是因为：霍尔不仅在回顾文化研究中心的工作时提到"以种族为基础"是1970年代研究中心的理论方法①，"种族、抢劫和犯罪"② 是当时研究的关切，还在1970年代发表了大量关于种族问题的理论成果。1975年，霍尔发表了与多位研究者共同撰写的《新闻制作和犯罪》③，文中描述了新闻制作过程中犯罪与特定群体之间的关系的构建。这篇文章关注英国媒体对黑人群体的表征方式，它也被很多学者视为《监控危机》的前身。1978年，霍尔又高频、高密度地呈现了自己对种族问题的思考，成果包括1978年参与BBC报道英国多种族社会的电视节目"种族主义及其反应"（对英国种族主义的溯源），1978年发表的《种族和贫穷》（*Race and Poverty*）和《存在于内

---

① Hall, S. *Cultural studies and Its Theoretical Legacies* [A] //Morley, D. & Chen, K. H. Stuart Hall: Critical Dialogues in Cultural Studies, London: Routledge, 1996: 64
② Hall, S. *Living with Difference* [J]. Soundings, 2007 (37): 148
③ Hall, S., Clark, J. & Gritcher, C. 1975. [A] //CCCS Selected Working Papers (vol. 2), London: Routledge, 2007: 313

部的种族主义者》（*The Racist Within*）等多篇文章。此外，霍尔在 1970 年代还领导研究小组对英国社会矛盾表示出极大的关注，黑人和黑人青年亚文化成为研究中心的研究对象。研究中心对种族问题进行系统阐释的代表性成果当属 1978 年出版的《监控危机》和 1982 年出版的《帝国反击》。1978 年的《监控危机》① 虽然在书的"标题中没有提到'种族'的字眼，但显然'种族主义'是这次危机的核心问题"②。从分析"行凶抢劫"（mugging）这一话语指涉黑人男性在英国社会中的话语构建及其引发的道德恐慌出发，到探究"抢劫犯罪"的社会根源以及英国对此作出的极端反应，霍尔在该文中关注的是英国社会中针对黑人移民的国家干预政策。此外，霍尔在《帝国反击》（*The Empire Strikes Back*：*Race and Racism in 70s Britain*）中分析了 20 世纪 70 年代英国种族主义政策，英国从立法、执法和教育上对黑人移民进行控制。1980 年代末，霍尔以《最小的自我》为标志，通过反思自身深入思考英国的种族问题。

霍尔从黑人移民身份出发探讨了种族身份中的文化权力关系。霍尔主要关注文化、权力和种族身份构建之间的关系。霍尔对此进行详细论述的文章包括《支配结构中的种族、接合和社会》（1980）、《种族、文化和交流》（1989）、《族性：身份和差异》（1989）、《新族性》（1989）、《新旧身份和新旧族性》（1991）和《命运的三角》（2017）等③。本章从种族主义身份形成的原因、种族主义身份构建的方式、消解及重构种族身份的方法三个层面探讨了霍尔批判种族主义身份的方法。

一、种族主义的种族身份：生物与文化差异

"'种族'这个词在文化研究中经常被放在引号里被用来表明它的历史暧昧行和它作为一个分析概念的令人怀疑的地位"④，"这个词一直被用来贬低

---

① Hall, S., Critcher, C. & Jefferson, T. et al. *Policing the Crisis*：*Mugging, the State and Law and Order* [M]. Macmillan Press Ltd, 1982

② Hall, S. *Ethnicity*：*Identity and Difference* [A] //Eley, G. & Suny, R. G. (eds.). Becoming National：A Reader, New York：Oxford University Press, 1996：377

③ 1994 年，霍尔应邀在哈佛大学做了杜波伊斯系列讲座，讲座主要包含种族（"种族——滑动的能指"）、族性（"全球化时代的族性和差异"）以及民族（"民族和族裔散居"）三个主题，并于 2017 年经哈佛大学整理以《命运的三角》为名出版。

④ 阿雷恩·鲍尔德温，布莱恩·朗赫斯特，斯考特·买克拉肯等. 文化研究导论 [M]. 陶东风译. 北京：高等教育出版社，2011：121

非我族类的不同群体"①。"种族的概念具有社会达尔文主义关于物种起源的生物学论述的痕迹，强调'血统谱系'和'人的类型'。在这里，种族的概念是指所谓的生物和生理特征，最明显的是肤色"②。在 19 世纪欧洲学者用"种族"给不同人群的生物性特征加以分类，比如按照肤色把人群分为白人、黄种人、黑人等。他们通过看似科学的特征来区分人群，并赋予不同人群优先与次要，文明与野蛮，高级与低级的身份。文化研究学者普遍认为不是人类的生物特征而是"种族主义"把人分成不同的"种族"③。最早的"种族主义者"爱德华·朗（Edward Long）于 1774 年在《牙买加的历史》中将人群分类，宣称"黑人较之白人低等，因此暗示奴隶和奴隶贸易是名正言顺的事情"④。但不同群体间的身体差异，如"皮肤的差异本身并没有意义"⑤，是种族主义的意指方式赋予他们意义。因此，"种族"这个词暗含的种族主义倾向被许多学者所反对，比如人类学家本尼迪克曾指出"在现代科学中，关于人类种族分类的分歧最大"⑥。有鉴于此，某些学者从生物差异转向文化差异划分人群。但文化研究学者清醒地认识到文化仍是社会构建的产物，以文化为标准区分种族具有更大的欺骗性和安慰性，人们会在文化和历史"自然演进"中忘却种族分类中的权力关系。

霍尔以明晰种族内涵为切入点批判种族主义的身份构建方式。霍尔认为"种族"是从社会人类学角度区分人群的本质主义分类标准，对此他一直保持着批判的态度。这种看似科学的分类标准实际上完全是西方中心主义话语构建的产物，是主观的。霍尔在《最小的自我》中指出非裔在英国被认为是有色人种、是黑人（但在霍尔没有离开牙买加之前却没有这样的肤色意识）。因此，"从政治上来说，'黑'这个词是被创造出来的，参照英国社会的种族主

---

① 雷雷蒙德·威廉斯. 关键词：文化与社会的词汇［M］. 北京：生活·读书·新知三联书店，2005：375-378

② 克里斯·巴克. 文化研究理论与实践［M］. 孔敏译. 北京：北京大学出版社，2013：241

③ Storey, J. *Cultural Theory and Poplar Culture: An Introduction*［M］. London: Pearson Longman, 2009: 167

④ Storey, J. *Cultural Theory and Poplar Culture: An Introduction*［M］. London: Pearson Longman, 2009: 169

⑤ Storey, J. *Cultural Theory and Poplar Culture: An Introduction*［M］. London: Pearson Longman, 2009: 167

⑥ Benedict, R. *Race: Science and Politics*［M］. New York: Viking, 1959

义和边缘化就可以略知一二……黑人经验作为一个单数形式和统一的框架，是在将族群差异和文化差异整齐划一的基础上，建构了一个统一的身份。这个身份凌驾于其他的族群和种族身份之上，虽然其他的身份并没有消失"①。也就是说，"黑"作为非裔族群"共同享有"的"特征"被用来排除其他差异，构建"单数的""统一的""同质化的""简化的"身份框架。种族主义者用"黑"来遮蔽所有其他的"颜色"。种族主义"通过构建人种类别无法逾越的象征性边界而起作用，种族主义最典型的二元表征体系总是尝试固化和自然化归属感和他者之间的差异"②。这就是斯皮瓦克在《三个女性文本和一种帝国主义批判》（1985）所说的他者话语的"认知暴力"。"认知暴力"利用科学、真理和宗教话语而非强制暴力手段实现帝国主义文化对殖民地文化的统治，实现西方对非西方的压制性统治。把人群通过"种族"这个分类标准固化下来是种族主义的思维模式，其中存在权力关系。

霍尔论述了种族主义分类体系的形成过程，大体来说可以分为三个阶段。第一阶段是种族主义分类体系的发生时期③。将人群进行分类始于帝国主义扩张时期。这是欧洲帝国开始接触新世界，也是欧洲帝国开始构建一个充满的"差异"的"他者"世界的时刻。此时，种族差异在现代西方话语中开始出现，种族差异也随之成为"问题"。从这个时刻开始，欧洲殖民者试图区分人群，最初的种族分类围绕宗教差异展开。第二阶段是种族主义分类体系的形成时期④。到了启蒙时代，欧洲殖民者构建种族差异的方式有所变化。在种族的话语体系中出现了一种全新的二元表征结构，"文明"和"野蛮"作为话语标记用于区分不同的种族群体。这时在人类差异的总体系统内，确切地说是在西方和他者之间开始有了分级、分类和分层的标准——"欧洲和中国的文明，波斯和阿比西尼亚的野蛮，鞑靼和阿拉伯人的怪异举止"⑤。第三阶段

---

① Hall, S. *New Ethnicities* ［A］//Morley, D. & Chen, K. H. Stuart Hall: Critical Dialogues in Cultural Studies, London: Routledge, 1996: 442

② Hall, S. *New Ethnicities* ［A］//Morley, D. & Chen, K. H. Stuart Hall: Critical Dialogues in Cultural Studies, London: Routledge, 1996: 446

③ Hall, S. *The Fateful Triangle: Race, Ethnicity, Nation* ［M］. Harvard University Press, 2017: 54-56

④ Hall, S. *The Fateful Triangle: Race, Ethnicity, Nation* ［M］. Harvard University Press, 2017: 56-58

⑤ Hall, S. *The Fateful Triangle: Race, Ethnicity, Nation* ［M］. Harvard University Press, 2017: 55

是种族主义分类体系的强化时期①。从 18 世纪开始，科学在现代话语体系中以真理政权的方式起作用。福柯把科学的知识和话语效果称为真理政权。科学的作用就是建立一套绝对的知识体系，这个知识体系跟事实和真实无关，它是种族在话语中固化差异的方法。社会的、文化的、经济的和政治的差异通过真理的形式在话语体系中得以构建。霍尔认为 18 世纪的科学所起的作用就是在自然和文化间建立拉克劳所说的"等同的逻辑链条"，这样种族就如同一套表征体系以话语的方式起作用。按照福柯和拉克劳的逻辑，霍尔解释科学是通过把真理据为己有的方式赢得权力，通过在意指元素之间建立对应性而赢得霸权。也就是通过建立种族和文化之间的对应性，构建差异和权力、差异和财富、差异和行为、差异和分配之间的对应性来构成种族话语。科学给种族的差异构建带来了一个"自然化的效果"。科学本身的自然化、本质化和去历史化的功能，使种族以知识—权力—差异的方式起作用。因此，霍尔提醒我们要时刻把种族作为话语置于历史而非形式的视角下进行考量。经历这三个历史阶段，种族的话语体系构建了意义系统中理解种族差异的常识。

霍尔分析了"种族"思想在人们观念中根深蒂固的原因。种族的分类标准之所以根深蒂固很难祛除，是因为它以意指和话语的形式在各种意义系统中运作，并在人类的历史发展进程中产生了实际的效果。霍尔认为种族是一个"解释机制，用来说明不同群的社会、文化、经济和认知的差异"②。从话语的层面上来说，通过对立结构来定义一个观念是一个"非常有趣的语言游戏"③。这个观念——能指和所指的对应——之所以具有"科学性"，是因为人们之间确实存在物理差异。而且这种物理差异是人们用眼睛就能直接感受到的——人们皮肤颜色、头发和骨骼确实不同。生物上的差异被随意使用在语言中构建各种观念，这就是语言的游戏。霍尔通过有趣的语言游戏来说明种族的分类标准具有迷惑性，即看似建立在一定的科学基础上，但实际上却是能指通过意义系统发挥作用，从而在社会现实中产生实际的效果。在人类历史上种族主义（种族迫害）剥夺了数以百万人的生命，所以种族的巨大

---

① Hall, S. *The Fateful Triangle*：*Race*，*Ethnicity*，*Nation*［M］. Harvard University Press，2017：58-60

② Hall, S. *The Fateful Triangle*：*Race*，*Ethnicity*，*Nation*［M］. Harvard University Press，2017：43

③ Hall, S. *The Fateful Triangle*：*Race*，*Ethnicity*，*Nation*［M］. Harvard University Press，2017：43

现实作用使得这种分类模式在人们的观念中扎根。不仅如此,种族的话语体系还构建了一个影响更加广泛的权力结构体系,最终在财富分配、资源分配和知识生产中起决定性作用①。种族作为一种话语体系已经渗透到人们的语言和观念之中,影响人们的日常行为。种族一直凭借权力在人类的历史发展中影响人类实践。霍尔通过解释种族是什么,探究了种族主义分类系统形成的原因,阐明了种族主义分类体系按照最初的二分模式组织人类活动的方式。

霍尔批判了从生物学角度对种族进行界定的方式。霍尔认为从生物特征的角度合理化"种族"是话语构建的产物,是虚假的常识性假设。在《命运的三角》中,霍尔对种族主义的生物学视角进行批判。"在生物学范畴,这一术语被译作'人种',即根据基因导致的遗传标记,结合地理、生态和形态(如肤色和体质特征)等因素,对人类群体进行科学分类"②。按照遗传学和生物学的标准区分人群看似科学实则备受争议。在霍尔看来"种族"是西方强加给人们的一种伪科学观念。美国著名黑人学者杜波伊斯在 1897 年发表文章《种族的保留》对种族的伪科学性进行了论述。他谈到人们在以"共同的血统,共同的祖先和相似的身体特征"③ 为依据区分人群时,也出于某种原因在其他时候无视这些依据。也就是说,种族主义者会在不同的情况下使用不同的、看似科学的区分标准。比如,黑人移民与美国本土居民组成家庭后的混血后代,虽然身上流淌着美国的血液,细胞中包含着美国的基因,但很有可能在美国被称为有色人种。此时,共同的血统和共同的祖先就被肤色所覆盖和遮蔽。因此,霍尔认为"'种族'作为社会构建的产物,是个语言现象。它与生物学无关,与权力相关"④。生物、遗传角度的种族划分标准根本站不住脚,因为即便在一个家庭内部,同一父母的子女在身体的外部特征上,比如肤色、头发的颜色上,都存在巨大差异,更何况是一个种族。因此种族超越科学,种族是一种"话语的构建,是一个滑动的能指",而不是生物学的

① Hall, S. *The Fateful Triangle*:*Race*,*Ethnicity*,*Nation*〔M〕. Harvard University Press, 2017:43

② 汪民安. 文化研究关键词〔M〕. 南京:江苏人民出版社,2007:860

③ Du Bois, W. E. B. *The Conservation of Races*〔A〕// Phillip, S. (eds.) W. E. B. Du Bois Speaks:Speeches and Addresses, 1980-1919, New York:Pathfinder, 1970:75-75

④ Hall, S. *The Fateful Triangle*:*Race*,*Ethnicity*,*Nation*〔M〕. Harvard University Press, 2017:X.

事实①。作为话语构建的产物，"种族"概念中包含着人们不易察觉的虚假的常识性假设，这就会造成人们对这个分类标准及其合理性的默认。这样种族作为差异的分类标准就会在社会生产和再生产差异等级中起作用。"'种族'是一个重要或主要的观念，能够组织庞大的差异分类体系，这个差异分类体系在人类社会中起作用"②。"种族在这个意义上来说是生产差异的等级体系的核心"③。差异分类标准中最大的问题就是差异本身是带有等级和从属关系的，把整个世界分类。白种人优于黑种人、优于黄种人、优于棕种人等相似观念在这一分类标准下被合理化。"种族"之内除了身体差异之外，还存在不同的阶级、性别、性、年龄等差异，这些差异共同作用决定主体身份，"种族"作为生物、遗传学差异不是也不可能是确定、固化个体身份的唯一有效作途径。

　　霍尔对"文化化"的种族定义方式，即文化种族主义，也持批判的态度。"在科学概念的掩护下，种族也作为一种社会文化范畴出现"④，这就是文化的种族主义。生物学意义之外，文化意义上的种族分类标准更加复杂，也更具迷惑性。既然"种族"不应该以生物学特征对人类进行区分，那么应该用何种方式思考"种族"呢？霍尔反思杜波伊斯对种族的阐释，认为身体差异只是种族分类的出发点，种族分类的社会学意义才是人们更应该警醒的。杜波伊斯在1940年《黎明前的黑暗》中表明"种族"是以"共同的历史"和"共同的记忆"为"标记"的⑤。在共享的社会历史遗产中黑人特有的肤色、发色等生物性特征并不具有实际的意义。这些生物性特征在杜波伊斯看来只是一个附着在表面的"徽章"，对于非裔美国人来说，"奴隶制作为社会遗产"是他们"亲缘关系的真正本质"，是"徽章"之下，"种族"的真正"标

① Hall, S. *The Fateful Triangle*：*Race*，*Ethnicity*，*Nation*［M］. Harvard University Press，2017：32.

② Hall, S. *The Fateful Triangle*：*Race*，*Ethnicity*，*Nation*［M］. Harvard University Press，2017：32-33.

③ Hall, S. *The Fateful Triangle*：*Race*，*Ethnicity*，*Nation*［M］. Harvard University Press，2017：33.

④ 汪民安. 文化研究关键词［M］. 南京：江苏人民出版社，2007：860

⑤ Du Bois, W. E. B. *Dusk of Dawn*：*Toward an Autobiography of the Race Concept*［M］. New York：Oxford University Press，2014：116

记"①。简而言之，杜波伊斯认为不是生物学差异而是社会历史差异赋予人类区分标准——社会历史差异是"根"，生物差异只是"叶子"。杜波伊斯的种族批判对其他文化研究学者的研究具有奠基性作用。但一方面杜波伊斯将血源、肤色、头发、面孔等生物学特征视为社会历史的徽章这一思考方式显然遗留了生物学标准的种族观念，另一方面将"共享的社会历史遗产"视为种族分类的根源也是一种民族主义和种族主义的思维倾向。与霍尔批判杜波伊斯的观念相似，美国学者阿皮亚在其代表性文章《没有完成的论证：杜波伊斯和种族幻想》一文中也指出"用社会历史的定义方式代替种族的生物学定义"并没有彻底解决人们观念中遗留的种族主义观念②。阿皮亚认为"用社会历史的种族观念来代替生物学的种族实际上就是把生物的观念置于表层之下，并没有超越它"③。

那么既然"种族"既是不生物的，也不是文化的，它到底是什么呢？是不是阿皮亚提出的"无种族"观念？阿皮亚认为"实际上根本没有种族"，有的只是把"文化或者意识形态生物化"，有的只是"现实"④。关注种族既要关注"种族的意义"，也要关注"种族"的"真理"，但阿皮亚最大的问题是他根本没有意识到世界上完全不存在关于"种族"的"绝对真理"。在霍尔看来"真理"是话语构建的，因此霍尔从话语和意义的角度思考种族问题，这是解构本质主义的种族身份的有效手段。

二、种族身份构建中的权力、知识、差异

霍尔明确地指出"差异的表征、知识的生产，以及在此过程中权力的植入对于生产种族来说是至关重要的三重关系"⑤。他把索绪尔和结构主义的差异视角，后殖民主义他者的视角以及福柯、德里达的知识权力视角结合起来，

① Du Bois, W. E. B. *Dusk of Dawn*: *Toward an Autobiography of the Race Concept* [M]. New York: Oxford University Press, 2014: 117

② Appiah, A. *The Uncompleted Argument*: *Du Bois and the Illusion of Race* [A] //Gates, H. L. (eds.) Race: Writing and Difference, Chicago: University of Chicago Press, 1986: 22

③ Appiah, A. *The Uncompleted Argument*: *Du Bois and the Illusion of Race* [A] //Gates, H. L. (eds.) Race: Writing and Difference, Chicago: University of Chicago Press, 1986: 34

④ Appiah, A. *The Uncompleted Argument*: *Du Bois and the Illusion of Race* [A] //Gates, H. L. (eds.) Race: Writing and Difference, Chicago: University of Chicago Press, 1986: 35-36

⑤ Hall, S. *The Fateful Triangle*: *Race, Ethnicity, Nation* [M]. Harvard University Press, 2017: 47-48

从而形成了"权力—知识—差异"（power-knowledge-difference）① 的种族问题的思考模式。在这种思考模式下，霍尔把种族视为一种话语体系。种族话语围绕差异构建种族身份，构建的主体在实践中以特定身份（权力）组织生产，种族话语的意义（知识）在生产中通过生产和再生产得以进一步扩散。种族话语"围绕人类社会的真理，那就是差异，来组织实践"②。种族话语的"真理"（知识）和它在实践中产生的真实效果（差异中构建的权力关系）使得它成为人类文化中最庞大、最持久的分类体系之一。种族通过话语构建意义（生产知识），从而指导实践进行意义（知识）和权力关系的再生产，在这一过程中意义（知识）和权力关系被保留、被固化、被强化。也就是说，意义并不是单纯的语言操作形式，而是与话语体系相关的权力生产。在这个体系中，意义的生产是相似和差异的意指关系的生产，它们并非对应真实的生物、文化差异，而是现实中构建的话语的区分体系。人类的沟通、知识和日常行为以意义的方式被理解、被规范。霍尔之所以将权力放在这个思考模式的首位是因为权力在这个模式中起关键性作用。拥有权力的一方决定知识的生产方式和内容，知识围绕差异构建对立关系以及层级关系。

霍尔认为权力在构建种族身份中起关键性作用。"种族"话语通过权力构建分类体系，在现实中产生实际的效果。种族的"意义能够产生实际的效果不是因为它隐含在科学分类标准中的真理，而是因为话语关系中的权力意志和真理政权，这些意义通过意指实践场域的观念和思想构建权力关系"③。换言之，种族身份的意义之所以会产生真实的效果，不是因为在这些科学的分类中有真理存在而是因为这里面包含"权力意志"，有"真理政权"深深植根于话语关系的转换中。这些意义在"意指场域"中通过作用于人们的观念而产生实际的效果。人们被求真意志驱使，追求关于种族的"真理"，接受关于种族的知识，从而受到既定话语体系中"真理政权"的支配。与此同时，人们以此为依据组织和调控日常社会实践，从而取得实际效果。最终话语在组织社会实践过程中生成了组织间的权力关系，产生"种族的效果"。霍尔把

---

① Hall, S. *The Fateful Triangle*：*Race*, *Ethnicity*, *Nation*［M］. Harvard University Press, 2017：60

② Hall, S. *The Fateful Triangle*：*Race*, *Ethnicity*, *Nation*［M］. Harvard University Press, 2017：46

③ Hall, S. *The Fateful Triangle*：*Race*, *Ethnicity*, *Nation*［M］. Harvard University Press, 2017：45

能够对现实产生效果的话语称为话语实践。霍尔称构建的种族在话语实践中产生三种"种族的效果"：一是物质效果。在种族的话语实践中，占有话语权力的一方将"资源""分配"给特定的种族，从而在现实中产生最直接的物质性效果①。比如在种族话语构建的殖民关系中，财富的占有与分配属于特定的种族群体，这就为某些国家对他国的财富掠夺提供了合理的借口。这是种族话语在现实中产生物质效果的最直接体现。二是象征效果。在种族话语中，占有话语权力的一方以"利己"为标准将"人群与人群的关系等级化"②，构建象征的边界。比如黑人与白人的区分标准就是如此。黑人生而为奴，白人生而为主。黑人"生来"就较白人低等，因此奴隶制成为自然而然的事情。三是心理效果。种族的心理效果产生在法农所说的"表皮化"过程中。"心理效果构成主体的内部生存空间。这个主体由话语构建，也身陷在话语能指的游戏中"③。通过他者的凝视被凝视者不断强化身份"认同"，并按照凝视者的"期待"规范自身行为。这样种族产生的心理效应就对现实产生了实际的作用。种族的分类体系之所以被人们普遍地接受，就是因为它通过权力的运作从物质、象征、心理等各个方面共同对社会实践产生影响。

霍尔认为"种族身份"是由"种族的知识"生产出来的。种族身份是意义的分类系统。霍尔明确地指出种族不是历史的事实，而是意义体系，是一种有组织、有意义地区分世界的体系。霍尔所说的种族是"意义的分类系统"，可以从以下几个角度理解：第一，种族像话语一样运作，生产象征的边界。种族身份没有本质的特征，而是社会、历史和政治的话语。"社会、历史和政治视角下的种族都是话语；即它像语言一样运作，像一个滑动的能指"④。种族既然是"滑动的"能指，那么种族的内涵就不是固定不变的，它将一直处于变化之中。种族的"能指指涉并不是由基因构成的事实而是意义体系"，种族"身份是一个开放的、有区分的现象，依赖于话语标记的边界效

---

① Hall, S. *The Fateful Triangle*：*Race, Ethnicity, Nation* [M]. Harvard University Press, 2017：69

② Hall, S. *The Fateful Triangle*：*Race, Ethnicity, Nation* [M]. Harvard University Press, 2017：69

③ Hall, S. *The Fateful Triangle*：*Race, Ethnicity, Nation* [M]. Harvard University Press, 2017：69

④ Hall, S. *The Fateful Triangle*：*Race, Ethnicity, Nation* [M]. Harvard University Press, 2017：45

果，差异被固定在内部和构成性的外部之间，并在两者之间滑动"①。最后"意义在文化的分类过程中被固定下来"，这样具有区分性的象征边界就出现了。边界将一部分主体纳入边界之中，另一部分主体排除在边界之外。第二，种族作为能指不是科学的知识而是构建的意义。它的"能指指涉并不是科学构成的事实而是意义体系"②。它在不同的文化中具有差异性和层级性。种族的话语通过对立进行分类：他们和我们，原始和文明，浅色和深色。这种二分的种族话语成为知识结构和表征方式。通过这种简化的表征方式种族被分类，相应地身份也就随之构建。种族身份的确立是通过简化和固化种族的分类标准实现的。

霍尔认为种族身份的知识性生产是通过话语从内外两个层面共同构建差异关系而实现。从外部来说，欧洲殖民者构建了种族的话语体系，通过"等同的逻辑链条"生产了庞大的分类体系。早在500多年前的现代时期，欧洲殖民者与新大陆和非洲这个"他者"相遇。欧洲殖民者利用文化差异、生物学差异把"非洲"塑造成一个与"我们"对立的否定的能指③，成为被殖民的合理对象。链条的一端是皮肤的颜色、鼻子的宽度和身体其他部分的生物差异，链条的另一端是民族身份。换言之，身体的差异作为能指通过隐喻的方式在意指的链条上被定位，它们与文化差异、智力能力、认知能力、情绪性格和社会成就等所指相对应。"种族这种显而易见的特性是经验的基石，社会文化和历史的定义在此基础上'胡乱折腾'"④。这就是生物和生理特征在意指领域按照话语形式进行运作的过程，即生物、文化差异的能指与民族身份的能指缝合生产身份意义的过程。从内部来说，霍尔借助法农在《黑皮肤，白面具》中对种族主义心理机制的阐释方式说明自我意识在种族身份形成中的作用。法农称奴隶身份不是别人对"我"的看法，而是"我"自己的外表

---

① Hall, S. *The Fateful Triangle: Race, Ethnicity, Nation* [M]. Harvard University Press, 2017: 72

② Hall, S. *The Fateful Triangle: Race, Ethnicity, Nation* [M]. Harvard University Press, 2017: 45

③ Hall, S. *The Fateful Triangle: Race, Ethnicity, Nation* [M]. Harvard University Press, 2017: xi

④ Hall, S. *The Fateful Triangle: Race, Ethnicity, Nation* [M]. Harvard University Press, 2017: 61

让"我"认为"我"是奴隶，通过这种方式"种族差异已经植入黑色的身体"①。来自身体上的自我印象对于自我身份和主体性的形成非常重要，因为这是"自我和世界结构化的过程"②，它在"我的身体和世界之间建立了一个真实的对话关系"③。通过他者的凝视，"黑色"这个通过"诸多细节，轶事和故事编织而成"④ 的、带有偏见的无意识意象得以传递。这就是被法农称为"表皮化"的过程，即把种族差异铭刻在皮肤上的过程。"表皮化"把种族差异对应不同身份的"真理"铭刻在主体的意识之中。因此无论是在内部还是外部的构建中，霍尔认为"种族"只是一种"滑动的能指"或者"漂浮的能指"⑤。生物差异作为能指与身份差异这个所指并不是本质的匹配关系，二者之间的对应是一种松动地、任意地构建的结果。西方通过话语的方式对殖民地文化进行"他者"塑造为西方帝国主义殖民找到了合理的借口。殖民者在话语建构中从内外两个方面剥夺殖民地文化的主体性，使其从心理上对西方产生依附和依赖。

霍尔揭示了种族话语中权力、知识和差异三者之间的互动关系。霍尔从生物差异入手，解释了生物基因通过建立真理政权实现话语霸权的过程。"通过话语操作"种族赋予世界意义。人们按照一定的方式理解世界，构建一种理解的秩序，在种族的分类模式下组织实践，从而产生实际的效果。种族话语构建了一个差异的场域，通过构建意义的方式进行人群区分。在这个过程中权力一直参与其中，种族话语接合权力通过分级和分层来产生实际的或者象征的效果。这种分级和分层方式反过来又作用于话语体系，为话语体系的意义构建划定边界，这就是拉克劳和墨菲所说的边界效应。拉克劳和墨菲通过边界效应的构建解释西方中心主义身份构建的过程："通过话语植入他者是

---

① Hall, S. *The Fateful Triangle: Race, Ethnicity, Nation* [M]. Harvard University Press, 2017: 61

② Hall, S. *The Fateful Triangle: Race, Ethnicity, Nation* [M]. Harvard University Press, 2017: 61

③ Hall, S. *The Fateful Triangle: Race, Ethnicity, Nation* [M]. Harvard University Press, 2017: 61

④ Hall, S. *The Fateful Triangle: Race, Ethnicity, Nation* [M]. Harvard University Press, 2017: 61

⑤ Hall, S. *The Fateful Triangle: Race, Ethnicity, Nation* [M]. Harvard University Press, 2017: 61

白色的西方世界构建和巩固西方和白色身份的游戏。"① 霍尔强调文化差异作为能指是种族主义话语体系构建的产物。种族主义中黑人群体的文化差异标记源于奴隶制的社会遗产，而奴隶制仍然是以肤色为"徽章"的。社会历史化种族的过程也是以肤色为底色，这种社会历史的特征是以"科学证实了"的基因为依据。基因的差异被科学赋予意义，科学的意义也是"话语的客体被反复构建"的依据②。以科学为区分标记的种族差异正如霍尔之前阐释过的，不是"真理"而是"真理政权"。通过这种方式构建的差异可以生产关于世界的、种族化的知识。在科学伪装下的知识成为最危险的知识，遮蔽了其中的权力关系。通过常识的构建让人们在不知不觉中接受其中的权力关系。具有权力的知识能够组织日常行为和实践产生物质的效果，同时隐含权力的知识进入社会的文化体系产生象征、心理的效果。这再次印证了霍尔强调的种族话语中隐藏的权力、知识、差异关系。

霍尔批判西方中心主义种族话语的构建方式和其中的权力/知识关系。种族主义通过基因、生物特征来区分种族的观点仍然普遍存在③。霍尔指出通过科学知识、生物差异构建种族身份的方式站不住脚。种族和文化差异、种族和智力差异之间没有必然的联系。基因的差异不能作为区分文化、社会、智力和认知的标准。即便在同一人口内部甚至同一家族成员之间基因的变异程度并不比不同人口间的变异程度小。西方在构建种族身份时总是企图把生物差异与社会、政治、道德和审美的特点与政策的正确性、观念的正确性和文化生产的价值相联系。霍尔认为理解种族的方式总是与具有历史形态的知识生产相关。他指出从文艺复兴开始（特别是在启蒙时代），人们就开始利用科学生产知识用于"解释"人群的分类、分级、演进和区别。所谓的"解释"就是"把握权力的一方生产关于差异的知识，任意地在所指的意义上凌驾于他者之上，然后再践行这些差异或差异的逻辑链条，这对现实世界产生致命的后果"④。"同一"种族的人群可能具有相同的祖先，相同的历史，经历过

① Hall, S. *The Fateful Triangle*: *Race*, *Ethnicity*, *Nation* ［M］. Harvard University Press, 2017: 82

② Hall, S. *The Fateful Triangle*: *Race*, *Ethnicity*, *Nation* ［M］. Harvard University Press, 2017: 68

③ Hall, S. *The Fateful Triangle*: *Race*, *Ethnicity*, *Nation* ［M］. Harvard University Press, 2017: 39

④ Hall, S. *The Fateful Triangle*: *Race*, *Ethnicity*, *Nation* ［M］. Harvard University Press, 2017: xi

相同的灾难（比如非洲人经历了奴隶制），有着相似的记忆，有着相似的肤色，但在众多因素之中，身份特征成为"最具代表性"的差异能指，身体被视为种族差异的自然栖居之所。身体只是种族身份的物质性面具，在其掩盖之下的是一个意指系统。这个系统是具有权力的一方有选择地将身体的某个部位引入种族的话语而构建的一个身份的意义链条。在这个链条中某些差异被"详细"阐释，某些差异被"彻底"排除。这些被放大的差异成为体现某类人群世界观、价值观的"标签"。最令人担忧的是，被表征的人群生活在这个意义系统中逐渐接受了所有的标签。即便在自我解放的过程中他们也没有摆脱这些标签，比如在解放运动中的"黑人"不仅没有放弃"黑"的标志，反倒是接受了这些生理上的差异，并且在运动中强化了这种差异意识。借此霍尔提醒人们要关注种族身份构建中的权力、知识、差异。

霍尔批判传统的种族分类方式，从后殖民立场呼吁构建一个包容差异、包含多元文化的社会样态。随着技术变革的加快，经济依赖的加深，大量人群在全球范围内移动和混居。在全球化背景之下的种族、族群和民族有空间、有机会保留独特性，这是边缘群体重塑"认同"、重获"位置"的希望。具体的做法是"在共享的历史经验下造就一个种族现代化的新能指"，这就要求人们"'打破并且非简化'地思考种族、族群和民族的概念"，"这样才能为定义21世纪的主体提供新的可能性"①。霍尔指出在后殖民的历史语境中，我们不能用一种僵化的、固定的边界来思考某一群体，不能用太过"清晰"的界限来区分某种群体。同时霍尔指出我们也不能用一种旧式差异（僵化的二元对立）作为标准分类人群。我们要捕捉人类生存中因多种身份、不同经历、多元背景相互交织而带来的身份模糊性和复杂性。种族主义的种族身份是"带有历史压迫色彩的分类标准，具有固化群体分类思维的危险。它只能强化文化差异的等级观念"②。只有认清种族话语中的权力、知识和差异之间的关系，才能帮助我们在新的语境下更加有效地打破旧身份、构建新身份。

三、种族身份的消解与重构：从新族性到族裔散居

霍尔消解"种族"经历了从"族性"到"新族性"直至"族裔散居"的

---

① Hall, S. *The Fateful Triangle：Race, Ethnicity, Nation* ［M］. Harvard University Press, 2017：xiii

② Hall, S. *The Fateful Triangle：Race, Ethnicity, Nation* ［M］. Harvard University Press, 2017：xiiv

过程。1970年代末到80年代中期，霍尔从话语构建的视角来思考种族问题，意识到"种族"一词中隐含的由话语构建的权力关系。霍尔认识到西方霸权文化构建了一种种族的话语体系对外来文化进行结构性压制并合理化其统治权力。霍尔指出种族身份不是对某一人群原初的、自然化的"统一特征"的发现而是一种叙事、一种改编、一种再生产。种族身份的话语构建是一种政治问题。话语可以在特定时空间和在特定条件下对身份进行重塑。霍尔"认识到'黑'是政治和文化构建的类别"①，因此种族身份不是一种持久的、不变的保留之物，不是一种超越时空、超越历史、超越文化的超验之物。种族身份之下隐藏着统治与被统治的权力关系。霍尔提醒我们在思考种族问题时，应该把主体位置、社会经验和文化政治因素考虑在内。当我们"通过政治的视角思考种族时就会自然而然地弱化种族观念，让黑色褪色，黑色不能保证文化实践的效果，也不能最终决定审美价值"②。换言之，没有任何一种生理属性和自然属性能够合理化种族的类别。只有将种族身份政治化、文化化，才能打破原有的身份权力关系，才能使主体真正参与到争取权力的政治斗争中来，才能真正地运用"批评的政治"对"现存的政治"进行批判。

霍尔首先从话语的角度思考如何找到一个新的表达方式来代替"种族"并消解其中隐含的歧视色彩。1980年代末，霍尔用"族性"一词来代替"种族"，从新的角度思考种族的文化身份。1986年霍尔发表文章《学习葛兰西与种族和族性问题之间的相关性》（*Gramsci's Relevance for the Study of Race and Ethnicity*），对种族和族性问题进行理论分析。时隔一年，霍尔再次反思"族性"这个词隐含的语义指涉和隐含的种族主义残留问题，并发表文章《新族性》（*New Ethnicities*）。他认为"族性"并不是代替"种族"的理想之选，因为"族性"有新旧之分。从某种程度上来说，霍尔在此时对族性保留着暧昧的态度。虽然霍尔认为"族性"中残留着"种族主义"倾向，但他并没有放弃使用"族性"，而是尝试改良"族性"。霍尔通过重新定义族性，将其分为旧族性和新族性，并从理论和实践的双重角度对族性进行了解构和建构。简言之，霍尔认为我们应该摒弃"旧族性"。虽然霍尔在这篇文章并没有详细论述"旧族性"是什么，但通过分析我们可以看出笔者认为"旧族性"之所以

---

① Hall, S. *The Fateful Triangle*：*Race*，*Ethnicity*，*Nation*［M］. Harvard University Press，2017：76-77

② Hall, S. *The Fateful Triangle*：*Race*，*Ethnicity*，*Nation*［M］. Harvard University Press，2017：76-77

"旧"是因为它仍然是一种僵化的、本质的、静态的,将种族特征化的思考模式。在旧的意义指涉中族性的主体通常被理解为与主流群体相对的少数群体,这些少数群体被主导性话语从大多数的群体中分离出来,被"族性化"①。因此,在一段时期内霍尔认为我们应该放弃"旧族性",拥抱"新族性",拥抱一种混杂、多元、复杂的新身份②。在霍尔的文章中,新身份与族裔散居群体有关(虽然具体关系并未详述)。不过到了 1990 年代末霍尔便放弃使用"族性"和"新族性",取而代之的是"族裔散居"。从族性、新族性到族裔散居的变化很可能是因为霍尔意识到了新旧族性中依然包含着二元对立的结构关系,因此他将种族身份的未来转而寄托到了族裔散居身上。在霍尔看来族裔散居是一种成长于多种"文化身份"之内并最终超越它们的身份样态。

霍尔指出"族性"是本质主义的分类标准,是更具迷惑性的"种族"。从时间上来看,相较于"种族""族性"是一个新近概念。种族是美国社会和历史中的核心概念,从美国成立之初种族就一直是一个中心议题。而"族性",尤其是"族性"中所隐含的多元文化的政治意义,是一个新近概念③。"族性"一词最早出现在 1970 年格雷泽和默尼汉的《大熔炉之外》④ 这本书中,这本书呈现的是美国语境下的"族性",确切地说它是用来指涉美国移民群体的身份特性。之后,"族性"一词强调因共享历史、文化和价值而形成的人类群体,被一部分学者使用,意在取代"种族"中包含的由于遗传和生物特征而指涉的文化差异和暗含的歧视的语义。霍尔认为用"族性"代替种族只不过是用一种分类能指代替另外一种能指,"族性和种族一样是彻头彻尾话语构建的产物,是一个滑动的能指"⑤,"他们两个只不过是在话语中在进行

① Powell, B. (eds.) *Beyond the Binary: Reconstructing Cultural Identity in a Multicultural Context* [M]. New Brunswick, NJ: Rutgers University Press, 1999: 49 另,括号中内容为笔者注。

② Hall, S. *New Ethnicities* [A] ///Morley, D. & Chen, K. H. Stuart Hall: Critical Dialogues in Cultural Studies, 1996: 447

③ Hall, S. *The Fateful Triangle: Race, Ethnicity, Nation* [M]. Harvard University Press, 2017: 87

④ Glazer, N. & Moynihan, P. *Beyond the Melting Pot: The Negroes, Puerto Ricans, Jews, Italians, and Irish of New York City* [M]. Cambridge, MA: mit Press, 1970

⑤ Hall, S. *The Fateful Triangle: Race, Ethnicity, Nation* [M]. Harvard University Press, 2017: 100

着捉迷藏的游戏"①。霍尔认为"族性"作为分类标准强调人群区分的三个基本特征：共同的历史、共同的语言，共同的文化传统②。"族性"这个词承认历史、语言和文化在建构主体性和身份中的作用"③，这就意味着"族性"和我们的"过去"有关，探索"族性"必须回顾历史、尊崇隐性的历史，因为共同的历史塑造了共同的身份。但霍尔意识到在全球化背景下，用"族性"代替"种族"看似是一种包容差异的方式，而实际上却并非如此。一方面因为历史是构建的产物，历史是西方主导话语体系的叙事结果。另一方面因为抽象的族性本身就是整齐划一的，是吞噬所有差异后的总体结构性。西方看似在通过历史、语言或者宗教等文化因素帮助人们"寻根"，实际上是一种本质主义的描述方式。西方构建的族性的主体是被"高级"文化排除在外的主体。西方构建的族性文化是一种低级的文化样态。撒切尔政府对"英国性"的重构，就是在英国社会内部排除移民等非英国文化的有力证明。比如把莎士比亚的作品奉为圭臬，并且将其指定为英国青少年唯一指定的读物，就是一种民族主义"精英"文化思想的重新返场。显然"英国性"这种描述方式暗含着浓厚的种族主义排他色彩。霍尔指出事实上没有一个主流文化会使用"族性"来描述主流文化的群体特征。因此，"族性"是种族化了的人群分类标准与"种族"有着相似的功能。"族性"是进化后的、被"漂白"了的"种族"。

霍尔认为从"种族"到"族性"的词汇进化不只是语言的演进，更反映了英国对待移民态度和移民政策的演变。从英国的语境来看，"种族和族性之间的关系是令人困惑和成问题的"④。两者之间"成问题"的关系源于英国社会成问题的政治文化政策。在不同的历史阶段中，种族把与英国对抗的不同

---

① Hall, S. *The Fateful Triangle：Race，Ethnicity，Nation* ［M］. Harvard University Press, 2017：100

② Hall, S. *New Ethnicities* ［A］///Morley, D. & Chen, K. H. Stuart Hall：Critical Dialogues in Cultural Studies, 1996：447；Hall, S. *Ethnicity：Identity and Difference* ［A］//Eley, G. & Suny, R. G. （eds.）Becoming National：A Reader, New York：Oxford University Press, 1996：339

③ Hall, S. *New Ethnicities* ［A］//Morley, D. & Chen, K. H. Stuart Hall：Critical Dialogues in Cultural Studies, 1996：447；Hall, S. *Ethnicity：Identity and Difference* ［A］//Eley, G. & Suny, R. G. （eds.）Becoming National：A Reader, New York：Oxford University Press, 1996：339

④ Hall, S. *The Fateful Triangle：Race，Ethnicity，Nation* ［M］. Harvard University Press, 2017：86

文化群体联合起来成为"非英"移民联盟,"族性"则凸显了不同群体的文化差异,从而把这个联盟分化、分解成不同的移民群体。1970年代,"种族"这个词在话语中占据主导位置。这意味在这个时代下,英国把来自不同文化的所有移民都作为同一个与英国文化对立的团体看待。在这个时代,英国在文化上采用了同化政策,试图同化包括非裔加勒比海和亚裔移民在内的所有移民群体。这些移民怀揣着融入英国社会的梦想尝试并接受"被同化"。与此同时,他们付出了巨大的代价——"自我否定和集体的自我轻贱"①,即想要融入英国社会就必须放下"你"(移民)的身份而成为"我们"。霍尔称这是典型的"同化主义特殊主义"②,即黑人是在西方启蒙之后宣扬普遍主义背景下需要被排除的特殊性,"黑人也是人,但是想要成为真正的人,你必须成为法国人和欧洲人,换言之,你必须像我们一样成为文明的人"③。随着1960年代黑人革命的到来,黑人的身份意识开始觉醒,表现在他们尝试保留和保持自己的文化差异,为自己是黑人而感到骄傲,以此拒绝英国社会对移民的同质化。既保留差异又追求平等是反种族主义者和反殖民主义者的追求。"政治上认可差异,文化上庆祝差异的情况给话语体系造成了巨大的断裂。这种断裂欢迎差异,将文化差异重新组合,也从积极的意义上思考差异的身份和认同"④。这就意味我们需要重新思考当代政治中的社会冲突问题。这也意味着关注文化差异的后启蒙时代文化身份政治的开端。到了1980年代,英国开始采用文化多元主义政策安抚、缓和社会冲突,尝试消除社会矛盾。霍尔认为"文化多元化是一个令人不舒服的字眼。它会令人想起那些让人感恩戴德的文化多元化场合……我们会被邀请到一个善意的、开化的白人教堂或社群当中,邀请我们准备民族食物,穿着民族服装,用民族语言演唱民族歌曲"⑤。霍尔认为文化多元主义是一种有意识地"转移"策略,通过从形式上拥抱差异淡

---

① Hall, S. *The Fateful Triangle*:*Race*,*Ethnicity*,*Nation*〔M〕. Harvard University Press, 2017:89

② Hall, S. *The Fateful Triangle*:*Race*,*Ethnicity*,*Nation*〔M〕. Harvard University Press, 2017:89

③ Hall, S. *The Fateful Triangle*:*Race*,*Ethnicity*,*Nation*〔M〕. Harvard University Press, 2017:89

④ Hall, S. *The Fateful Triangle*:*Race*,*Ethnicity*,*Nation*〔M〕. Harvard University Press, 2017:91

⑤ Hall, S. *The Fateful Triangle*:*Race*,*Ethnicity*,*Nation*〔M〕. Harvard University Press, 2017:93

化深层的种族劣势，通过使种族差异日常化而掩盖种族歧视。这样看似包容的、其乐融融的社会就把文化差异和矛盾深深地隐藏起来。这样，不同人群在教育、工作、薪酬、工作条件和福利上的差异就又变成了由物质差异带来的自然结果，文化矛盾就被消解在物质差异之中。在霍尔看来文化多元主义是统治阶级通过在同一人群中重新构建多种文化身份，来分化具有"统一"文化身份人群的同盟关系，最终化解社会冲突的方法。在"族性"之前的英国社会中，由于亚裔、非裔等人群被"统一"视为外来人群而"被迫"结成了政治同盟。非英国的身份使得这个政治同盟具有想象的同一身份（非英国的身份），这就形成了英国/非英国之间的对抗关系。"族性"之后，非英群体被转化成多元的族群，英国与非英国之间的二元对立和对抗被打破，英国社会被塑造成一个美国式的大熔炉。这种看似多元的文化社会实际上是以进一步凸显不同文化传统的特殊性，从而构建本质的文化身份为前提的。多元文化政策的结果不是消解而是隐藏了西方中心主义的分类标准，是把不同的文化群体构建成分散的他者文化群体，通过把"拒绝成为统一和缝合的政治表征空间的对抗领域和文化争斗分段"①，以分散的方式把他们置于差异的接合之下，从而成为巩固西方权威的隐晦路径②。霍尔通过明晰种族和族性之间的关系来唤醒人们观念中的政治意识。

霍尔试图找到一种可以替代本质主义"旧族性"的"新族性"。霍尔逐渐意识到族裔散居可以代替种族和旧族性，成为一种融合多样性、混杂性和差异性的新族性。"新族性"是一种新的身份观，是"新出现的族性"③，它不仅是对过去的缅怀，也是对现在的拥抱。"新族性"在承认历史的同时也承认差异。"新族性"既不把自己限定在过去，也不忘记过去。"新族性"与"旧族性"相比，既不完全相似，也不截然迥异。"新族性是旧身份和新差异之间的和解"④。霍尔在这里试图找到一个能够衔接过去和现在的"通道"，而这个"通道"在目前阶段还只是处于初级构建阶段。"新族性"只是霍尔

---

① Hall, S. *The Fateful Triangle: Race, Ethnicity, Nation* [M]. Harvard University Press, 2017: 98

② Hall, S. *The Fateful Triangle: Race, Ethnicity, Nation* [M]. Harvard University Press, 2017: 98

③ Hall, S. *Ethnicity: Identity and Difference* [A] //Eley, G. & Suny, R. G. (eds.) Becoming National: A Reader, New York: Oxford University Press, 1996: 340

④ Hall, S. *Ethnicity: Identity and Difference* [A] //Eley, G. & Suny, R. G. (eds.) Becoming National: A Reader, New York: Oxford University Press, 1996: 340

在构建文化身份理论中的过渡阶段，在这个阶段中霍尔无法完全摆脱"族性"的影子。在霍尔涉及"新族性"的多篇文章中，比如《新族性》《族性：身份和差异》以及《新旧身份，新旧族性》等都没有对"新族性"做详细阐释，这与新旧族性之间剪不断、理还乱的复杂关系相关。

　　霍尔通过探究族裔散居身份中的混杂性试图超越本质的文化身份。1990年代以后，霍尔放弃了"新族性"的阐释而转向"族裔散居"。最早的"族裔散居一词源于希腊语，含义是'离散'或'散落'"，原指"植物种子在一个或几个区域的散布，后来有人借用以描述人类历史上出现过的种族或人种在较大范围内的迁徙移居现象"①。后来"族裔散居"尤指"由于一系列强迫的或者自愿的迁徙而导致的黑人的全球扩散"②。这说明传统的"族裔散居"中包含着一种本质的内核，它虽然"以更为复杂的文化因素及文化表征"作为人群的划分依据，但人群也被视为拥有"共同的价值观念、记忆和经历等抽象因素③。这种"族裔散居"人群被视为"分散的族群"，他们是"只能通过不惜一切代价回归某一神圣家园才能获得身份的族群"，"这是旧的、帝国主义的、霸权的'种族'形式"④。而霍尔所说的"族裔散居""并非取其直义，而取其隐喻意义"⑤。他强调"我这里所说的族裔散居经验不是由本性或纯洁度所定义的，而是由对必要的多样性和异质性的认可所定义的⑥。族裔散居的身份是通过改造差异不断地生产和再生产来更新自身的身份"⑦。霍尔指出了解读族裔散居的两种方式。第一种是社会人类学的解读方式。这种"解读族裔散居的一种方式确切地说就是线性描述：'人群被动'地离开出生地，离开原生国，分散到各处居住；保留他们的种族文化——就是要保持强

---

① 张冲. 散居族裔批评与美国华裔文学研究［J］. 外国文学研究，2005（02）：87
② 阿雷恩·鲍尔德温，布莱恩·朗赫斯特，斯考特·买克拉肯等. 文化研究导论［M］. 陶东风译. 北京：高等教育出版社，2011：182
③ 张晓玉. 保罗·吉洛伊族裔散居文化理论研究［D］. 北京语言大学，2009（10）：38
④ Hall, S. *The Fateful Triangle：Race，Ethnicity，Nation*［M］. Harvard University Press，2017：221
⑤ Hall, S. *The Fateful Triangle：Race，Ethnicity，Nation*［M］. Harvard University Press，2017：221
⑥ Hall, S. *The Fateful Triangle：Race，Ethnicity，Nation*［M］. Harvard University Press，2017：221
⑦ Hall, S. *The Fateful Triangle：Race，Ethnicity，Nation*［M］. Harvard University Press，2017：221

烈的文化差异感——尽管他们处于不利的局面中；他们是如何紧紧抓住神圣之文①不放；他们是如何通过世代相传沿袭他们的传统"②。霍尔认为这种解读围绕人群构建了"内""外"的分割线，比如人们只能在族群内部通婚，这样才能维持传统的纯洁性③。这种族裔散居的解读方式是社会人类学的视角，典型的代表是澳大利亚学者维杰伊·米施拉（Vijay Mishra）和罗宾·科恩（Robin Cohen）。在霍尔看来这种解读方式把散居的族裔作为一个"叙述性工具，关注的是族裔散居的描述性特征，并依据这些典型特征来判断一个群体是不是散居族裔，是何种类型的散居族裔"④。这是一种"种族化"的族裔散居，"这些差异的历史阶段构成了目前敌对情绪的扩散，这些都被冠以'文化差异'，这些都给稳定的民族文化自我观带来了极大的困扰"⑤。这是本质主义的描述方式，是通过话语和知识的权力来构建族裔散居人群身份的方式，也是霍尔强烈反对的。第二种是后殖民、文化研究视角下的解读方式。萨义德、巴巴、吉尔盖伊等后殖民学者都把族裔散居看作是"流动的"而不是"流亡的"群体，是异质的接合而不是异化的他者。霍尔与研究者一道致力于开拓族裔散居人群的复杂性和包容性。霍尔认为族裔散居是"漫长的全球化进程中话语生产出来的新缝隙，这个过程中的物理运动和置换是我们当下的主要元素，是由全球的衔接和断裂所引起的"⑥。在霍尔看来，族裔散居人群有着不同的故事，这些故事中有相似、有不同还有重合。霍尔看来族裔散居的形成是一个文化汇流（transculturation）的过程。与霍尔的观点相似，美国后殖民学者马力·普莱特（Mary Lousie Pratt）把族裔散居发生的地点视为文化的"接触区"，即文化在这个过程中融合、碰撞、冲突。虽然族裔散居始于殖民，但殖民地不是族裔散居发生的唯一场所。全球贸易中心、新兴的多元文化城市中每天都有不同文化的交流与交互。不同文化的接触不可避免

---

① 指宗教信仰，笔者注

② Hall, S. *The Fateful Triangle*: *Race*, *Ethnicity*, *Nation* [M]. Harvard University Press, 2017: 163

③ Hall, S. *The Fateful Triangle*: *Race*, *Ethnicity*, *Nation* [M]. Harvard University Press, 2017: 164

④ 张晓玉. 保罗·吉洛伊族裔散居文化理论研究 [D]. 北京语言大学, 2009（10）: 133

⑤ Hall, S. *The Fateful Triangle*: *Race*, *Ethnicity*, *Nation* [M]. Harvard University Press, 2017: 163

⑥ Hall, S. *The Fateful Triangle*: *Race*, *Ethnicity*, *Nation* [M]. Harvard University Press, 2017: 163

地改变着参与者的身份。这种身份的改变也是身份重构的契机。族裔散居形成的过程是不同文化混合和汇合的过程。换言之,族裔散居并不是简单的文化交叉,而是不同文化相聚时的互相调和与相互协商。"这样的情况需要的既不是拒绝差异也不是固化、固定差异,而是连续不断的协商过程"①。因此族裔散居人群的身份在协商的过程中不可避免地与居住地文化发生交融、碰撞、对话,之后它也会在某一点暂时稳定下来。这个暂时稳定的身份显然已经不同于原初的"母国"文化身份。

族裔散居身份是重构文化身份的理想样态。霍尔在全球化语境下构建了族裔散居的新主体。霍尔打破了"族裔散居来自过去的象征轮廓",并引领他们走向未来。新的族裔散居人群虽然带有"特定的话语痕迹",但他们并不是无意识地受到话语实践地主宰②。不仅如此他们还能够在话语实践中"生产新的、不同的自我"③。新的族裔散居人群应该保留对某种文化、传统和遗产的归属感,因为历史是帮助我们了解过去的一种路径、一个通道。新的族裔散居人群更是"被翻译"的主体("翻译"这个词在霍尔的使用过程中与接合同义)。族裔散居者作为主体在迁徙的过程中穿越各种边界,他们集多种身份于一身,"他们生活在多种文化中,会说不同的语言……并且一直在差异中协商和转换"④。族裔散居者作为主体在不同的文化中用不同的语言、在不同的意义框架下进行言说。族裔散居者在霍尔看来是在不同的位置上进行言说,他们不受固定的叙事方式的束缚。他们的身份也从来不是单一的。霍尔认为族裔散居的身份恰好可以诠释文化身份的非本质属性,"文化身份一直是某种身份,但从来不是固定的身份:这种身份永远是开放的、复杂的、处于构建当中的,是一种没有结局的游戏"⑤。形成于差异政治基础上的新主体及新的族裔身份才是真正脱离了族性的新身份,"既不固守过去,也不能忘却过去。

① Hall, S. *The Fateful Triangle*: *Race*, *Ethnicity*, *Nation* [M]. Harvard University Press, 2017: 166

② Hall, S. *The Fateful Triangle*: *Race*, *Ethnicity*, *Nation* [M]. Harvard University Press, 2017: 174

③ Hall, S. *The Fateful Triangle*: *Race*, *Ethnicity*, *Nation* [M]. Harvard University Press, 2017: 174

④ Hall, S. *The Fateful Triangle*: *Race*, *Ethnicity*, *Nation* [M]. Harvard University Press, 2017: 173

⑤ Hall, S. *The Fateful Triangle*: *Race*, *Ethnicity*, *Nation* [M]. Harvard University Press, 2017: 174

既不与过去完全认同，也不完全与过去不同，而是混合着认同与差异，是一块认同与差异之间的新领地"。①

<h1 style="text-align:center">第三节　本质主义民族身份的批判</h1>

霍尔对文化身份的阐释分为种族身份的阐释和民族身份的阐释两个阶段。从时间跨度上看，霍尔对种族身份的关注发生在 1970 年代末，他从"黑"入手，质疑以生理和文化差异为依据对人群进行分类从而构建身份的层级系统。1990 年代以后，霍尔不只专注于英国的"黑"色"非裔"人群，而是将研究视野拓展到英国所有有色移民群体，关注代表异质文化同盟军的移民群体与占据统治地位的英国"民族"之间的对抗。确切地说，霍尔开始关注移民群体在英国"民族中心主义"文化社会中的身份和权力问题。霍尔反复思考"人们怎样而且如何会被认同于一个独特民族、成为他们集体中的成员？这又意味着什么？"②

一、民族主义的民族身份：地理边界与同质文化

民族身份是继种族身份之外文化身份的又一重要维度。在国内的研究中，种族身份和民族身份还有其他的表述方式。例如种族身份还被称为种族文化身份，民族身份被称为民族文化身份或国家身份。想要廓清文化身份、种族身份/种族文化身份和民族身份/民族文化身份的关系，我们可以从霍尔的理论阐释中得到启示。霍尔把文化身份视为一个总体性概念，如前所述它具有集体身份的意指。文化身份之下包含种族身份/种族文化身份和民族身份/民族文化身份，而种族和民族在文化中的位置是平行的，不分主次先后。霍尔在理论文本中最常用的英文表述方式为 racial identity 和 national identity 分别对应中文的种族身份和民族身份，而不是种族文化身份和民族文化身份。在霍尔的文章中确实也有对应中文"民族文化身份"的英文表述方式，这就是 na-

---

① Hall, S. *New Ethnicities* [A] ///Morley, D. & Chen, K. H. Stuart Hall: Critical Dialogues in Cultural Studies, 1996: 447

② 阿雷恩·鲍尔德温，布莱恩·朗赫斯特，斯考特·买克拉肯等. 文化研究导论 [M]. 陶东风译. 北京: 高等教育出版社, 2011: 158

tional cultural identity（虽然出现频率不高）。在特定语境下，霍尔在民族和身份之间插入"文化"究其原因是为了强调民族身份在本质上是"文化的"。在文化研究的语境中，种族身份和种族文化身份、民族身份和民族文化身份在内涵上可以说没有本质差别。但为了明确区分文化研究与其他领域（尤其是社会学领域）在身份内涵上的差别时，霍尔会用"文化"限定民族身份用来强调非本质的、构建的、群体性的层级标准。因此，本书在文化研究的视域下使用霍尔常用的"种族身份"和"民族身份"而非"种族文化身份"和"民族文化身份"的表述方式来谈论文化身份的两个重要维度。

在国内研究中，民族身份和国家身份也被混杂使用。想要厘清民族身份和国家身份之间的区别就要区分民族、国家和民族—国家之间的关系。民族、国家和民族—国家通过圈定文化边界、地理边界、政治边界而构建身份和权力关系。从时间上来看，民族（nation）这个词汇出现最早，随着演进它分化出人群构成、政治构成和文化构成三个层面的含义。民族中既包含人又包含政治的双重含义曾在威廉斯的《关键词》中有所论述："民族（nation）这个词于13世纪开始在英语中出现，最初它的主要含义是种族群体而不是政治的群体性组织……但从16世纪开始这个词就开始有明显的政治意蕴……从17世纪开始，民族（nation）既指一定领土范围内的人群，又指人群内部所隐藏的政治层面的指涉"①。霍尔也曾指出"民族"最初没有政治层面的意义②。也就是说，"民族"最初只是指涉特定人群。换言之，"民族"作为人类学意义上的生存群体早就存在，而"民族"作为社会学意义上的有组织的政治群体则始于人们对政治权力的关注。民族一词除了具有人群、政治的意义之外，还兼具文化的意涵。同一个民族共享同一段历史，用同一种语言讲述同一个故事。这种观点多被文化民族主义者利用，用来塑造一种本质的民族主义身份观。文化研究学者对此极力批判。霍尔指出文化民族主义是西方现代性失败之后的最后的喘息，是欧洲"推就行新的、整齐划一的文化身份"的尝试，西方构建了一个由"纯净的"群体组成的民族，这样的民族被塑造成"通向现代性和西方式繁荣的唯一通行证"③。到底是民族创立民族主义，还是民族

①　Williams, R. *Keywords: A Vocabulary of Culture and Society* [M]. Fontana, 1985: 212

②　Hall, S. *The Fateful Triangle: Race, Ethnicity, Nation* [M]. Harvard University Press, 2017: 118

③　Hall, S. *The Fateful Triangle: Race, Ethnicity, Nation* [M]. Harvard University Press, 2017: 156

主义创建民族一直是学界热衷讨论的话题。但无论两者孰先孰后上，可以肯定的是民族主义对民族身份的构建在人类历史上发挥了重要作用。本尼迪克特·安德森的《想象的共同体——民族主义的起源与散布》、厄内斯特·盖尔纳《民族和民族主义》、埃里克·霍布斯鲍姆的《民族与民族主义》虽处于不同立场，但都堪称阐释民族和民族主义问题的经典文本。就民族主义的构建作用，学界已经达成了共识，即民族主义是一种"意识形态运动"，"目的在于为一个社会群体谋取和维持自治及个性，他们中的某些成员期望民族主义能够构建一个事实上的或潜在的民族"①。显然这里的民族不是一种自然产生的人群，不是一种自然而然形成的群体分类体系。这里的民族是具有将人类分级功能的意识形态的民族，是西方资产阶级借此分享或获得权力的手段②。

　　继"民族"之后，为了更好地维系层级标准中的权力关系，国家（state）作为一种政治工具走上历史舞台。国家具有地域和政体的意涵。"国家的概念主要以版图和领土为基础，国家一般有固定的边界，超越边界就是扩张和侵略"③。霍尔从1970年代开始着手对"国家"（state）进行批判。他除了承认"国家"的边界特征之外，更在阿尔都塞"意识形态国家机器"（Ideological State Apparatuses）的意义上使用"国家"（state）这个概念，是资本主义国家通过法律和其他意识形态的手段进行种族主义统治的工具。他认为"国家"就是统治的工具，"国家在形塑社会和政治生活中起到重要作用，以便保证资本主义社会关系的扩大生产和再生产"④。在《监控危机》当中，霍尔这样阐释"国家"："国家是一种结构使得统治阶级联合起来'将他们的思想塑造成普遍性的形式，并且把他们的思想表征成为唯一理性的、正确的'"标准⑤。霍尔把"国家"作为社会统治的工具和机器，在承认国家是一个"领土和司法"层面上的概念保证经济生产的同时，主要关注社会关系和意识形态的再生产——既葛兰西所说的文化霸权。

---

① Smith, A. *Nationalism*：*A Trend Report & Bibliography*［J］. Current Sociology, 1997（3）：261

② 斯塔·夫里，阿诺斯. 全球通史［M］. 北京：北京大学出版社，2005：354

③ 王逢迎. 西方文论关键词：民族—国家［J］. 外国文学：2010（01）：112

④ Hall, S. *The Fateful Triangle*：*Race, Ethnicity, Nation*［M］. Harvard University Press, 2017：201

⑤ Hall, S. et. al. *Policing the Crisis*：*Mugging, the State and Law and Order*［M］. Macmillan International Higher Education, 1978：197

民族—国家（nation-state）是新近出现的一个由民族和国家结合而产生的词汇。这个词对人群身份进行了多重的"规范"，民族—国家将民族和国家对人群在政治、文化、地理、历史（人类起源）上的众多规范集合起来。巴克在《文化研究词典》中这样解释这个词条："民族—国家是一个政治概念，它是一个统治机器，被认为是对特定的空间和领土享有主权。他们需要保卫领土完整并且管理本国人口，这就促使现代的民族—国家发展出越来越复杂的监管形式和军事力量。"① 可以看出，巴克是在政治层面探讨民族—国家的内涵。与巴克不同，霍尔认为民族—国家中隐含的文化层面的意义是我们需要优先考虑的对象。霍尔在《命运的三角》中从两个层面阐释民族—国家：在普遍的意义上来说，民族—国家包含了一般意义上的"国家"概念，它在一定地理范围内形成，它包含"民族经济"和"民族文化"的层面，它是"政治屋脊"。民族—国家也具有文化层面的意义。民族—国家是"有助于制定普遍的文明规范和统一的语言规则"和建立西方的宗教文化②。在西方语境之下，越来越多的学者认为在国家之前使用民族限定的构词方式隐含了西方民族主义思维强调国家是由单一民族构成的内涵。也就是说，西方利用民族—国家重新建构了在一定的地理空间内由一种"纯粹的民族文化"（主流文化）统治其他"外来文化"的合理性。正因为如此，这个概念在后现代全球化的语境之中已经逐渐淡出人们的视野，取而代之的是民族。民族在当下已经涵盖了传统的民族和现代的国家的双重含义，"民族一词既指涉现代民族—国家，又指涉古老的、模糊的事物——拉丁语出生的概念——地方群体、定居地、家庭和归属"③。因此，民族身份既包含地理疆界的概念，又包含政治性，还包含集体认同的概念。无论是民族、国家，还是民族—国家，霍尔都在强调隐含在其中的需要观照的文化权力维度。

霍尔批判了西方民族主义通过地理边界"统一"人群的方式。霍尔认为民族主义构建的民族身份总是以"最自然"的地理边界为依据来理解个人和集体之间的文化关系。这种身份和身份意识是构建的结果，是西方通过一种

---

① Barker, C. *The Sage Dictionary of Cultural Studies* ［M］. London：Sage Pulications, 2004：132

② Hall, S. *The Fateful Triangle：Race, Ethnicity, Nation* ［M］. Harvard University Press, 2017：135-136

③ Brennan, T. *The National Longing for Form* ［A］//Bhabha, H. Narrating the Nation. London：Routledge, 1990：45

明确的地理边界意识构建的民族身份。正如安德森所说，民族之所以能够给人们带来强烈的归属感，原因之一是民族通过一种新的空间感，即"世界被划分成边界明确的'领土'……筑起一座能抵御某些现代性的不安全感的堤坝，从而为现代世界中的人们提供一种身份意识和安全感"①。宽泛的西方与东方的地理边界，具体的各个国之间的疆界都是现代社会用来构建民族身份的手段。比如，在英语中用表示位置的"英格兰"（English）来指涉英国。在撒切尔党政期间也是在极力重构英格兰人代表的英国（Englishness），而非表示代表联合王国的不列颠性（Britishness）。"英国性"被构建为自由、包容、理性、崇尚个性、聪慧的人群的典型特征。而这些特征并不是历史的事实，也不是自然而然的事情，相反他们是被话语构建的与其他人群相区别的特征。显然，"英格兰"这个原本表示地理位置的词包含着霸权下的权力关系，即英格兰人相对于苏格兰、威尔士以及爱尔兰人的权力关系问题。这就是西方通过地理边界和政治力量的结合进行文化统治的手段。西方帝国主义通过疆界利用"国家"的概念把不同的群体文化统一于主流文化之内，统一的"国家"构建了同质的民族身份，然后赋予具有这个身份的人群独特的权力特性和资质。而实际上任何一个国家的地理边界都不是固定不变的，它在历史中不断变化。而历史本身也是过去、现在和将来的结合体。因此，随着时间空间的变化，民族身份的连续性必然断裂。

霍尔批判了西方民族主义通过"同质"文化"规训"人群的政治目的。借助"国家"的政治力量推行文化政策、宣传主流文化，统一、同化内部异质文化，是民族主义者进行文化统治的手段。在霍尔看来，民族主义者"让文化和政体重合"②，意在借助政治手段从内部同质化移民，创建单一民族国家。帝国主义国家不再通过暴力手段压制异质文化，他们转向非暴力的文化政策推行主导文化。通过"创造"文化同质性、构建"共享的""优化的"想象共同体，生产一种有利于文化统治的身份认同。统治者通过推行"统一"的文化（literacy）标准和语言标准，将"异质"文化排除在外。创造和生产既是接纳也是排除，是在接纳和排除的过程中生产文化意义、构建文化认同，最终构建文化边界的过程。统一的民族身份在民族文化内被表征为共享同一

---

① 阿雷恩·鲍尔德温，布莱恩·朗赫斯特，斯考特·买克拉肯等.文化研究导论［M］.陶东风译.北京：高等教育出版社，2011：159

② Hall, S. *The Fateful Triangle*：*Race*，*Ethnicity*，*Nation*［M］. Harvard University Press, 2017：141

种意义。对传统和文化遗产的关注构建了关于国家叙事的连续性，同时排除了历史中的冲突、差异和断裂。这样民族身份成为一个具有稳定结构的事物，民族身份中的差异性，如成长环境的差异、社会阶级的差异、民族和种族历史的差异、性别和性的差异，都被忽略不计。霍尔以英国为例指出英国的民族身份就是通过英国性构建的有象征意义的共同体，这个共同体的作用就是生产英式的身份和同盟。

实际上，无论是在历史之初还是在历史的当下没有任何一个"国家"是由单一民族构成。民族的文化身份之下包含种族、宗教、性别等复杂的身份结构关系。在民族身份内部没有任何一种单一的身份能够完全、永久地组织和支配其他身份。单一的民族身份是帝国主义、民族主义和种族主义思维共同构建的产物。

二、民族身份构建中的民族叙事策略

拆解民族主义民族身份的"同一性"是后殖民学者的重要议题。法农、萨义德、安德森、霍米·巴巴等学者从心理学、文学、政治学和文化研究等角度对民主主义的民族身份构建方式进行了深刻的批判。其中霍米·巴巴将后现代与文化研究的视角相结合对西方民族话语的霸权进行了消解。他是较早从话语的角度对本质主义民族身份进行拆解的学者。巴巴在1990年主编的论文集《民族与叙事》中撰写了前言"叙述民族"，揭示了民族叙事中同质化的叙事方式及其对大众的"训导性"作用。几乎在同一时期，霍尔加入了拆解西方叙事结构、对抗西方文化霸权的斗争之中。1990年代霍尔开始关注民族叙事和民族话语对文化身份的构建方式，他的主要观点呈现在《文化身份的问题》（*The Question of Cultural Identity*，1992）和之后以哈佛大学的系列讲座为蓝本的《命运的三角》中（1994年演讲，2017年出版）。霍尔认为民族叙事通过讲述"我们的"故事构建民族身份。他认为"民族文化不是由文化机构组成的，而是由符号和表征构成的。民族文化是一种话语，一种意义构建的方式，并通过意义影响和组织我们的行为和自我观念"[①]。民族文化由话语构建，民族文化义反作用于话语的生产与再生产，民族形象和民族认同在这个过程中得以构建。"民族文化通过生产我们能够识别的'民族'的意义

---

① Hall, S. *The Question of Cultural Identity* [A] //Hall, S., Held, D. & McGrew, T. Modernity and Its Future, London: Polity Press, 1992: 613.

来构建身份。这些意义包含在被讲述的故事之中，包含在连接过去和现在的记忆之中，也包含在被构建的形象之中"①。因此，明晰构建民族身份的叙事策略是消解本质主义民族身份的前提。

在霍尔的理论阐释中，他归纳了"民族叙事"构建文化身份的五种策略。第一，民族叙事通过"整合"将多种元素结合起来共同创造一种强大的象征力量，它通过反复讲述故事来强化民族认同。民族身份的构建"要有一个关于'民族的叙事'，并经常在国家历史、文学、媒体和大众文化中反复讲述。叙事中要包含故事、形象、地理特征、前景、历史事件、民族符号和仪式，他们代表或表征共同的经验、悲伤、胜利和灾难，这些因素共同作用赋予民族意义"②。民族叙事中要有"理想"的故事主线（包含共同的传统、共同的使命和共同努力的方向等）并在各种场合反复讲述，这样故事中包含的国家符号就会通过符号的象征意义渗透给人们。这种"理想"而"完美"的故事在现实中是不存在的，而是由民族话语创造的一个"浪漫化的""隐喻的""自恋的叙事"③。民族叙事通过表征"撰写虚构的故事和历史，创作风景画和静物画，设计游行和庆典"④ 等仪式完成身份构建。在这种叙事中人们的生活、生存就和国家的过去、现在以及将来联系起来。"没有什么比无名战士的纪念碑和墓园更能鲜明地表现现代民族主义文化"了⑤，类似的仪式性活动"像线绳一样将我们和过去无形地连接起来"⑥。不仅如此，这个故事中的地理疆界和领土的概念将共同生活在同一片土地之上的人们通过共享的文化、共同的经历和共同的记忆与民族的发展繁荣，民族的梦想命运紧密联系起来。聆听同一个民族故事，构建了统一的身份，强化了民族的认同。

第二，民族叙事通过线性的时间关系来构建贯古通今的民族身份。在民族身份的构建中，民族叙事着重强调文化的传统、身份的起源、身份的根基，

① Hall, S. *The Question of Cultural Identity* [A] //Hall, S., Held, D. & McGrew, T. Modernity and Its Future, London: Polity Press, 1992: 613.

② Hall, S. *The Question of Cultural Identity* [A] //Hall, S., Held, D. & McGrew, T. Modernity and Its Future, London: Polity Press, 1992: 293

③ Bhabha, H (eds.). *Nation And Narration* [A]. London: Routledge, 1990: 1-3

④ 阿雷恩·鲍尔德温等著. 文化与文化研究 [M]. 陶东风译. 北京: 高等教育出版社, 2011: 163

⑤ 本尼迪克特·安德森. 想象的共同体：民族主义的起源与散布（1983）[M]. 上海: 上海人民出版社, 2019: 10

⑥ Hall, S. *The Question of Cultural Identity* [A] //Hall, S., Held, D. & McGrew, T. Modernity and Its Future, London: Polity Press, 1992: 293

借此创造一个延续的、连续的民族身份①。民族身份总是被表征为具有原初的特性。它就存在于"事物的本质之中",虽然有时沉睡,但时刻等待着被唤醒②;"无论历史风云如何变化,民族性格的本质特征不变"③。通过唤醒民族记忆就可以发现民族的性格和本质特征,这是历史和文化镌刻在人们身上的印记。通过历史和文化的印记而发现的民族的总体性特征具有规定和规范当下身份的作用。比如在撒切尔统治下,英国通过找寻永恒的本源和文化的特质来唤醒迷失的"英国性"。重拾英国性有助于撒切尔政府在人们的观念中重建"大英帝国",重建英式"文明",重建英式"辉煌"。这是当下西方国家在后殖民语境下重新构建文化身份,从而企图延续"我们"与"他者"、高级与劣等的二元对立关系的手段。

第三,民族叙事通过"创造传统"构建民族身份。"'创造的传统'是一系列实践,通过仪式和一些象征手段反复灌输特定的价值观和行为规范"④,这样当下就自然而然地与过去连接,我们就成为过去、历史的延续。现在的身份总是来自过去。但虽然这种"传统看似或者据称是过去的,但实际上却源自现代,有时是被创造的"⑤,是民族主义构建民族身份的方式。霍布斯鲍姆在著名的《民族与民族主义》中这样说道:"民族主义时而利用文化传统作为凝聚民族的手段,时而因成立新民族的需要而将文化传统加以革新,甚至造成传统文化的失调——这乃是不可否认的历史事实。"⑥ 这就说明民族主义根据自己的叙事需要可以篡改传统,因此所谓"传统"不过是构建民族文化和民族身份的手段而已。

第四,民族叙事通过"创造神话"构建民族身份。民族身份的构建可以

① Hall, S. *The Question of Cultural Identity* [A] //Hall, S., Held, D. & McGrew, T. Modernity and Its Future, London: Polity Press, 1992: 294

② Hall, S. *The Question of Cultural Identity* [A] //Hall, S., Held, D. & McGrew, T. Modernity and Its Future, London: Polity Press, 1992: 294

③ Hall, S. *The Question of Cultural Identity* [A] //Hall, S., Held, D. & McGrew, T. Modernity and Its Future, London: Polity Press, 1992: 294

④ Hall, S. *The Question of Cultural Identity* [A] //Hall, S., Held, D. & McGrew, T. Modernity and Its Future, London: Polity Press, 1992: 294

⑤ Hall, S. *The Question of Cultural Identity* [A] //Hall, S., Held, D. & McGrew, T. Modernity and Its Future, London: Polity Press, 1992: 294

⑥ 埃里克·霍布斯鲍姆. 民族与民族主义(1989) [M]. 上海:上海世纪出版集团, 2005: 9

通过创造一个有关民族文化的"原始神话"而实现①。原始神话相对于传统离我们更加遥远，也具有更大的灵活性。在神话中的叙事因为时间过于久远而无法判断对错，神话的本源可以成为创造民族、判断民族身份的"依据"。西方的话语霸权构建了一个遥远的、妖魔化的东方神话，通过"定位"东方国家的起源、民族和民族性来构建东方的文化身份②。西方构建了不同的"上帝"的神话，从"本源上"讲述自己的故事，赋予身份或自然或神化的原初本质。同时这也是其他民族可以利用的、构建文化身份的可行办法，用新故事代替旧故事，重新挖掘隐藏在传统之后的神秘力量是打破西方话语连续性和稳定性的方式。

第五，民族叙事通过探寻原初性来构建民族身份。构建民族身份的原初性是殖民话语构建一种封闭的民族话语的手段，他们把原初作为身份的能指与权威和权力这个所指相对应。"民族身份象征性地植根于纯粹的、原初的人群或部落之中"③。虽然这些原初的人群和部落被话语构建成与权威和权力对应的能指，但实际上"在国家发展的现实之中，原初的人群很少掌握、行使权力"④。比如在美国的叙述中，按照利己的原则时而用原初的印第安人居住的西部来表征自由、开放的美国精神，时而将原初的印第安人表征为野蛮、罪恶的象征而在英美战争中被屠杀。可见，民族的原初和纯粹性是民族主义构建的结果，是民族主义用于排他的一种手段。

总之，民族叙事通过话语的手段构建了民族身份和民族认同。这种方式一方面可以被民族主义者利用。通过"发掘"传统、追溯神话起源、建立"正统"宗教和净化种族等方式来反复固化一种本质的民族身份；另一方面也可以作为反抗民族主义思维方式的手段。通过讲述新的民族故事，塑造新的民族形象，弘扬被隐匿的民族文化，重新构建民族身份、凝聚民族力量、与西方主流话语进行抗争。话语既可以构建身份又可以打破身份。霍尔通过"话语分析"的手段打破了民族叙事的完整性和权威性，揭示了民族叙事中的

---

① Hall, S. *The Question of Cultural Identity* ［A］//Hall, S., Held, D. & McGrew, T. Modernity and Its Future, London: Polity Press, 1992: 294

② Hall, S. *The Question of Cultural Identity* ［A］//Hall, S., Held, D. & McGrew, T. Modernity and Its Future, London: Polity Press, 1992: 294

③ Hall, S. *The Question of Cultural Identity* ［A］//Hall, S., Held, D. & McGrew, T. Modernity and Its Future, London: Polity Press, 1992: 295

④ Hall, S. *The Question of Cultural Identity* ［A］//Hall, S., Held, D. & McGrew, T. Modernity and Its Future, London: Polity Press, 1992: 295

"边缘、镶嵌、空白和断裂"①，并重新书写着民族与民族身份。

三、民族身份的消解与重构：全球化与混杂身份

全球化是霍尔重新思考民族身份、消解本质主义民族身份的现实语境。霍尔认为"过去将身份视为稳定的、连续的、统一的观念"已经被两种因素所瓦解：一是"思潮的运动"，包括"马克思、弗洛伊德和索绪尔"等人以及"后结构主义学者对启蒙时代"人性的批判；二是"世界的变化，可以归结为后现代时代的到来"②。本书在前文中已经详述了"思潮运动"，因此在这个部分着重探讨"世界的变化"，即后现代的语境下的全球化进程。霍尔称"全球化"是一种"复杂的变化过程和变化力量"③。因此，我们可以毫不夸张地说，二十一世纪导致文化身份出现混杂的力量就是全球化。

全球化具有打破和重组的双重力量。全球化具有打破的力量。"全球化是综合的一体化过程，随着全球资本、商品、媒体信息以及人口的流动，经济生产、市场、金融体系和全球技术正在融合。因此，无论是实际的边界，还是象征的边界都被打破"④。也就是说，全球范围内的流动性不仅打破了地理的疆界，也打破了文化的疆界。20世纪60年代，从南半球到北半球的移民浪潮使得传统欧洲单一民族的社会被多元文化和多元族群所代替，这次大规模的移民可以看成是"边缘文化"向中心文化靠拢的过程。黑人在全球范围内扩散，非洲、美洲、加勒比海地区以及欧洲因为黑人被联系到了一起。因此，全球化大移民造成了全球范围内的文化流动，也构成了这些文化的交汇与混杂。全球化具有重构的力量。全球化为文化交互提供了机会，他们在"打破国家疆界的同时，把不同民族国家、民族文化、不同社群和组织整合成新的时空统一体"⑤，这就是打破后的重组。在这个过程中，文化的疆界就必然被侵蚀，文化的内部和被建构的外部之间的界限开始模糊，同质的民族文化身

---

① Bhabha, H (eds.). *Nation And Narration* [A]. London: Routledge, 1990: 292
② Hall, S. *Ethnicity: Identity and Difference* [A] //Eley, G. & Suny, R. G. (eds.) Becoming National: A Reader, New York: Oxford University Press, 1996: 337
③ Hall, S. *The Question of Cultural Identity* [A] //Hall, S., Held, D. & McGrew, T. Modernity and Its Future, London: Polity Press, 1992: 299
④ Hall, S. *The Fateful Triangle: Race, Ethnicity, Nation* [M]. Harvard University Press, 2017: 100
⑤ Hall, S. *The Fateful Triangle: Race, Ethnicity, Nation* [M]. Harvard University Press, 2017: 100

份正在被多元和混杂的文化身份所取代。传统文化身份中固有的主次、优劣的等级地位也在瓦解。取而代之的应该是一种多元、平等的身份样态。

霍尔认为全球化分为包容的美式全球化和排他的英式全球化两种形式。霍尔认为美式全球化是包容的全球化。它以多民族国家为发源地对文化差异采取相对包容的态度。而英国式的全球化是一种同化的全球化。它以"政治屋脊"为基础致力于消除差异文化，维系单一民族国家的"统一"文化样态。霍尔认为我们已经处在"后国家"的时代当中，英式的"西方帝国主义的单一民族国家已经成为过去"①。后现代给西方带来的最大冲击就是西方宏大叙事的解构，全球化从上至下打破了本质的文化身份，西方构建的文化身份处在"擦除"之中。英式全球化会给国家身份带来三种后果②：第一，随着文化同质化和"全球后现代"时代的到来，国家身份正在逐渐被侵蚀。第二，国家身份和其他的"地方"身份或特殊身份因为对全球化的抵抗而被强化。第三，国家身份逐渐被混杂的新身份所代替。单一民族国家会退出历史舞台，取而代之的是更大的社群，这些社群内的身份一定是超越并结合民族身份的混杂体。这样国家作为总体性身份被打破之后，国家之下的不同民族、团体或部落的身份被重新凸显。从这个角度来说，全球化消解了一部分异质性也重建了另一部分异质性，即在消解国家间异质性的同时也重建了本地化的异质性。霍尔把1990年代中期称为"接合"的时刻，全球化的力量在瓦解民族、族群和民族主义差异的同时也强化了这些观念。霍尔认为在这个历史时刻，处于边缘的人口正借助这个历史的桥梁迅速向中心靠拢。这部分人群的反抗力量也被释放，他们就是"族裔散居群体"。他们有着强烈的意愿找到一个家，这个家不可能是一个纯洁的、原初的国家。这就是霍尔所追求的，找到"家"却不被同化为"文化的大多数"的目标。

霍尔认为混杂身份将最终取代本质的民族身份。文化身份混杂的状态也是几乎处在同时期的吉尔盖伊、霍米·巴巴、莫塞尔等人认同的。霍尔最早涉及"杂交"（hybrid）的概念是在《文化身份和族裔散居》中，他在文章末尾引用莫塞尔对殖民话语"混杂的趋势"进行阐释，认为混杂的话语能够颠覆殖民话语的权威性。霍尔指出黑人电影具有与西方主导话语对抗的"杂交

---

① Hall, S. *The Fateful Triangle*: *Race*, *Ethnicity*, *Nation* [M]. Harvard University Press, 2017: 100

② Hall, S. *The Question of Cultural Identity* [A] //Hall, S., Held, D. & McGrew, T. Modernity and Its Future, London: Polity Press, 1992: 619

性的颠覆力量"。"这种杂交性的颠覆力量在语言自身的层面上表现得最为明显，在这个层面上，混合语、方言和黑人英语，通过战略变音、重新规定重音和在语义、句法和词汇符码方面的其他表演步骤，对"英语——民族语言的宏大话语——的语言控制加以解中心、非稳定化和狂欢化"①。显然，霍尔在这篇文章中理论化了巴赫金的杂交和复调理论，强调了黑人电影既要对话又要独立于主流表征方式的必要性。"杂交"意指话语具有融合"同一"和"差异"的性质。霍尔较为详实地论述混杂身份的理论文本是《命运的三角》。在《命运的三角》中，霍尔强调"混杂的文化身份"是"地方和全球接合而产生的新形式，它不隶属于传统的民族和民族文化的版图。这种新的全球和地方的接合形式不能汇集于一种身份之中，而是在同一空间中并行存在"②。因此，混杂的身份强调的是不同文化间的对立和对话，而是突出文化间的协商和共存。混杂身份是一种移植，是一种翻译，是一种变异，也是一种新生。混杂身份之所以比任何一种身份都重要是因为它是生产性的。混杂身份能够生产出新的既独立又独特的身份形式。混杂身份在全球地方化语境之下，经过文化间的交汇、碰撞、协商，必然生产出能够包容异质文化的新的空间。

与霍尔处在同一时期，对文化身份进行批判、对混杂身份进行阐释的学者还有霍米·巴巴。1983 年的《他者的问题：差异、歧视和殖民话语》③ 是他批判文化身份的开端，之后他相继发表《第三空间》（1990）以及《文化的定位》（1994）等。在霍尔·巴巴的理论中混杂身份是其重要的理论阐释之一。但笔者认为两位学者在利用混杂身份批判本质的文化身份的过程中存在比较明显的差异。简要来说可以表现为：第一，对"理论"的态度不同。霍米·巴巴一直致力于构建"大写的理论"，这种理论话语的构建也部分解释了巴巴理论艰深晦涩的原因；而对于霍尔来说，"理论化"简言之也就是应用理论才是他的旨趣所在，也正因如此霍尔的文化身份批评才更具现实意义。第二，理论资源的切入点不同。在对殖民话语的批判过程中，霍尔和巴巴都以

---

① 斯图亚特·霍尔. 文化身份和族裔散居［A］//罗钢，刘象愚译. 后殖民主义文化理论，北京：中国社会科学出版社，1999：222

② Hall, S. *The Fateful Triangle*：*Race*，*Ethnicity*，*Nation*［M］. Harvard University Press，2017：116-117

③ Bhabha, H. *The Other Question*：*Difference*，*Discrimination and the Discourse of Colonialism*［M］//Literature，Politics & Theory. Routledge，2013：168-192

福柯的知识/权力理论为依据，不同的是巴巴更注重对拉康的精神分析理论的应用，更重视"他者"和主体的互动和对话，他认为意义一直处在滑动之中，因此身份才更加"杂糅"。而霍尔站在马克思主义历史唯物主义的视角下更注重具体的历史情境对意义的构建作用。简言之，霍尔认为意义可以滑动但在某一时刻是可以固定下来的。第三，对文化身份批判的侧重不同。霍尔对文化身份进行批判关注的是文化身份中的异质性。他强调多元的异质性在同一文化内部是和谐共生的，因此通过交流和对话不同文化身份的混杂是必然趋势；而霍米·巴巴更强调"他者"在扰乱单一、同质的文化身份形成中的破坏性作用。他认为"他者"的"变异"力量在文化身份形成中是自然发生的。巴巴强调西方中心主义的文化身份在构建"他者"的同时，也在不自知的被"他者"构建。因此，西方文化身份的意义构建一直处在变化和变异之中，杂糅身份就此形成。第四，对文化身份批判的落脚点不同。霍尔着重构建一个异质的、多元的世界；而巴巴追求一种平等的权利。他强调话语赋权，旨在为公民争取平等的政治权利。但不得不说，这种赋权是在西方话语的框架下进行的。因此，在笔者看来，霍尔秉持着左翼的信念，始终努力在异质文化间追求平等，从而缩小甚至消解边缘和中心文化的差距；而巴巴则是一名乐观主义者，强调文化杂糅必将发生，无论西方承认、接受与否，西方的权威性在这个过程中必将被"他者"消解。因此，从某种程度上来说，霍尔对文化身份的批判更为彻底，因为只有消解了西方才有非西方的话语权力。

霍尔认为在"全球化"背景下还要警惕种族纯粹主义的"全球化"思维。种族纯粹主义者渲染全球化最终会制造"文化身份危机"，这是种族主义者借机重新构建殖民和霸权的手段。霍尔以英国为例指出英国在全球化的过程中出现了反对欧洲联盟的声音，因为随着布鲁塞尔成为欧洲的中心，英国就将失去它在欧洲的主导地位。因此，在英国出现了重建英国性的呼声，在英国的小学中莎士比亚的作品被作为唯一的经典作品在小学中推广。在重建英国性的同时，英国也出现了新的种族主义运动，排斥攻击非洲人群、亚洲人群的事件在英国频发。在霍尔看来无论黑人是否对英国具有归属感，英国对黑人或其他有色人种始终是排斥的。这种排斥无关文化传统和生理差异。正如保罗·吉尔盖伊所说，虽然"文化民族主义已经在形式上同最初的生物劣势的观念保持了一定距离"，但它仍"致力于呈现一种想象的文化共同体的民族概念"，即西方仍然在构建和保护一种同质的白色民族文化形象①。

第四节　批判西方中心主义文化身份的路径

霍尔从 20 世纪 80 年代至 21 世纪初一直致力于身份问题的研究，在这一过程中他撰写了大量的理论文本，阐释并解决了诸多理论和现实问题。霍尔在阐释文化身份的过程中留下了有迹可循的理论轨迹，构建了独特的批判西方中心主义文化身份的路径。如果说前几章是对霍尔文化身份理论的关键信息的深入阐释，那么本章的目的就是还原这些关键信息在理论框架中的位置关系。前几章是阐释，本章是定位。在结合前文提及的代表性理论文本的基础上，本章将更为广泛地融入其他起到衔接作用的理论文本，通过关键信息、理论文本和发生情境的结合，呈现一幅霍尔文化身份理论发生、发展和演进的路线图。

一、文化身份批判的前提

霍尔文化身份批判的前提是社会阶级的解构和个人主体的召回。文化身份反映群体性主体的生活样态，身份是主体的身份。想要打破西方中心主义的文化身份，霍尔首先要做的就是还主体自由，接下来再唤醒自由主体内在的反抗意识。霍尔为主体争取自由是从解构主体的社会阶级身份开始。

解构主体本质的阶级身份就要从解构马克思的阶级化约论开始。霍尔在许多场合强调自己不是一个马克思主义者，但霍尔的左翼（新左派）身份赋予他和马克思主义理论天然的、千丝万缕的联系。可以说霍尔对马克思主义的情感非常复杂，也非常理性。在《意识形态问题：不做保证的马克思主义》（*The Problem of Ideology：Marxism Without Guarantees*，1983）中，霍尔对马克思主义的意识形态和阶级问题进行了详细阐释和评价。霍尔从马克思主义理论在过去二三十年间的发展和论争谈起。"一方面，它已经成为反对资本主义社会观念的有力支撑；另一方面，许多年轻的学者认为马克思主义理论已经

---

① Hall，S. *The Fateful Triangle：Race，Ethnicity，Nation*［M］．Harvard University Press，2017：154

过气，在狂热、快速的学习浪潮结束之后，应该把它放一放了"①。人们觉得该和马克思主义理论做个了断了，其实事实并非如此。比如后马克思主义者在解构马克思主义理论的同时也在赋予这种思想劫后余生的希望，即我们应该超越解构进行建构。霍尔在文章中把重点放在对意识形态问题的思考和阐释上，因为这"既是理论问题，也是政治和策略问题"②。意识形态问题首先源于庸俗马克思主义对该问题的简化的解读。但除去庸俗马克思主义者对这一问题的解读不谈，马克思主义理论本身在意识形态问题上也不无问题。霍尔认为马克思从未像分析经济形式同资本主义生产关系一样，从历史和理论的角度阐述社会观念是如何起作用的。马克思本就无意细致入微地阐释社会观念的运作方式，因此这部分的论述才不够充分，不够详细，才让人们对意识形态问题的误读有机可乘。霍尔认为意识形态不仅是"思想体系"而且是一切与实践相关的思维和思考模式（让人们产生行动力的那种思维模式）。意识形态既包括实践的也包括理论的知识体系，赋予人们理解社会的能力，它是一种分类模式和话语体系，我们能够以此来感受我们在社会关系中的"客观的位置"。

霍尔在文章中借助阿尔都塞对马克思进行修正，意在强调个人主体已经加入历史进程。阿尔都塞关注的是意识形态的内化过程，即是在意识形态话语里对主体的询唤过程，阿尔都塞认为意识形态的功能是对社会关系的再生产。通过对主体的询唤阿尔都塞把个体概念引入了意识形态领域。意识形态不再是一个整体性结构概念，而是由个体参与的社会实践。但霍尔认为如果意识形态的功能是为了按照体制需求再生产资本主义的社会关系，那么如何解释意识形态领域还存在斗争呢？这就拆解了经济基础和上层建筑的必然联系。转而用主体询唤和主体定位来探讨意识形态的主体化问题。如果说阿尔都塞进行的是破的工作，那么霍尔接下来就在进行立的工作。霍尔在接下来试图阐释为什么会出现"扭曲的意识形态"以及"虚假的意识"，为什么人们在虚假的意识形态下生存却不自知？霍尔认为重读马克思之后发现意识并没正误之分。意识形态不能直接导致错误意识。人们生活在关系当中，这种关系可以通过不同的意识形态话语表达出来。这些话语通过显化和隐藏一些

---

① Hall, S. *The Problem of Ideology-Marxism Without Guarantees* [A] //Morley, D. & Chen, K. H. Stuart Hall: Critical Dialogues in Cultural Studies. London: Routledge, 1996: 25

② Hall, S. *The Problem of Ideology-Marxism Without Guarantees* [A] //Morley, D. & Chen, K. H. Stuart Hall: Critical Dialogues in Cultural Studies. London: Routledge, 1996: 26

关系来实现对主体的定位。相反，马克思的唯物主义或称经济关系则并不能保证单一、固定和不变的概念化意识形态的过程。

霍尔还借助拉克劳以及葛兰西来拆解阶级决定论以及统治阶级和统治阶级的意识形态一一对应的关系。拉克劳把意识和阶级之间的关系同语言和话语之间的关系作以类比。"逻辑是意义的链条"，受社会和历史因素的影响。"无论是在意义系统内部还是社会阶级和阶层之间，这些意义链条都不能被永久地固化下来"①。因此，也没有特定阶级的特定意识形态。某一特定概念的含义只是在特定语境下历史集团的政治表征形式。意识形态斗争的方式就是把一些概念的某些意义同公众的常识性意识解构开来，然后和把它替换成政治话语的其他逻辑。因此，葛兰西认为意识形态的争斗就是"位置之战"。换言之，意识形态的斗争就是把某个概念意义的解构和建构同特定的政治位置和政治权力相结合的过程。所谓的"常识"就是意识形态斗争争夺的战地，而常识的主体化过程就不可能缺少作为个体的人，至此个体就被召回到文化研究的视野之内，而且占据了霍尔今后研究的中心地位。

最终不做保证的马克思主义体现在：一切结构都不是预先设定的，任何因素都不能起到终结性的作用。经济没有决定性只有限定性。社会实践和社会关系都不能简单地被经济基础和上层建筑的关系所决定、所固化，他们在特定的历史条件下处于开放和漂浮的状态，等待被连接，等待被接合。只有在这种开放的状态下，新的社会关系才能被生产，新的文化形态才能被创造，新的政治空间才能被打开。

二、文化身份批判的立足点

霍尔文化身份批判的立足点是身份问题的回归及去中心化的个体身份。霍尔从新左派的身份出发，尝试把传统左派对阶级问题过度关注转移到对不同身份的个体和族群的关注上来，提醒人们思考身份构建的方法与目的。霍尔以他的个人成长经历为切入点，对身份问题进行阐释。第一篇涉及"身份"的文章是霍尔在 1987 年发表的《最小的自我》（*Minimal Selves*）。《最小的自我》"拉开身份政治学的序幕"②，这是霍尔开启英国非裔黑人群体"位置"

---

① Hall, S. *The Problem of Ideology-Marxism Without Guarantees* [A] //Morley, D. & Chen, K. H. Stuart Hall: Critical Dialogues in Cultural Studies. London: Routledge, 1996: 37

② 张亮. 如何正确理解斯图亚特·霍尔的'身份'? [J]. 学习与探索, 2015 (7): 18

的研究。霍尔从自己的移民身份谈起，讲述了自己被视为"他者"的感受。"为何来此?""何时回家?"的追问引发了他对身份的思考。霍尔质疑"真实的自我"，"移民""黑人"的双重身份是他探讨个体身份、民族身份和种族身份关系的内部动力。他在这篇文章中呈现了思考"身份"问题的基本观点。"非本质的身份""差异的统一体""断裂的身份""策略的身份"等表述方式成为霍尔后期身份问题研究的关键词。文章开篇就表明霍尔"要在后现代语境下，从一个移民和不同于'英国人'的角度，思考自己身份的意义"①。霍尔指出身份由差异构建，黑与白的差异使自己有了肤色的意识。霍尔强调了自己在英国的移民身份，处在"边缘化"的"中心位置"。所谓边缘化是移民在主流文化中的真实处境，所谓中心是因为在主流文化里移民经常是被言说的对象，是话语构建中心的客体。霍尔在这篇文章中用"最小的自我"来对抗"宏大叙事"构建身份。他指出身份是"历史叙事和文化叙事构建"的产物，是创造出来的。思考身份的关注点应该是身份中的"碎片"和"差异"性特征。身份不是统一的，如果非要强调统一，它只能是"差异的统一体"②。"身份在心理、文化和政治上都具有不稳定性"③。霍尔强调身份虽然永远没有终结，但是身份在某一个历史时间点上是可以把握的，这就是霍尔后来所强调的"策略的身份"。霍尔在这篇文章中还强调集体身份（即文化身份）是"想象的共同体"，是"言说的政治"④。这意味着身份与权力紧密相关，是一种新的政治学。霍尔对身份的论述从一开始就带有浓厚的政治色彩，他想强调的是个人即政治。

霍尔在接下来的文章中进一步凸显身份和政治的关系。1989 年，霍尔与霍米·巴巴和杰奎琳·罗斯在位于伦敦现代艺术中心（ICA）进行了一次谈话，后将其内容整理以《虚幻、身份和政治》（*Fantasy, Identity, Politics*）为题收录在《文化混杂：政治学与大众文化理论》（*Cultural Remix: Theories of Politics and the Popular*, 1995）中。在这次谈话中霍尔主要就"撒切尔主义"

---

① Hall, S. *Minimal Selves* [A] //Bhabha, H., Forrester, J. & Gregory, R.L., et al. Identity: The Real Me. London: Institute of Contemporary Arts, 1988: 44-46

② Hall, S. *Minimal Selves* [A] //Bhabha, H., Forrester, J. & Gregory, R.L., et al. Identity: The Real Me. London: Institute of Contemporary Arts, 1988: 44

③ Hall, S. *Minimal Selves* [A] //Bhabha, H., Forrester, J. & Gregory, R.L., et al. Identity: The Real Me. London: Institute of Contemporary Arts, 1988: 45

④ Hall, S. *Minimal Selves* [A] //Bhabha, H., Forrester, J. & Gregory, R.L., et al. Identity: The Real Me. London: Institute of Contemporary Arts, 1988: 46

与两位学者探讨身份的历史性、政治性和表征问题。霍尔认为"身份永远在滑动，虽然这个滑动不是无限制的"①。霍尔在文中对身份问题的政治性进行了深入浅出的阐释，他把身份比作公交车，二者的相似性不在于都有"固定的终点"，而在于无论你想去哪，你都要先上车。也就是说，历史是身份的公交车，从这个角度说人不是脱离历史而存在的；历史是一个工具，赋予个体一定的身份的位置，而这个位置实际上是身份政治问题。但这个位置只是暂时的，甚至是虚幻的。车在行驶，位置就永远在改变；历史在演进，身份的意义就永远在滑动。

同年，他发表了第一篇以身份为主题的文章《族性：身份和差异》（*Ethnicity: Identity and Difference*），首次提出了阐释身份问题的基本逻辑：（个体）身份的去中心—集体身份的去本质主义—后身份的混杂—身份通过他者显现—差异构建身份，这个逻辑成为霍尔研究身份问题的基石，一直被他保留和沿用。霍尔在该文中强调了"身份问题的回归"，从理论（马克思的历史和主体观、弗洛伊德的潜意识、索绪尔的结构主义语言学）的角度对传统身份问题的逻辑进行了"去中心化"的尝试。他提及（但没有详述）集体身份和民族身份问题，这部分的论述是后期霍尔对文化身份问题深入思考的雏形。他提出后身份问题，谈到他者和身份间的对话关系以及身份是通过"差异构建"的"未完成"的身份。

霍尔在这几篇文章中强调了身份的复杂性，意在解构传统的身份观。身份不是稳定不变的，身份不存在"内核"，也不是那个最"真实的自我"，身份是建构和表征的产物。"身份总是被建构出来的表征体系，正是通过否定的视角确立了其肯定的成分，必须通过他者的视角才可以建构自身"②。

三、文化身份批判的关切点

霍尔文化身份批判的关切点是解构本质主义的文化身份及新族性的构建。霍尔对于个体身份的解构只是他身份理论构建的第一步，是他尝试拆解总体性身份的基石。霍尔以个体身份的不稳定性和碎片化为前提，阐释集体身

---

① Hall, S. & Rose, J. Bhabha, H. *Fantasy, Identity & Politics* (1989) [A] //Carter, E., Donald, J. & Squires, J. Cultural Remix: Theories of Politics and the Popular. 1995: 63-72
② 斯图亚特·霍尔. 文化身份和族裔散居 [A] //罗钢，刘象愚译. 后殖民主义文化理论，北京：中国社会科学出版社，1999: 208

份——无论是阶级身份，种族身份，还是民族身份抑或其他族群身份——并不是人们所认为的由历史和传统赋予的具有总体性和同一性特征的身份，而是被言说和被表征的幻象，是接合的政治。

如果说霍尔在之前的文章中是在纠正人们对身份的看法，明晰身份是什么的问题，那么在接下来的文章中，霍尔努力呈现的是身份（尤其是文化身份）构建的方法和路径。在这个阶段霍尔关注的是加勒比黑人的种族身份构建和文化政治问题。1989 年，霍尔发表了另一篇非常重要的文章《文化身份和电影表征》（*Cultural Identity and Cinematic Representation*）。遗憾的是该文章的重要性在学界很少提及，而《文化身份和族裔散居》（*Cultural Identity And Diaspora*，1990）确是国内学者争相引用的文章。实际上，《文化身份和族裔散居》是在《文化身份和电影表征》的基础上稍作修改（大多修改之处是为了明确语义）后发表的。霍尔关于文化身份及表征的主要论述都出现在该文中。霍尔在这两篇中都谈到了：（一）文化身份具有集体性的身份特征；（二）文化身份是共享的文化和共享的历史中稳定的、连续的、统一的共享身份。这是传统的本质的文化身份观；（三）文化身份是"去本质主义"的、"延异"的、"断裂"的、看似"存在"却永远在"形成之中"的身份。这是霍尔"去中心化"的、非本质的文化身份观。

在《文化身份和电影表征》这篇文章中，霍尔借用法农反殖民主义的理论，透过第三类电影（泛指第三世界电影工作者制作的反帝、反殖民与种族歧视、反压迫等主题的电影）"加勒比海电影"的视角探讨"黑人身份"（集体/种族身份）建构和表征的复杂性①。这篇文章是在明确文化身份确切地说是种族身份内涵的基础上，重点阐释加勒比身份的文化表征路径。对于"成问题的加勒比身份"的探讨还出现在霍尔的《加勒比海身份的协商》（*Negotiating Caribbean Identities*，1995）一文中。霍尔以非裔加勒比海黑人的种族问题为出发点，深入思考了族群问题。霍尔提醒人们新的时代已经到来，人们都需要做好准备迎接不同民族、不同种族以及不同群体混杂生活的准备。

在《新族性》（*New Ethnicities*，1989）、《新旧身份，新旧族性》（*Old and New Identities & Old，New Ethnicities*，1991）中，霍尔重点论述了在全球化背景下身份和权力以及政治之间的关系。在这两篇文章中霍尔较为深入地探讨了的阶级、种族、民族、性别以及不同社会群体的社会位置及形塑问题，文

---

① Hall, S. *Cultural Identity and Cinematic Representation* ［J］. Framework，1989 (36)：68-81

章中多次提及身份的政治及身份问题的多重性和复杂性。此外,霍尔还探讨了身份的"空间性"问题——身份的缺席和在场,以此进一步探讨历史进程中的集体身份通过他者的构建过程。霍尔对文化身份的思考包含以上文章中出现的种族身份(族裔散居、加勒比海黑人群体)问题,也包含接下来文章中出现的民族身份问题。

《文化身份的问题》(*The Question of Cultural Identity*,1992)全文共 40 页左右,霍尔在文中明确说明"我在这里探讨的文化身份主要是民族身份问题(当然同时可能涉及其他身份)"[①]。霍尔从现代社会的身份危机入手,谈到启蒙主体和社会学主体的解构及后现代主体生成。霍尔谈到同一主体内部存在多重身份,各种身份相互矛盾。霍尔认为民族—国家作为想象的共同体总是尝试通过文化表征构建统一的民族认同和归属感。霍尔强调后现代的全球化背景下,"民族身份一定会被侵蚀","民族的身份必将衰败,最终被混杂的身份所代替","身份的政治正在向差异的政治所转变"[②]。最终,西方和其他世界的界限将越来越模糊。

霍尔通过对文化身份的去本质化,通过对西方二元对立文化身份观(西方和他者)的批判,"对文化身份及表征主体展开一种对话,一种探查"[③],来消解西方文化身份自我标榜的真实性、权威性和可靠性。

四、文化身份批判的归宿

霍尔批判文化身份的归宿是多重、混杂的身份,但霍尔并不认为这是一种"后身份"。"后"作为解构的标志性的表述方式,霍尔在使用时非常慎重,因为霍尔认为虽然身份是充满异质性的场域,身份的意义也一直处于未完成之中,但同时身份也不是无法掌握的,总在一个特定的有时间空间共同作用的情境之下被理解、被构建。霍尔认为实际上传统的阶级冲突已经不复存在,各个族群之间的社会分野也不再明显,不同群体都应该为自己谋求一定的政治空间,这个空间无所谓边缘或中心只要能为自己发声就好。霍尔认

---

① Hall, S. *The Question of Cultural Identity* [A] //Hall, S., Held, D. & McGrew, T. Modernity and Its Future, London: Polity Press, 1992: 596-632

② 理查德·L·W·克拉克,宗益祥. 从辩证法到延异: 反思斯图亚特·霍尔晚期作品中的混杂化 [J]. 山东社会科学, 2015 (03): 39-50

③ 理查德·L·W·克拉克,宗益祥. 从辩证法到延异: 反思斯图亚特·霍尔晚期作品中的混杂化 [J]. 山东社会科学, 2015 (03): 50

为全球化背景下，人们应该警惕文化民族主义的立场，单一民族国家必将走向消亡。

霍尔在《导言：谁需要文化身份?》（*Introduction：Who Needs "Identity"*，1996）中，从后结构主义的立场探讨主体和主体性问题，从精神分析、权力与话语和后结构女权主义的视角来消解主体和身份。霍尔称在后现代社会身份处在"擦除"之中（虽然也存在策略的和位置的身份观以便在某一时间点上了解身份的意义）。文中谈到了主体、身体和身份之间的关系，霍尔从拉康镜像理论想象的认同出发，经由福柯的权力、询唤消解个体主体，通过朱迪斯·巴特勒解构性别主体，最终从源头上消解身份赖以生存的"容器"。试问连主体都已经消解，"身份"还有存在的必要吗？如果个体身份都已经不存在了，集体的文化身份又从何而来？

霍尔通过文章多次强调：未来是"不纯净"的，是混杂的，是你中有我、我中有你的历史形态。《历史中的主体：族裔散居身份的形成》（*Subjects in History：Making Diasporic Identities*，1997）是根据霍尔在美国发表的演讲整理成文。文中着重强调了文化的重要作用，因为它是构建身份的场域，是构建社会性主体的场域，也是政治斗争的场域。霍尔提醒大家警惕身份、种族、差异甚至是少数族裔所带来的本质主义的文化民族主义立场。而在《多重身份世界中的政治归属》（*Political Belonging in a World of Multiple Identities*）一文中，霍尔从理论和经验两个角度谈到了身份的多重性问题，再次强调我们需要摒弃对于"单一民族国家"的忠诚和幻想，甚至要摒弃对于统一社群的幻想，我们应该尝试建立一个在种族、民族、宗教、性别之间的对话模式，建立一个真正的"世界主义"的文化样态。

第五章

霍尔"文化身份理论"及其问题的再反思

正如霍尔在《文化研究：两种范式》中所说，任何一个知识分子的思想"都有其形成的历史演进和变化，它不能保证'正确'，但却可以提供一些思考的方向，这就是它存在的价值"①。霍尔在理论阐释的过程中呈现了一个学者开阔的眼界和格局。他对欧陆理论的吸收、纳入和转化，他对英国现实的政治关切，表现出了一个有机知识分子的使命感。但我们必须承认的是，霍尔的理论阐释是在他的叙事语境、叙事身份和叙事立场上进行的，这就是我们对霍尔文化身份理论及其问题再反思的意义。

第一节　霍尔及文化身份问题的"迷思"：若干困惑的再思考

霍尔及其阐释的文化身份问题是一个极具理论性和现实性的问题，因此国内对此进行研究的成果推陈出新、不断涌现。在阅读文献的过程中，笔者发现随着国内学者对霍尔及文化身份问题研究的不断深入和拓展，逐渐显露出一些备受关注却又悬而未决的问题。笔者在文章撰写的尾声对与"文化身份"相关的几个问题进行再次思考，尝试给出自己的答案。

一、霍尔的叙事立场：马克思主义者？后马克思主义者？

霍尔从批判马克思主义理论开始，将结构主义的马克思主义理论（阿尔都塞）、文化马克思主义理论（葛兰西）、后马克思主义理论（拉克劳、墨

---

① Hall, S. *Cultural Studies*：*Two Paradigms* (1980) ［A］// Hall, S. & Morley, D. Essential Essays（vol. I）：Foundations of Cultural Studies & Identity and Diaspora. Duke University Press，2018：172-221

菲) 等多种"马克思"相关理论作为资源应用于文化身份理论构建和文化身份批判之中。也正是因为霍尔与"马克思"之间的微妙关系,国内学者对霍尔的叙事立场做出了马克思者与后马克者两种截然不同的判定方式。

从霍尔对马克思继承的角度出发,国内很多研究者称霍尔是马克思主义者,很多文章也以此为立场研究霍尔,进而研究阶级问题。虽然霍尔与马克思之间确实多有"对话",但这不是将霍尔贴上"马克思主义者"标签的充分理由。毋庸置疑,霍尔和马克思之间有着较为深厚的理论渊源。在文化研究的早期阶段,对马克思主义的深入思考指引着霍尔和霍尔带领的伯明翰文化研究中心进行学术研究,但这并不代表霍尔就是一个纯粹的马克思主义理论者。文化研究与马克思理论之间并没有天然的契合关系,相反他们之间只是恰巧在英国的社会语境中相遇了。这种相遇"首先应该被理解是与一个问题,而不是与一种理论,甚至不是与一个问题域的接触和博弈"①。具体来说,是文化研究对马克思主义理论的质疑——对于马克思预测的社会主义道路的质疑,对于马克思理论中阶级决定论的质疑,对于马克思理论中经济至上从而忽视文化的质疑——催生了二者之间的交流与对话。从这个意义上来说,把霍尔称为马克思主义者是武断的,也是霍尔本人不能够接受的。实际上,霍尔曾多次为自己正名,称自己不是一个马克思主义者。在与陈光兴的访谈录中,霍尔把自己称为一个"独立的自我",这是指他在与马克思的关系中始终保持着独立的立场和位置。只有成为一个局外人,他才能对马克思主义理论保持高度清醒的审视态度。霍尔称自己对"马克思主义感到有趣,但不是教条的马克思主义者"②。因此,站在马克思主义立场上评价霍尔对阶级保持高度关注也就显得有失偏颇。因为我们可以说霍尔既关注又不关注阶级。一方面,霍尔确实关注过阶级问题。霍尔通过对传统阶级决定论的批判实现了对传统阶级主体的解构。只有去除主体的阶级束缚才能还主体自由,才能挖掘主体的反抗性。从这个角度来说,霍尔是关注阶级的。另一方面,霍尔也不关注阶级。具体表现在,霍尔在成功消解阶级主体之后便"远离了"阶级继而转向大众。霍尔曾表示有人指责他对阶级过度关注使得他比较困惑。他想澄清的是阶级问题研究确实是早期伯明翰文化研究中心的重点,但不是

---

① Hall, S. *Cultural Studies and Its Theoretical Legacies* [A] //Morley, D. & Chen, K. H. Stuart Hall: Critical Dialogues in Cultural Studies, London: Routledge, 1996: 262

② 陈光兴. 文化研究:霍尔访谈录 [M]. 台湾:远流出版公司, 1998: 37

从马克思主义的角度强化阶级意识,而是从威廉斯的角度消解阶级转而关注大众,因此阶级问题已经被"文化化"了。

霍尔不是一个马克思主义者也并不意味着霍尔就是一个后马克思主义者。霍尔对"后马克思"这个说法是"不接受"的,这可以从他对拉克劳和墨菲的评价中窥见一斑。霍尔在与陈光兴的对话中明确指出他不赞同"后马克思"这样的表述方式。"后"(post)这个源于英语的词汇经常作为前缀放在名词前,意为"(发生)之后"。这个"之后"在语义上既指前一时期的结束,同时也暗含与前一时期彻底决断的意味,比如"后殖民"就是对殖民的彻底打破与抛弃。但在霍尔看来,"后马克思"主义理论之所以不存在是因为在马克思之后出现的理论既不可能摆脱马克思的影响,也不可能从真正意义上超越马克思。马克思之后的理论家都是站在马克思这个巨人的肩膀上前行,这些理论只不过是对马克思理论的再造与重述,所以"后"根本无从谈起。因此从这个角度来说,霍尔坚定地认为马克思之后并无"后马克思"。

概而述之,霍尔在英国社会现实中对于马克思主义理论的阐发是他"理论化"旅程中的一个足迹。霍尔认为文化研究与马克思之间的关系是在"与马克思主义保持一定距离"的前提下,"研究马克思主义、利用马克思主义、致力于发展马克思主义"①。因此,霍尔对马克思主义的态度不仅是坚持与再造,更是继承与发展。也只有"用它思考新的东西"才能赋予马克思主义理论长久的生命力②。霍尔通过马克思主义理论思考的"新东西"就是文化中的权力问题,一个马克思在"剥削话语"中未能关注,而却在文化话语中不能回避的重要议题。显然,无论对马克思是继承还是再造,霍尔都是从一个后殖民的立场上利用"升级"了的马克思理论思考文化和权力问题。从这个意义上来说,后殖民者和文化研究者这才是霍尔一直不变的叙事立场。

二、文化身份的"结局":后身份? 无身份?

霍尔在重新构建身份的过程中极力批判和消解西方中心主义的文化身份观。作为致力于打破身份结构性的文化研究学者,他是否预设了一个没有身份的世界?

---

① Hall, S. *Cultural Studies and Its Theoretical Legacies* [A] //Morley, D. & Chen, K. H. Stuart Hall: Critical Dialogues in Cultural Studies, London: Routledge, 1996: 264
② 陈光兴. 文化研究:霍尔访谈录 [M]. 台湾:远流出版公司, 1998: 46

　　霍尔帮助我们摆脱本质主义身份观的方法就是从理论上阐释了一个既不具有稳定内在本质，又不具有稳定外部来源的身份。与传统具有同一性的身份观相反，霍尔认为身份是充满矛盾和冲突的综合体。身份只是一个暂时稳定的表层结构，"封面"之下充斥着断裂的差异。将差异"统一"于内部的表层结构所呈现的"总体性"只是主导文化构建的结果。看似"相同"的身份是经过筛选的特征的合集，看似拥有"相同"身份的群体只是因暂时共享某种利益关切而聚集到一起的人群。表面之下，差异并未消除。表面之下，深层矛盾依然存在。与传统具有连续性的自足身份观不同，霍尔认为身份是一个充满断裂的意义系统和表征体系。身份存在于特定话语体系之内，是言说者通过表征而构建的意义的系统。"表征之外不存在身份"①。也就是说，话语体系之内能指与所指不存在必然的对应关系，他们之间的关系是人为构建的。比如黑人被奴隶，白人支配奴隶，东方等同于愚昧，西方等同于文明等意义的对应和固定都是特定历史语境下人为构建的产物。这也就是霍尔所说的身份是一种叙事，身份是一个被讲述的故事的意义所在。言说者通过截取历史之中的特定片段来构建一种关系性结构，通过差异和对立关系来凸显和固化这种关系性结构。因此，如果说身份是一种结构的话，它也只是一种社会的、观念的、构建的结构。身份归根结底体现的是一种位置和权力关系。

　　霍尔在消解稳定、连续的身份的同时并没有寄希望于"后身份"。他所认为"断裂的"身份并非后现代主义"无休止的游离"（endless nomadic）身份，也不是后结构主义极端碎片化的"漂浮"（floating）身份。霍尔质疑"后身份"②（post-identity）过度碎片化的观念。霍尔在《族性：身份和差异》一文中以"后身份？"为小标题集中在这部分中论述他对"后身份"的思考方式。霍尔在这一节的开篇就指出："在某些话语中身份的概念被全部清除，这是我对后现代主义理论极端的部分所不赞同的地方。"③ 在霍尔看来，后理论将许多重要的概念都置于"擦除"的位置之上④。显然，它的好处就

① Hall, S. *Who Needs Identity* ［A］//Hall, S. & Du Gay, P. (eds.). Questions of Cultural Identity, Sage Publications Ltd, 1996：5

② Hall, S. *Ethnicity：Identity and Difference* ［A］//Eley, G. & Suny R.G. (eds.). Becoming National：A Reader, New York：Oxford University Press, 1996：343

③ Hall, S. *Ethnicity：Identity and Difference* ［A］//Eley, G. & Suny, R.G. (eds.) Becoming National：A Reader, New York：Oxford University Press, 1996：344

④ Hall, S. *Who Needs Identity* ［A］//Hall, S. & Du Gay, P. (eds.). Questions of Cultural Identity, Sage Publications Ltd, 1996：1

是从理论上消解了本质主义的思维方式，但是随之而来的弊端就是它也剥夺了研究者思考的资源。当身份成为一个永远漂浮不定、虚无的能指之时，研究者就失去了"思考的对象"①。正确思考身份的方式并非将文化身份在头脑中剔除干净，而是利用一种"非总体化、解构的方式摆脱现有的思维框架"②思考文化身份。

霍尔并不认为"后现代"之后就再无身份。思考策略性的身份关系，即特定情境下身份的位置是我们把握身份问题的正确方向。"身份在隐没和出现之间往复擦除，不能以旧式思维去衡量，但又必须清楚它是什么，否则许多重要的问题就无法思考"③。这种"隐没"和出现的"往复"就是德里达意义上的"双重书写"。把握身份问题的关键是找到一个特定的、暂时的身份位置，即策略性的身份，从而窥见其中的政治、权力关系。霍尔批判本质主义的身份立场并不代表霍尔要放弃"身份"，相反霍尔认为只有正确把握身份，才能理解身份是一个政治性的产物，是一个意义争夺的场所。霍尔通过解除本质对主体的束缚把能动的、具有斗争潜能的主体归还给身份，为我们政治斗争提供可能利用的资源。

从霍尔的理论表述中，我们可以看出他既反对将文化身份视为具有稳定特质的本质主义身份观，又反对将文化身份完全消解的后现代主义身份观。霍尔在承认异质、矛盾身份的同时也肯定身份可以通过"策略"进行把握，否则身份将无法重构。无法重构的身份对霍尔来说就失去了斗争的动力和能量，无法重构的身份对霍尔来说就失去了阐释和思考的意义。因此，在霍尔看来，文化身份的"结局"并不是对文化身份的完全"擦除"，而是构建一种超越本质的、开放的身份样态。

三、文化身份的"未来"：世界主义？族裔散居？

既然文化身份的结局不是后身份或无身份，那么文化身份的未来样态是什么？其实这也是霍尔终其一生试图寻找的答案。正如我们在文章中反复谈

---

① Hall, S. *Who Needs Identity* [A] //Hall, S. & Du Gay, P. (eds.). Questions of Cultural Identity, Sage Publications Ltd, 1996: 1

② Hall, S. *Who Needs Identity* [A] //Hall, S. & Du Gay, P. (eds.). Questions of Cultural Identity, Sage Publications Ltd, 1996: 1

③ Hall, S. *Who Needs Identity* [A] //Hall, S. & Du Gay, P. (eds.). Questions of Cultural Identity, Sage Publications Ltd, 1996: 1-17

到，霍尔崇尚"反本质主义"的理论立场，因此他几乎从不为某个问题设定明确的答案。但在回答文化身份的最终走向时，霍尔却"一反常态"。他给出了一个似乎非常明确的答案，那就是"族裔散居"身份。从1990年代霍尔撰写《文化身份与族裔散居》开始，"族裔散居"便成为霍尔理论文本中不可或缺的一部分。也正是基于此，国内许多学者将霍尔的文化身份理论称为族裔散居理论，将族裔散居身份视为一种理想的身份样态。但实际上，族裔散居问题并没有这么简单。一方面，这与族裔散居所处的复杂语境有关。另一方面，这与族裔散居的双重内涵有关。

族裔散居处于全球化和世界主义并存的语境之中。虽然全球化通常是霍尔思考文化身份问题的现实语境，但随着"世界主义"问题的回归，霍尔也开始思考世界主义和全球化之间的关系。1990年代冷战结束之后，世界主义问题再次回到研究者的视野之中。"世界主义"问题的每次回归都与"人类社会经历重大曲折抑或世界格局之重大转换"① 有关。这就是分久必合，合久必分的事物发展趋势。作为极具问题洞察力的霍尔，在1990年代末也对世界主义问题做出了他的回应。霍尔在《历史中的主体：族裔散居身份的形成》（1997）、《多重身份世界中的政治归属》（2002）和《世界主义、全球化与族裔散居》（2006）三篇文章中对世界主义，世界主义和全球化的关系，世界主义与全球化语境中的族裔散居问题进行了论述。

霍尔认为全球化与世界主义既有区别又有联系。他更倾向于在全球化的视野下思考身份问题。霍尔在《世界主义、全球化与族裔散居》中阐释了全球化和世界主义的关系。霍尔认为全球化是一个"充满矛盾的体系"，正是这种矛盾和冲突的共存才能创造出新的空间，创造出新的"运动"形式。全球化具有一种互相联合的力量，它能够把"分离的"因素——"较早或较晚，太早或太晚，发达与发展，殖民者与被殖地，殖民前与后殖民"——连接起来②。全球化中包含了"不平衡和不平等"的权力关系，这些矛盾的差异为变革提供了机遇和挑战。与全球化不同的是，世界主义表面上来看是"温和"的③。它源于康德的"普遍性"的意义隐蔽了现实中不平等的权力关系，"世

---

① 张永义. 当代世界主义思想形态析论 [J]. 教学与研究, 2014 (11): 93-101
② Hall, S., & Werbner, P. (2008). *Cosmopolitanism, Globalisation And Diaspora* (2006) [A] //Werbner, P. Anthropology And the New Cosmopolitanism, 2008, 345
③ Hall, S., & Werbner, P. (2008). *Cosmopolitanism, Globalisation And Diaspora* (2006) [A] //Werbner, P. Anthropology And the New Cosmopolitanism, 2008, 346

界主义"的迷惑性使得霍尔在使用这个词时非常谨慎①。霍尔认为世界主义有两种形式，分别是"向上的世界主义"（cosmopolitanism of the above）和"向下的世界主义"（cosmopolitanism from below）。"向上的世界主义"是指"全球的企业家按照跨国企业的力量和全球投资和资本的走向而流动"②。在这个过程中，权力的差异和资源的差别是这种流动性的支配力量。"向上的世界主义"把优势和优质资源调配整合到发达资本主义国家，它为资本主义现代性在全球范围内的统治提供了机会。"向上的世界主义"也把资本主义国家的"先进"的技术和经验推广到欠发达国家，这是资本主义现代性发挥同质化作用的重要契机。这是霍尔反对的世界主义。"向下的世界主义"是指"人们被迫跨越国界，背井离乡……来到世界的其他地方"③。在世界主义"下行"的过程中，虽然人们被迫离开，但人口的流动在客观上打破了地理边界、跨越了空间界限，形成了不同文化间融合和对话的局面。"向下的世界主义"带来了一种异质性"被迫"共存的情况。简言之，全球化体现不平衡，世界主义遮蔽不平等，因此霍尔更倾向使用"全球化"谈论身份的现实语境。如果说霍尔赋予了全球化和世界主义某种关系的话，那就是他认为多元、混杂的"向下的世界主义"与不平衡的全球化存在对应关系④。不仅如此，从霍尔的阐释中我们可以看出"向下的世界主义"语境下"被迫跨越国界、背井离乡"的主体正是族裔散居人群。

在霍尔看来，族裔散居有"新""旧"之分（只不过霍尔没有在文章中使用新和旧的字眼）。旧的族裔散居人群心中一直有着一种文化民族主义的倾向。霍尔指出"有时候'族裔散居'这个词的使用会让人想起一个'想象共同体'的概念。这时它就靠近了文化民族主义的版图，这是我不喜欢这个词的地方"⑤。确切地说，这是一种旧式思维模式，这里的旧体现在它肯定一个

---

① Hall, S., & Werbner, P.（2008）. *Cosmopolitanism, Globalisation And Diaspora*（2006）［A］//Werbner, P. Anthropology And the New Cosmopolitanism, 2008, 349

② Hall, S., & Werbner, P.（2008）. *Cosmopolitanism, Globalisation And Diaspora*（2006）［A］//Werbner, P. Anthropology And the New Cosmopolitanism, 2008, 346

③ Hall, S., & Werbner, P.（2008）. *Cosmopolitanism, Globalisation And Diaspora*（2006）［A］//Werbner, P. Anthropology And the New Cosmopolitanism, 2008, 346

④ Hall, S., & Werbner, P.（2008）. *Cosmopolitanism, Globalisation And Diaspora*（2006）［A］//Werbner, P. Anthropology And the New Cosmopolitanism, 2008, 346

⑤ Hall, S. *Subjects in History: Making Diasporic Identities*［A］//The House That Race Built, 1997: 295

稳定的身份概念，指涉一群远离家乡之后急于回乡寻根的人群。这样，本国和他国之间就被划定了一个无法跨越的心灵界限。这样的族裔散居群体是一群封闭的群体，他们永远不会与"定居"的文化"对话"。他们要么放弃"本国"身份融入新国度，要么重归故里放弃新身份。他们心中隐隐怀揣着一种"离散"的思绪，即与家人分散不能团聚的乡愁。在这种情况下，族裔散居人群就会固守旧身份，就会排斥在新的历史情境下接纳并构建新身份。这样原有身份中被构建的权力关系就不能被打破、被改写。这是霍尔反对旧族裔散居的原因所在。

霍尔真正期待的族裔散居人群是具有开放的视野的族裔散居人群。具有新思维的族裔散居人群能够创造新的身份样态。他们坚持异质的同时也包容异质。新族裔散居人群应该是在保留自己独特的文化经验和异质性的基础上"接受影响，接受转化，不断解接合和再接合的，不断经历文化混合"① 的新主体。他们应该具有杜波伊斯所说的"双重意识"②。既要能够辨别"向上的世界主义"宣扬的摆脱原生根基、进入世界大同的虚假面具，又要能够理性地审视"向下的世界主义"带来文化上的混杂和交融。因此，在霍尔看来，经过了"向下的世界主义"洗礼的"新族裔散居"人群才是理想的新文化身份样态的主体。这样的族裔散居群体才能在不迷失自我的前提下，融入并创造新身份。

第二节 霍尔文化身份理论的贡献：建构、反对虚无的阐释范式

在文化研究内部，霍尔是最早关注文化身份的学者，也是最有身份意识的学者。这与他的双重身份不无关系。霍尔对文化身份理论的阐释始于消解本质的文化身份观和批判西方文化霸权，致力于重构文化身份、帮助边缘文化群体向"中心"靠近。在阐释文化身份问题的过程中，霍尔与许多后现代学者不同，他没有止于消解而是忠于建构。

---

① Hall, S. *Subjects in History*: *Making Diasporic Identities* [A] //The House That Race Built, 1997: 295

② Hall, S., & Werbner, P. (2008). *Cosmopolitanism*, *Globalisation And Diaspora* (2006) [A] //Werbner, P. Anthropology And the New Cosmopolitanism, 2008, 346

一、建构主义的文化身份阐释

霍尔对文化身份的阐释从打破身份的总体结构开始，将断裂性、非连续性、多重性引入文化身份，这些霍尔制造出的空间能够帮助文化身份摆脱优劣、高低、文明野蛮等僵化的二元对立模式，为异质文化提供生存的空间。霍尔在阐释文化身份过程中呈现了理性的克制力，他并未沿着打破的惯性一直向前成为"纯粹""悲观"的后现代主义者。霍尔不仅完成了破除"霸权"和"中心"的后结构主义者任务，还承担了建构的使命。

通过话语重构身份是霍尔文化身份建构性得以体现的一个方面。霍尔对文化身份的建构体现在他对本质主义文化身份解构的同时，也呼吁用新的表征形式重构被隐藏的那部分身份。换言之，霍尔解构的目的是建构。他意在重新表征和建构新的文化身份样态。霍尔不仅解构了西方主导的话语模式，他还同时建构了边缘文化的话语体系。霍尔认为被忽视的那部分历史和传统正是我们可以挖掘的部分，是我们可以用来对抗西方支配话语的资源。这是霍尔借助历史重新构建被边缘化身份的路径。霍尔在《表征：文化表征与意指实践》中详细论述了文化身份的话语构建路径。霍尔从意义的建构、表征的方法、权力的关系三方面探讨话语中主体位置的形成过程。从语言到话语，从话语到话语实践，从话语实践到权力—知识关系是霍尔在一种新的话语模式和意义空间下重新审视表征，审视权力结构，从而找到突破口构建新身份的思想主线。

通过差异重组身份是霍尔文化身份建构性得以体现的第二个方面。霍尔对文化身份的建构还体现在他在利用"差异"敲碎文化身份外壳的同时，又用"差异"将文化身份重新组合。霍尔认为西方中心主义的话语体系是通过异化的"差异"而构建起来，比如黑与白，文明和原始，他们和我们。这种差异作为意指实践生产了一种文化身份层级关系，并通过差异将这种层级关系"定型"。"定型"的过程就是西方文化霸权构建封闭的意义空间的过程，这其中包含权力关系，这是霍尔批判和揭露的部分。与此同时，霍尔用另外一种异质的差异打破这种异化的差异构建的封闭系统。德里达的"延异"在此过程中起到了决定性作用。延异意味着延迟和异化，即意义封闭的延迟到来和新的意义的生成。异质的存在阻碍了意义的终结。意义的生成带来了开放的边界和开放的空间。真正的异质性是填满这个开放空间的最活跃的因素。

异质的差异打破了异化的差异建立的僵化的对立关系。异质的差异构建了多元的身份系统。只有承认异质、包容异质才是解构中心和边缘二元对立的有效手段，才是包容多种文化样态的必经之路。这是霍尔一直为之奋斗的目标。

综上，霍尔在打破的同时，从来没有忽略建构。霍尔从观念上打破本质主义文化身份的同时，构建了一种新的动态的文化身份观。他在打破"旧族性"中文化同质性的同时，构建了一种多元的、包容的"新族性"。他在打破狭隘的离散"族裔散居"模式的同时，构建了一种对话的、混杂的"新的族裔散居"模式。

二、反对虚无的文化身份阐释

霍尔在后现代话语的强烈攻势下，保持了冷静的学术思维。他用一种包容的理论态度打开理论话语空间。他的理论构建借鉴了后现代主义反必然性、反总体性，强调世界差异性和复杂性的理论优势。与此同时，他也没有沿着后现代主义的道路盲目前行，他在反现代性和反主体性的极端理论倾向面前及时停止了脚步。霍尔在质疑历史、语言、知识确定性的同时，也肯定意义和权力的秩序性、规定性。霍尔并没有沦为后现代的虚无主义者。

霍尔对于后现代主义理论持批判的态度。首先，霍尔指出后现代话语中隐含西方中心主义的思维倾向。他认为后现代和现代主义一样，从本质上说都是一种"纯粹的'西方式'现象"①。后现代主义不仅是一种理论范式，更是一种新的认识论范式。它的出现是因为后现代主义理论者认识到了当代资本主义社会统治的不合理性。他们质疑"当代资本主义组织具有吞噬一切反抗形式的能力"，他们质疑"资本主义的权威话语"②。后现代对民主政治、资本主义市场经济、现代技术工具性等资本主义社会特征的批判即是对现代性的批判。虽然后现代理论有着它批判资本主义权威的先进性，但仅专注于资本主义的批判也暴露出它是"西化"了的后现代，因为资本主义显然是"西方"社会的显著特征。围绕现代性批判展开的后现代话语把世界上大部分非西方国家排除在理论话语之外，因为在 20 世纪 80 年代仍有"四分之三的

---

① Hall, S. *On Postmodernism and Cultural Studies: an Interview with Stuart Hall* (1986) [A] //Morley, D. & Chen, K. H. Stuart Hall: Critical Dialogues in Cultural Studies. London: Routledge, 1996: 105

② 毛娟."沉默的先锋"与"多元的后现代"：伊哈布·哈桑的后现代文学批评研究 [M]. 北京：商务印书馆，2016: 51

人尚未进入现代社会"①。他们既然连现代社会都没有经历，那么对后现代社会的认知更无从谈起，他们也因此被剥夺了言说的权力。大规模的非西方人群在后现代语境中被迫"失语"，失去表达能力和权力的人群便无法重新表征文化、重新构建身份、重新获得权力，这是霍尔反对后现代理论的主要原因。其次，霍尔指出后现代话语具有一种虚无的"本质论"倾向②。在后现代语境中一切意义皆可解构，一切价值皆无标准。在这种情况下，意义的无限滑动导致了我们无法思考，价值评价标准的缺失导致了怀疑主义和虚无主义的产生。后现代社会将一切事物打碎的破坏性力量使得"任何事情都不重要了"③。这种破坏的力量极为巨大，这使得我们这些社会的主体除了"顺从而别无他法"④，我们只能毫无作为地生存。霍尔认为这样后现代主义就变成一种意识形态，变成马克思所说的主体根本无法抵抗的"永恒"⑤。失去反抗性的主体是霍尔万万不能接受的。

霍尔认为与现代社会相比后现代主义实际上并没有给人们带来根本性的变化。后现代的语境中，既不存在全新的主体，也不存在全新的身份。后现代成为"一种'新'的独裁"⑥。这就意味着在后现代失去意义和价值的话语体系之中，社会主体既没有阐释新身份的必要，也没有争取新权力的能力。后现代虽然打破了总体性，却生产了一种虚无的本质。后现代社会的主体被

---

① Hall, S. *On Postmodernism and Cultural Studies*: *an Interview with Stuart Hall* (1986) [A] //Morley, D. & Chen, K. H. Stuart Hall: Critical Dialogues in Cultural Studies. London: Routledge, 1996: 105

② Hall, S. *On Postmodernism and Cultural Studies*: *an Interview with Stuart Hall* (1986) [A] //Morley, D. & Chen, K. H. Stuart Hall: Critical Dialogues in Cultural Studies. London: Routledge, 1996: 105

③ Hall, S. *On Postmodernism and Cultural Studies*: *an Interview with Stuart Hall* (1986) [A] //Morley, D. & Chen, K. H. Stuart Hall: Critical Dialogues in Cultural Studies. London: Routledge, 1996: 105

④ Hall, S. *On Postmodernism and Cultural Studies*: *an Interview with Stuart Hall* (1986) [A] //Morley, D. & Chen, K. H. Stuart Hall: Critical Dialogues in Cultural Studies. London: Routledge, 1996: 105

⑤ Hall, S. *On Postmodernism and Cultural Studies*: *an Interview with Stuart Hall* (1986) [A] //Morley, D. & Chen, K. H. Stuart Hall: Critical Dialogues in Cultural Studies. London: Routledge, 1996: 134

⑥ Hall, S. *On Postmodernism and Cultural Studies*: *an Interview with Stuart Hall* (1986) [A] //Morley, D. & Chen, K. H. Stuart Hall: Critical Dialogues in Cultural Studies. London: Routledge, 1996: 133

这种虚无所统治，他们成了历史上最无用的主体。从这种意义来说，后现代不仅没有打破霸权，反而"帮助"西方在后现代话语中获得了绝对统治的权力。为了打破这种虚无的身份意识，霍尔指出我们需要认识通过不同异质因素"接合"而成的"策略性"身份，它是我们把握身份位置关系的重要手段。通过策略性身份我们才能在社会实践中挖掘主体的政治性、能动性，我们才能生产新的位置关系。

第三节　霍尔文化身份理论的限度：摇摆、矛盾的文化身份阐释

霍尔在阐释文化身份之初带有浓厚的政治色彩，但随着研究的深入政治色彩随之褪色。霍尔在早期继承了文化研究先驱威廉斯等人关注文化和社会互动关系的思考方式，之后将其进一步深化并挖掘了意识形态对主体的形塑作用，以及其中包含的政治权力关系。在媒体批判和撒切尔主义批判时期，霍尔体现了极为鲜明的政治性。随着理论的发展，霍尔关注的焦点也不断发生变化。霍尔用社会群体取代阶级主体，用多元文化取代差异政治，用和谐共存取代反抗与斗争。从这些转换中我们可以看出，霍尔对文化身份的态度出现了一种从批判到利用的暧昧关系。

一、霍尔文化身份批判从"左"到"右"的摇摆

霍尔在 1950 年代以"新左派"身份进入文化研究，在身份阐释的伊始就呈现了明显甚至激进的政治色彩。霍尔领导英国文化研究进行理论阐释的目的就是在新的语境下解决新问题。无论英国文化研究的议题怎样变化，英国文化研究中始终贯穿着文化政治的主线。在与陈光兴的访谈录中，霍尔反复强调文化政治或者政治文化是文化研究的核心问题。关注"文化政治"就是关注"文化（意表实践）和政治的关系"①，即探寻文化和权力的接合关系是霍尔不变的理论关切。"从 1960 年代的英国至今，文化研究也一直以一种明确的方式，不断反思文化层面和政治层面、符号层面和社会层面之间的关

---

① Hall, S. *Cultural Studies and the Politics of Internationalization*: *An Interview with Stuart Hall* (1992) 　［A］//Morley, D. & Chen, K. H. Stuart Hall: Critical Dialogues in Cultural Studies. London: Routledge, 1996: 71–72

系","这些政治问题一直都是文化研究的核心关切"①。霍尔在文化研究中一直尝试打破固有的政治结构,为新声音、新立场和新经验寻找政治空间。为了争夺更为普遍的权力,霍尔在早期研究阶段通过批判传统的阶级观念消解原有的政治框架,这为当时的政治斗争争取了更广泛的大众和更多样的运动形式。他呼吁青年亚文化群体,女性群体,酷儿群体等不同社会主体进行"仪式的抵抗"。霍尔通过这种方式打开了多重的文化和政治空间,因为"文化研究的操作场域就在文化和政治空间里"②。

霍尔在1970年代进行撒切尔主义批判,在这一时期表现出了极大的政治批判热情。霍尔认为撒切尔主义是一个"经济和政治计划"③,这个计划通过英国性的构建得以实现。霍尔批判撒切尔计划通过排斥他者而重建大不列颠的英国身份,即构建一个强大的、具有主导地位的母国形象的企图。霍尔作为英国社会移民的"黑人"代表,在1980年代末开始反思自己在英国被他者化的过程。他思考自己的身份,自己的归属,"追问"自己到底是英国人还是牙买加人、孟加拉人抑或印度人。《艰难的复兴之路:撒切尔主义和左派危机》能够很好地体现霍尔激进左派知识分子的心声,霍尔在这篇文章中表示出对左派命运的极大关切。霍尔通过撒切尔主义批判,不遗余力地消解英国的种族中心主义和民族中心主义政策,表现出了"新左派"知识分子极为坚定的政治革命信念。

霍尔在1990年代开始关注"差异政治"并构建了一种"重新思考政治的不同形式"④。在这一时期"差异政治"的框架下,霍尔提出了"多元文化"的主张,这是霍尔"向右"转向的一个标志性事件。霍尔提出"差异政治"是为了修正"身份政治"中隐含的相对本质主义的倾向,当身份的主体在承认某种身份的同时也被这种身份的"本质"所规训。不同于"身份政治"中

① Hall, S. *Cultural Studies and the Politics of Internationalization*: *An Interview with Stuart Hall* (1992) [A] //Morley, D. & Chen, K. H. Stuart Hall: Critical Dialogues in Cultural Studies. London: Routledge, 1996: 71-72

② Hall, S. *Cultural Studies and the Politics of Internationalization*: *An Interview with Stuart Hall* (1992) [A] // Morley, D. & Chen, K. H. Stuart Hall: Critical Dialogues in Cultural Studies. London: Routledge, 1996: 76

③ Hall, S. *Ethnicity*: *Identity and Difference* [A] //Eley, G. & Suny, R. G. (eds.) Becoming National: A Reader, New York: Oxford University Press, 1996: 347

④ Hall, S. *Minimal Selves* [A] // Bhabha, H., Forrester, J. & Gregory, R. L., et al. Identity: The Real Me. London: Institute of Contemporary Arts, 1988: 45

的本质倾向，"差异政治"以承认身份中的异质性为首要条件。同时，"差异政治"也质疑被异化了的异质性，比如西方利用生物差异构建种族主义的种族身份，利用地理差异构建民族主义的民族身份。在这一时期，霍尔尝试构建的一种包容异质的文化框架就是"多元文化"。霍尔提出多元文化是对英国多元文化主义政策中同质化险恶用心的披露。霍尔批判英国带有种族主义色彩的多元文化主义政策。他一方面强调在全球化语境下强调差异共存的文化混杂身份是身份发展的必然趋势，另一方也指出不同文化在多元空间下的和谐共生也是必然。如果说霍尔在身份阐释之初为追求权力进行抗争的信念是坚定的，那么到了这个时期霍尔已经开始退而求其次地接受和谐共生，足见他斗争的意志正在减弱。

　　"抵抗"虽然是霍尔文化研究中的关键词，但霍尔对"抵抗"的贯彻并不彻底。霍尔在开启斗争的"第三种"立场之时，"抵抗"的力量就出现了削弱的趋势。霍尔在放弃社会主义革命转向依靠文化力量解放全人类之时，迈出了向右摇摆的第一步。霍尔在倡导多元文化、呼吁和谐共存，即接受主体在既有边缘位置之上保持异质性之时，便迈出了向右摇摆的又一步。从这个意义上来说，霍尔在斗争过程中逐渐显现出斗争信念不足，不断接受现状的"悲观主义"心理。

三、霍尔文化身份阐释中本质与非本质的矛盾性

　　霍尔本质与非本质的矛盾性首先体现在他对文化身份既批判又利用的态度上。霍尔从第一篇阐释以身份为题的文章《族性：身份和差异》开始批判社会学"身份"传统中的本质主义身份观。他在文章中以"身份问题的回归"为起点，重在消解身份的稳定内核，霍尔将其称为身份的"去中心化"。霍尔把他论述身份的起点放在主体上，无论是上文提到的《族性：身份和差异》，还是《最小的自我》《文化身份和族裔散居》《谁需要身份》等文章，霍尔都是从对社会主体的重新阐释开始。换言之，主体是霍尔探讨身份问题的"环扣"，主体把众多身份聚集在一起，成为漂浮的、断裂的身份的落脚点。主体也为多重矛盾身份的和解提供场所。主体通过历史关系"结合"成种族和民族群体，通过社会关系"结合"成族群、社群、性别群体，通过文化关系"结合"成主流文化群体与亚文化群体。这些主体按照传统的区分标准被置于不同的位置之上，从而拥有不同的权力。要想重构这种权力关系就

要解构固有的位置关系。消解种族身份的历史"起源",消解民族身份的地理疆界等文化身份中的同一性、连续性和稳定性是霍尔解构固有身份分类标准,消解本质主义身份的必要路径。不仅如此,霍尔的反本质主义立场还体现在他关注文化身份的动态性、多重性、断裂性和差异性。霍尔强调的文化身份形态上的异质性,意义上的不稳定性,状态上的未完成性。这是霍尔典型的非本质主义的身份立场。但同时,霍尔也强调文化身份是可以利用的。他呼吁我们要挖掘被主流话语隐藏的那部分身份,并重新表征他们。而这部分文化身份之所以可以挖掘就是因为它们其中包含某种相似性。霍尔对相似性的承认在某种程度上体现的就是一种本质主义的思维方式:既批判文化身份的同一性,又利用文化身份的相似性显然是霍尔在阐释文化身份时出现的矛盾。

霍尔本质与非本质的矛盾性还体现在他对策略性身份的阐释中。霍尔称为了解决问题我们必须采取一种"策略的"立场。霍尔在《文化身份和族裔散居》这篇文章的开篇就声明自己是有立场的,牙买加裔黑人就是他叙事的立场。这就意味着霍尔在阐释文化身份问题时采取了一种他称之为"策略性"身份的路径。这种路径既反对本质又必须利用本质。"策略性"身份之所以是反本质主义的,是因为它不"具有固定的语义","策略的身份表示主体没有一个稳定的内核"[1]。它时刻处于历史的变化之中,它时刻处于时间的变化之中[2]。策略性的身份观说明在历史的变化之中身份永远不能够统一,只能日益碎片和分裂。就好像霍尔的身份,随着时空的变化不断"分裂"成黑人、移民、牙买加人、加勒比人等不同身份层次。因此,策略的身份观认为身份不可能以单一的形式存在,相互交叉、互相矛盾的话语、实践和位置必然构建复数的身份。同时,我们也要承认的是策略性身份天生具有某种本质主义倾向,这源于策略性身份是一些停顿的点。霍尔认为它们只有停顿才可供把握。虽然这种停顿给我们思考身份提供了资源,但同时停顿也给策略性身份带来无法避免的确定性。最终为了削弱这种确定性,霍尔把身份置于历史"情境"下思考,但这从根本上来说无法抹去它"确定"的那部分属性。同时拥有意义滑动和停顿的双重属性是策略性身份与生俱来的矛盾根源。

借用"策略"解决本质主义问题的学者并非只有霍尔一人。"策略"的

---

① Hall, S. *Who Needs Identity* [A] //Hall, S. & Du Gay, P. (Eds.). Questions of Cultural Identity, Sage Publications Ltd, 1996: 3-4

② Hall, S. *Who Needs Identity* [A] //Hall, S. & Du Gay, P. (Eds.). Questions of Cultural Identity, Sage Publications Ltd, 1996: 3-4

方法是后现代理论帮助自己摆脱过度碎片化的理论困境的重要手段。斯皮瓦克在 20 世纪 80 年代末稍早于霍尔提出"策略性本质主义"（strategic essentialism）的概念。他在《底层研究：解构历史编撰》中指出虽然本质主义非常成问题（因为它制造了"他者"），但有时候为了一些特定的政治和社会需求"策略性本质主义"的立场是非常有必要的①。斯皮瓦克将策略性本质主义视为一种政治策略。他认为边缘文化群体可以利用共享的性别、文化、身份等暂时的"本质化"立场来表征自己、结成同盟，从而反抗主流文化，为共同的利益和权力而斗争。在"策略"方法的帮助之下，解构主义学者找到了一种折中的路径。因为他们虽然致力于打破本质，但打破之后他们又无法重构。有鉴于此，他们就用一种叫做"策略"的黏合剂把这些碎片粘连起来。"策略"的方法虽然在一定程度上解决了后现代思想中过度碎片化的问题，但究其实质"策略"只是在打破的碎片中挑出最为坚固的部分，将它们再次黏合起来加以利用。所以这种既要打碎，又要粘贴的做法自然存在矛盾。虽然霍尔从来未曾把自己称为一个解构主义者，但毋庸置疑这种思考方式对霍尔的影响是根深蒂固的。过度碎片化的思考方式是解构主义理论的先天缺陷，只有靠后天的"策略"才能弥合。这是霍尔一直苦苦挣扎却无法摆脱的无形枷锁。

---

① Spivak, G. *Subaltern Studies：Deconstructing Historiography*［A］//Landy, D. & Maclean, G. M.（eds.）The Spivak Reader, Routledge, 2014

结　语

　　虽然霍尔在很多场合称自己从不生产理论，只是在进行"理论化"，但本书还是愿意"冒险"梳理霍尔的"文化身份理论"。将其称为"理论"一方面是因为霍尔对文化身份阐释具有"理论"的全面性和系统性。虽然霍尔并没有在哪一篇文章中提出过文化身份的"系统"，但在霍尔近30年的文献中我们确实可以窥见对他对这一问题不断深入、丰富，直至发展成为相对全面的理论阐释。另一方面是因为霍尔对文化身份问题具有解释性和指导性。霍尔对文化身份的论述抽象于实践，又作用于实践。它不仅能够用于解决英国社会现实的问题，也可以为中国对外构建文化身份的尝试提供启示。

　　霍尔具有高度敏感的文化身份意识，他从自己的双重身份和复杂的经历出发，借助并不断"升级"欧陆理论资源为文化研究、为阐释文化身份所用。霍尔批判马克思主义的"阶级"决定论和文化研究的文化主义范式，消解了历史的总体性和主体的阶级性，把个人主体从整个历史、社会结构和阶级的规定性中解放出来。历史和社会结构不再是闭合的空间，主体也不再是被动的形塑产物，霍尔赋予他们主动性和政治性。霍尔在文化身份批判过程中融入了阿尔都塞的理论要素，指出主体一定会受到意识形态的影响，但也指出这种影响并非决定而是限定了主体实践的大体趋势。霍尔将葛兰西"带入"英国文化研究视野，文化研究的政治维度和抗争意识也渗入文化身份阐释过程的始终。霍尔用葛兰西解释在某一特定情境下的主体因具有相同的利益诉求联合，挖掘推翻既有历史集团统治的潜能。霍尔还通过葛兰西的文化霸权理论来说明统治阶级的意识形态统治之下存在多种社会力量、不同社会阶层或历史集团，他们通过协商形成了一个暂时的、不稳定、不平衡的利益共同体。正是这种暂时性和不稳定性才给社会力量的反抗提供了空间和可能性。福柯的知识/权力理论使得霍尔彻底把"集体主体"从种族主义和民族主义的文化身份中解放出来。文化身份是欧洲中心主义的殖民体系通过历史、话语和差异构建的"想象的共同体"。西方殖民话语通过叙事和表征形塑一种异化的、妖魔化的集体身份。霍尔把整个论述置于全球化的历史语境下,文化在多种样态的冲击下经历了"外爆"。文化或社会中稳定的意义已经不复存在,这样文化和社会就如同话语具有多种意义建构和解读的方式,通过对不稳定性的利用才能将不同社会集团通过某种方式聚集起来,形成一种干预社会、干预历史的力量。这就意味着意图寻求民族纯粹性的欧洲中心主义终将崩塌。

通过以上梳理我们可以看到霍尔对文化身份问题的阐释围绕着"政治"——从身份政治到差异政治再到接合的政治——这一核心议题,经历了是什么,为什么,怎么做的三个阶段。虽然这三个阶段的界限在霍尔的理论体系中并不分明,但为了便于理解我们暂时套用霍尔的术语"策略"地将其进行区分。第一阶段是"是什么"。从(个体)身份问题的回归入手,霍尔认为身份是中断的、多重的、身份的意义是"延异"的。他还阐释了四种主体身份观:启蒙主体、社会学主体、心理学主体和后现代主体,最终提出了非连续的、断裂的、多重的主体身份;第二个阶段是"为什么"。在去中心化的身份基础上提出了非本质主义的文化身份观,这是一种集体的身份观。霍尔在这个阶段探讨了站在欧洲中心主义的立场上文化身份(种族文化身份,尤其是非裔加勒比海文化身份)是如何被构建、被叙述和被表征的。霍尔对于文化身份的阐释,实际上是对不同个体和族群的自我意识的召唤。他希望通过自己的努力每个主体能够清晰认识复杂的社会形塑,认识政治背后的目的,从而成为一个清醒的"新主体"。第三阶段是"怎么做"。在这个阶段霍尔强调我们要认清多元文化是历史发展的必然趋势,同时混杂、多重的后身份也是历史发展的必然趋势。霍尔指出文化的混杂不是种族人口的混合,而是一种变化过程中的文化逻辑,它会制造出后殖民语境下的混合的、开放的、包容的文化样态。在全球化时代,我们必须承认身份的混杂和差异才能终消解文化霸权,边缘群体才有可能在现有的位置上发声。

正是对于身份和文化身份问题的不断审视,对于文化身份重新构建路径的探寻才使得霍尔对于文化身份问题的研究有着十分积极的意义。肯定不同身份的个体及群体内部的差异性,允许异质性的共存才能实现身份主体具有平等和自由的权力,才能建立平等、公正的和谐社会。

参考文献

▲外文著作

[1] Barker, C. *Cultural Studies: Theory and Practice* [M]. London: Sage, 2003

[2] Barker, C. *The Sage Dictionary of Cultural Studies* [M]. London: Sage Publications, 2004

[3] Benedict, R. *Race: Science and Politics* [M]. New York: Viking, 1959

[4] Bhabha, H (eds.). *Nation And Narration* [A]. London: Routledge, 1990

[5] Bhabha, H. *The Other Question: Difference, Discrimination and the Discourse of Colonialism* [M]//Literature, Politics & Theory. Routledge, 2013

[6] Davis, H. *Understanding Stuart Hall* [M]. London: Sage, 2004

[7] Du Bois, W. E. B. *Dusk of Dawn: Toward an Autobiography of the Race Concept* [M]. New York: Oxford University Press, 2014

[8] Foucault, M. *Archaeology of Knowledge* [M]. London: Routledge, 2013

[9] Foucault, M. *Power/Knowledge* [M]. Worcester: The Harvester Press, 1980

[10] Geoff, E. & Suny, G, (eds.) *Becoming National: A Reader* [M]. USA: Oxford University Press, 1996

[11] Gilroy, P. *The Black Atlantic: Modernity and Double Consciousness* [M]. Verso, 1993

[12] Hall, S. Critcher, C. & Jefferson, T. et al. *Policing the Crisis: Mug-*

ging, the State and Law and Order [M]. New York: Macmillan Press Ltd, 1982

[13] Hall, S. et al. *Culture, Media, Language: Working Papers in Cultural Studies* (1972-1979) [M]. London: Hutchinson, 1980

[14] Hall, S. *The Empire Strikes Back* [M]. London: Routledge, 2004

[15] Hall, S. *The Fateful Triangle: Race, Ethnicity, Nation* [M]. London: Harvard University Press, 2017

[16] Heath, S. *Questions of Cinema* [M]. Macmillan International Higher Education, 1981

[17] Jensen, L. *Beyond Britain: Stuart Hall and the Postcolonializing of Anglophone Cultural Studies* [M]. London: Rowman & Littlefield International, Ltd, 2014

[18] Laclau, E. *New Reflections on the Revolution of Our Time* [M]. London and New York: Verso, 1990

[19] Rojek, C. *Stuart Hall* [M]. Blackwell: Polity, 2003

[20] Slavoj, Z. *Mapping Ideology* [M]. London and New York: Verso, 1994

[21] Storey, J. *Cultural Theory and Poplar Culture: An Introduction* [M]. London: Pearson Longman, 2009

[22] Williams, R. *Keywords: A Vocabulary of Culture and Society* [M]. London: Routledge, 1985

[23] Williams, R. *Marxism and literature* [M]. London: Oxford Paperbacks, 1977

[24] Williams, R. *The Long Revolution* (1961) [M]. Harmondsworth: Penguin (Reprinted), 1965

[25] Young, M. *Justice and the Politics of Difference* [M]. New York: Princeton University Press, 1990

▲外文析出文献

[1] Adler, P. *Beyond Cultural Identity: Reflections on Multiculturalism* (1977) [A] //Brslin, R. Culture Learning, East-West Center Press, 1977

[2] Appiah, A. *The Uncompleted Argument: Du Bois and the Illusion of Race*

[A] //Gates, H. L. (eds.) Race: Writing and Difference, Chicago: University of Chicago Press, 1986

[3] Brennan, T. *The National Longing for Form* [A] //Bhabha, H. Narrating the Nation. London: Routledge, 1990

[4] DuBois, W. E. B. *The Conservation of Races* [A] //Phillip, S. (eds.) W. E. B. DuBois Speaks: Speeches and Addresses, 1980-1919, New York: Pathfinder, 1970

[5] Gramsci, Antonio. *A Gramsci Reader: Selected Writings* (1916-1935) [A] //Wolfrey, J. (eds.) Critical Key Words in Literary and Cultural Theory, 2004

[6] Grossberg, L. *History, Politics and Postmodernism: Stuart Hall and Cultural Studies* (1980) [A] //Morley, D. & Chen K. H. Stuart Hall: Critical Dialogues in Cultural Studies, Routledge, 1996

[7] Grossberg, L. *On Postmodernism And Articulation: An Interview with Stuart Hall* (1986) [A] //Hall, S. & MorleyD. Essential Essays (vol. I): Foundations of Cultural Studies &Identity and Diaspora. Duke University Press, 2018

[8] Hall, S. *Cultural Identity and Diaspora* [A] //Rutherord, J. (eds.) . Identity: Community, Culture, Difference. London: Lawrence & Wishart, 1990

[9] Hall, S. *Cultural Studies and Its Theoretical Legacies* [A] //Morley, D. & Chen K. H. Stuart Hall: Critical Dialogues in Cultural Studies, 1996

[10] Hall, S. *Cultural Studies and the Center, Some Problematic and Problems* [A] //Hunt, A. (eds.) Marxism and Democracy, London: Lawrence and Wishart, 1980

[11] Hall, S. *Cultural Studies and the Center: Some Problematics and Problems* [A] //Hall, S. et al. Culture, Media, Language: Working Papers in Cultural Studies (1972-1979), London: Hutchinson, 1980

[12] Hall, S. *Cultural Studies and the Politics of Internationalization: An Interview with Stuart Hall* (1992) [A] //Morley, D. & Chen, K. H. Stuart Hall: Critical Dialogues in Cultural Studies, London: Routledge, 1996

[13] Hall, S. *Cultural Studies and the Politics of Internationalization: An In-*

terview with Stuart Hall (1992) ［A］//Morley, D. & Chen, K. H. Stuart Hall: Critical Dialogues in Cultural Studies. London: Routledge, 1996

［14］Hall, S. *Cultural Studies: Two Paradigms* (1980) ［A］//Hall, S. & Morley, D. Essential Essays (vol. 1): Identity and Diaspora, 2019

［15］Hall, S. *Ethnicity: Identity and Difference* ［A］//Eley, G. & Suny, R. G. (eds.). Becoming National: A Reader, New York: Oxford University Press, 1996

［16］Hall, S. *Foucault: Power, Knowledge and Discourse* ［A］//Hall, S. Representation: Cultural Representation and Signifying Practices. London: Sage, Open University, 1997

［17］Hall, S. *Gramsci's Relevance for the Study of Race and Ethnicity* (1986) ［A］//Morley, D. & Chen K. H. Stuart Hall: Critical Dialogues in Cultural Studies, London: Routledge, 1996

［18］Hall, S. *Introduction to Media Studies at the Center* ［A］//Hall, S., Hobson, D. & Andrew, L. et. al. Culture, Media, Language: Working Papers in Cultural StudieS. Routledge, 2003

［19］Hall, S. *Introduction: Who Needs 'Identity'*? ［A］//Du Gay, P. Evans, J. & Redman, P. (eds.) Identity: A Reader. Sage, 2000

［20］Hall, S. *Minimal Selves* ［A］//Bhabha, H., Forrester, J. & Gregory, R. L., et al. Identity: The Real Me. London: Institute of Contemporary Arts, 1988

［21］Hall, S. *Multicultural Citizens, Monocultural Citizenship*? ［A］//Pearce, N. & Hallgaten, J. (eds.), Tomorrow's Citizens: Critical Debates in Citizenship and Education. London: Institute for Public Policy Research, 2000

［22］Hall, S. *New Ethnicities* ［A］//Morley, D. & Chen, K. H. Stuart Hall: Critical Dialogues in Cultural Studies, 1996

［23］Hall, S. *Old and New Identities & Old, New Ethnicities* (1991) ［A］//Culture, Globalization and the World-System: Contemporary Conditions for the Representation of Identity, London & New York: Macmillan/Birmingham in State University of NY, 1991

［24］Hall, S. *On Postmodernism and Cultural Studies: an Interview with Stuart Hall* (1986) ［A］//Morley, D. & Chen, K. H. Stuart Hall: Critical Dialogues in Cultural Studies. London: Routledge, 1996

[25] Hall, S. *Political Belonging in a World of Multiple Identities* [A] // Vertovec, S. & Cohim, R. (eds.), Conceiving Cosmopolitanism. London: Oxford University Press, 2002

[26] Hall, S. *Politics and Ideology: Gramsci* [A] //Working Papers in Cultural Studies, No. 10, Birmingham: CCCS, UB, 1977

[27] Hall, S. *Teaching Race in the School* [A] //The Multicultural Society, London: Harper & Row/Open University Press, 1981

[28] Hall, S. *The Local and the Global: Globalization and Ethnicity* [A] // Culture, Globalization and the World-system, 1997

[29] Hall, S. *The Meaning of New Times* (1989) [A] // Morley, D. & Chen, K. H. Stuart Hall: Critical Dialogues in Cultural Studies, London, Routledge, 1996

[30] Hall, S. *The Multicultural Question* (2000) [A] //Hall, S. & Morley, D. Essential Essays: Identity and Diaspora. 2009

[31] Hall, S. *The Political and the Economic in Marx's Theory of Classes* [A] //Hunt, A. (eds.) Class and Class Structure, London: Lawrence and Wishart, 1978

[32] Hall, S. *The Problem of Ideology-Marxism Without Guarantees* [A] // Morley, D., Chen, K. H. Stuart Hall: Critical Dialogues in Cultural Studies, London: Routledge, 1996

[33] Hall, S. *The Question of Cultural Identity* [A] //Hall, S., Held, D. & McGrew, T. Modernity and Its Future, London: Polity Press, 1992

[34] Hall, S. *The Rediscovery of 'Ideology': Return of the Repressed in Media Studies* [A] //Culture, Society and the Media. Routledge, 2005

[35] Hall, S. *The West and the Rest: Discourse and Power* [A] // Formations of Modernity, 1992

[36] Hall, S. *Thinking the Diaspora: Home-Thoughts from Abroad* (1999) [A] //Hall, S. & Morley, D. Essential Essays: Identity and Diaspora (vol. 2), 2019

[37] Hall, S. *Who Needs Identity* [A] //Hall, S. & Du Gay, P. (Eds.).

Questions of Cultural Identity, Sage Publications Ltd, 1996

[38] Hall, S. & Schwarz, B. *Race, Articulation, and Societies Structured in Dominance* (1980) [A] //Hall, S. & Morley, D. Essential Essays (vol. 1): Foundations of Cultural Studies &Identity and Diaspora. London: Duke University Press, 2018

[39] Hall, S., & Werbner, P. (2008). *Cosmopolitanism, Globalisation And Diaspora* (2006) [A] //Werbner, P. Anthropology And the New Cosmopolitanism, 2008

[40] Hall, S., Clark, J. & Gritcher, C. (1975) [A] //CCCS Selected Working Papers (vol. 2), London: Routledge, 2007

[41] Larrain, J. Cultural Identity, Globalization and History [A] //Ideology & Cultural Identity. Modernity and the Third World Presence, 1993

[42] Slack, J. *The Theory and Method of Articulation* [A] //Morley, D. & Chen K. H. Stuart Hall: Critical Dialogues in Cultural Studies, London: Routledge, 1996

[43] Spivak, G. *Subaltern Studies: Deconstructing Historiography* [A] // Landy, D. & Maclean, G. M. (eds.) The Spivak Reader, Routledge, 2014

[44] Williams, R. *Literature and Sociology* [A] //Problems in Materialism and Culture: Selected Essays. London: Verso, 1980

▲外文期刊

[1] Alexander, C. *Stuart Hall and Race* [J]. Cultural Studies (23), 2009

[2] Clarke, J. *Stuart Hall and the Theory and Practice of Articulation* [J]. Discourse: Studies in the Cultural Politics of Education, 2015, 36 (2)

[3] Eisenstadt, S. & Giesen, B. *The Construction of Collective Identity* [J]. European Journal of Sociology, 1995, 36 (1)

[4] Grossberg, L. & Slack, J. D. *An Introduction to Stuart Hall's Essay* [J]. Critical Studies in Mass Communication, 1985 (June)

[5] Hall, S. *A European Perspective on Hybridity* [J]. Hermes, No. 28, Issue on Latin America: Culture and Communication, Paris: CHRS, editions, 2000

[6] Hall, S. *A Sense of Classlessness* [J]. Universities and Left Review,

1958, 1 (5)

[7] Hall, S. *Creolization, Diaspora. and Hybridity in the Context of Globalization* [J]. Documenta 11 Platform, 2003 (3)

[8] Hall, S. *Cultural Identity and Cinematic Representation* [J]. Framework, 1989 (36)

[9] Hall, S. *For Allon White* [J]. Stuart Hall, 1996: 303

[10] Hall, S. *Gramsci and Us* [J]. Marxism Today, 1987 (2)

[11] Hall, S. *Living with Difference* [J]. Soundings, 2007 (37)

[12] Hall, S. *Only Connect: the Life of Raymond Williams* [J]. New Statesman, 1988, 5

[13] Hall, S. *Rethinking the Base and Superstructure Metaphor* [J]. Class, Hegemony and Party, Lawrence and Wishart, 1977 (2)

[14] Hall, S. *Signification, Representation, Ideology: Althusser and the Post-Structuralist Debates* [J]. Critical Studies in Mass Communication, 1985 (2)

[15] Hall, S. *That Cherism: A New Stage?* [J]. Marxism Today, 1980, 24 (2)

[16] Hall, S. *The Rediscovery of 'Ideology': Return of the Repressed in Media Studies* [J]. Culture, Society and the Media. Methuen, 1982 (vol. 759)

[17] Harman, S. *Stuart Hall: Re-reading Cultural Identity, Diaspora And Film* [J]. Howard Journal of Communications, 2016, 27 (2)

[18] Hobsman, E. *Identity Politics and the Left* [J]. New Left Review, 1996

[19] Makus A. *Stuart Hall's Theory of Ideology: A Frame for Rhetorical Criticism* [J]. Western Journal of Speech Communication, 1990, 54 (4)

[20] Smith, A. *Nationalism: A Trend Report & Bibliography* [J]. Current Sociology, 1997 (3)

[21] Stets, J. E., & Burke, P. J. *Identity Theory And Social Identity Theory* [J]. Social Psychology Quarterly, 2000

[22] Tempelman, S. *Constructions of Cultural Identity: Multiculturalism and Exclusion* [J]. Political Studies, 1999, 47 (1)

[23] Wood B. *Stuart Hall's Cultural Studies and the Problem of Hegemony*

［J］．British Journal of Sociology，1998（Apr.）

▲中文译文、译著

［1］阿尔都塞．哲学与政治：阿尔都塞读本［M］．长春：吉林人民出版社，2003

［2］阿兰·德波顿．身份的焦虑［M］．上海：上海译文出版社，2012

［3］阿雷恩·鲍尔德温，布莱恩·朗赫斯特，斯考特·买克拉肯等．文化研究导论［M］．北京：高等教育出版社，2011

［4］埃里克·霍布斯鲍姆．民族与民族主义（1989）［M］．上海：上海世纪出版集团，2005

［5］爱德华·萨义德．东方学［M］．北京：生活·读书·新知三联书店，2019

［6］爱德华·萨义德．文化与帝国主义［M］．北京：生活·读书·新知三联书店，2003

［7］安东尼奥·葛兰西．狱中札记［M］．北京：中国社会科学出版社，2000

［8］保罗·鲍曼．后马克思主义与文化研究［M］．南京：江苏人民出版社，2011

［9］本地迪克特·安德森．想象的共同体：民族主义的起源与散布［M］．上海：上海人民出版社，2016

［10］陈光兴．文化研究：霍尔访谈录［M］．台湾：远流出版公司，1998

［11］丹尼斯·沃金．文化马克思主义在战后英国［M］．北京：人民出版社，2014

［12］厄内斯特·盖尔纳．民族与民族主义［M］．北京：中央编译出版社，2002

［13］福柯．权力与话语［M］．湖北：华中科技大学出版社，2017

［14］格兰特·法雷德．斯特亚特·霍尔学术历程中的加勒比流散群体与加勒比身份［J］．南京政治学院学报，2014（04）

［15］加亚特里·斯皮瓦克．后殖民理性批判［M］．北京：译林出版社，2014

[16] 贾尼斯·佩克. 斯图亚特·霍尔. 文化研究以及悬而未决的文化与"非文化"的关系问题 [A] //张亮和李媛媛. 理解斯图亚特·霍尔. 北京：北京师范大学出版社，2016

[17] 简·奥斯曼，陶东风. 集体记忆与文化身份 [J]. 文化研究，2011（00）

[18] 克里斯·巴克. 文化研究理论与实践 [M]. 北京：北京大学出版社，2013

[19] 雷蒙·威廉斯. 关键词：文化与社会的词汇 [M]. 北京：生活·读书·新知三联出版社，2016

[20] 雷蒙·威廉斯. 漫长的革命 [M]. 上海：上海人民出版社，2015

[21] 雷蒙·威廉斯. 文化与社会：1780-1950 [M]. 北京：商务印书馆，2018

[22] 雷蒙德·威廉斯. 政治和信件：新左派评论访谈（1981）[A] //李丹凤. 英国文化马克思主义研究. 南昌：江西人民出版社，2010

[23] 理查德·L.W.克拉克，宗益祥. 从辩证法到延异：反思斯图亚特·霍尔晚期作品中的混杂化 [J]. 山东社会科学，2015（03）

[24] 麦克罗比. 文化研究的用途 [M]. 北京：北京大学出版社，2007

[25] 斯塔·夫里，阿诺斯. 全球通史 [M]. 北京：北京大学出版社，2005

[26] 斯图亚特·霍尔，李庆本. 多元文化问题的三个层面与内在张力 [J]. 江西社会科学，2007（03）

[27] 斯图亚特·霍尔，孟登迎. 文化研究及其理论遗产 [J]. 上海文化，2015

[28] 斯图亚特·霍尔，托尼·杰斐逊. 通过仪式的抵抗：战后英国的青年亚文化 [M]. 北京：中国青年出版社，2015

[29] 斯图亚特·霍尔. 表征：文化表征与意指实践 [M]. 北京：商务印书馆，2013

[30] 斯图亚特·霍尔. 文化身份和族裔散居 [A] //罗钢、刘象愚. 后殖民主义文化理论. 北京：中国社会科学出版社，1999 年版

[31] 斯图亚特·霍尔. 文化身份问题研究 [M]. 郑州：河南大学出版社，2006

[32] 斯图亚特·霍尔. 无阶级的观念 [A] //张亮、熊婴编. 伦理、文化与社会主义. 南京：凤凰出版传媒集团，2013

[33] 斯图亚特·霍尔. 种族、文化和传播：文化研究的回顾和展望 [A] //陶东风. 文化研究精粹读本. 北京：中国人民大学，2013

[34] 斯图亚特·西姆. 后马克思主义思想史 [M]. 吕增奎，陈红译. 南京：江苏人民出版社，2011

[35] 塔尼亚·刘易斯，冯行，李媛媛. 斯图亚特·霍尔与英国文化研究的形成：流散叙事 [J]. 国外理论动态，2014（4）

[36] 约翰·克拉克，斯图亚特·霍尔，托尼·杰斐逊，布莱恩·罗伯茨. 亚文化群、文化群和阶级 [A] //自孟登迎，胡疆锋，王蕙译. 通过仪式抵抗 [M]. 北京：中国青年出版社，2015

[37] 约翰·斯道雷. 文化理论与大众文化导论（第七版）[M]. 北京：北京大学出版社，2011

▲中文专著

[1] 付德根，王杰.20世纪英国马克思主义文艺理论研究 [M]. 北京：北京大学出版社，2012

[2] 何成洲. 跨学科视角下的文化身份认同——批评与探索 [M]. 北京：北京大学出版社，2011

[3] 和磊. 伯明翰学派：文化研究的源流与方法 [M]. 北京：北京大学出版社，2017

[4] 胡芝莹. 霍尔 [M]. 台湾：生智文化事业有限公司，2001.

[5] 黄卓越等著. 英国文化研究：事件与问题 [M]. 北京：生活·读书·新知三联书店，2011

[6] 李立. 寻找文化身份：一个嘉绒藏族村落的宗教民族志 [M]. 昆明：云南大学出版社，2007

[7] 李文艳. 斯图亚特·霍尔的文化理论研究 [M]. 西安：陕西人民出版社，2018

[8] 欧阳谦. 文化的转向：西方马克思主义的总体性思想研究 [M]. 北京：中国人民大学出版社，2015

[9] 欧阳谦. 文化与政治 [M]. 北京：中国人民大学出版社，2015

［10］乔瑞金．英国的新马克思主义［M］．北京：人民出版社，2013

［11］王晓路．西方马克思主义文化批评研究［M］．北京：北京大学出版社，2012

［12］武桂杰．霍尔与文化研究［M］．北京：中央编译出版社，2009

［13］徐琴．文化身份的建构与书写：当代藏族女性文学研究［M］．广州：中山大学出版社，2017

［14］张亮、李媛媛．理解斯图亚特·霍尔［G］．北京：北京师范大学出版社，2016

［15］张亮、熊婴．伦理、文化与社会：英国新左派早期思想读本［G］．南京：江苏人民出版社，2013

［16］张亮．英国新左派思想家［G］．南京：江苏人民出版社，2010

［17］张平功．全球化与身份认同［M］．广州：暨南大学出版社，2013

［18］赵一凡，张中载，李德恩．斯图亚特·西方文论关键词［M］．北京：外语教学与研究出版社，2006

［19］邹威华．斯图亚特·霍尔的文化理论研究［M］．北京：中国社会科学出版社出版，2014

▲中文期刊

［1］胡敏中．论认同的涵义及基本方式［J］．江海学刊，2018（03）

［2］林彦群．战后新、马华人"文化认同"问题［J］．南洋问题，1986（04）

［3］刘惠明．"被叙述的自身"——利科叙事身份/认同概念浅析［J］．现代哲学，2010（06）

［4］刘擎．身份政治与公民政治［J］．中国图书评论，2019（8）

［5］刘岩．多元文化背景下的文化身份焦虑［A］//刘岩．后现代语境中的文化身份研究．南京：凤凰出版社

［6］孟登迎．文化研究及其理论遗产［J］．上海文化，2015（1X）

［7］乔茂林．斯图亚特·霍尔的撒切尔主义批判［J］．国外理论动态，2014（10）

［8］孙承叔．否定的辩证法与非同一性的哲学地位——阿多诺《否定的辩证法》研究［J］．河北学刊，2012，32（06）

［9］陶东风. 全球化、文化认同与后殖民批评［J］. 马克思主义与现实，1998（06）

［10］陶家俊. 身份认同导论［J］. 外国文学，2004（02）

［11］陶家俊. 同一与差异：从现代到后现代身份认同［J］. 四川外语学院学报，2004（02）

［12］王逢迎. 西方文论关键词：民族－国家［J］. 外国文学，2010（01）

［13］王敏. 多元文化主义差异政治思想：内在逻辑、论证与回应［J］. 民族问题研究，2011（1）

［14］王宁. 文学研究中的文化身份问题［J］. 外国文学，1999（04）

［15］王宁. 西方文论关键词：世界主义［J］. 外国文学，2014（04）

［16］许雷. 离散经历下的认同书写——斯图亚特·霍尔的文化身份观［J］. 教育文化论坛，2016（6）

［17］薛稷. 试论斯图亚特·霍尔多元文化思想的实质［J］. 国外理论动态，2016（8）

［18］阎嘉. 文学研究中的文化身份与文化认同问题［J］. 江西社会科学，2006（09）

［19］张道建. 拉克劳的"链接"理论与"后身份"［J］. 南阳师范学院，2009，8（1）

［20］张亮. 如何正确理解斯图亚特·霍尔的'身份'？［J］. 学习与探索，2015（7）

［21］张亮. 社会危机，文化霸权与国家形式的转型——斯图亚特·霍尔的现代英国国家批判理论［J］. 河北学刊，2016，36（6）

［22］张永义. 当代世界主义思想形态析论［J］. 教学与研究，2014（11）

［23］郑薇，张亮. 身份的迷思——当代西方身份政治学的兴衰［J］. 探索与争鸣，2018（11）

［24］周宪. 福柯话语理论批判［J］. 文艺理论研究，2013（1）

［25］周宪. 文学与认同［J］. 文学评论，2006（06）：5-13

［26］邹威华. 族裔散居语境中的"文化身份与文化认同"——以斯图亚特·霍尔为研究对象［J］. 南京社会科学，2007（02）：83-88

［27］邹赞．试析雷蒙·威廉斯的"文化"定义［J］．新疆大学学报（哲学·人文社会科学版），2014（1）

▲学位论文

［1］陈孟．斯图亚特·霍尔的文化批判理论研究［D］．博士学位论文，黑龙江大学，2017

［2］贺玉高．霍米·芭芭的杂交性理论与后现代身份观［D］．博士学位论文，首都师范大学，2006

［3］武桂杰．斯图亚特·霍尔的文化理论研究［D］．博士学位论文，北京语言大学，2007

［4］张晓玉．保罗·吉洛伊族裔散居文化理论研究［D］．博士学位论文，北京语言大学，2009

［5］甄红菊．斯图亚特·霍尔的文化理论研究［D］．博士学位论文，山东大学，2016